KB123978

무연 장편소설

꽃잎이 흩날리다

❊ 下 ❊

꽃잎이 흩날리다 下

2020년 11월 09일 초판 1쇄 인쇄
2020년 11월 12일 초판 1쇄 발행

지은이 무연
발행인 이종주

기획 편집 정시연 주종숙 송영경 이해인
경영 지원 배진경
마케팅 김정수

발행처 (주)로크미디어
출판등록 2003년 3월 24일
주소 서울시 마포구 성암로 330(상암동) DMC첨단산업센터 3층 18호
편집 문의 (070)7860-2771 **구입 문의** (02)3273-5135
홈페이지 rokmedia.blog.me
E-mail romance@rokmedia.com

ⓒ 무연, 2020

값 10,000원

ISBN 979-11-354-8964-8 04810 (2권)
ISBN 979-11-354-8962-4 04810 (세트)

무연 장편소설

꽃잎이 흩날리다

下

ROCODO

목차

. . . . .

十二章. 조각

몸이 무거웠다.

희미하게 느껴지는 것이라고는 무척이나 차갑다는 것뿐이었다.

몸의 통증이 한꺼번에 밀려왔지만 눈을 뜨는 대신 비설은 모든 것을 외면했다. 충분히 치열하게 살아왔고, 잘 버텨 냈다. 전부 놓고 쉰다고 뭐라 할 사람은 없었다.

'지쳤어.'

살겠다며 바둥거려도 결국 다른 이에게 이용당할 뿐이었다. 이용당하고 배신당한 상처에 남은 건 지독한 공허였다.

뼈가 시리도록 춥고 아팠다. 그저 전부 놓고 싶은 생각밖에 안 들었다.

'이대로 사라졌으면.'

이런 식의 마무리를 상상한 적도 없지만, 또 이렇게 되니 이것도 나쁘지 않다는 생각도 들었다.

흔적 따위 전부 먼지처럼 사라졌으면 하는 바람뿐이었다.

한기가 뼈를 파고들수록 고통은 점점 더 사라졌다.

'어차피 이렇게 될 일이었는데.'

입꼬리를 올릴 기운도 없었지만, 마지막으로는 나름 괜찮다는 생각조차 들었다.

숨이 막히고 정신이 몽롱해졌다. 무거운 몸이 점점 아래로 가라앉았지만, 발버둥 치는 대신 비설은 휩쓸리는 대로 몸을 맡겼다.

✵ ✵ ✵

"하아. 하아."

성난 물살을 가로질러 달려간 도윤이 가쁜 숨을 내쉬었다. 이마에서 흐르는 피가 얼굴을 타고 흘러내렸지만, 닦을 생각조차 하지 못했다.

비설과 도윤이 떨어진 절벽은 까마득히 높았지만, 곳곳에 나 있는 큰 나무와 그 아래로 흐르는 강물이 있어서 다행이라면 다행이었다.

비틀대던 도윤이 정신없이 물살을 헤치며 달려갔다. 도윤의 몸에서 떨어지는 피가 흐르는 물에 뚝뚝 떨어졌지만, 상관없이 바닥을 헤치고 팔을 뻗었다.

"콜록."

이끼가 낀 돌에 미끄러지기도 여러 번이었지만 비틀거리면서도 도윤은 다급했다. 이런 끝을 보려고 그런 것이 아니었다. 비설을 놓친다는 생각은 해 본 적도 없었다.

"비설아!"

다급히 불러 보지만, 그의 목소리만 울릴 뿐이었다. 인지하지 못했던 고통이 밀려오면서 정신이 흐트러지자 도윤이 피가 배어 나오도록 입술을 깨물었다. 지금은 자신의 상처에 신경 쓸 때가 아니었다.

정신없이 주변을 보던 도윤이 희미하게 보이는 광경에 눈을 좁혔다.

상처투성이의 손이 물살에 점점 가라앉고 있었다. 찰나였지만, 절대로 잊을 수 없는 손이었다.

"크윽."

물살을 거슬러 비설을 붙잡자 통증이 한꺼번에 밀려왔다. 물기에 미끄러지는 비설을 안은 도윤이 강 밖으로 그녀를 끌어냈다.

여유로웠던 표정은 온데간데없이 사라지고 없었다. 간신히 강밖으로 나온 도윤이 비설을 눕혔다. 어깨의 상처는 심하지 않았지만, 온몸에 나 있는 상처가 너무나도 많았다.

도윤의 손이 비설의 머리부터 팔까지 조심스럽게 어루만졌다.

"이렇게 누워 있으면 안 되잖아."

또렷하고 당당했던 도윤의 목소리가 처음으로 떨렸다.

힘없이 늘어진 몸에 생기라고는 전혀 느껴지지 않았다. 희미하게 나는 숨소리가 도윤의 불안감을 더욱 부추겼다.

많은 사람의 죽음을 직접 보아 온 도윤은 비설에게서 그 비슷한 느낌을 받았다. 생의 의지를 잃어버리고 스스로 무너진 이들과 비설이 겹쳐 보였다.

비설은 죽을 생각이다.

"누구 맘대로."

도윤이 품에서 작은 병을 꺼내 나무에 힘껏 던졌다. 병이 깨지면서 나는 독한 향이 순식간에 숲을 채워 갔다.

자신의 옷을 찢어 상처를 단단히 감싼 도윤이 비설을 품에 안았다.

얼음장처럼 가볍고, 깃털처럼 가벼웠다.

편안해 보이는 그녀의 표정이 마음에 들지 않았다.

"난 아직 널 놓지 않았어."

지금은 물론이고, 이후에도 도윤은 비설을 놓지 않을 것이다.

처음으로 품에 안은 여인이었다. 도윤은 아직 비설에게서 전부를 받아 내지 못했다. 그녀는 그에게 더 많은 것을 줘야 했다. 그러기 전까지는 죽고 싶어도 죽을 수 없다.

"폐하."

향이 사라지기 전에 나타난 흑의가 도윤을 향해 몸을 숙였다.

운형이나 사도 모두 용서할 수 없었지만, 지금 최우선은 비설이었다.

"황궁으로 모시겠습니다."

"짐은 물론이고 유비설도 찾지 못했다."

도윤의 명령에 흑의가 고개를 숙였다. 가장 중요한 비설부터 치료해야겠지만, 이번이 기회라면서 날뛴 이들 또한 그 대가를 치르게 해야 한다.

도윤을 찾지 못했다는 소식을 듣자마자 기다렸다는 듯이 움직일 것이니 지금 도윤이 황궁에 가서 해야 할 일은 없었다.

"가장 가까운 궁으로 가겠다. 최대한 빨리 태의를 데리고 와라."

품에 안은 비설이 점점 더 가볍게 느껴졌다. 티를 내지 않으려 최선을 다하고 있었지만 비설을 안은 손이 떨리는 것까지는 어쩔 수 없었다.

핏기라고는 전혀 없는 새하얀 얼굴에 조금 전보다도 숨소리가 약해졌다.

"정리하라."

명령을 끝낸 도윤이 비설을 안은 채 움직였다.

어떤 모습으로 살아남아도 상관없다. 이번 일이 끝나면 비설은 전부 얻게 될 터, 그녀가 싫든 좋든 도윤은 전부 내어 줄 것이다.

❋ ❋ ❋

각각 세 명의 의원이 비설과 도윤을 치료했다.

의원에게 치료를 받으면서도 도윤의 눈은 비설에게서 떨어지지 않았다.

세 명의 의원이 비설을 보고 있었지만, 마음에 차지 않았다. 조금이라도 나아질 기미라도 보여야 했건만, 처음 이곳으로 데려왔을 때와 다름없이 비설은 미동조차 없었다.

"폐하."

문이 열리고 다급하게 방으로 들어온 태의가 몸을 숙였다.

도윤의 손짓에 몸을 일으킨 태의가 가까이 다가왔다.

"짐이 아니다. 비설부터 치료하라."

무슨 의미인지 고민하던 태의가 침상에 누워 있는 비설을 보며 숨을 삼켰다.

몇 번이고 봤었던 얼굴이나 지금 모습은 태의로서는 처음이었다. 소복에 힘없이 쓰러져 있는 모습이 영락없는 여인이었다.

"한시가 급하다."

"네? 네! 송구하옵니다. 폐하."

지금은 놀라는 일보다도 황명이 우선이었다.

서둘러 가져온 짐을 추스른 태의가 비설에게 다가갔다. 도윤의 손짓에 비설의 곁에 있던 의원 셋이 뒤로 물러났다.

태의의 손이 비설의 맥을 짚고 몸의 상처를 살폈다. 태의의 안색이 어두워지자 도윤의 눈이 좁아졌다.

부지런히 움직이는 태의의 손에 의해 비설의 상처가 처치되었다.

"폐하. 상처를 마저 치료해야⋯⋯."

도윤이 손을 들자 상처를 치료하던 이들이 뒤로 물러났다.

황후의 유일한 자식으로 태어나고, 형제와 사촌을 죽여 가며 황제의 자리에 앉으면서도 이런 고통은 한 번도 느껴 보지 못했다.

얼마 전까지 비설을 잃을 수도 있겠다는 생각 자체를 하지 못했다.

오랜 시련으로 내면이 충분히 강했던 그녀였고, 쉽지는 않겠지만 언제나처럼 겪었던 일이기에 잘 넘길 거로 믿었었다.

'오만이었다.'

연이은 시련을 이겨 내는 대신 전부 놓을 수도 있다는 것을 간과했다.

그녀에게 운형이 어떤 존재였는지 잊어버렸고, 비설이 도윤에게 건넸던 약조의 무게를 너무 가볍게 여겼었다.

그녀에게 과거는 도윤처럼 쉽게 넘길 수 있는 것이 아니었다.

✻✻✻

"후우."

오랜 시간 동안 비설을 진료하던 태의가 몸을 일으켰다. 어두운 눈으로 비설을 보던 태의가 도윤을 향해 몸을 숙였다.

"폐하. 치료는 끝냈습니다만 아직 위험한 상황을 완전히 넘기지는 못했사옵니다. 상황을 지켜보면서 치료를 계속해야 할 듯싶사옵니다."

무표정했던 도윤의 안색이 창백해졌다.

"살려라."

"최선을 다하겠습니다. 폐하."

"비설이 죽으면 전부 죽을 것이다."

생각조차 하지 못했던 결과를 도윤은 부정했다. 몇 명의 목숨이든 관심조차 없다.

도윤의 세상에서 살아야 할 사람은 그녀였다.

"반드시 살려야 한다."

"노력하겠습니다. 폐하."

인사를 마친 태의가 겁에 질린 의원을 채근하며 밖으로 나갔다.

비설과 단둘이 남은 방 안, 도윤이 자리에서 일어났다.

제 몸의 아물지 않은 상처에서 흐르는 피가 뚝뚝 바닥으로 떨어졌지만, 여전히 그는 자신의 상처에 관심조차 없었다.

침상 옆으로 다가간 도윤이 비설의 얼굴을 손으로 감쌌다. 도윤의 손도 차가웠지만, 비설의 몸은 얼음장이었다.

"네 녀석의 감정이 이러했겠군."

귀하게 여기던 부인이 흔적조차 남기지 않고 사라진 순간, 헌은 자신을 완전히 놓았다. 쉽게 곁을 주지 않는 이였지만, 그때만큼은 무모하리만큼 자신을 내던진 그는 부인을 찾는 일에만 맹목적으로 매달렸었다.

그때는 이해하지 못했는데, 이제는 그가 왜 그랬는지 알게 되었다.

"아직 죽으면 안 돼."

바람과는 다른 말을 꺼내는 도윤을 비설은 욕하고 있을지도 모르겠다. 솔직한 바람으로는 얼마든지 욕을 하고 화를 내도 좋으니 비설이 자신만은 놓지 않기를 간절하게 바랐다.

지금 느끼는 것이 상실에 대한 공포라면, 도윤은 끝까지 부정할 것이다.

"살 수 있어."

비설에게 말하는 것인지 자신에게 말하는 것인지 알 수 없는 말이 연거푸 도윤에게서 흘러나왔다.

견딜 줄 알았던 비설이 무너졌다.

사람을 가볍게 여기고 이용한 대가는 너무나도 끔찍했다.

❀❀❀

"입단속을 하고 있지만, 황궁 어디에도 폐하께서 돌아오신 흔적은 없었습니다. 내시감이 철저히 막고 있는지 규정전의 내관들도 입을 조심하는 분위기였습니다."

꿈같은 일이 일어난 지도 사흘이 넘었다.

모두 쉬쉬하는 분위기에서 도윤의 생사는 밝혀지지 않았다.

누구 하나라도 말실수를 하면 목이 날아갈 것 같은 분위기에서 운형은 물론이고 사도조차도 숨을 죽이며 상황을 지켜볼 뿐, 나서려 하지 않았다.

　"그 나이가 되도록 내시감 자리를 지키고 있다면 이유가 있겠지."

　"확신할 수는 없지만, 유 호위는…… 죽은 듯싶습니다."

　"그럴 리가 없다."

　"네?"

　"살아 있을 것이다."

　비설이 죽고 도윤이 살아 있다면 지금 같은 상황이 아니라 피바람이 몰아쳤어야 했다. 제 것을 잃은 도윤이 지금까지 움직이지 않고 있다는 것은 둘 중의 하나였다.

　비설과 도윤, 둘 중 하나가 위험하다는 것이다.

　도윤이 위험한 것치고는 분위기는 수선스럽지 않았다. 결국 위험한 사람은 비설이었다.

　'황제의 욕심이 내 아이를 다치게 하였다.'

　비설을 찾고 싶었지만 지금은 때가 아니다. 미치도록 그녀가 걱정되었지만, 고작 비설 하나를 위해 수많은 목숨을 버려 가며 찾은 기회를 버릴 수 없다.

　잘 견뎌 낼 테니 지금은 운형의 일을 먼저 하는 것이 우선이었다.

　"황궁으로 병사를 돌려라."

　"운정공."

　비설의 목숨도 중요했지만, 지금 최우선은 사도보다도 먼저 황궁을 장악하는 것이다. 정확한 방향을 잡지 못하는 귀족을 틀어쥐고, 철저히 황제의 사람인 재상을 제 편으로 끌어들여야 했다.

권좌를 차지할 수는 없어도 최소한 도윤이 돌아왔을 때 상황이 끝나 있어야 목숨을 구할 수도, 이후의 상황을 노리며 기회를 붙잡을 수도 있다.

"모든 병력을 황궁으로 돌려라. 사도보다 황궁을 장악해야 한다."

"운정공!"

다급히 들려오는 고함에 명령을 내리던 운형이 멈추었다. 운형이 손을 들자 문이 열리며 들어온 병사가 무릎을 꿇었다.

도윤이 돌아오기라도 한 것일까? 불길한 기분이 문득 들었다.

"무슨 일이냐?"

"명현공이, 서문의 명현공이 움직였습니다."

서문과의 전쟁에서 대승한 도윤은 서문의 절반만을 주에 통합시켰다.

서문의 상장군으로 맹위를 떨치던 이헌을 총애하여 의형제를 맺고 황족의 자리를 준 일은 한동안 나라를 시끄럽게 했었다.

서문의 귀족이 주의 황족이 되어 권세를 탐할 것이라며 수군거렸던 것과는 달리 이헌은 서문의 절반에 대한 영향력만 행사할 뿐 주에는 전혀 관심을 가지지 않던 이였다.

"무슨 소리를 하는 것이냐?"

"명현공의 병력이 황궁에 들어왔습니다. 이미 폐하의 규정전은 물론이고, 황병의 장악까지 끝냈다고 합니다."

"그래 봤자 나라를 배반하고 주에 붙은 변절자가 아닌가! 어찌 그 짓거리를 하게 가만히 두었단 말이냐!"

"폐하의 옥새가 찍혀 있는 교지를 가지고 있었다고 합니다. 황명으로 왔으니 막는 자는 역모로 처벌하겠다는 엄포를 내린지라 저희는 물론이고 사도조차 나서지 못했다고 합니다."

전혀 생각하지 못했던 이의 등장에 운형이 이를 갈았다.

지독히도 영악한 도윤은 자신이 사라진 이후조차 생각하고 수를 써 놓았다.

자칫 잘못 행동하여 이헌의 병력과 부딪친다면 반역이 될 수 있었다. 반역을 피하더라도 같은 '주'의 병력이 부딪친 것이니 먼저 움직인 운형에게 비난의 화살이 향할 수 있었다.

'망할 인사 같으니.'

사도와 운형의 꼬인 일을 푸는 대신 도윤은 더 엉키는 방향으로 만들었다.

이 상황을 정리할 사람은 자신을 감춘 도윤뿐이었다.

✱ ✱ ✱

평소에는 무척이나 빨리 갔던 시간이 너무나도 더디게 흘러갔다.

위험한 고비는 넘겼지만, 곧 깨어날 줄 알았던 비설은 기다려도 정신을 차리지 못했다.

도윤의 손가락이 비설의 앞 머리카락에 닿았다. 부드럽게 손가락에 감겼던 머리카락은 미끄러지듯 빠져나갔다.

"그렇게 누워 있기만 하면 안 지루해?"

언제부터인가 깨지 않는 비설에게 도윤은 말을 걸었다. 답이 들려올 리가 없었기에 물어본 도윤조차 비설의 대답을 기다리지 않았다.

비설의 손을 자신에게로 끌어온 도윤이 입술을 맞추었다. 독한 약초에 가려 비설의 체향은 사라져 있었지만 잡은 손에서 느껴지는 체온만으로도 그나마 위로가 되었다.

"차라리 일어나서 화를 내."

비설은 평온했지만 도윤은 저 모습을 보며 평안할 수 없었다.

비설은 미련이 없어도 도윤은 아니었다. 그는 그녀와 해야 할 것이 너무나도 많았다.

비설의 손을 붙잡은 채, 도윤의 손이 비설의 얼굴을 어루만졌다. 손으로 느껴지는 그녀의 숨결이 간지러우면서도 따뜻했다.

도윤에게 타인은 그저 타인일 뿐이다. 곁을 내어 준 이들은 제법 있었지만, 비설처럼 먼저 다가가서 저 스스로 곁에 머물게 한 이는 없었다.

"아!"

아주 희미한 움직임이었지만, 분명 손이 움직였다.

비설의 손을 뚫어지게 쳐다보던 도윤이 작게 움직이는 손끝에 눈을 크게 떴다. 힘을 주어 손을 붙잡자 다시 손이 꿈틀거렸다.

"태의…… 태의를 들여라!"

도윤의 목소리에 비설의 감았던 눈이 꿈틀댔다.

문이 열리고 태의가 들어오자 도윤이 몸을 일으켰다.

도윤이 있던 자리로 간 태의가 맥을 짚는 것과 동시에 내내 떠지지 않던 비설의 눈꺼풀이 천천히 올라갔다.

허공을 보던 눈이 밖을 향하고 태의를 향했다.

몇 번이고 눈을 뜨고 감기를 반복하던 비설이 도윤을 보자마자 움직임을 멈추었다.

"왜……"

무슨 소리냐는 듯이 도윤이 비설에게 다가갔다. 태의의 만류에도 몸부림을 치며 일어나려던 비설이 도윤의 멱살을 붙잡았다. 갑작스러운 행동에 내관과 태의는 물론이고 도윤조차 놀라 몸이 굳어졌다.

"왜 살렸어?"

"뭐?"

"왜…… 왜 살렸어!"

"폐하! 무엇 하는 것이냐? 어서 말리지 않고!"

"모두 나가라."

비설을 말리려는 태의와 내관을 향해 도윤이 낮게 명령했다. 칼로 가르듯 서늘한 명령에 태의가 내관을 데리고 방을 나갔다.

비틀거리면서도 비설의 손은 도윤의 멱살을 붙잡고 놓지 않았다.

"왜 살렸어…… 왜…….."

"내가 필요하니까."

웃음기라고는 전혀 없는 목소리로 꺼낸 이기적인 말에 비설의 눈에 분노가 스몄다.

이렇게 끝나는 것도 나쁘지 않다고 생각했었다. 숨이 막히도록 치열했던 삶이었기에 먼저 보낸 가족을 만나 모든 것을 내려놓고 쉬는 것도 괜찮다고 믿었었다.

그런데 다시 현실이었다.

전부 놓았는데도 세상은 그녀에게 다시 힘들게 살아야 한다며 등을 떠밀고 있었다.

버틸 힘 따위 전혀 남지 않았다. 그녀의 의지와는 다르게 억지로 살려 놓은 도윤에게 화가 치밀었다.

"나한테는 네가 필요해. 그러니까 다시 살아."

멱살을 붙잡았던 손이 힘없이 떨어졌다. 알고는 있었지만, 그보다도 이기적이고 잔인한 사내였다.

"황궁에 들어올 때부터 네 목숨은 내 것이었어."

"……."

"그러니 죽을 생각 따위 절대 하지 마. 몇 번이고 살려 낼 테니까."

치밀던 화가 눈 녹듯이 사라졌다.

죽어야 끝날 고통이 다시 시작되었다. 도망가고 싶었지만, 결국 제 발로 들어온 지옥에서 한 걸음도 벗어나지를 못했다.

다시 버텨 내며 살아야 하는가?

그렇게는 할 수 없다.

정신을 놓고 쓰러지는 비설을 도윤이 붙잡았다. 눈가에 아슬아슬하게 버티고 있던 눈물이 침상에 떨어졌다.

❊ ❊ ❊

정신을 차린 비설은 도윤에게 화를 내는 대신 자신을 닫았다. 주변의 행동은 물론이고 도윤의 목소리에도 대답은커녕 시선조차 주지 않았다.

살아만 있을 뿐, 혼은 완전히 빠진 사람처럼 약간의 반응조차 없었다.

"비설아."

낮게 속삭이는 말에도 미동조차 없었다. 일부러 반응을 끌어내려 입에 담기조차 싫은 운형에 대해 언급했지만, 조금의 변화도 없었다.

길게 늘어뜨린 머리카락과 넓은 소매의 소복을 입은 비설에게서 더는 거짓으로 가린 모습은 없었다. 이제야 제 모습으로 돌아올 수 있게 되었지만, 점점 나아지는 몸과는 달리 황폐해진 정신은 나아지지 않았다.

"음?"

도윤의 말에도 반응 없던 비설이 갑자기 침상을 내려와 문으로 달려갔다.

그녀의 반응에 잠시 멈칫하던 도윤이 그녀를 따라 달렸다.

"이 밤에 어디를 가겠다는 것이냐?"

도윤의 말에도 비설은 문으로 손을 뻗었다. 발버둥을 치며 입을 열었지만, 가쁜 숨소리조차 나오지 않았다.

비설을 뒤에서 안은 도윤이 어깨와 허리를 팔로 감쌌다.

모든 것을 내려놓은 비설은 감정을 터트리는 대신 제 안에 모든 것을 묻어 놓았다.

그때의 기억과 상처가 남아 있는 불안한 정신까지도 산산조각 내고 있었지만 이 상황에서 그녀를 밖으로 꺼낼 사람은 아무도 없었다.

"제발!"

도윤에게서 벗어나려던 비설의 몸에서 힘이 빠져나갔다. 태의가 치료해 놓은 상처가 터지면서 흐르는 피가 바닥에 떨어졌다.

그녀가 생을 놓을 때마다 몇 번이고 살리겠다는 도윤의 말을 시험하듯 비설은 상처에도 상관없이 자신을 놓았다.

몸의 상처였다면 치료하고, 또 치료해서 나아질 방법을 찾았을 것이다.

몸보다도 정신이 무너지기 시작한 비설을 위해 할 수 있는 일이라고는 붙잡는 것뿐이었다.

기절한 비설을 침상에 눕힌 도윤이 무거운 한숨을 내쉬었다.

잘못된 판단이 뼈가 시리도록 쓰렸다.

"널 어찌해야 하느냐?"

살라는 말을 했을 때의 비설이 보여 줬던 표정이 머릿속에 새기듯이 남아 있었다.

살아갈 힘조차 없다면 차라리 도윤을 향한 증오라도 갖기를 바랐었다. 그렇게라도 살 의지가 생긴다면 이후에라도 기회를 얻어 비설의 마음을 돌릴 수 있을 것이라 믿었다.

부서질 대로 부서져서 조각도 남지 않은 사람의 마음을 되돌아오게 할 방법 따위 도윤은 알지 못했다.

힘없이 늘어진 비설의 품에 도윤이 얼굴을 묻었다.

❃❃❃

잠들어 있던 도윤이 숨을 깊게 몰아쉬며 눈을 떴다.

"후우."

몸 안에 남은 숨을 토해 내듯 연거푸 깊은숨을 몰아쉬던 도윤이 옆에 잠든 비설을 보았다.

처음 깨어났을 때는 살아남은 자신을 외면하며 삶의 의지를 놓으려 했고, 그 이후에는 도윤에게서 도망치려 했었다.

서둘러 황궁으로 돌아오시라는 내시감과 재상의 사자가 사흘에 한 번씩은 오고 있었지만, 비설이 어떻게 될지 모르는 상황에서 그가 자리를 비울 수는 없었다.

귀를 기울이지 않으면 들리지 않을 정도로 작은 숨소리를 내며 잠든 비설을 향해 도윤이 손을 뻗었다.

　'아.'

　얼굴에 손이 닿기도 전에 눈을 뜬 비설이 도윤을 조용히 응시하였다.

　자신에게 더는 다가오지 말라는 것처럼 도윤이 다가오려 하면 비설은 도윤을 시선으로 밀어냈다.

　그녀의 거부에도 상관없이 도윤의 손이 뺨을 감쌌다.

　"차라리 뺨을 때려."

　"……."

　"네가 아무리 그래도 나 안 가."

　비설의 눈매가 날카로워졌지만, 도윤의 미소는 그대로였다. 도윤과 눈싸움을 하는 대신 비설이 몸을 돌렸다.

　거부하는 비설의 행동에 아슬하게 버티고 있던 도윤의 인내가 툭 끊겼다.

　비설의 상황을 모르는 것은 아니었지만, 끝일지 알 수 없는 상황을 기다리는 것 또한 쉬운 일은 아니었다.

　비설의 몸을 돌린 도윤이 그녀의 몸 위를 올라탔다. 도윤을 밀어내려는 비설의 손목을 붙잡고 그가 머리 위로 올렸다.

　"외면하지 마."

　마주하는 시선에 상대를 향한 약간의 배려도 없었다.

　숨이 막히도록 싸늘한 분위기에서 먼저 다가간 사람은 도윤이었다. 빨갛게 달아오른 손목을 더 힘껏 붙잡은 도윤이 굳게 다문 입술 위에 자신의 입술을 포갰다.

　고개를 저으며 피하려는 비설의 턱을 붙잡은 그가 힘으로 입을 열었다. 그리고 그녀의 여린 살을 희롱했다. 고른 치열을 어루만지고, 타액으로 촉촉해진 입술을 한입 가득 머금었다. 몸부림을 치며 피하려 했지만 그보다도 먼저 도윤이 혀를 휘감아 섞이는 타액을 빨아들였다.

"흐윽."

힘으로 밀어붙이는 입맞춤에 놀란 비설이 발버둥을 쳤지만 도윤은 밀리기는커녕 더욱 밀착했다.

거부하는 여인과 밀어붙이는 사내가 내쉬는 숨이 엉켰다. 빠져나가려 몸부림을 칠수록 여미고 있던 자리옷이 풀어지면서 하얀 피부가 드러났다.

"나한테 줘."

쭉 억눌러 왔던 욕망이 입맞춤에 무너졌다. 비설이 받아 줄 리가 없다는 것을 알면서도 이미 맛을 알아 버린 당과 같은 그녀에게서 떨어질 수 없었다.

아직 딱지가 남아 있는 어깨에 입술이 닿았다. 피부에서 나는 달금한 체향이 그를 미치게 했다.

피부를 살짝 깨물자 그녀의 체향이 더욱 짙어졌다.

비설의 두 손을 한 손으로 붙잡은 도윤이 비설의 등을 어루만졌다.

도윤의 손길과 바둥거리는 움직임에 풀어진 자리옷이 비설의 새하얀 피부를 고스란히 드러냈다.

도윤을 거부하는 비설에게서는 작은 신음조차 나오지 않았다. 그녀가 거부하는 것을 알면서도 풀어진 옷자락 사이로 보이는 가슴골에 얼굴을 묻고 체향을 들이마셨다.

"하앗."

보드라운 가슴을 한 손에 움켜잡자 자극을 받은 유실이 단단해졌다. 손가락으로 희롱하지 않는 다른 유실에 더운 입술이 닿았다. 혀로 애무하고 이를 세워 깨물자 품에 갇힌 여체가 잘게 떨었다.

어느 과실보다도 달고, 어떤 꽃보다도 향기로웠다. 이미 그녀가 어떤지 알기에 허기는 그를 더욱 미치게 했다.

"가질게."

반쯤은 풀어진 옷 사이로 느껴지는 도윤의 촉감에 설레기보다는 무섭고 싫었다.

살아남았어도 그녀는 무력하다. 검으로 강해지려 했지만 이용당했고, 결국은 자신의 의지와는 다르게 짓밟힐 뿐이었다.

'달라지는 일은 없거늘.'

살아서는 안 되는 삶을 산 대가를 이제야 받는 듯싶었다. 비현대신 산 대가가 이런 것이라면 결국 그녀가 감당해야 할 책임이었다.

발버둥을 치며 저항하던 비설의 몸에서 힘이 빠졌다. 도윤을 노려보는 대신 비설이 눈을 감았다.

"그러지 마."

양보 없이 다가오던 도윤의 몸이 그 순간 멈추었다.

마음대로 하라는 듯이 비설은 내어 줬지만, 정작 다가오던 도윤이 멈추었다.

도윤의 손이 비설의 뺨을 감쌌지만 혼이 사라진 것처럼 그녀는 미동조차 하지 않았다.

"차라리 뺨을 때리라고 했잖아."

굳건하게 버티던 비설은 맞서려고 하지도 않았고, 싸우려 하지

25

도 않았다. 그저 모든 것을 다 놓아 버리는 그녀의 모습에 더는 다가갈 수 없었다.

뺨에 닿았던 손이 목을 향했다. 조금만 힘을 주면 소리 없이 목숨을 거두겠지만 다른 사람에게는 아무렇지도 않게 저질렀던 일을 비설에게는 할 수 없었다.

"이렇게 벌을 받나 보네."

비설을 붙잡고 있던 도윤이 손을 떼고는 몸을 일으켰다.

가까이 있던 도윤이 사라지자 비설이 감았던 눈을 떴다. 완전히 놓은 듯하면서도 비설 또한 도윤을 완전히 놓지 않았다.

비설의 시선에 도윤이 눈을 내렸다. 목을 감싸던 손이 뺨을 감싸고 얼굴을 어루만졌다.

"그런데 벌을 주려면 반성할 사람에게 줘야지. 나 같은 놈은 반성이라는 걸 모르는 인간인데 말이야."

그녀의 삶에 더는 도윤이 없었다.

어쩌면 다른 여인들은 운명처럼 만났을 연모와의 인연이 비설에게는 과분한 일이었는지도 모른다. 솔직히 이제는 도윤이 무슨 말을 한들 비설에게는 반항할 여력조차 남지 않았다.

도윤을 보던 비설이 창밖으로 고개를 돌렸다.

밤하늘을 보던 눈이 얼마 지나지 않아 도윤에게로 다시 향했다.

"안 돼."

도윤의 거부에 고개를 돌리는 대신 비설이 눈을 감았다. 도윤을 완전히 놓지 않아도 비설은 절대 그에게 여지를 주지 않았다.

"진짜 족쇄가 필요하겠어."

비설의 눈이 다시 도윤에게 향했다.

이미 어긋난 관계를 되돌릴 수 있을 거라곤 생각하지 않는다. 도윤은 비설이 필요할 뿐이다. 부서지고, 무너졌어도 그는 그녀를 가져야 했다.

"난 인내가 길지 않거든."

비설이 껍질에서 나오지 않으려 한다면 도윤이 그 껍질을 비집고 들어가면 될 뿐이었다.

마르고 갈라진 입술을 희롱하던 손가락이 떨어지자마자 더운 입술이 다시 밀고 들어왔다.

비설이 힘을 빼도, 도윤은 멈추지 않았다.

입술과 입술이 만나고, 숨결과 숨결이 엉켰다. 약간의 틈도 없이 밀착된 몸에서 상대의 체온이 느껴졌다.

"정신 놓지 마. 놓는 순간 그대로 안아 버릴 거야."

지친 비설이 침상에 늘어지자 그제야 입술을 뗀 도윤이 비틀린 미소를 지었다.

제 모습을 가렸던 여유로운 미소는 온데간데없이 사라졌다.

비설을 바라보며 웃는 도윤은 가까이 있기도 힘들 정도로 강압적이고 무서운 맹수였다. 그의 기세에 휩쓸려 도망칠 생각조차 나지 않았다.

입꼬리를 올린 그가 비설의 목에 얼굴을 묻었다. 이를 세우고 물어뜯자 목이 따갑고 화끈거렸다.

고통에 몸을 떠는 비설을 달래듯 도윤의 혀가 목의 상처를 핥았다.

'아!'

얼굴을 뒤로 젖히고 눈을 질끈 감았지만, 비명은커녕 신음조차 나지 않았다. 헝클어지고 흐트러진 옷 사이를 파고든 입술이 쇄골과 어깨에 자잘하게 입을 맞추었다.

"난 아직 안 질렸어."

가쁜 숨을 내쉬는 소담한 가슴 위에 입술이 닿았다. 가슴의 보드라운 살을 깨물고 빨아들이자 새하얀 피부에 붉은 물이 단숨에 들었다. 당과를 굴리듯 유실을 혀로 감고 빨아들이자 옅은 신음이 낮게 들렸다.

붉게 달아오른 얼굴로 바라보는 비설의 귓가에 도윤이 낮게 속삭였다.

"그러니까 잘 참는 네가 참아."

굳은 비설을 향해 도윤이 다시 다가왔다.

거부하는 비설을 억지로 안을 생각은 없었지만, 가라앉기 어려운 허기를 달랠 사람은 그녀뿐이었다.

손목을 붙잡았던 손이 깍지를 끼고, 자리옷이 흐트러지면서 보이는 하얀 살결에 도윤의 입술과 손이 닿았다.

하얀 피부가 붉게 물들 때까지 도윤의 손길이 거듭 닿았다.

❄❄❄

말끔했던 사도의 모습은 없었다.

신조차 신지 못한 채 끌려온 터라 까진 발바닥은 흙과 상처로 엉망이었다. 몸부림을 치며 반항을 했지만, 세 걸음도 가지 못해 흑의에게 얻어맞고 바닥을 뒹굴었다.

"콜록. 콜록. 네 이, 이놈들 내가 누구인 줄 알고…… 억!"

힘겹게 일어나려 했지만 그마저도 흑의의 발길질에 다시 굴렀다.

몸부림을 치며 곡소리를 내는 사도를 흑의가 다시 끌어 올렸다. 사도의 입에서 흐르는 피가 바닥에 후드득 흘렀다.

침상에서 잠들려는 찰나 흑의가 들이닥쳤다. 시종을 부르기도 전에 짐승이 끌려가듯 사도를 저택 밖으로 끌어냈다.

"사, 살려 다오! 무, 무엇을 원하는 것이냐? 날 살려 다……컥."

끌려가던 사도가 흑의를 잡고 매달리자 끌고 가던 이들의 걸음이 멈추었다. 갈 수 없다며 몸부림치는 사도를 향해 흑의가 손을 들자 사도가 몸을 웅크렸다.

부들부들 떨며 눈치를 보는 사도를 흑의가 다시 일으켜 세웠다.

산을 오르고, 강을 건넜다. 어디를 가는지 꼬박 하룻밤을 끌려간 다음에나 사도가 바닥을 굴렀다.

"데리고 왔습니다. 폐하."

폐하라는 말에 사도가 고개를 번쩍 들었다. 용포만 입지 않았을 뿐, 뒷모습은 분명 도윤이었다.

무릎걸음으로 다가간 사도가 도윤에게 몸을 숙였다.

"폐하. 폐하!"

사도의 애원에 몸을 돌린 도윤이 입꼬리를 올렸다.

도윤과 눈을 마주하던 사도의 눈이 파르르 떨렸다. 수많은 도윤의 미소를 보았지만, 저런 미소는 처음이었다.

흑의에게 끌려왔을 때와는 비교할 수 없는 공포가 느껴졌다.

"사도의 장남은?"

"말씀하신 대로 데려다 놓았습니다. 딸과 부인은 저택에 가두어 놓았습니다."

흑의와 도윤의 대화를 듣던 사도의 얼굴이 점점 창백해졌다.

서문의 잔재였던 명현공이 황궁을 장악하고 있었어도 결국은 운형과 자신의 대립이었다. 도윤의 생사는 알 수 없었고, 설령 살아 있다 한들 마음을 준 계집의 죽음에 큰 타격을 받은 운형을 제압한다면 제 세상이 열릴 것이라 믿어 의심치 않았었다.

철저한 착각이었다.

도윤은 단 하나도 잃은 것이 없다.

"최대한 너덜너덜하게 데려오라 했는데 너무 온전하게 데리고 왔군. 흑의를 다시 가르쳐야겠군."

"폐하. 자, 잘못했습니다! 소인이…… 소인이……."

바람이 훅 얼굴로 밀려온다고 느낀 순간 사도의 얼굴과 뺨에 검 자국이 새겨졌다. 상처의 통증을 느끼기도 전에 터져 나오는 피에 사도가 손으로 얼굴을 가렸다.

전쟁터를 다니며 얻은 기회로 여기까지 올라왔지만, 이런 공포는 처음이었다.

죽고 싶지 않다. 이대로 무너지기에는 지금까지 이루어 놓은 것이 너무나도 많았다.

기어가듯 도윤의 앞까지 간 사도가 몸을 숙였다. 살려만 준다면 무조건 복종하겠다는 무언의 행동에 도윤이 눈을 좁혔다.

"명현공이 잘해 주고 있지만, 황궁 주변에 쓸데없이 많은 버러지가 짐의 귀를 시끄럽게 하고 있더구나."

버러지라는 말에 사도의 몸이 움찔거렸다.

숨을 내쉬기도 힘든 두려운 순간이었지만, 동시에 기회였다.

황제가 말하는 버러지에 자신이 들어가도 상관없다. 살 수만 있다면 무슨 일을 못 하겠는가?

"소인이, 소인이 운정공을 막겠습니다!"

"그래? 쉽지 않을 것인데?"

"소인. 방종과 오만으로 크나큰 실수를 저질렀습니다. 역모의 죄를 물어 소인의 목을 베신다 한들 살려 달라는 말씀을 올릴 자격조차 없습니다. 하지만!"

"……"

"살려만 주신다면, 한 번만 더 기회를 주신다면 폐하께서 황궁으로 돌아가시기 전까지 허튼소리 따위 나오지 않도록 정리해 놓겠습니다!"

말을 끝낸 사도가 믿어 달라는 듯이 이마를 땅에 찍었다.

처절할 정도로 절실한 행동이었지만 도윤의 눈에는 감정의 작은 조각조차 떠오르지 않았다.

"믿어 보마."

사도 따위 믿지 않는다.

하지만 비설을 데려가려면 운형이라는 가장 골치 아픈 버러지를 상대할 버러지가 필요했다.

"하지만……."

한쪽 무릎을 꿇어 사도와 눈을 마주친 도윤이 눈웃음을 지었다. 가까이 다가오는 도윤의 눈을 보던 사도가 본능적으로 몸을 뒤로 뺐지만, 도윤의 손이 먼저 사도의 어깨를 붙잡고 짓눌렀다.

"네 하나뿐인 장남은 천천히 보는 게 좋겠구나."

도윤과 눈을 마주친 사도가 바닥에 힘없이 주저앉았다.

그를 외면하고 도망가려는 그녀에게 도윤은 작은 틈도 주지 않을 생각이었다. 지금의 불안을 해소할 방법은 딱 하나, 황궁 깊숙이 비설을 가두는 것뿐이었다.

주의 모든 것이 전부 연도윤의 것이다.

비설은 주에서 단 한 걸음도 나가지 못하게 될 것이다.

❋ ❋ ❋

"폐하께서 어디에 계시는지 알아냈습니다."

시종의 보고에 운형의 눈이 가늘어졌다.

귀족을 움직여 황궁을 장악한 명현공을 흔들려 했지만, 운형이 예상한 것보다도 명현공 이헌은 훨씬 더 어려운 존재였다.

자신을 황궁에서 내보내려면 폐하의 시신이라도 가져와야 할 것이라는 엄포를 한 것이다. 결국 황궁에서 물러날 수밖에 없었다.

자신이 어렵다면 사도라도 움직이려 했지만, 중간에 무슨 마음의 변화가 있었는지 사도는 공개적으로 명현공을 지지하며 운형을 권좌를 노리는 반역자로 만들려 움직였다.

"비설은?"

"정확히는 알 수 없었으나 폐하께서 주로 계시는 방에 여인이 머물고 있다는 말은 들었습니다."

운형의 표정은 변화가 없었지만, 책상 아래의 손은 핏줄이 도드라지도록 주먹을 쥐고 있었다.

머리끝까지 치미는 분노를 터트리는 대신 운형이 자신을 억누르고 또 억눌렀다.

원한과 분노를 속으로 참아 내는 일은 어렵지 않다. 십여 년을 넘게 그리 살았는데 고작 며칠 그렇게 산다고 달라질 것은 없었다.

그런데도 치미는 분노가 사라지지 않는다.

도윤을 보며 미소 짓는 비설의 모습이 아직도 머릿속에 또렷했다.

'황궁을 장악할 수 없다면 다른 것이라도 가져야겠지.'

명현공 같은 이에게 대화나 타협은 통하지 않는다. 도윤과는 정반대의 사내, 그런 사내에게서 무언가를 가져야 한다면 힘으로 부딪치는 수밖에 없었다.

그럴 바에야 말이 통하는 도윤의 목을 틀어쥘 방법을 찾는 것이 나았다.

"황궁으로 향했던 병력을 돌려라."

"준비하겠습니다."

"내가 직접 가겠다."

"운정공?"

운형에게 비설은 필요한 존재다.

그리고 도윤에게도 비설은 그런 존재일 것이다.

황궁을 흔들 수 없다면 도윤을 흔들면 된다. 아무리 비설을 아껴도 도윤의 우선은 나라였다.

운형은 비설을 버리지 않겠지만, 도윤은 나라를 위해서라면 비설을 놓을 것이다.

"연도윤을 죽일 생각은 하지 마라. 우리가 잡아야 할 사람은 비설이다."

비설만 운형의 손에 들어오면 황궁을 장악하는 일도, 연도윤을 제압할 일도 어렵지 않게 해결될 것이다.

"정세화는 어찌하고 있는가?"

"목숨은 구했다고 합니다만…… 방에 틀어박혀 유비설을 죽이겠다는 말만 반복하고 있다고 들었습니다."

가소로워서 화도 안 나는 말이었다.

세화가 비설을 죽였다면 도윤이 아니라 운형이 그녀를 죽였을 것이다.

당장에라도 죽여 버리고 싶었지만, 아직 세화는 이용 가치가 있었다. 그래서 살려 둘 뿐이었다.

모든 일의 최우선은 비설이다.

"서둘러 준비하라."

＊＊＊

담을 넘어 들어오려던 자객의 목을 날카로운 화살이 꿰뚫었다. 쓰러진 자객에 이어 들어온 자객이 들고 있던 단검을 던지니 자객을 쏘던 병사가 심장을 붙잡으며 쓰러졌다.

"죽어라!"

흑의를 뚫고 도윤의 앞까지 다가온 자객이 검을 휘둘렀지만, 그 검이 도윤에게 닿기도 전에 어깨에서 가슴으로 길게 검상이 새겨졌다.

쓰러지는 자객이 흘리는 피 너머로 운형이 보이자 도윤의 한쪽 입꼬리가 올라갔다.

"내 사촌은 무척이나 머리가 잘 돌아가는군."

황궁을 비운 지 한 달이 다 되어 가는 시점에서 운형이 움직였다는 것은 도윤이 생각한 것 이상으로 헌이 잘하고 있다는 것이었다.

황궁을 장악할 수 없으니 운형이 할 수 있는 최선은 도윤을 잡고 흔드는 것이었다.

"비설은?"

"안채로 모셨습니다. 명령하신 흑의를 붙였습니다."

운형은 도윤을 죽이지 못한다. 제 모습을 드러내며 여기까지 왔다는 건 운형이 노리는 사람이 도윤은 아니라는 것이었다.

'누구 맘대로.'

치열하게 이어지던 전투 속에서 도윤이 손을 들자 황병이 일사불란하게 운형의 병사들과의 거리를 벌렸다. 일시적인 소강상태가 되자 병사들 사이에서 나온 운형이 도윤을 향해 몸을 숙였다.

"송구하옵니다. 폐하."

"그러게, 송구할 짓은 왜 하는가?"

도윤의 비아냥에도 불구하고 정작 마주하는 운형의 얼굴은 처음 왔을 때와 똑같았다.

도윤을 보던 운형이 다른 방향으로 고개를 돌리자 시선을 받았던 이가 고개를 저었다.

도윤을 운형이 상대하는 동안 따로 준비시킨 이들이 비설을 찾을 것이다.

"이제 그만 제 아이를 돌려주십시오."

"아직도 그녀가 네 아이라니, 참 쓸데없는 고집이고 아집이구나."

예상된 거절이었지만, 그런데도 씁쓸한 것은 어쩔 수 없었다.

악연도 이런 악연이 없다.

운형에게서 아버지를 빼앗은 자가 이제는 자신의 여인조차 가로채려 했다.

"이미 그녀의 자리는 준비되어 있단다. 현명한 운정공이 먼저 받아들이거라."

"폐하께서 이곳에 계신 일을 숨기셨던 것처럼 소인 또한 이곳에 와 있다는 것을 아는 사람은 없습니다."

"그래?"

"이곳에서 누군가가 죽어도 알 수 없다는 말과 같지요."

"짐이 널 죽여도 상관없다는 것이겠지."

죽이겠다는 도발을 도윤이 역으로 틀어 버렸다. 도윤과의 대화는 언제나 이런 식이었다.

침착하려 했지만, 분노에 입술이 떨렸다.

죽이고 싶다. 저 사내가 만들어 놓은 걸림돌이 운형을 가로막았다.

"운정공. 넘어가시면 안 됩니다."

"저 스스로 죽여 달라고 하지 않는가?"

"도발이라는 것을 아시지 않습니까? 넘기셔야 합니다."

"연도윤을 죽인다."

운형이 손을 들자 소강상태에서 대기하던 이들이 무기를 다시 들었다.

어설프게 상황을 지켜보니 오늘 끝을 내는 것이 옳았다. 운형이 황궁으로 데리고 갈 사람은 비설뿐이다.

운형이 준비를 끝내자 도윤 또한 준비하라는 듯이 손을 들었다.

이참에 운형을 죽이는 것도 나쁘지 않다. 아니 어쩌면 구질구질하게 남아 있는 연윤천의 찌꺼기를 이번에야말로 확실히 도려낼 수 있다.

"죽여도 상관없다."

도윤의 명령에 흑의와 황병 또한 무기를 단단히 쥐었다.

누구 하나가 시작하면 끝을 볼 상황에서 운형이 손을 들려 했다.

"폐하!"

"운정공!"

부딪치기 직전의 상황이 다급하게 터져 나오는 목소리에 멈추었다.

운형도, 하물며 도윤 또한 이 상황에 미간이 좁혀졌다.

달려온 이가 무릎을 꿇고 입을 열었다.

운형의 손에 들려 있던 검이 바닥에 툭 떨어졌다.

❊❊❊

도윤이 들어서자 살아 있는 이들이 절뚝거리며 고개를 숙였다. 문을 들어서자마자 밀려드는 혈향이 어느 때보다도 지독했다.

운형이 보냈던 자객의 시신도, 다친 흑의도 눈에 들어오지 않았다.

닫힌 방문을 열자 방 가운데에 꽂혀 있는 검이 제일 먼저 들어왔다. 입고 있던 소복조차 벗어 놓은 채 비설은 사라졌다.

"아!"

도윤을 따라 들어온 운형이 눈앞에 펼쳐진 처참한 현장에 눈을 부릅떴다. 말리는 손까지 뿌리친 운형이 도윤의 뒤로 가까이 다가왔다.

"거기서 더 다가오면 넌 죽어."

지금까지 들었던 목소리와는 완전히 다른 분위기였다. 더 이상 가까이 가지 못한 채, 운형이 입술을 깨물었다.

살 의지가 없었다면 도망가지도 않았을 것이다.

다시 생을 살 마음을 먹은 비설의 변화는 다행이었지만, 그녀의 결심에 운형은 물론이고 도윤조차 없었다.

바닥에 꽂혀 있는 검을 잡자 온기가 느껴졌다. 흑의를 풀면 비설을 다시 잡아 올 수 있을지도 모른다.

그래서 무엇이 바뀔까?

"죽여라."

도윤의 말이 끝나는 것과 동시에 운형을 따라온 자들에게서 비명이 터져 나왔다. 붉게 물든 바닥에 다시 피가 흐르고, 가득 채운 혈향에 새로운 혈향이 뒤섞였다.

비설이 벗어 두고 간 소복에 손을 가져간 도윤이 입꼬리를 올려 미소 지었다.

바뀌지 않을 것 같았던 상황은 비설이 도윤을 떠나는 것으로 단번에 뒤집혔다.

제 웅묘는 고집만큼이나 결단도 빨랐다.

"이러니 더더욱 붙잡으려 하지."

비설이 없다는 것을 자각한 몸이 다시 허기에 굶주렸다. 흔들리는 이성이 당장에라도 비설을 끌고 와야 한다며 도윤을 채근했다.

분노에 분노가 쌓이고, 짜증에 또다시 짜증이 치밀었다.

단 한 번도 제 손에 잡은 것을 놓은 적이 없는 도윤이 처음으로 잡고 있던 것을 어처구니없이 놓쳐 버렸다.

비설이 있던 방에서 나온 도윤이 홀로 서 있는 운형을 향해 다가갔다.

도윤과 눈을 마주하던 운형이 고개를 숙이려 했지만, 그보다도 먼저 도윤이 운형의 멱살을 잡고 끌었다.

"오늘 너를 왜 살리는지 아느냐?"

"……."

"그리 귀한 네 아이라면 너도 찾아."

무슨 소리냐는 듯이 운형이 눈을 좁혔다. 운형을 죽이고 싶어하는 욕망을 억지로 억누르며 도윤이 애써 자신을 추슬렀다.

운형 하나 죽여서 비설의 마음이 돌아온다면야 수백 번이고, 수천 번이고 그럴 수 있다. 그 마음을 돌릴 방법이 운형의 목숨이 아니기에 참을 뿐이었다.

"짐보다도 네가 먼저 찾게 된다면 비설이 짐의 여인이 아닐 수도 있다는 것이겠지. 하지만 짐이 먼저 찾는다면 네 그 같잖은 집착을 거둬야 할 것이다."

도윤의 살기가 너무나도 섬뜩하여 반박할 말조차도 떠오르지 않았다. 운형의 멱살을 놓은 도윤이 그를 지나쳐 밖으로 나왔다.

황궁으로 돌아갈 때까지 도윤은 단 한 차례도 미소 짓지 않았다.

❆❆❆

"폐하. 명현공께서 드셨습니다."

정자로 들어온 헌이 도윤의 앞에 무릎을 꿇었다.

마련된 주안상 앞에서 술잔을 기울이던 도윤이 헌을 흘낏 보았다.

"한잔하겠나?"

도윤의 제안에 자리에 앉아 있던 헌이 고개를 숙였다. 헌의 앞에 놓인 잔에 도윤이 술을 따랐다.

한동안 술잔의 술이 비워지고, 채워지기를 반복하였다.

무슨 일이냐고 물어볼 법도 했지만, 헌은 그저 술 상대를 해 줄 뿐 묻지 않았다. 저런 사내이니 얼마든지 제 약점을 보이며 부탁을 할 수 있었다.

"예전에 문원에게 떠나 달라고 부탁한 적이 있었지."

도윤의 말에 헌의 안색이 딱딱하게 굳었다.

귀하게 여겼던 부인이 떠난 후, 몇 년을 지옥 같은 삶 속에서 살았던 그였다.

이제는 지난 일이 되어 자식을 얻고 가정을 이루었지만, 부인이 사라졌을 때의 기억은 헌에게 도려내고 싶은 것 중 하나였다.

하지만 그 감정을 도윤 앞에 보일 수는 없다. 중간 과정이야 어쨌든 도윤의 도움이 아니었다면 헌은 지금의 평온을 절대 얻지 못했을 것이다.

"이미 지난 일입니다."

"그래? 짐은 이제부터가 시작이야."

가벼운 어조였지만 그 안의 의미는 절대 가볍지 않았다. 웃고는 있었지만, 헌이 지금까지 봐 왔었던 도윤의 미소와는 달랐다.

좀 더 비틀리고 살기가 담겨 있는 미소.

웃고만 있을 뿐 도윤의 기운은 단련된 사람이 아니면 숨을 내쉬기도 어려울 정도로 서늘하고 날카로웠다.

"짜증이 나고 화가 나는데 당사자가 도망가서 화풀이도 못 하겠네."

"찾으셔야지요."

"……."

"놓을 수 없다면 찾으셔야지요."

나지막이 나오는 말에 도윤의 말문이 막혔다. 빈 잔에 술을 채운 헌이 차분한 눈으로 도윤을 보았다.

시선이 만나고, 살기와 짜증으로 가득 차 있던 도윤의 눈에 빛이 돌았다.

"맞아. 찾으면 그만이지."

도망쳐 봤자 결국 도윤의 손아귀 안일 뿐이었다.

불안과 초조가 머리끝까지 치밀었지만, 당장 도윤이 할 수 있는 일은 비설을 찾는 것뿐이었다.

지금은 도윤에게서 도망쳤다고 생각하겠지만, 곧 알게 될 것이다.

연도윤에게 여지라는 것을 줬을 때부터 비설에게는 다른 선택 따위는 없었다는 것을 반드시 보여 줄 것이다.

"찾으면 바로 데려올 것이다."

"음."

"그 무슨 애매한 반응이지?"

"아닙니다."

말은 없었지만, 그게 쉽지는 않을 것이라는 표정이 헌에게서 떠올랐다. 무언가를 알고 있는 듯했지만 물어보고 싶은 마음 따위 없었다.

술이 오고 갔지만, 더 이상의 이야기는 없었다.

그렇게 곧바로 데려올 것이라 했던 도윤의 장담을 비웃듯 1년이 지나도록 비설의 흔적은 찾을 수 없었다.

그녀가 바로 앉을 줄 알았던 자리는 4년이 지나도록 비어 있었다.

十三章. 목의 가시

"몸이 좋지 않으시어 이후에 만나자 하십니다. 황명을 내리시는 대로 내관을 보내 드리겠사오니 오늘은 이만 물러나시지요. 운정공."

내관의 말에 운형이 굳게 닫힌 집무실을 보았다.

도윤이 와병 중이라며 귀족을 물리고 규정전에 틀어박힌 지 벌써 일주일이 넘어가고 있었다.

석 달에 한 번은 와병을 핑계로 자리를 비웠기에 새삼스럽지는 않았지만 도윤이 자리를 비울 때마다 운형은 한꺼번에 밀려드는 초조함을 억지로 삼켜야 했다.

'그리 귀한 네 아이라면 너도 찾아.'

얼마든지 찾을 수 있다는 자신감과는 달리 4년이 지나도록 흔적조차 찾지 못했다.

그날 이후로 도윤의 인정을 받고 황궁에서의 영향력 또한 넓어졌지만, 상황은 여전히 도윤에게 유리했다.

"운정공."

"다음에 오겠다."

내관의 인사도 받지 않은 운형이 밖으로 나갔다. 충분한 준비를 하고 나섰음에도 상황은 달라지지 않았다.

황궁으로 돌아온 도윤은 운형을 그대로 두었지만, 사도는 직위만 있을 뿐 황제의 꼭두각시가 되어 버렸다.

사도의 권한을 모두 없앤 대신 운형에게는 과할 정도로 많은 책임을 주었다. 사도의 급격한 몰락에 방황하던 귀족들은 기다렸다는 듯이 운형에게로 손을 벌렸다.

마치 그 모습을 연도윤이 바라 왔었던 것처럼.

'조금이라도 실수한다면 그 책임을 물어 죽이려 하겠지.'

비설이 사라진 일로 도윤이 흔들리기라도 했다면 운형에게도 기회가 왔을 수 있었지만, 그날 이후로 도윤에게서 노려 볼 만한 변화는 없었다.

'비설을 잊은 것일까?'

곧 떠오른 물음에 운형이 고개를 저었다.

그것만큼은 절대 아니었다. 돌아온 도윤은 여전히 타인과의 선을 그었고 여인에게는 약간의 여지조차 주지 않았다.

그런 도윤이 유일하게 제 감정을 다른 이에게 보일 때는 한 달에 한두 번 비설의 숙소에서 잠을 청할 때뿐이었다.

"찾아야지."

비설이 사라지자 그녀가 남겼던 흔적이 운형에게도 하나씩 보이기 시작했다.

조용히 머물렀던 그녀의 방이, 건강을 걱정하며 다가왔었던 비설의 목소리가, 서문에서 가져왔다며 선물로 줬던 차가 각인처럼 머릿속에 남아 있었다.

비설이 사라진다면 도윤은 흔들릴지 몰라도 운형은 그렇지 않을 것이라 장담했었다.

하지만 그건 운형의 철저한 착각이었다.

시간이 지날수록 비설이 남기고 간 흔적이 운형을 괴롭혔다.

"비설을 찾아야 이 상황을 다시 흔들 수 있다."

그리하여 모든 바람을 이루는 순간 그녀를 제 옆에 둘 것이다. 평생을 연모하며 지금까지의 상처를 보듬으며 살게 될 것이었다.

생각에 생각을 더해 가며 황궁을 나가던 운형의 눈에 입궁하는 헌이 보였다.

"명현공께서는 폐하를 뵈러 가시는 길이십니까?"

운형을 보던 헌이 고개를 숙였다.

서문을 버리고 주를 선택한 사내.

한 나라의 장군이라는 자가 충성하는 나라를 바꾸었음에도 그는 부끄러워하기보다는 도윤이 주는 혜택을 더 누리려 했다.

사병을 함부로 가질 수 없는 주의 귀족과는 달리 도윤의 허락으로 사병까지 가지고 있으니 운형에게 헌의 존재는 껄끄러웠다.

"오랜만에 인사드립니다."

"종종 황궁에서 만나게 됩니다. 폐하께서는 병환이 심하시어 대신들을 만나지 않겠다고 하시니 명현공께서도 헛걸음을 하신 듯합니다."

운형의 말에도 헌의 표정에는 변화가 없었다.

명현공 이헌은 도윤이 없는 줄 알면서도 황궁에 온 것이다.

심중을 알 수 없고 불친절할 정도로 차갑고 단호한 이였지만, 하나는 확실히 알았다.

도윤이 없을 때는 헌이 자리를 지켰다. 저 미묘한 균형이 이어졌기에 4년 전 같은 일은 다시는 일으킬 수 없게 되었다.

"타국의 일에 신경 쓰시느라 고단하시겠습니다."

주의 귀족으로도 충분히 해결할 수 있는 일을 서문의 장군이라는 자의 손을 빌렸다.

아무리 도윤에게 몸을 숙이고 충성을 맹세해도 서문인이라는 피는 사라지지 않았다.

운형만의 생각은 아니었는지, 최근 두각을 드러내는 헌을 눈엣가시처럼 여기는 귀족들이 늘어 가고 있었다. 그들과 똑같이 행동하고 싶은 마음은 없었지만, 저 차가운 사내에게 자신이 어느 위치에 있는지 똑똑히 알려 주고 싶었다.

"그러게 말입니다."

귀족들의 도발에 헌이 조금이라도 넘어왔으면 일은 수월해졌겠지만, 정작 공격을 당하는 헌은 명현공이라는 자리에서 더 욕심을 내지도, 그들의 시비에 넘어오지도 않았다.

"폐하께서 주의 인사에게 제 자리를 맡기셨다면 소인이 이런 고생을 할 필요도 없는데 말입니다."

"……"

"이만 가 보겠습니다. 운정공께서도 살펴 가시지요."

주에 믿을 만한 사람이 없어서 자신에게 이런 중책을 맡긴 것이 아닌가?

차분하게 던지는 헌의 반박에 운형의 얼굴이 붉어졌다.

말문이 막힌 운형을 보던 헌이 몸을 숙인 후 규정전으로 걸음을 옮겼다.

도윤은 물론이고 그런 도윤이 끌어들인 사내들도 전부 마음에 들지 않았다.

윤천이 지키려고 했던 주가 땅이 넓어지고 그 세가 커지면서 타국의 이들로 흔들리기 시작했다.

'시간이 얼마 없다.'

이대로 있다가는 시도조차 하지 못한 채 도윤에게 집어삼켜질 것이다.

사라지는 헌을 보던 운형이 주먹을 굳게 쥐었다.

✻ ✻ ✻

황궁에서 헛걸음하고 온 운형을 맞이한 사람은 피곤하게도 세화였다.

"잠시 묻고자 하는 것이 있어 운정공을 찾아왔습니다."

방에 있으면서도 얼굴을 가리는 검은 너울을 쓰고 있었다. 세화는 물론이고 운형조차도 너울을 벗으라는 말은 하지 않았다.

세화와 운형의 사이에 따뜻한 차가 놓이고, 너울을 살짝 거둔 세화가 차를 입으로 가져갔다.

느긋한 세화의 모습에 운형이 먼저 말을 꺼냈다.

"이 모습을 사도께서 보시면 아가씨께서 좋지 않은 말을 듣지 않겠습니까?"

"아버지에게 전 버린 자식이지요. 폐하께서 귀한 오라버니를 살려 주시지 않았습니까? 저를 버린 대가로 가문을 지켰으니 아

47

버지에게는 남는 장사였지요."

"그럼 왜 저에게 오셨습니까?"

"저는 아버지와는 조금은 생각이 다르니까요."

너울 때문에 어떤 표정인지 알 수 없었지만 세화가 웃고 있다는 생각이 들었다. 볼 수 없는 표정을 떠올리는 것만으로도 불쾌감이 운형을 집어삼켰다.

비설이 사라진 4년 동안 누구는 변화가 없었고, 누구는 힘을 얻었고, 또 누구는 비틀리고 무너졌다.

"운정공께서는 그것을 찾으셨습니까?"

그것이라는 단어에 운형의 미간이 꿈틀댔다.

세화가 비설을 '그것'이라 부르는 것은 황궁을 드나드는 귀족이라면 누구나 아는 이야기였다.

뒤틀리고 망가진 세화에게서 나는 향에 운형이 입을 다물었다.

"예전보다도 더 독한 향이군요."

"아! 새로운 약초가 들어왔는데 몸에 묻었나 봅니다. 운정공께서는 제 물음에는 답을 안 해 주실 것입니까?"

"세화 아가씨의 말씀이 심하시니 답을 할 마음조차 들지 않더군요. 독초는 몸에 좋지 않습니다. 자중하시지요."

가문에서 버림받은 듯이 외면당하고 그녀를 따르던 추종자들 또한 사라지면서 세화는 독초에 관심을 갖기 시작했다. 독초로 무슨 짓을 하는지 알 수 없었지만, 한 달에도 몇 번씩 세화의 시중을 들다가 죽은 시종이 비밀리에 저택 밖으로 나온다는 것을 운형은 잘 알고 있었다.

"독초 같은 위험한 것을 어찌 여인인 제가 만지겠습니까? 운정공께서는 쓸데없이 넘겨짚는 경향이 있으시군요."

"넘겨짚는 버릇은 없지만 소문을 듣는 귀는 있습니다."

담담하게 받아치는 운형을 보며 세화가 입꼬리를 올렸다. 말을 돌리는 것을 보니 아직 운형은 비설을 찾지 못했다. 용건의 답은 듣지 못했지만 저 정도면 충분하다.

도윤도 그렇고 운형 또한 찾고 있으니 세화까지 비설을 찾을 필요는 없다.

두 사내 중 하나는 알아서 데려오게 될 것이니, 그때 움직이면 그만이었다.

"폐하께서 찾기 전에 운정공께서 먼저 찾으셨으면 합니다. 그것이 저에게 발견되면 어찌 될지 모르니 먼저 찾으셔서 서둘러 품에 안으시지요. 그래야 그 마음에 들어 있는 허망한 갈증이라도 해결하지 않겠습니까?"

"말씀이 지나치십니다."

"운정공을 걱정하여 드린 말씀일 뿐입니다. 그럼 전 이만하지요."

웃음을 터트리며 세화가 저택 밖으로 나왔다.

너울에 가린 눈에 광기가 더 깊게 스며들었다. 세화에게 그냥 죽는 것도 재미날 테지만 운형에게 능욕당해 무너진 후에 없애는 것도 재미날 것이다.

그녀의 삶을 무너뜨린 만큼 비설 또한 대가를 받아야 한다.

"오호호호."

비설을 떠올린 세화가 즐거운 웃음을 터트렸다.

그녀가 무서워 눈도 마주치지 못하는 시종을 무시하며 세화가 마차에 올랐다.

❀❀❀

바람이 분다.

추웠던 겨울이 지나고 봄이 성큼 다가와 있었다. 불어오는 바람에 몸을 맡겼던 비설이 가게 안에서 들리는 기척에 하늘을 보던 시선을 돌렸다.

"많이 기다렸는가?"

가게 주인의 말에 비설이 고개를 저었다.

하나로 묶어 내린 머리에 먹색 옷이 수수했지만 그럼에도 고운 얼굴이나 몸태는 여전했다.

가게 주인에게서 물건을 받아 든 비설이 손바닥만 한 종이에 붓으로 작게 써 내려갔다.

[매번 감사합니다.]

"감사할 일이 또 무엇이 있나? 나야 아가씨에게 받은 약초로 장사를 하니 이득일 뿐이지."

넉살 좋은 주인의 말에 비설이 고개를 숙였다.

인사를 끝낸 비설이 주인이 건네준 물건을 손에 들고 가게를 나왔다.

막연했던 마음은 1년이 지나고, 4년이 지나자 조금씩 중심을 잡았고, 살고자 하는 의지도 천천히 생겨났다.

홀로 버티는 삶은 쉽지 않았지만, 그녀를 휘둘렀던 상황에서 떨어져서 지내니 예전에는 몰랐던 삶을 배워 나가는 재미도 느껴졌다.

다만 그때부터 막힌 말문은 다시 열리지 않았다.

소리를 내 보려 했지만, 목 자체가 막혀 버린 것처럼 말을 하지 못하게 되었다.

"언니 왔어요?"

시전을 빠져나가는 비설의 옆으로 아이 다섯이 쪼르르 달려왔다.

아이들의 모습에도 비설은 미소조차 짓지 않았다. 다만 왔느냐는 듯이 아이의 머리카락을 어루만지자 아이의 얼굴에 환한 미소가 생겼다.

다가온 아이들의 머리카락을 하나씩 다 어루만져 준 비설이 가지고 있던 작은 주머니를 아이에게 내밀었다.

비설이 건넨 주머니를 열자 작은 당과들이 가득 들어 있었다.

"먹어도 돼요?"

눈을 빛내면서도 걱정하는 아이를 보던 비설이 걱정하지 말라는 듯이 고개를 끄덕였다.

시전에서 돌아다니는 아이들은 부모가 둘 다 일하거나 아니면 전쟁으로 부모를 잃은 경우가 대부분이었다.

예전의 비설은 당과나 아이들과 같이 노는 삶은 생각도 하지 못했었다.

풍족한 살림은 아니었지만, 작게나마 그녀에게 먼저 다가오는 아이들에게 당과 정도는 사 줄 여유는 있었다.

"잘 먹겠습니다. 아! 언니 이쪽으로 와요!"

당과를 주고 집으로 가려는 비설을 아이들이 붙잡았다.

아이들을 따라 집과 집 사이에 몸을 숨기자마자 촌주가 사람들을 이끌고 시전 안으로 들어왔다.

"비켜! 누구의 앞을 감히 막아!"

"저리 안 가!"

51

반년 전에 정착한 이곳은 외부인인 비설에게도 잘해 줄 만큼 선한 사람들이 많았지만, 촌주는 그러한 대상에서 조금은 떨어져 있는 이였다.

하물며 출신 성분을 알 수 없는 비설이 자리를 잡고 살아가자 돈을 더 내놓든지 아니면 나가라는 압박을 주고 있었다.

촌주가 완전히 지나간 후, 자신을 보며 웃는 아이들에게 비설이 바닥에 짧게 글을 썼다.

[고맙다.]

글을 전혀 모르는 아이들이었지만, 대화를 하기 위해 비설이 가르치면서 몇 마디 정도는 읽을 수 있게 되었다.

아는 단어가 나오자 아이들이 웃음을 터트리며 당과를 든 손을 흔들었다.

떠나는 아이들을 잠시 보던 비설이 다시 걸음을 옮겼다.

촌주의 협박도 있었고, 다른 사람들에게는 말할 수 없는 사정도 있었기에 비설이 머무는 집은 마을에서 조금 떨어져 있는 언덕에 있었다.

조용하다 못해 적막한 곳이었지만, 그녀 혼자 머물기에는 나쁘지 않았다. 하물며 비설은 말을 하지 못했으니 그녀가 있으나 없으나 별 차이는 없었다.

"찾았다!"

집 안으로 들어가는 길목에서 들리는 소리에 비설이 고개를 돌렸다.

언제부터 따라왔는지 촌주가 헐떡이며 비설을 노려보고 있었다.

"네 이년이 감히 날 피해 다녀? 감히!"

"……."

볼 때마다 저리 쌍심지를 켜고 욕을 해 대니 좋아할 사람이 있겠는가?

하물며 촌주와 비설의 상황을 지켜보던 마을 사람들도 비설의 조용하고 차분한 성격에 마음을 돌려 그녀를 도와주었다.

주변의 도움으로 촌주와의 부딪칠 일을 줄였을 뿐, 비설이 일부러 그를 피한 것은 아니었다.

"내 오늘은 말을 들어야겠다! 이달 말까지 돈을 더 내든지 아니면 이 마을을 떠나란 말이다! 이도 저도 못 하겠으면 내가 하라는 대로 하라고 했는가? 안 했는가?"

자세한 상황을 알지는 못했으나 가끔 촌주가 가리킨 여인들이 사라지거나 아니면 끌려가서 험한 꼴을 당한다는 말을 들었었다.

처음에 이곳에 자리 잡을 때 촌주가 제시했던 돈을 매달 꼬박꼬박 내고 있었다.

말도 안 되는 억지를 들어줄 여유는 그녀에게 없다.

촌주에게 고개를 저은 비설이 자신의 집을 향해 몸을 돌렸다. 자신을 무시하는 행동에 화가 난 촌주가 그녀를 잡으려 손을 뻗었다.

촌주의 손을 보던 비설이 한 걸음 뒤로 물러나자 중심을 잃은 그가 바닥을 굴렀다.

"너, 너!"

[이번 달의 셈은 분명 치렀으니 다음 달에 이야기하시지요. 이만 가 보겠습니다.]

바닥에 짧게 글을 적은 비설이 짐을 들고는 길을 올라가기 시작했다.

단칼에 자르는 그녀의 행동에 화가 난 촌주가 다시 달려들려 했지만, 주변으로 몰려드는 사람들의 시선을 의식한 이들이 촌주를 말리는 것으로 상황은 멈추었다.

촌주를 피해 걸어가던 비설이 소리 없이 한숨을 내쉬었다. 모처럼 마음에 드는 곳을 찾았건만, 계속되는 촌주의 시비는 좋지 않았다.

'다른 곳을 알아봐야 하는 건가?'

고민하던 비설이 가까이서 느껴지는 기척에 숨을 삼켰다.

검을 완전히 내려놓기는 했지만 무인으로서 오랫동안 단련했던 것이 완전히 사라지지는 않았다.

스치듯이 생겼다가 사라지기는 했지만, 분명 사람의 기척이었다.

'아…….'

표정이 급격히 어두워졌던 것도 잠시, 비설이 고개를 저었다.

연이은 일에 예민해진 것일지도 모른다. 아직 누구에게도 들키지 않았고, 도망치고 피해 다녔던 것과는 달리 이곳에서는 꽤 오랜 시간을 평안하게 지내고 있었다.

이 기간이 길지는 않을 거란 것은 알았지만, 조금만 더 이렇게 지내고 싶은 바람뿐이었다.

완전히 사라진 기척에 한숨을 내쉬던 비설이 다시 언덕을 올랐다.

❋❋❋

'그 계집을 품게만 해 준다면 이 함의 두 배가 되는 금을 얻을 수

54

있을 것이네.'

스치듯 본 비설의 얼굴과 태에 반한 하급 귀족이 금괴가 가득 담긴 함을 내밀며 촌주에게 부탁했다.

처음 보는 금괴에 눈이 뒤집힌 촌주가 다급히 함을 가져가려 했지만, 영악한 귀족은 보여 주기만 할 뿐 곧바로 함을 빼앗았다.

함에 담겨 있는 금괴의 절반을 꺼내 촌주에게 내민 귀족은 한 달 안에 비설을 제 앞으로 데려오라는 말을 끝낸 후 떠났다.

모으면 모을수록 답을 주는 것은 재물뿐이었다. 재물을 모으자 권력이 생겼고, 권력이 생기자 기회가 생겼다.

"서둘러라. 어서 움직여야 한단 말이다!"

말했던 기한이 일주일밖에 남지 않았다.

압박을 해 보고 윽박도 질렀지만, 움츠러들며 살려 달라던 다른 계집들과는 달리 겁에 질리는 기색조차 없었다.

강제로라도 끌고 오려 사람을 썼건만 어찌했는지 가까이 가기도 전에 제압당해 언덕 밑에 버려져 있기를 여러 번이었다.

"오늘이야말로 저 계집을 묶어서 대인께 데려다 놓겠다. 뭐 하는 것이냐! 새벽 해가 뜨기 전에 일을 끝내 놔야…… 음?"

채근하던 촌주가 이상한 기운에 몸을 돌렸다. 조금 전까지 그를 부지런히 따라오던 걸음 소리가 들리지 않았다.

숲속을 울리는 정적에 촌주의 눈이 흔들렸다. 차가운 밤바람에 소름이 돋았다.

고개를 돌려 봐야 했지만 엄두가 나지 않았다.

꿀꺽 침을 삼킨 촌주가 고개를 돌렸다.

"아…… 아아악!"

좀 전까지 촌주를 따라오던 사내들이 피를 흘리며 쓰러져 있었다.

언제 당했는지 알지 못했는지 죽은 이들의 표정은 좀 전과 다를 바가 없었다.

빠르게 만들어진 피 웅덩이 위에 베인 시체를 보던 촌주가 비틀거리며 바닥에 주저앉았다.

너무 놀란 나머지 촌주가 이를 딱딱거리며 몸을 떨었다.

찰나라고 할 순간에 무슨 일이 일어난 것일까?

주저앉은 채 뒷걸음질을 치던 촌주의 등에 딱딱한 것이 닿았다.

침을 꼴깍 삼킨 촌주가 무거운 머리를 들었다.

"헉!"

간신히 목소리를 쥐어짜 비명을 지르려는 순간, 다른 이가 촌주의 입에 재갈을 물렸다. 몸부림을 치며 도망가려는 촌주의 혈을 찍자 늙은 몸이 힘없이 바닥에 쓰러졌다.

잠시 언덕 위의 집을 보던 흑의들이 서로 시선을 주고받았다.

시신과 촌주를 어깨에 멘 사내들이 내려가고, 곧이어 올라온 이들이 남아 있는 흔적을 지웠다.

언제 그런 일이 일어났느냐는 듯이 깨끗하게 정리된 길로 사내가 걸어왔다. 정리된 곳에 남아 있는 혈향을 맡던 사내가 언덕 위의 집을 바라보았다.

"폐하."

도윤이 멈추자 자리를 지키던 흑의들이 한쪽 무릎을 꿇고 몸을 숙였다.

흑의들의 행동에는 관심도 없다는 듯이 집을 보던 도윤이 바로 옆에 있는 호위에게 물었다.

"이미 알고 있을 텐데?"

"기척을 알아차리셨지만, 그대로 계셨습니다."

"흠."

무서운 것이라고는 전혀 없던 그였지만, 지금은 그렇지 않았다. 금방 데려올 수 있을 거란 생각과는 달리 시간은 4년이 지나 있었다.

예전에도 손아귀에 넣기 힘들었던 웅묘는 지금도 변함없이 그를 초조하게 했다.

비설의 집 앞에 선 도윤의 얼굴에 미소가 드리워졌다.

✿✿✿

홀로 살기 시작한 비설이 머무는 곳에는 예전의 그녀가 발버둥을 치면서 지키려고 했었던 것들은 전혀 없었다.

자신을 가리려 남장을 할 필요도 없었고, 복수를 위해 검을 들 이유도 없었다. 하물며 누군가를 지키기 위해 자신을 내던질 필요도 없었으니 몸의 상처도 없었다.

대신 산에서 캐 온 약초를 말리느라 나는 향이 방을 채웠고, 호위복 대신 수수한 여인의 옷이 몇 벌 걸려 있었다.

이런다고 과거가 사라지는 것도, 새로운 생활이라며 누릴 수 있는 것도 없었지만 바람이 없었기에 욕심도 들지 않았다.

이 상황에서도 달라지지 않은 것은 단 한 가지.

"이번 집은 너무 위험하네."

가장 지우고 싶었던 사내였지만, 4년이라는 시간 동안 비설은 도윤을 지울 수 없었다.

소복 위에 두꺼운 장옷을 입고 나온 비설이 도윤을 보며 눈을 좁혔다.

몸을 숨기고, 살 곳을 마련했지만 오래가지 못했다.

악연도 이런 악연이 없는지 그를 피해 간신히 집을 구했지만 그마저도 석 달을 넘기지 못했었다.

"이런 곳에 머물다가는 1년도 못 가서 무너져 다칠 거다."

마치 어제 본 사람처럼 나타난 도윤은 비설이 힘들게 구한 집을 아무렇지도 않게 평가하고 안 된다며 반대했다.

간신히 벗어났다고 생각했건만, 도윤을 다시 마주하게 된 것이다. 비설은 그를 상대하고 싶지 않았다.

그를 무시하고 살려 했으나 그랬던 결심은 도윤이 온 다음 날 완전히 무너졌다.

"부서졌어."

잠시 집을 비웠다 돌아온 비설이 본 것은 한쪽 벽이 완전히 뚫린 참상이었다. 가만히 잘 있던 집의 한쪽 벽이 그냥 무너졌을 리가 없다.

범인은 딱 봐도 연도윤인데 정작 당사자는 웃고만 있을 뿐이었다.

"이런 허름한 곳은 안 돼."

"……."

"돌아가자."

이제는 도윤과 조금도 엮이기 싫었다.

깊은 밤을 빌려 비설은 다시 떠났다. 주를 떠난다면, 최소한 그와 연관이 없는 곳으로만 갈 수 있다면 어떻게든 도윤을 피해 몸을 숨기며 살 수 있을 거라 굳게 믿었었다.

그렇게 간신히 주의 바로 옆에 있는 호국으로 숨어들었다.

"곧 주의 군대가 이곳으로 올 거야. 괜히 벼락 맞기 전에 돌아가자."

호국에서 반년은 무척이나 조용했다. 목소리는 나오지 않았지만, 모처럼의 평화에 마음의 상처를 추스를 수 있었다.

조금은 길게 가기를 바랐던 평화는 호국과 주국 사이에 문제가 생기자마자 끝이 났다.

황궁을 처음 도망 나왔던 그날처럼 비설이 없는 사이에 제집처럼 들어온 도윤은 비설에게 이만 상황을 정리하라고 했다.

"미리 말하지만 연국은 가지 마. 문원을 봤듯이 여인이 머물기에는 너무 춥거든."

"……."

"연으로 가는 국경은 철저히 막았으니까 빠져나갈 수 있을 거란 생각은 말고."

제 뜻대로 살려고 했지만 도윤은 비설에게 여지조차 주지 않았다.

도윤이 찾으면 비설은 도망가면 그만이었다. 해볼 테면 해보라는 듯이 비설은 더 악착같이 도망쳤다.

하지만 길게 숨어 봤자 반년이었다.

어디에 숨든지 무슨 모습으로 자신을 가리고 있든지 도윤은 그녀의 앞에 나타났다.

"아무리 그래도 이런 놈들과 동행하는 건 위험해."

비설은 도윤에게 뒤를 밟히지 않으려 위험하다는 것을 알면서도 국경을 넘는 밀수업자들 속에 숨어들었다.

그들이 비설을 보는 눈빛과 행동이 심상치 않았기에 그녀 또한 대비하고 있었지만, 그녀의 준비보다도 도윤이 먼저 행동으로 옮겼다.

그가 들고 있는 검에 묻어 있던 피가 바닥에 툭 떨어졌다. 말이 나오지 않으니 할 수 있는 최선은 도윤을 노려보는 것뿐이었다.

도윤의 검에 간신히 살아남은 사내가 숲으로 사라졌지만, 얼마 지나지 않아 짧은 비명과 동시에 달리던 소리는 멈추었다.

"차라리 주에 머물러."

도윤이 미소를 짓자 얼굴에 묻은 피가 바닥에 떨어졌다.

정신을 놓은 광인이 짓는 미소에 싫다는 문장을 쓸 엄두조차 내지 못했다.

그럼에도 그와 함께 황궁으로는 죽어도 갈 수 없었다. 지겨우리만큼 비설은 숨었고, 집요하리만큼 도윤은 그녀를 찾아냈다.

마치 가까운 곳에서 그녀를 지켜보고 싶은 것처럼, 도윤은 비설을 억지로 황궁으로 끌고 가지는 않았지만 그렇다고 그녀를 놓아주지도 않았다.

따라오는 흑의를 따돌리고, 혼란스러운 상황에 자신을 숨겨도 도윤에게는 통하지 않았다.

감정의 변화 없이 비설이 도윤을 보자 무안한 그가 눈을 내렸다.

"밤늦게 와서 미안해."

한 나라의 황제임에도 불구하고 언제부터인가 도윤은 비설에게 미안하다는 말부터 꺼냈다. 몇 번이나 있었던 일인데도 또 이렇게 마주하면 어떻게 해야 할지 암담했다.

"화 많이 났어?"

전혀 미안하지 않은 얼굴로 화가 났냐고 물으면 어찌 대답해야 하는가?

거리를 두고 반응이 없는 비설을 향해 도윤이 다가왔다.

그가 다가오자 비설이 경계하듯 몸을 뒤로 뺐다.

여유로운 얼굴에 작은 경련이 일었다.

"들어가도 돼?"

눈을 마주하고 있었지만 비설에게서 아무런 감정도 느껴지지 않았다.

다가가려던 도윤이 제자리에 섰다. 저 상태서 더 몰아붙이면 비설은 다시 도윤을 피해 도망갈 것이다.

"다가오지 말라면 다가가지 않을게."

하늘 아래 무서운 것이라고는 전혀 없는 도윤이었지만, 비설의 반응에는 피가 말랐다. 점점 더 찾기가 어려운 곳으로 숨어 버리 니 예전처럼 그녀를 제멋대로 몰아붙일 수도 없었다.

그저 그녀가 좀 더 그에게 다가올 수 있도록 언제나 그렇듯이 잘 만들어진 미소를 지어 보였다.

"얼굴만 보러 온 거야."

"……."

차라리 벽에게 움직이라 소리치는 일이 훨씬 쉬울 것 같다. 비 설이 반응이라도 보였다면 이렇게 고민하지 않았을 것이다.

그때 무표정하던 비설이 한 걸음 뒤로 물러났다. 무언의 거절 에 도윤의 눈이 흔들렸다.

"내가 실수했네."

무슨 소리냐는 듯이 비설이 눈을 좁히는 순간 도윤이 몸을 숙였다.

"사과하려면 제대로 해야 하는데 말이야."

무릎을 꿇으려는 그를 보는 순간 안으로 도망가려던 비설이 도윤을 붙잡았다. 이게 무슨 짓이냐는 듯 동그랗게 눈을 뜨는 그녀를 향해 도윤이 웃음기 없는 얼굴로 마주했다.

그를 붙잡은 비설의 손이 바들바들 떨렸다. 그것만큼은 안 된다는 듯이 비설이 고개를 저었다.

제 웅묘는 여전히 여리고 착했다.

"네가 하지 말라면 안 해."

"……."

"얌전히 있을게."

차라리 거짓 웃음으로 부리는 수작이었다면 화라도 내겠지만, 도윤에게서는 그러한 기색조차 없었다.

그는 여전히 영악하고 주도면밀했다.

그런 모습의 자신을 비설이 절대 거부하지 못한다는 것을 도윤은 너무나도 잘 알고 있었다.

도윤을 마주 보던 비설이 외면하듯 그 너머의 숲을 보았다.

며칠 전부터 느껴지는 기척은 익숙한 것이었지만 분명 저 너머에서부터 맡아지는 향은 피 냄새였다.

"이만 들어가는 게 좋겠어."

들어오려는 도윤을 비설이 붙잡았다. 그를 말리기는 했지만 집 안으로 들일 생각은 없었다.

더는 안 된다는 시선에 도윤이 걸음을 멈추었다.

무인으로서의 날카로운 분위기는 거의 사라졌지만, 대신 비설은 도윤에게 좀처럼 여지를 주지 않았다. 말을 하지 못해도, 비설은 도윤을 칼처럼 밀어냈다.

그걸 알면서도, 도윤은 이 순간을 포기할 수 없었다.

"나보고 저 피바다 속으로 가라고?"

"……."

"아무리 나라도 그건 좀 무섭거든."

저가 저지른 일이 무섭다며 몸을 떨었다. 그리고 무서운 표정이 아니었음에도 절대 돌아가지 않겠다는 듯이 도윤이 문 앞까지 다가왔다.

문을 닫으면 문을 부숴서라도 들어오겠다는 단호한 의지에 비설이 입술을 깨물었다.

현재 그녀가 머무는 곳은 주였고, 주의 주인인 도윤을 막을 방법 따위 비설에게는 없었다. 그럼에도 무작정 밀어붙이는 연도윤이 절대 좋아 보이지 않는다.

이곳에 온 지 반년 만에 도윤은 다시 그녀의 앞에 나타났다. 그녀가 원하는 작은 평화조차도 도윤은 용납하지 않았다.

"들어오지 말라면 여기에 있을게."

비설의 반응을 보던 도윤이 쥐어짜듯 힘겹게 말을 꺼냈다.

원하지 않는 일을 억지로 받아들여야 할 때의 반응에 비설의 눈이 더욱 가라앉았다. 그가 무슨 생각인지 표정만으로 알아차리는 자신이 싫다.

이제는 좀 보내 버리고 싶어도 또 나타나서 자신의 삶을 휘젓는 그가 미웠다.

문을 잡고 있던 비설의 손이 파르르 떨렸다.

이대로 문을 닫으면 도윤은 들어오지 않을 것이다.

'대신 내내 밖에서 기다리겠지.'

결국 그가 만들어 놓은 선택지에서 고르는 것이 비설이 할 수 있는 최선이었다.

문에서 손을 놓은 비설이 몸을 돌려 안으로 들어갔다.

들어와도 된다는 무언의 허락에 도윤이 미소 지었다.

숲을 향해 짧게 시선을 둔 도윤이 안으로 들어가자마자 대기하던 흑의들이 몇 겹으로 집을 포위했다.

남아 있는 잔불에 비설이 물을 올렸다.

도윤의 시선을 아는지 모르는지 비설은 낡은 잔에 찻잎을 담고, 엉망인 방을 치웠다.

비설의 그 모습을 도윤이 손으로 턱을 괸 채 하나라도 놓칠세라 집요하게 바라보고 또 바라봤다.

"지난번에 주고 간 차네. 왜 안 마셨어?"

대답이 올 수 없다는 것을 알면서도 도윤은 비설에게 질문을 던졌다.

이제 그녀는 도윤에게 줄 수 있는 것이 아무것도 없었다. 그 사실을 인정하기 싫은지 도윤은 그녀의 삶에 제멋대로 들어와 힘들게 만든 평온한 삶을 흔들려 했다.

그사이 잔에 따뜻한 물을 부은 비설이 차를 우려내 도윤의 앞에 놓았다. 그의 반대편에 앉은 비설이 종이를 준비하고 먹을 갈았다.

비설이 준비를 끝내고 글을 쓸 때까지 도윤은 말을 거는 대신 기다렸다.

[그만 돌아가세요.]

준비를 끝내고 나온 첫마디에 도윤의 눈이 옅게 꿈틀거렸다.

64

수십 번이나 보았던 문장임에도 볼 때마다 심장이 내려앉는 것은 어쩔 수 없었다.

[오셔도 바뀌지 않아요.]

도윤에게서 도망친 후, 혼란과 고통 속에서 비설은 견뎌 냈다.

이제야 어느 정도 버텨 냈다며 자신을 추스를 수 있게 되자 도윤을 마주했다.

마치 얼마 전에 헤어졌던 연인들처럼 말을 건네는 그에게 할 수 있는 최선은 도망가는 것뿐이었다.

하지만 그녀의 노력을 비웃듯 도윤은 그녀의 앞에 나타나서는 필요 없는 물건이라며 문원에게 주듯이 선물과 차를 놓고 사라졌다.

받지 않겠다며 거절해도 그냥 놓고 사라지니 받는 수밖에 어쩔 수 없었다.

[새벽 해가 뜨면 가세요.]

"네 목소리 들으면."

"……."

"네 목소리로 직접 가라고 하면 지금이라도 갈게."

비설이 그럴 수 없다는 것을 알면서도 도윤은 억지를 부렸다. 글을 쓰는 대신 비설이 노려보자 도윤이 미소를 지었다.

문원에게는 술술 나오던 말이 비설에겐 쉽지 않았다.

아무리 머리를 굴려도 비설을 설득할 말이 떠오르지도 않았고, 그녀의 반응을 기대하며 말을 걸면서도 단호하게 자르는 문장이 나올까 겁이 나서 주저하기도 했었다.

비설은 그렇지 않겠지만 도윤은 그녀와의 시간이 설레면서도 걱정이 되었다.

[이제 정리가 끝났을 테니 내려가세요.]

"길을 몰라."

또 시작된 억지로 비설의 눈에 힘이 들어갔다. 화를 참는 모습을 보면서도 그녀가 원하는 대로 갈 수 없었다. 숨바꼭질하는 것처럼 계속 이어지는 관계는 좀처럼 끝이 보이지 않았다.

그나마 다행이라면 무조건 밀어내던 처음과는 달리 찾는 횟수가 많아질수록 비설은 약간이지만 종종 곁을 내주었다.

찻잔을 옆으로 민 도윤이 탁자에 엎드렸다.

무슨 짓이냐는 무언의 시선에 도윤의 눈매가 부드럽게 휘었다.

"새벽에 돌아다니느라 졸립네. 이러고 잘게."

나가라는 듯이 비설이 노려보았지만, 도윤은 이미 잠든 후였다. 예전이나 지금이나 도윤은 머리만 기대면 잠들었다.

힘들게 버틴 자신과는 달리 도윤은 참 예전이나 지금이나 똑같았다.

그녀의 의사와는 달리 또 제멋대로 다가오는 그가 탐탁지 않았다.

미끼로 이용당했던 과거는 이미 지난 일이 되었지만, 그렇다고 다 잊고 돌아가고 싶은 생각은 전혀 없었다.

문제는 머리는 그러한데 마음은 또 그렇지 않다는 거다.

잠든 도윤을 향해 비설이 손을 뻗었다. 하지만 도윤에게 채 가지 못하고 멈춘 손이 곧 거두어졌다.

'왜 여기까지 와서…….'

그녀처럼 놓으면 그만이었다. 많은 시간이 흐른 일이었지만 도윤은 아직 놓지 못했다.

침상으로 돌아가 앉았지만, 엎드려서 잠든 도윤이 너무나도 신경 쓰였다. 고민하던 비설이 자신의 장옷을 가져와 도윤의 몸에 조심스럽게 올렸다.

바람과는 달리, 비설은 그의 손을 잡는 대신 몰래 도망치기를 반복하였다. 화를 내거나 강제로 붙잡을 수도 있었지만, 비설을 매번 찾아내면서도 도윤은 단 한 번도 그녀에게 화를 내지 않았다.

하지만 도윤이 이런다 한들 달라지는 것은 없다.

자신이 아는 것을 도윤이 모를 리가 없으면서도 그는 비설에게서 떨어지는 대신 일정한 선 안에서 그녀를 기다렸다.

다가갈 수도, 만질 수도 없다.

'흔들리면 안 돼.'

자신을 다잡은 비설이 침상으로 돌아왔다.

조금 열어 놓은 창문으로 밝은 달빛이 들어왔다. 처음 이곳을 살 곳으로 정했던 것도 집으로 바로 들어오는 달빛 때문이었다.

피 냄새가 남아 있었지만, 비설에게 아직은 익숙한 향이었다.

도윤이 지난번에 두고 간 책을 하나 꺼낸 비설이 달빛을 등불 삼아 펼쳤다.

이미 잠은 다 깼고, 도윤이 있으니 편하게 잠들기는 어려울 듯싶었다.

침상에 앉은 비설이 서책을 읽기 시작하고, 그런 비설을 잠에서 깬 도윤이 엎드린 채 지켜보았다.

책을 보던 비설이 잠든 도윤을 향해 눈을 돌렸다.

한동안 도윤을 지켜보던 비설이 침상에서 내려왔다.

도윤의 이마에 땀이 송골송골 맺혀 있었다. 신음이 나지는 않앉지만, 흐트러진 숨소리에 딱딱하게 굳은 미간이 왜 그런지 묻지 않아도 알 수 있었다.

'아!'

본능적으로 도윤을 깨우려던 비설이 손을 멈추었다. 그날 이후로 도윤과는 철저히 거리를 두려 했다. 한때는 전부를 주며 갖고 싶었던 정인이었지만, 이제는 되지도 않은 꿈에 매달릴 생각 따위 전혀 없었다.

그럼에도 악몽을 꾸는 도윤을 그대로 둘 수는 없었다.

비설의 손이 등에 닿는 순간 놀란 눈으로 가쁜 숨을 내쉬던 도윤이 비설과 눈을 마주했다.

찰나였지만, 영원처럼 느껴질 만한 시간이 지나간 후 비설을 마주 보던 도윤의 눈이 곱게 휘었다.

"꿈꾸는 게 지겨워."

꿈이라는 것을 알면서도 깨어날 수 없었다. 아무리 발버둥을 치고 고함을 질러도 언제나 보고 또 보던 상황은 달라지지 않았다.

깨고 싶어도 깰 수 없는 상황에서 등에 닿는 온기에 눈이 떠졌다. 눈을 마주하고 온전한 당사자를 보는 순간 딱딱하게 굳었던 몸이 풀어졌다.

예전의 그였다면 이 상황을 이야기하는 것으로 비설에게 동정을 얻어 냈을 것이다. 지금만 해도 선을 긋고 다가오지 않으려 하다가도 비설은 악몽을 꾸는 도윤을 그냥 내버려 두지 못할 정도로 마음이 여렸다.

"후우."

그걸 알면서도 이제는 그러고 싶지 않았다.

68

도윤의 몸에서 손을 뗀 비설이 침상으로 몸을 돌렸다. 시선은 외면하고 몸을 돌리는 비설을 보는 순간 안도했던 심장이 덜컥 내려앉았다.

"몸 돌리지 마."

약간의 틈도 보이지 않는 저 담담한 눈을 마주하는 것이 외면당하는 것보다 더 무서웠다.

도윤에게는 한없이 길었던 4년이었던 시간이 비설에게는 찰나였던 것처럼 그녀는 다시 만났을 때나 지금이나 똑같았다.

"나 좀 불쌍히 여겨 줘."

억지라는 것을 알면서도 매달릴 수밖에 없었다.

그의 허기를 해결해 줄 수 있는 사람은 비설뿐이었고, 유일하게 곁에 있을 때 편안하게 자신을 내보일 수 있는 유일한 여인도 비설뿐이었다.

몇 년 만에 다가온 비설의 손은 너무나도 편안했다. 싫어할 것을 알면서도 비설을 안은 도윤이 침상에 그녀를 눕혔다.

놀란 나머지 토끼 눈으로 바라보는 비설을 보며 도윤이 입꼬리를 올렸다.

"미안."

"……."

"패고 싶으면 패고, 물어 버리려면 물어. 대신 죽이지만 마."

"……."

"잠시만 이러고 있을게."

자기 말만 전부 해 댄 도윤이 다시 잠들었다. 비설의 몸에 얼굴을 묻고 잠든 도윤은 좀 전과는 달리 편안해 보였다.

소리 없는 한숨을 내쉬며 비설이 눈을 감았다. 더는 서책의 글씨도 눈에 들어오지 않았다.

도윤의 존재가 미치도록 신경 쓰였지만 더는 다가갈 수 없었다.

'그러게. 왜 여기까지 와서는…….'

오늘 그를 내보내기는 어려울 듯싶었다.

비설은 잠든 도윤을 만지지는 않았지만 밤이 깊도록 그를 바라보고 또 바라보았다.

✳✳✳

복잡한 밤이 지나가고, 밖에서 들어오는 햇볕이 눈을 찌르자 잠들어 있던 도윤이 눈을 떴다. 그리고 낯선 천장에 눈을 깜빡이다 나른한 숨을 내쉬며 자리에서 일어났다.

몸에서 흘러내리는 이불을 보던 도윤의 눈매가 다시 휘었다.

"내 웅묘는 착하니까."

다가오지 말라면서도 막상 억지를 부리며 다가오니 모르는 척 받아 주었다.

예전에는 머리를 기대기만 해도 잠들었지만, 요즘에는 가장 쉽게 했었던 일이 너무나도 어려웠다. 오랜만에 달게 자고 개운하게 일어났다.

"음."

곧 들어올 줄 알았던 비설이 아무리 기다려도 오지 않자 침상에서 내려온 도윤이 방을 천천히 둘러보았다.

그녀의 손때가 묻어 있는 가구를 지나 탁자에 멈춘 도윤의 눈이 옅게 떨렸다.

[이제 오지 마세요.]

"박하기도 해라."

처음 그녀를 찾았을 때부터 봤었던 문장이 다시 적혀 있었다.

벌써 몇 번째인지 세는 것도 포기했다.

절대 들어줄 수 없는 말임에도 비설은 언제나 굳건하게 도윤에게 오지 말라는 문장을 또 적고 적었다.

[또 올게.]

그녀의 반응이 어떨지 궁금했지만, 지금은 비설을 위해서라도 돌아가는 것이 맞았다.

주인 없는 방에서 주변을 둘러보던 도윤이 그녀가 말려 놓은 약초를 한 움큼 쥐었다.

해야 할 일을 전부 끝낸 도윤이 방 밖으로 나왔다.

"돌아간다."

잠시 후 돌아온 비설이 산더미처럼 쌓여 있는 물건을 암담한 눈으로 보았다.

질 좋은 명주 천에, 서적에, 차는 물론이고 비싸서 엄두조차 내지 못했던 문방사우가 가득하였다.

그리고…….

비설의 눈이 물건 사이에 놓여 있는 검 한 자루에 멈춰 있었다.

홀린 듯 검에 손가락을 대었던 비설이 화들짝 놀라 손을 떼었다.

'미쳤어!'

더는 검을 잡을 일은 없다.

그녀에게 검만큼 불필요한 것은 없었다.

흔들린 자신을 추스르듯 비설이 방 안으로 들어갔다.

71

돌아가라며 적은 종이에 익숙한 필체가 단정하게 쓰여 있었다.

[또 올게.]
[약초값은 두고 가.]

이제 그녀는 도윤에게 해 줄 수 있는 것이 없었다.

예전에는 미끼로 이용이라도 당했지만, 이제는 그를 위해 움직일 힘도, 능력도 없었다.

지쳐서 아무것도 하기 싫은 비설에게 도윤은 아무렇지도 않게 다가오고 손을 내밀었다. 그의 안하무인 같은 행동에 화가 나면서도 바보같이 떨렸다.

이런다고 달라지는 일 따위 없다는 것을 알면서도…….

주저하듯 고민하던 손가락이 도윤의 글씨에 닿았다. 그가 적어 놓은 글씨를 따라가듯 비설의 손가락이 움직였다.

사람의 마음은 왜 이리도 생각처럼 되지 않는지 모르겠다.

감정을 알 수 없는 눈을 한 채 비설은 오랫동안 도윤이 남긴 글 앞에 서 있었다.

❀❀❀

황궁으로 돌아온 도윤을 반긴 이들은 대전 앞에 일렬로 늘어선 채 그를 기다리던 귀족들이었다. 오자마자 보이는 광경에 도윤의 얼굴에 짜증이 깃들었다.

"폐하. 지금이라도 황후와 후궁이 될 여인을 들이시어 나라의 기강을 다시 세우시옵소서!"

"속히 간택령을 내리시옵소서! 폐하."

땡볕에도 아랑곳하지 않고 목소리를 높이는 이들을 보며 도윤이 혀를 찼다. 저런다고 바뀔 마음이었으면 이 고생을 하지도 않고 아무나 선택해서 황후에 대충 앉혔을 것이다.

처음부터 간택령으로 여인을 들일 생각은 전혀 없었다. 그의 생에 인연이 있다면 후계를 만들어 얼마든지 자리를 줄 수 있었지만, 없다면 그저 적당한 놈을 권좌에 세우면 그만이었다.

"저 말은 몇 년이 지나도록 바뀌지 않는군."

"폐하."

"저대로 둬라. 저러다가 힘들면 알아서 물러날 것이니, 이만 돌아가자."

귀족들을 지나쳐 규정전으로 들어간 도윤이 내관과 궁녀는 물론이고 내시감까지 물렸다.

홀로 남은 방에서 도윤이 서랍 깊숙이 숨겨 놓았던 함을 꺼냈다.

비설의 가문 문양이 새겨져 있는 함이었다. 사도가 비설을 끌어들이는 데 이용했고, 이후에는 운형이 가졌던 함이 도윤에게도 있었다.

처음부터 함은 두 개였다.

한 개는 사도에게서 빼앗은 운형이 가지고 있었고, 나머지 한 개는 비설의 아버지가 도윤에게 직접 맡긴 것이었다.

달칵.

문을 열지 못했던 운형과는 달리 도윤은 간단한 조작으로 함을 열었다.

'가장 단순한 방법이 때로는 제일 어려운 법이란다.'

오랜만에 떠오르는 회상에 도윤의 입꼬리가 올라갔다.

두 개의 함을 만들어 비설의 아버지에게 선물한 사람이 그의 어머니였다.

'함을 열었어도 운형에게는 아무런 도움이 되지 않는다.'

운형이나 사도가 그렇게 알고 싶었던 약점은 도윤에게 있었다. 도윤의 성격대로라면 진즉 없애 버렸을 것이나 죽은 어머니의 유언이었다.

처음 10년은 가지고 있을 것이나 이후에도 밝혀지지 않는다면 버려도 상관없다.

유언대로였다면 얼마든지 처분했어도 될 것이었으나 지금은 더더욱 그럴 수 없었다.

'보여 줄 사람이 있으니 귀찮아도 가지고 있을 수밖에.'

쉽게 말할 수 없는 비밀이었기에 비설에게도 숨길 수밖에 없었다. 신뢰를 배신당한 비설이 무너지고 있다는 것을 알면서도 이번에도 네가 감당하라며 도윤은 단 한 가지도 내어 주지 않았다.

잘못된 판단은 너무나도 긴 시간 도윤에게 인내란 결과를 마주하게 했다.

'왜 내가 네 비밀을 그이에게 알려 줬는지 아니?'

도윤을 무릎에 앉힌 황후가 아들의 머리를 직접 묶으며 말을 걸었다.

도윤의 어머니는 다른 이와는 달리 너무나도 똑똑하고 현명했

74

지만, 황후라는 자리와 여인이라는 껍데기가 평생 그녀의 발을 붙잡았다.

'소자를 골탕 먹이려 하심이 아닙니까?'

뜬금없는 도윤의 말에 황후가 웃음을 터트렸다. 무능하고 열등감에 사로잡혀 있던 황제는 현명한 황후를 총애하는 대신 외면했고, 그런 황제를 황후는 어리석다며 상대하지 않았다.

총애를 받지 못하는 황후에게 먼저 찾아오고 곁을 지켰던 사람은 아들인 도윤뿐이다. 권좌를 차지하기 위해 황제에게 매달리고 비볐던 형제들과는 달리 도윤은 말이 통하는 황후를 더 따랐다.

'네가 곤혹스러워하는 모습을 보는 것도 재미나겠구나. 그때까지이 어미가 살아 있어야 하는데 말이다.'

'…….'

'넌 나보다도 똑똑하고 오만할 테니 그때를 위한 준비란다. 적어도 네 목을 틀어쥘 약점 하나 정도는 만들어 놓으면 너를 위한 경계가 되지 않겠니? 그이와 네가 엮인 것은 없지만 사람의 일은 모르는 것이란다.'

황후는 종종 도윤이 알지 못하는 이야기를 늘어놓았었다.

그녀의 말을 전부 이해하지는 못했지만, 허튼소리는 절대 하지 않는 그녀였기에 도윤은 황후가 하는 말은 하나도 놓치지 않고 머리에 새기려 했었다.

'너에게 들어오는 싸움을 절대 피하지는 말렴. 대신 다시는 너에게 적의를 드러내지 못하게 짓밟고 숨통을 끊어 놓으렴. 하지만 그 분쟁에서 네 것을 아프게는 하지 말아라. 그건 꼭 되돌아오거든.'

"어머니의 경고를 들었어야 했는데 말입니다."

함에 들어 있던 내용물을 보던 도윤이 열려 있던 뚜껑을 덮었다.

비설이 볼 때까지 도윤은 함을 가지고 있을 뿐이었다. 누구에게도 보여 줄 수 없었지만 비설에게는 반드시 보여야 할 내용이었다.

그 시기가 서둘러 왔으면 했지만, 안타깝게도 정작 마음을 돌려야 할 비설은 그대로였다.

"황궁은 재미가 없어."

황궁은 혼란스러웠고, 비설의 곁은 조용했다. 평온하고 조용한 것은 질색이었지만, 비설의 곁은 예외였다. 이제 막 황궁에 돌아왔건만, 도윤의 머리를 채운 것은 오로지 비설이었다.

침상에서 책을 보며 시간을 보내는 그녀의 모습이 아직도 눈에 선했다.

벌써 황궁에 혼자 있는 시간이 지겨워졌다.

때가 아니니 놔두어야 하는 것도 알았지만, 그나마 남아 있는 인내가 바닥을 드러내고 있었다.

✳ ✳ ✳

도윤이 있는 힘껏 팔을 뻗었다. 하지만 팔이 닿기도 전에 비설의 몸이 절벽으로 떨어졌다.

도윤이 절벽에서 주저 없이 뛰어들었지만 힘껏 뻗은 손은 그녀의 옷자락 하나도 스치지 못했다.

눈조차 감지 못한 채 땅으로 떨어진 비설에게서 붉은 피가 흘러나왔다.

비설이 죽었다.

손에 끈적끈적한 피가 묻는 것에도 상관없이 도윤이 비설의 몸을 흔들고 또 흔들었다.

작은 숨소리라도 들리기를 바라며 비설을 품에 안았지만 부서지고 망가진 그녀에게서는 미동조차 없었다.

"헉!"

놀란 도윤이 눈을 뜨자 이마에 맺혀 있던 땀이 얼굴을 타고 흘렀다.

수십 번을 넘어서 수백 번이었다. 도윤은 그렇게 비설을 죽이고 또 죽였다.

지독한 악몽에 방향을 잃고 흔들리는 눈이 검은 너울을 쓴 세화와 마주하는 순간 분노로 바뀌었다.

목 끝까지 터져 나오는 욕지거리를 간신히 삼킨 도윤이 손톱이 파고들도록 주먹을 쥐었다.

처음으로 제 손에 잡았던 것을 어이없이 놓쳐 버렸다.

어디서든 머리만 기대만 잠들었던 그는 지겹게 따라다니는 악몽에서 벗어나지 못했다.

"세화야."

"무례를 용서해 주세요. 폐하."

도윤을 향해 다가온 세화가 용포 위에 손을 올렸다. 그럴듯한 미소에 살기가 감돌고 비틀려 올라간 입꼬리가 불쾌함을 숨기지 않았다.

"사도가 입궁했나 보구나."

"잠시 인사라도 드릴 겸 왔던 길입니다. 폐하께서 악몽을 꾸시는 듯하여 무례를 무릅쓰고 이리 오게 되었습니다. 괜찮으신지요?"

"짐이 잘못될 일이 무엇이 있는가?"

잘못은 이미 4년 전에 충분히 저질렀다.

운형을 잡겠다는 일념으로 사도를 풀어 놓은 것이 실수였고, 세화가 저지른 허튼짓 따위가 아무것도 아니라며 방종한 것이 실수였다.

그리고…….

이 모든 실수를 비설이 감당할 수 있다며 떠넘긴 것이 가장 큰 실수였다.

그럼에도 도윤은 이들을 정리하지 않았다.

아직 이들은 더 날뛰어야 했다. 가질 수 있는 한 최대로 욕심내고 선을 넘어 날뛰게 해야 한다.

"아버지께서는 절대 폐하께 가지 말라고 하셨지만 안 올 수가 없었어요."

"그래?"

비설이 지금의 도윤을 보았다면 서늘한 눈빛에 숨을 삼키며 다음에 말씀드리겠다며 자리를 피했을 것이다.

세화가 가까이 온 시점부터 도윤의 분위기는 서늘하다 못해 가라앉아 있었지만 정작 당사자인 그녀는 전혀 모르고 있었다.

도윤의 눈을 마주하며 세화가 무릎을 꿇었다.

"폐하."

가질 수 없는 감정은 욕심이 되고, 욕심은 집착으로 변해 갔다.

모든 것을 가졌을 때는 당연히 있었던 것이 비설로 인해 전부 사라지자 전부 등을 돌렸다. 예전에는 손만 뻗으면 쥐어졌던 것이 이제는 달라고 요구를 해도 받아들여지지 않았다.

이 상황에서 그녀에게 가장 든든한 끈이 되어 줄 사람은 도윤이었다.

그녀가 아는 연도윤은 상대가 엉망이 되었어도 필요하다면 손을 내밀어 붙잡는 이였다.

"저에게 기회를 주세요. 그렇게만 해 주시면 최선을 다할게요."

"무슨 기회?"

"유비설이 얻으려 했었던 그 기회요."

자신도 모르게 도윤이 실소를 터트렸다. 설마 그에게 이리 당당히 말할 줄은 생각하지 못했다.

낯짝이 두꺼운 것인지, 아니면 믿는 구석이라도 있는 것인지 알 수 없었지만 너울 너머로 보이는 세화의 얼굴이 가증스러웠다.

저가 4년 전에 비설에게 저지른 죄는 이미 머릿속에서 완전히 사라졌을 것이다.

그러니 당당히 그녀가 누려야 할 권리를 저에게 달라며 도윤에게 매달리는 게 아니겠는가.

"약초를 배운다고 들었단다."

도윤의 관심에 세화의 얼굴에 화색이 돌았다. 누구도 묻지 않았던 것을 도윤이 먼저 그녀에게 물어보았다.

"최근 약초에 관심이 생겨 조금 만져 보고 있습니다. 아직은 부족한 것이 많습니다. 폐하."

약초를 파는 비설에게도 비슷한 향이 났지만, 세화와는 완전히 다른 향이었다.

비설에게는 코를 묻고 맡고 싶었던 향이, 세화는 가까이 있는 것조차도 고역스러운 향이었다.

"네가 원하는 그 자리를 짐이 준다면 네 아버지와 운형을 배신할 수 있느냐?"

"네?"

"귀한 자리이니 대가가 필요하지 않으냐?"

이제야 살기가 깃든 도윤의 눈이 세화에게 보였다.

도윤의 뜻을 이해한 세화가 한 걸음 물러나려 했지만, 이번에는 도윤이 그녀를 먼저 붙잡았다.

세화의 팔에서 느껴지는 떨림에 미소 지으며 도윤이 세화의 귀에 속삭였다.

"너에게 그냥 주기에는 그 자리가 너무나도 비싸서 말이다."

"……."

"네가 성의를 보여야 짐도 결심을 할 수 있단다. 물론 짐이 아는 넌 그러지 못하겠지만 말이다."

이 상황에서 사도까지 무너지면 세화에게 남는 것이 하나도 없었다. 아무리 사도가 외면하고 사람들이 등을 돌려도 가문의 세력을 무시할 수는 없었다.

방패가 되어 주는 가문을 버리라는 소리는 결국 안 된다는 단호한 거절과 같은 의미였다.

"소녀에게 운정공과 아버지를 죽이라는 말씀이신가요?"

"네가 짐의 말을 그렇게 이해했다니 놀랍구나. 배신이라는 말에는 여러 뜻이 있는데 말이다."

"폐하."

"황궁엔 날이 갈수록 짜증이 쌓이는 일뿐이구나."

세화를 붙잡았던 손은 물론 매달리는 세화까지도 밀어낸 도윤이 자리에서 일어났다. 또 시작된 악몽에 다시 기분이 바닥을 찍었다.

꿈에서 맡았던 비릿한 혈향이 아직도 남아 있는 것처럼 속이 울렁거렸다.

"폐하, 연모해요!"

"……."

"비설보다도 더 오랫동안 소녀는 폐하를 연모했어요."

"그래? 미안하게도 짐은 그렇지 않단다."

"폐하!"

"정세화는 물론이고 사도도 황궁 밖으로 내보내라. 오늘 짐은 누구도 만나지 않을 것이다."

세화의 비명이 들렸지만, 도윤의 관심은 이미 밖을 향해 있었다.

그녀가 사라진 후, 정자 기둥에 몸을 맡긴 도윤이 피곤한 숨을 내쉬었다. 그런 그의 눈치를 보듯 내시감이 일정 거리에서 몸을 숙였다.

"내시감."

"예. 폐하."

"4년이면 충분히 기다릴 만큼 기다린 거겠지?"

4년이라는 말에 담긴 의미가 무엇인지 아는 내시감이 잠시 입을 다물고 생각하듯 몸을 숙였다.

"사람의 마음이 바뀌는 시간과는 또 다르지 않겠습니까?"

어리석은 질문에 현명한 대답이 나왔음에도 도윤은 웃을 수 없었다. 그것을 알면서도 흐르는 시간이 야속하리만큼 빨리 갔다.

'기다리는 게 맞는데 말이다.'

몇 년 만에 품은 체향과 체온이 미치도록 좋았다.

예전처럼 온 마음으로 받아 준 것은 아니었지만, 다가오는 도윤을 비설은 밀어내지 않고 곁을 지켜 주었다.

애써 참고 견뎌 냈던 시간이 우습게도 그녀를 향한 욕심은 더욱 제 몸집을 불렸다.

"누가 누구를 욕하겠는가? 세화나 나나 결국은 똑같은 사람이거늘."

"폐하."

"백의군장을 불러라."

세화는 도윤을 붙잡을 힘이 없지만, 도윤은 비설을 붙잡을 충분한 힘이 있었다.

이제는 변화가 필요했다.

❋ ❋ ❋

희미한 등불에 의지해 운형이 잔에 술을 채웠다.

마시고 마셔도 마음속의 불은 꺼지기는커녕 점점 더 불타올랐다.

황족으로 두각을 드러내고 있었지만, 성취만큼이나 정체를 알 수 없는 공허함이 하루가 다르게 그를 흔들어 댔다.

"비설아."

제대로 꺼내지도 못한 이름이 어둠과 술기운을 빌려 흘러나왔다.

그의 귀한 아이는 절벽에 떨어진 이후로 본 적도, 찾을 수도 없었다. 마치 처음부터 없었던 사람처럼, 흔적을 찾아서 움직여도 남은 것은 빈자리뿐이었다.

잠시 눈을 감았다가 뜬 운형이 허공을 향해 미소 지었다. 홀로 술잔을 기울이다 보면 비설의 허상이 운형의 앞에 나타났다.

"또 온 것이냐?"

조용히 제자리에서 운형을 지켜 주었던 과거처럼 그녀가 언제나 있었던 자리에 서서 운형을 보고 있었다.

운형이 손을 뻗자 잠시 놀라듯 그를 보던 비설이 다가왔다.

수줍은 듯 볼을 물들인 홍조가 보기 좋았다.

티 없이 맑은 눈으로 운형을 바라보던 비설이 손을 내밀었다. 상처투성이인 손이 다가오자 운형의 심장이 천천히 떨렸다.

조금만 더 닿으면 비설의 손을 붙잡을 수 있다. 그녀를 붙잡기만 한다면 다시는 놓아주지 않을 것이다.

"아……."

그의 바람과는 달리 비설의 손은 운형의 손을 지나쳐 사라졌다. 손이 지나치는 것과 동시에 비설의 허상도 눈 녹듯이 사라졌다.

허공을 보던 운형의 눈에 핏줄이 도드라졌다.

분명 제 손안에 있었던 여인이다. 그의 가르침으로 상황을 판단하는 눈을 가지게 되었고, 그와 함께함으로써 힘든 일을 이겨냈던 강한 여인이다.

"어디에 있는 것이냐?"

사도에게서 빼앗은 함을 간신히 열었지만, 그 안에는 아무것도 없었다. 도윤이 운형을 잡지 못했던 것처럼, 운형 또한 도윤을 잡지 못했다.

팽팽하게 유지된 시간 동안 운형에게 는 것이라고는 비설이 사라지면서 생겨 버린 공허와 얻지 못한 자리를 향한 욕심이었다.

"이대로 멈출 수는 없지."

이 상태로는 아무것도 얻지 못한다. 비설과 권좌를 다 얻기 위해서는 어설프게 유지되고 있는 이 상황 자체를 부숴야 했다.

상황을 부술 수 있는 유일한 방법. 그 자신도 알 수 없는 허기를 충족시키는 방법도 하나였다.

"이 상황을 흔들 사람은 나 말고도 또 있지."

도윤에게 모두 빼앗긴 채, 자리만 유지하고 있는 자.

언제든지 문제를 일으킬 딸이 있으며 빼앗긴 권력을 다시 욕심 내는 자.

도윤이 패로 쓰고 있는 사내를 운형이 쓰지 못하리라는 법은 없었다.

❊ ❊ ❊

잠에서 깬 비설이 준비를 전부 끝내고 밖으로 나왔다.

집으로 바로 들어오는 햇볕이나 조용한 주변은 여전하였으나 평소와는 달리 비설의 안색은 좋지 않았다.

'언제나 이런 식이지.'

어떻게 숨든 도윤은 비설을 찾아냈다. 또 도망치고 숨는 그녀에게 도윤은 화를 내거나 분노를 터트리지는 않았지만 대신 그 나름대로 그녀에게 족쇄를 채우려 했다.

'열…… 아니 스물인가?'

지금까지 그녀의 주변을 감시하던 호위들과 이번은 완전히 달랐다. 모두를 살필 수는 없었지만 거의 대부분이 백의군이었다.

게다가 곳곳에서 강한 압박감이 느껴지는 것으로 보아, 도윤을 최측근에서 지키는 흑의들이 분명했다.

전쟁을 하자는 것도 아니고 그녀 하나를 감시하는 데 저런 숫자라니, 족쇄도 이런 족쇄가 없었다.

'이번에는 놓아주지 않겠다는 건가?'

도망치고 숨어도 찾아내니 이젠 도윤이 나타나도 새삼스럽지는 않았다. 하지만 제 평화를 자꾸 깨려 하는 그의 이런 행동이 싫은 것은 어쩔 수 없었다.

이제 그녀는 도윤의 삶에 아무런 도움도, 욕심도 없었다.

그저 얼마나 될지 모르는 삶을 조용히 살아가기를, 그래서 비현이 남겨 준 목숨을 지키며 살아가는 것이 그나마 그녀가 가진 바람이었다.

'어찌해야 하나?'

도망치려면 호위들이 자리를 잡기 전에 움직여야 한다. 이후에는 도망가기도 힘들었고, 결정적으로 도윤에게 잡혀 황궁으로 끌려갈 수도 있음이었다.

의지와는 상관없이 끌려다니는 일은 그때만으로도 충분했다.

"일찍 와서 어쩌나 했는데 깨어 있었구먼."

익숙한 목소리가 들려오자 상념에 빠져 있던 비설이 고개를 돌렸다. 종종 비설의 약초와 생필품을 바꾸는 보부상이 이마의 땀을 닦으며 언덕을 올라오고 있었다.

여인의 몸으로 보부상을 하는 데다가 종종 알지 못하는 이야기를 해 주니 사람과 거리를 두고 생활하는 비설도 그녀에게만큼은 호의적이었다.

보름이 지난 후에 오겠다고 했었던 것과는 달리 사흘은 먼저 도착한 여인이 등짐이 힘든 듯 잠시 멈추었다.

짐이라도 같이 들어 줄 생각으로 비설이 내려오려 하자 여인이 손을 저었다.

"오늘은 내려오지 않아도 되오. 마을로 가기 전에 들렀더니만 마침 잘되었네. 자! 이쪽이오."

비설에게 말을 걸던 여인이 뒤쪽을 향해 목소리를 높였다.

다른 사람이라도 오는 건가? 집을 둘러싼 숲에 너무 많은 기척이 있다 보니 미처 보부상 뒤로 따라오는 자를 읽지 못했다.

여인의 만류에도 비탈길을 내려온 비설이 가까이 오는 사내를 보며 숨을 삼켰다.

"어휴. 무거웠을 텐데 고맙구려. 거의 다 왔다네."

"이곳의 아가씨가 좋은 약초를 판다기에 따라온 걸음인데 힘든 일이 무엇이 있겠습니까?"

지난밤에 보았던 어두운 표정은 온데간데없이 사라져 있었다.

여유로운 분위기만큼이나 입가에 지어진 미소가 익숙하면서도 심장이 떨렸다. 아침 햇빛을 잔뜩 받으며 나타난 그는 비설의 눈을 마주 보며 눈웃음을 지었다.

저 사내에게서 도망쳐야 한다.

익숙한 경고가 머릿속에서 울렸지만, 비설은 한 걸음도 더 뗄 수 없었다.

손과 발을 묶는 족쇄만이 그녀를 붙잡는 족쇄라고 생각했었다.

하지만 그건 철저히 그녀만의 착각이었다.

비설을 붙잡는 진짜 족쇄는 바로 도윤이었다.

十四章. 대립

"촌주가 죽었다는데 소식은 들었는가?"

듣지 못한 소식에 비설의 눈이 커졌다. 전혀 몰랐다는 표정에 여인이 고개를 절레절레 저었다.

"조용한 것도 좋지만, 종종 마을에는 내려갔다 오게나. 그 이야기로 여기도 물론이고 다른 마을까지도 어수선하단 말일세."

[어떻게 죽었는데요?]

"지은 죄를 모두 유서로 적은 후에 목을 맸다고 하는데 자살한 사람치고는 온몸이 상처투성이였다고 하더군. 꼭 누군가가 대신 목을 매게 한 것 같다는 이야기도 돌더구면."

여인의 말에 비설의 눈이 옆자리에 앉아 있는 도윤을 향했다. 둘의 대화에 관심이 있는지 없는지 도윤은 자신의 앞에 놓인 차를 마실 뿐이었다.

비설을 압박하던 촌주와 도윤이 나타났던 날 맡았던 비릿한 혈향.

연관을 짓고 싶지는 않았지만, 자꾸 도윤과 이어졌다.

"그나저나 젊은이는 약초 사러 왔다면서 왜 가만있는가?"

비설이 도윤의 눈치를 보자 여인이 선수를 쳤다. 여인의 물음에 도윤이 사람 좋은 미소로 응대했다.

"한두 가지를 살 생각이 아니라서요. 저는 나가 있을 테니 먼저 사시죠."

"내가 나중에 해도 되는데 말일세."

"처음 온 사람이 당연히 더 기다려야지요."

비설을 잠시 보던 도윤이 더 들을 필요도 없다는 듯이 밖으로 나갔다. 문이 닫힌 후, 여인이 비설의 앞에 물건을 늘어놓았다.

절로 눈이 가는 장신구에, 손이 닿는 것만으로도 녹아들듯 보드라운 비단이 놓였지만, 비설의 눈은 질긴 천과 물건을 담아 놓은 작은 천 주머니로 향했다.

"그런 것만 보지 말고, 이 종이도 봐 보게. 모처럼 괜찮은 물건을 가져왔단 말이지. 아! 그리고 이건 사보당의 청년이 아가씨에게 드리라고 하더군."

말을 하지 못하는 비설에게 종이와 붓, 먹은 필요한 물건이었다.

종종 시전의 사보당에서 문방사우를 살 때마다 만나던 청년에게서 선물이라니, 의외였다.

여인이 내민 것은 먹을 가지고 다닐 수 있는 작은 연적이었다. 비설의 낡은 연적과는 달리 청년이 보낸 것은 하얀 도자기에 난초가 그려져 있었다.

그녀의 상황으로는 절대 살 수 없는 물건이었다. 그런 것을 선물이라며 주다니 받을 수 없었다.

비설이 고개를 젓자, 여인이 비설의 손에 억지로 쥐어 주었다.

"저가 좋다고 보낸 것을 거부할 필요가 있는가? 그냥 모르는 척 받게. 꼭 전해 달라며 신신당부를 받은 물건이란 말일세."

[받으면 안 될 것 같아요.]

"뭐가 안 되는가? 저가 좋다고 매달리고 있는 건데 말이지. 아! 말이 나온 김에 없을 것 같긴 하지만 혹 정혼할 사내라도 있는가? 아주 동네방네 청년들이 물어봐 달라고 매달려서 말이지."

[이상한 농담하지 마시구요.]

"농담이 아니라니까 그러네. 이참에 말해 보게. 오르지 못할 나무인데 사내들이 꼬이는 것도 신경 쓰이는 일이 아니겠는가?"

여인의 말에 비설이 곤혹스러운 듯 미간을 좁혔다.

이 상황에 무슨 사내며 뜬금없이 제 손에 들어온 비싼 연적도 부담이었다.

절대 받을 수 없다며 밀어냈지만, 이미 비설이 산 물건 안에 연적은 들어가 있었다.

"농담으로, 목소리만 나왔어도 부근 청년들이 줄을 서서 아가씨를 기다렸을 것이네. 사고로 목소리가 나오지 않는다고 그랬었지? 아가씨를 보니 목소리도 고왔을 것이네."

말을 돌리면서도 여인은 집요하리만큼 비설을 파고들었다. 하지만 여인의 바람과는 달리 비설은 사내를 만날 생각 자체가 없었다. 게다가 사내들의 이야기가 계속되면서 밖에 있을 도윤까지도 신경이 쓰였다.

서둘러 셈을 끝내 돌려보내는 것이 좋을 것 같았던 비설이 돈을 가지러 일어났다.

"이참에 내 그럴듯한 사내놈을 하나 알아볼 테니…… 아이고머 니나."

집요하게 파고들던 여인이 갑자기 몸을 파르르 떨었다. 노골적 으로 느껴지는 살기에 상황을 보던 비설이 식은땀을 흘렸다.

곧 터질 거라고는 생각했지만, 비설이 예상한 것보다 더 서슬 이 퍼런 살기였다.

[그 이야기는 다음에 하세요.]

"별일이 다 있구먼. 내가 너무 아가씨에게 매달렸나 보네. 그래 도 좀 생각해 보게. 여인 혼자서 험한 세상을 버티기 힘들지 않은 가?"

비설이 건넨 돈을 받은 여인이 밖으로 나왔다. 가시지 않는 살 기에 여인이 다시 몸을 떨었다. 도망치듯 밖으로 나온 여인이 적 당한 돌에 앉아 있는 도윤을 발견하고는 먼저 말을 던졌다.

"이제 들어가면 된다네."

"감사합니다."

밖으로 나갔을 때와 똑같은 모습이었지만, 분위기는 전과 달랐 다. 살기를 알지 못하는 여인은 몸이 좋지 않다며 떨었지만, 비설 에게는 도윤의 살기가 똑똑히 느껴졌다.

다른 사람이 없을 때만 불쑥 나타나 가 버렸던 그가 이번에는 그녀가 아는 사람과 함께 나타났다. 그녀의 삶에 다시 들어오겠다 는 선언과도 같은 행동으로 보여 너무나도 불안했다.

"내 그럼 다시 오겠네."

이제는 핏기조차 없는 여인이 도망치듯 언덕을 내려갔다. 그녀 가 완전히 사라진 후, 일어나는 도윤을 비설이 노려보았다.

"왜?"

능청스럽게 대꾸하는 도윤을 보던 비설이 바닥에 손가락을 가져갔다. 손가락에 흙이 묻든 말든 상관없이 비설의 손가락이 부지런히 움직였다.

[이만 가세요.]

"오자마자 가라고? 박하네."

[전 때하께 드릴 말씀이 없어요.]

"그래도 가기 싫은데."

도윤이 집 안으로 들어가려 하자 비설이 그 앞을 막았다.

이곳에 왔다 간 지 얼마나 되었다고 다시 왔단 말인가! 하물며 이곳에서 자리를 잡을 수 있게 도와준 사람을 그렇게 쫓아내 버리면 힘들어지는 사람은 연도윤이 아니라 자신이었다.

다시 온다고 했지만 그때가 언제가 될지는 아무도 알 수 없었다.

"황궁이 재미가 없어."

"……."

"들어가도 돼?"

말 같지도 않은 말에 대꾸할 기운도 없었다. 그와는 더 이상 할 말도 없었고, 그의 수작질에 끌려다닐 생각은 더더욱 없었다.

도윤을 밀어낸 비설이 문을 힘껏 닫았다.

적당히 사라졌으면 하는 바람과는 달리 도윤은 비설의 집 앞에 있는 바위에 앉아 시간을 보내고 있었다. 밖에 있는 그는 너무나도 태연한데, 왜 자신만이 이리 신경이 쓰이는지 알 수 없었다.

빼꿋 열린 창문으로 도윤을 보던 비설이 한숨을 내쉬었다.

'왜 저리 놓지 못해서는 이러는가?'

저가 싫어서 도망친 여인 따위 잊으면 끝나는 일이었다. 상대조차 해 주지 않는 여인에게 모욕을 당해 가면서도 오는지 이해할 수 없었다.

차라리 마음이 깔끔하게 정리되었으면 싶었지만, 도윤이 다시 나타나면서부터 속절없이 흔들렸다.

'어찌해야 하는가?'

물음은 거듭 이어졌지만, 답은 나오지 않았다.

도윤을 보던 창문을 닫은 비설이 몸을 돌려 서랍장을 향해 걸어갔다. 주저하듯 서랍장 앞에 서 있던 비설이 가장 위에 있는 서랍을 열자 지난번에 도윤이 두고 간 검이 눈에 들어왔다.

'하아.'

소리 없는 한숨이 길게 터져 나왔다.

종종 길게 떨어진 나뭇가지를 습관 삼아 휘둘러 보기는 했지만, 검을 잡지는 않았다. 다시는 검을 잡을 생각이 없었기에 버리려 했지만, 도저히 그럴 수 없었다.

그렇다고 가지고 있을 수도 없었다.

검을 가지고 있으면 언젠가는 도윤이 생각하는 대로 다시 끌려가게 될 것이다.

밖으로 나온 비설이 도윤의 앞에 가져온 검을 건넸다.

"왜?"

[가져가세요.]

짧게 글을 쓴 비설이 도윤이 잘 보이도록 내밀었다.

"내가 검이 왜 필요해? 저런 거 없어도 난 충분히 강하거든."

"……."

"싫으면 버려."

94

도윤이 아는 비설은 절대 검을 버리지 못할 것이다. 과거에서 벗어나려고 했지만 비설은 하나도 벗어나지 못했다.

저런 반응이니 더더욱 그녀를 찾아올 수밖에 없었다.

바닥에 내려놓은 검을 도윤이 비설에게 다시 건넸다.

"이거 내 것이 아니야."

어쩔 수 없이 받아 든 검을 보던 비설이 미간을 좁혔다.

결국 도윤이 원하는 대로 이루어졌다. 그녀가 선택한 삶인데도 도윤이 끼어드는 것만으로도 흔들리기 시작했다.

결국 검을 다시 잡은 비설이 안으로 들어갔다.

"어디 가게?"

활동하기 좋은 옷으로 갈아입은 비설이 도윤은 보지도 않은 채 산으로 올라갔다.

자신의 물음에도 고개도 돌리지 않고 올라가는 비설을 보던 도윤이 그녀의 뒤를 따라갔다.

도윤이 움직이자 그의 주변을 지키던 흑의 또한 움직였다.

"여기에 있어라."

흔들리던 기운이 그 순간 멈추었다.

호위가 멈춘 것을 확인한 도윤이 멀어진 비설을 따라 부지런히 걸음을 옮겼다.

길도 나 있지 않은 거친 숲길을 비설이 올라갔다. 자주 올라가는 산이니 익숙하기는 했지만, 그래도 거친 산길을 약초를 찾아가며 돌아다니는 일은 쉽지 않았다.

한참을 걷던 비설이 자리에 멈춰 힘든 숨을 몰아쉬었다.

"이 산은 너무 험하네."

이마의 땀을 닦던 비설이 뒤에서 들리는 목소리에 미간을 좁혔다. 몸을 돌려 뒤따라오는 도윤을 보던 비설의 눈이 더 꿈틀거렸다.

평생 산이라고는 타 본 적 없을 것 같은 사내가 너무나도 말짱하게 돌아다녔다. 지친 비설과는 달리 땀 한 방울도 흘리지 않은 채로 도윤이 팔짱을 꼈다.

너무나도 태연한 모습을 보니 울컥 화가 났다.

목소리도 안 나오니 욕을 하려 해도 할 수가 없었다. 그의 말에 답을 하는 대신 비설이 전에 봐 두었던 약초를 캐러 몸을 숙였다.

톡톡.

약초를 캐던 비설이 팔을 두드리는 손에 고개를 돌렸다. 어느새 비설의 옆에 쪼그려 앉은 도윤이 다른 방향으로 가리켰다.

"저것도 맞는 것 같은데?"

비설은 도윤의 손가락이 가리킨 곳을 향해 눈을 돌렸다.

'누구를 죽일 일 있나.'

조금만 먹어도 그 자리에서 숨을 거두는 독초를 보며 캐라고 하다니, 한숨이 절로 나왔다. 모르면 좀 가만히 좀 있든가!

도윤 때문에 아파진 머리를 식히려 산에 올라왔건만, 눈치도 없이 따라와서는 그녀를 괴롭히기까지 했다.

'그나마 맞느냐며 가리킨 게 어디야……'

무시무시한 눈으로 독초를 노려보던 비설이 발로 잘근잘근 짓밟았다.

혹시나 똑같다고 먹었다가 큰 사고라도 냈으면 그것도 문제였다.

도윤이 가리킨 독초를 확실하게 없앤 비설이 봐 두었던 약초에서 쓸 만한 것만 베었다.

"저건 왜 안 가져가?"

독초를 캐라는 것으로 모자라 이번에는 그녀가 일부러 놔둔 새순에 도윤의 관심이 향했다.

아직 새순이니 잘 놔두면 이후에 돈이 될 터였다.

하나하나가 비설에게는 귀한 살림이었건만, 제멋대로 따라와서는 그녀의 일을 방해했다.

"왜 그렇게 봐?"

뻔히 알면서 모르는 척해 대니 더 꼴 보기 싫었다.

따라오지 않아도 될 길을 일부러 따라와서는 사람을 왜 이리 귀찮게 하는지 알 수 없었다.

천하의 연도윤이야 타인이 편하게 제 할 일을 하는 꼴 자체를 보지 않았지만, 그래도 사람이 적당히라는 게 있었다.

"그렇게 죽일 듯이 노려보지 말고 할 말 있으면 바닥에 쓰기라도 해."

말을 해서 들을 인간이었으면 한 번이 아니라 백 번도 바닥에 글을 썼을 것이다. 써 봤자 듣지도 않을 인사인데 괜히 손가락만 아플 뿐이었다.

새순을 적당히 가린 비설이 도윤을 외면한 채, 다시 산을 걸었다.

한참을 산을 타며 약초를 캐고 시간을 보냈더니만 어느새 해가 머리 위에 떠 있었다.

힘들면 알아서 돌아갈 줄 알았던 도윤은 처음이나 지금이나 똑같은 모습으로 비설을 따라다녔다.

'강아지 같아.'

자신도 모르게 떠오른 생각에 비설이 입꼬리를 올렸다. 그리고 찰나 당황한 비설이 자신을 추슬렀다.

외면해도 모자랄 상황에서 무슨 말도 안 되는 생각이라는 말인가!

하물며 오늘 산에 오른 것은 도윤을 잊기 위해서였다.

'무리했나 봐.'

부끄럽고 당황한 나머지 얼굴까지 붉어졌다. 도윤을 향했던 시선을 완전히 거둔 비설이 부지런히 걸음을 옮겼다.

지금은 도윤을 생각할 때가 아니다. 최면을 걸듯 속으로 몇 번이고 같은 말을 되새긴 그녀가 바쁘게 산을 걸어갔다.

길이 없는 산에서 물소리가 들리고, 붉어졌던 비설의 얼굴에 화색이 돌았다.

한참을 걸어서인지 발바닥이 화끈거렸다. 도윤이 신경 쓰였지만, 지금은 발바닥의 열기를 먼저 식히고 싶을 뿐이었다.

강으로 내려와 신발을 벗고 물에 들어간 비설이 편안한 숨을 내쉬었다. 발목을 빠르게 지나가는 강물을 보던 비설이 좀 더 안으로 들어갔다.

강물을 따라 흐르는 돌이 미끄러웠지만 물이 시원하니 조금 위태로워도 있을 만했다. 물의 흐름을 거스르며 서 있던 비설이 강물을 향해 고개를 숙였다.

'곱다.'

그녀의 발 사이로 보이는 돌이 빛을 받아 반짝거렸다. 금은보화는 자신의 것이 아니라는 생각에 눈에 들어오지 않았지만, 돌은 그렇지 않은지 자꾸 눈에 들어왔다.

몸을 숙인 비설이 색이 곱게 든 돌멩이 두세 개를 손에 쥐었다.

'창가에 가져다 놓을까?'

잘 말려서 놓으면 햇빛에 반사되어 고운 빛을 낼 것 같았다.

도윤이 보고 있다는 생각조차 잊은 채 비설이 돌을 주우며 환한 미소를 지었다.

'비설을 찾으면 바로 데려올 것이다.'

'음.'

'그 무슨 애매한 반응이지?'

'아닙니다.'

비설을 데려오겠다는 선언에 헌은 아무 말도 하지 않았다.

그때는 이해하지 못했던 말이 지금은 조금이나마 알 것 같았다. 황궁에서의 비설과 지금의 그녀는 완전히 달랐다.

황궁에서 자신을 감추었었던 것과 달리 그녀는 너무나도 자유로웠다. 환한 미소까지는 아니더라도 옅게 짓고 있는 희미한 미소에 심장이 떨렸다.

그녀에게서 보이는 빛에 눈이 멀었고, 욕심은 그를 완전히 흔들었다.

"다른 놈 앞에서는 그러지 마."

서늘하다 못해 짜증이 섞인 목소리에 비설의 얼굴에 깃들여져 있던 미소가 사라졌다.

그녀를 가져야겠다며 마음먹었었던 결심이 아슬아슬한 경계에서 인내하는 도윤을 유혹했다.

저 빛을 아는 사람은 자신이면 충분하다.

"다른 놈에게 그렇게 웃어 주면, 그놈의 눈을 파 버릴 거야."

평온했던 분위기가 단번에 박살이 났다.

또 무슨 말도 안 되는 억지를 부리는 것인가?

그녀의 삶에 가장 문제가 많고 힘들게 하는 사내는 정확히 하나였다.

'뭐 저런 인사가 다 있나.'

도윤의 말에 대꾸할 수도 없지만, 그를 상대하면 밀리는 사람은 비설이 될 뿐이었다.

원하는 돌을 전부 주운 비설이 몸을 일으켰다. 열기도 식었고, 해가 지기 전에 내려가야 했다.

저런 눈을 마주하는 것도 비설에게는 불편했다.

최대한 도윤을 외면하며 비설이 돌과 돌 사이를 걸어갔다.

'아!'

돌을 밟자마자 비설이 몸을 휘청거렸다. 돌의 이끼에 미끄러진 비설이 중심을 잡으려 했지만 연이어 잡은 돌 또한 미끄러웠다.

첨벙!

거센 물살에 물보라가 튀었다.

"아하하."

비설을 잡았던 도윤이 크게 웃음을 터트렸다. 도윤이 잡은 덕분에 머리를 박지는 않았지만, 차마 감사하다는 말은 할 수 없었다.

미끄러지는 찰나 분명 도윤은 비설을 붙잡았다.

문제는 끌어당겨 줄 수 있으면서도 도윤은 비설을 강으로 밀었다.

"네가 너무 빨리 빠져서 말이다."

거짓말이다. 저 능글능글한 표정을 비설이 모를 리가 없었다.

도윤이 웃음을 참지 않을수록 비설의 화는 더욱 치밀었다.

그녀의 인생에서 도윤은 가장 큰 문제이자 불행의 원인이다.

웃는 도윤을 비설이 힘껏 밀었다.

"으악!"

강에 빠진 도윤의 옷이 반 정도 젖었지만, 그 정도로 넘기기에는 분이 풀리지 않았다.

쓰러진 도윤을 향해 비설이 달려들었다.

비설의 공격에 옷이 완전히 젖어 버렸지만, 화가 나기는커녕 웃음이 자꾸 터져 나왔다.

"아하하."

오랜 시간 도윤을 무시하는 것은 못했지만, 언제나 감정을 억누르며 상대했었다. 그런 비설이 도윤을 향해 감정을 터뜨렸다.

다시 밀려는 비설의 손목을 붙잡은 도윤이 자신에게로 당겼다. 중심을 잃은 여체가 그의 몸에 힘없이 안겼다.

물에 젖은 몸에서 맡아지는 체향이 너무나도 좋았다.

"아! 뛴다."

강물에 차가워진 몸이 굳어 있었지만, 맞닿아 있는 몸에서 느껴지는 심장박동은 무척이나 빨랐다.

놀란 눈으로 보던 비설이 도윤의 어깨를 밀어내고 몸을 일으키려 했다.

그녀의 모습이 너무나도 고와서 조금만 더 보고 싶었다.

도윤의 팔이 허리와 어깨를 감싸고 힘을 주었다. 발버둥을 치는 것이 무의미해진 비설이 도윤을 노려보았다.

"나도 뛰는데."

"……."

"의심스러우면 안아 봐."

굳이 도윤을 안지 않아도 그의 박동은 생생하게 느껴졌다.

벗어나려 했지만 이미 발을 감싼 족쇄는 살아 있는 것처럼 몸을 타고 올라와 비설의 목을 옥죄었다.

뼈가 시리도록 강물은 차가웠지만, 더는 느껴지지 않았다.

강물에 완전히 젖은 것도 모자라 어영부영 산에서 내려갈 시간까지 놓쳐 버렸다.

산에 발이 묶여 버린 비설을 이끈 사람은 도윤이었다. 이 부근을 어찌 아는지 도윤이 비설을 데리고 간 곳은 작은 집이었다.

잠시 비를 피하기 위해 만들어 놓은 곳인지 한두 명이 머물 만한 작은 공간만 있는 곳에서 도윤이 비설의 몸에 모포를 둘렀다.

"오늘은 여기 있어야겠다."

도윤의 말에도 입을 꾹 다문 채 비설이 앞에 피워 놓은 모닥불을 노려보았다.

한 치 앞도 보이지 않은 산길을 내려갈 생각은 없었지만, 이런 공간에서 도윤과 같이 있는 상황도 마음에 들지 않았다.

생각할수록 자신의 안일함에 화가 났다. 어설프게 발을 식히려 강에 들어간 것도 어리석었고, 홧김에 도윤을 밀친 것도 바보스러운 짓이었다.

"할 말 있으면 참지 말고 말해."

말을 끝내기가 무섭게 도윤이 비설에게 손을 내밀었다.

이게 무슨 의미일까?

자신에게 향하는 시선을 받으며 도윤이 비설의 옆에 앉았다.

"할 말 있으면 손에 쓰라고."

노려보던 비설이 바닥에 빠르게 썼다. 비설의 손가락으로 따라 움직이던 도윤이 눈을 곱게 휘었다.

"잘 안 보여. 손에 적어 줘."

옷이 젖지만 않았어도, 밤늦게 여기에 있지만 않았어도 도윤과 이리 씨름을 할 일은 없었다. 젖은 옷도 불편하고, 이 상황은 더 불편하다.

하루만 적당히 넘기면 될 터, 비설이 몸을 돌렸다.

하지만 몸이 완전히 돌아가기 전에 손목이 다시 잡혔다.

"그렇게 몸 돌리지 마."

꾸고 싶지 않은 악몽이 다시 떠올랐다. 지겨우리만큼 손을 뻗었지만 그의 노력과는 상관없이 비설은 절벽으로 떨어지고 또 떨어졌었다.

떠올리는 것만으로도 이 작은 곳에 혈향이 가득 찬 듯 불쾌한 기분이었다.

하지만 꿈과는 다르게 비설은 살아 있다.

"후우."

어깨에서 느껴지는 도윤의 체온에 비설이 몸을 떨었다.

화를 내더니만 뜬금없이 어깨에 얼굴을 묻고는 숨을 내쉬었다. 젖어 있는 몸에 느껴지는 그의 체온이 뜨거웠다.

그에게 들켰던 심장의 고동이 다시 빠르게 뛰었다. 그에게 들키면 안 된다는 생각이 머릿속을 지배했지만, 몸은 마음처럼 되지 않았다.

"추워."

뜬금없는 소리에 미간을 좁힌 것도 찰나, 도윤이 자연스럽게 그녀에게 다가왔다.

한기에 새파래진 입술 위에 도윤의 입술이 닿았다. 차가운 입술과는 달리 도윤의 숨은 한기를 느끼지 못할 만큼 따듯했다.

"그냥 한 대 맞을게."

갑작스러운 입맞춤에 비설의 몸이 굳었다.

밀어내야 했지만, 너무나도 오랜만에 느끼는 체온이었다. 혼자 버텨 내려 노력했지만, 불시에 들어오는 입맞춤에 단단히 붙잡고 있던 의지가 무너졌다.

도윤의 힘에 밀려 비설이 벽에 기댔다. 어깨를 붙잡았던 비설의 손목을 잡아 벽으로 민 도윤이 비설의 몸에 자신을 밀착했다.

비설에게서 나오는 떨리는 숨이 뺨을 간질였다. 그녀가 내쉬는 숨결을 따라 도윤이 입을 맞추었다. 너무나도 오랜만에 맛보는 그녀의 입술이었다. 한숨이 나오도록 느릿하게 치열을 애무하던 혀가 입안의 내면을 긁어내듯이 거침없이 침범했다.

거침없이 엉기는 타액이 입 밖으로 흐르자 갈증을 진정시키듯 도윤이 거듭 삼키고 빨아들였다.

혀뿌리가 뽑힐 것같이 이어지는 입맞춤에 비설의 몸에서 힘이 빠져나갔다.

저도 모르게 비설의 입술을 깨무니 통증에 비설의 눈이 촉촉하게 젖었다.

"천천히 소리 내 봐."

지금껏 신음 소리 한 번 나오지 않았다. 입맞춤은 충동적이었지만, 밀어낼 줄 알았던 비설이 받아들이자 충동은 욕심으로 바뀌었다.

허리를 감쌌던 손이 어깨를 지나 새하얀 목에 닿았다. 손에 잡히는 목에는 과거의 일로 난 흉터나 상처조차 없었다.

"싫으면 싫다고 말을 해."

물기가 가득 담겨 있는 눈을 마주하는 것만으로도 열기가 들끓었다.

찰나의 기억은 흉터처럼 그의 몸에 새겨졌다.

고작 하룻밤이었지만, 여인으로 끌리는 사람은 예전이나 지금이나 하나뿐이었다.

"네가 말하면 그대로 할게."

무척이나 이기적이고 잔인한 해결책이었다. 목소리를 내지 못하는 비설에게 말을 하라는 말로 그녀를 더욱 궁지로 몰았다.

비설을 찾아낸 순간부터 그녀에게 선택은 없었다. 그저 달금한 말로 속삭이고, 부드러운 말로 안심을 시켰을 뿐 제 본모습을 보여 줬을 때부터 그녀는 제 것이었다.

"나 좀 주워 가."

무슨 소리냐는 듯이 비설이 눈을 좁혔다.

파리하고 창백한 피부가 서서히 붉어졌다. 힘껏 빨아들이면 예전처럼 달금한 향이 가득 느껴질 것이었다.

몇 년은 억지로 억누르며 인내하던 욕망을 지금만큼은 제멋대로 날뛰게 놔두었다. 충동을 참지 못한 그가 비설의 목덜미에 입술을 묻었다. 몇 년 동안 채우지 못한 허기가 그녀의 체향에 미친 듯이 날뛰었다.

강에서 미소를 짓는 비설을 보던 순간부터 절제는 없었다.

"예전에 네가 달래서 줬잖아."

도윤의 말에 비설의 얼굴이 터질 듯이 붉어졌다.

과거의 일을 듣고 무너지는 와중에도 도윤은 포기할 수 없었다. 전부 잃어야 한다면 하나라도 가졌으면 하는 욕심에 도윤을 달라 했었다.

고작 하룻밤이었지만, 비설에게도 그날 일은 지금도 생생했다.

입맞춤으로 일어난 열기가 온몸을 집어삼켰다. 마주하는 도윤의 몸이 너무나도 생생하여 숨조차 쉽게 쉴 수 없었다.

붉어진 입술을 짧게 빨아들인 도윤이 이를 세워 잘근 깨물었다. 입술에 과실을 머금은 듯 향만큼이나 달금한 맛이 났다.

"말 안 하면 그대로 한다?"

기다렸다는 듯이 나오는 말에 비설이 도윤의 손을 붙잡았다. 굳은살이 박여 있는 커다란 손에 비설의 손가락이 춤을 추듯 글을 써 내려갔다.

[싫다고 말해도 안 받아 주실 거잖아요.]

"응. 안 들어줄 거야."

나오지 않는 목소리가 이 순간 다시 들려와도 멈출 생각은 없었다.

너무 오래 굶주렸다.

채워지지 않는 허기를 참는 일은 너무나도 고통스러워서 오랜만에 찾아온 이 기회를 절대 놓칠 수 없었다.

"난 너한테만 이러거든."

물기를 가득 담은 눈에 입술을 맞추자 맺혀 있던 눈물이 떨어져 내렸다.

비설이 소리 없이 입술을 움직였지만, 그것조차 보기 싫다는 듯이 도윤이 입술로 막아 버렸다.

채 마르지 않은 옷이 힘없이 찢어지고, 한기가 남아 있는 여체를 바닥에 눕힌 그가 몸 위로 올라탔다.

맹수가 제 손안의 먹이를 보듯 여유로웠던 눈에 갈증과 초조가 새겨졌다.

'하아.'

소리는 들리지 않았지만, 비설이 깊게 내쉬는 숨소리가 들리는 것 같은 착각이 들었다.

옷을 전부 벗긴 비설의 나신을 도윤이 한숨이 나오리만큼 천천히 살펴보았다.

앳되었던 몸이 시간이 흐름에 따라 곡선이 더 또렷해지고, 성숙해졌다. 손에 전부 담기었던 가슴은 좀 더 탐스러워졌다.

"조금만 더 볼게."

도윤의 시선이 부끄러운 비설이 손으로 몸을 가리려 하자 도윤이 손목을 잡아 머리 위로 올려 버렸다.

봐도 봐도 질리지 않았다. 고단한 삶에 예전이나 지금이나 마른 몸은 여전했으나 피부에서 맡아지는 체향은 좀 더 진하고 달금했다.

'이러니 내가 놓을 수가 있나.'

떨림이 느껴지는 입술을 깨물고 빨아들였다. 뜨거운 입술과는 달리 맞닿은 몸은 유난히 차가웠다.

손목을 붙잡았던 손이 어깨를 감쌌다. 열기에 찬 손길이 닿을 때마다 여체에서 작은 떨림이 느껴졌다.

몇 번이나 숨이 엉켰는지 알 수 없었다.

못된 사술에라도 걸린 것처럼 한계까지 비설의 숨을 삼키고 또 삼켜도 갈증은 진정되기보다는 더 치밀었다. 입안에서 넘친 타액이 턱을 흘러내리자 그마저도 아쉬운 듯 도윤이 다급히 입술을 맞추었다.

"곱다."

귓가에 속삭이는 말에 비설이 눈을 질끈 감았다. 비겁하다는 것은 알았지만, 그를 마주할 자신이 없다.

도윤의 손길과 체온이 너무나도 좋으면서도 머리 한편에서는 진심으로 이래도 되는지 끝없이 의문이 들었다.

'이대로 괜찮을까?'

이제야 간신히 찾은 평화를 도윤의 품에 안기는 것으로 전부 무너지는 것은 아닐까?

"생각 그만해."

비설의 속을 꿰뚫어 보듯 그녀와 눈을 맞춘 도윤이 낮게 속삭였다. 이마에 닿았던 도윤의 입술이 흔들리는 눈 옆에 닿았다.

남아 있던 눈물이 도윤의 입맞춤에 사라졌다.

입술을 맞출 때마다 나오는 따뜻한 숨결이 미치도록 좋았다. 더 해 달라는 듯이 비설이 얼굴을 들자 작게 열린 입술에 그의 입술이 닿았다. 끊임없이 이어지는 입맞춤에 입술이 붉어지고, 더운 숨이 끊임없이 터져 나왔다.

어깨를 감쌌던 손이 척추를 따라 등을 애무하였다. 손길에 닿는 촉감이 미치도록 좋았다.

"지금으로도 괜찮잖아?"

그의 말에 생각은 멈추었다. 옅은 떨림이 남아 있는 비설의 손가락이 도윤의 입술에 닿았다.

그림을 그리듯 윗입술을 어루만졌던 손가락이 아랫입술에도 닿았다. 따뜻하다 못해 뜨거운 열기가 손끝에서 느껴졌다.

잘하는 짓인지, 지금이라도 멈춰야 하는지 너무나도 머릿속이 복잡했지만, 곧 그런 판단을 할 정신조차 도윤에 의해 삼켜졌다.

'하아.'

긴 숨을 내쉬었지만, 소리는 나오지 않았다. 힘겹게 얼굴을 젖혀 열기를 토해 내려 했지만, 그마저도 쉽지 않았다.

숨은 쉴 수 있었지만 너무나도 답답했다.

열기에 다시 젖어 드는 눈에 입술을 맞춘 도윤의 손이 비설의 가슴을 감쌌다. 힘을 줘 감싸고 부드럽게 모으자 손에 감기는 촉감이 미치도록 좋았다. 새하얀 가슴에 그의 손자국이 남고, 붉은 유실이 단단해졌다.

단단해진 유실을 손가락으로 비틀자 놀란 비설의 눈이 커졌다.

놀란 그녀를 달래듯 비설의 가는 목에 이를 세웠다.

"너한테는 달금한 향이 나."

비설이 가쁜 숨을 몰아쉴 때마다 입술을 묻었던 목에서 생생한 맥이 느껴졌다. 이를 세워 깨물자 도윤의 어깨를 붙잡고 있던 비설의 손에 힘이 들어갔다.

잇자국이 새겨지도록 목에 흔적을 남긴 도윤이 한숨이 나오도록 느긋하게 곱게 파인 쇄골에 입술을 맞추었다.

가슴을 힘주어 안았던 손이 편편한 배를 지나고 오므리고 있던 허벅지를 파고들었다.

거침없이 들어오는 손길에 놀란 비설이 몸을 빼려 했지만, 그마저도 허리를 감싼 팔에 감겨 움직일 수도 없었다.

"네 목소리를 듣고 싶은데……."

그의 손이 닿을 때마다 신음에 젖어 터트리던 비설의 목소리가 너무나도 간절했다. 고운 얼굴과 태만큼이나 목소리도 고왔기에 욕심은 더더욱 그를 흔들었다.

지금은 절대 들을 수 없다는 것을 알면서도 약간의 기대를 품은 채, 비설을 몰아갔다.

허벅지 안쪽을 어루만지던 손가락이 여성을 파고들었다. 젖은 여성의 멍울을 손가락으로 비틀자 여성이 좀 더 젖어 들었다. 그녀의 애액이 가득 차 있는 여성 안으로 그의 손가락이 들어갔다.

'아!'

처음은 아니었지만, 시간이 흐른 만큼 그의 손길이 너무나도 낯설었다. 몸서리를 친 비설이 허리를 틀어 피하려 했지만, 그마저도 도윤에게 잡혀 아무것도 할 수 없었다. 열기에 젖은 눈이 안 된다며 고개를 저었지만, 멈추는 대신 손가락이 하나 더 들었다.

"괜찮아."

속삭이는 소리가 너무나도 다정했지만, 그렇기에 너무나도 위험하게 느껴졌다. 젖은 여성이 낯선 감각을 붙잡듯이 힘을 주었다. 손가락에서 느껴지는 감촉이 너무나도 매혹적이었다. 여린 살을 손가락으로 긁어내리자 갇혀 있는 여체가 몸을 떨었다. 내면을 파고들지 않은 다른 손가락이 멍울의 주변을 훑어 내리자 물기를 가득 품은 눈에서 눈물이 흘러내렸다.

온몸을 감싸던 한기는 거듭된 애무에 점점 더 열기를 띠어 갔다.

집요하리만큼 파고드는 손길이 집요하리만큼 비설을 괴롭히고 흥분시켰다. 온몸에 가득 찬 쾌락을 밀어내듯 깊게 숨을 몰아 내쉬었지만 사라지기는커녕 더욱더 그녀를 휘감았다.

'제발……'

도윤과 눈을 마주친 비설이 입 모양만으로 힘겹게 말을 꺼냈다. 소리는 나오지 않았지만, 어떻게든 제 의사를 알리려 함인지 도윤을 보며 비설이 거듭 같은 말을 꺼냈다.

비설의 반응에 도윤의 눈매가 부드럽게 휘었다.

다급하게 말을 꺼내는 비설을 달래듯 입술을 맞춘 그가 여성을 애무하던 손가락을 빼냈다. 손가락에 잔뜩 묻어 있는 애액을 도윤의 혀가 남김없이 핥았다. 입안의 타액과는 또 다른 달큼한 맛이었다.

제 몸에서 나온 것을 핥는 도윤이 싫은지 비설이 고개를 저었지만, 그에게는 비설의 그 어느 것도 놓칠 것이 없었다.

"미안."

무슨 소리냐는 듯한 시선에 도윤의 눈매가 부드럽게 휘었다.

저런 표정일 때의 그는 진심으로 위험했다.

"조금만 더 괴롭힐게."

말이 끝나기가 무섭게 비설의 허벅지를 잡은 도윤이 얼굴을 숙였다. 뜨겁고 말캉한 혀가 촉촉하게 젖은 여성에 닿는 순간 비설이 소리 없는 비명을 터트렸다.

안 된다며 발버둥을 쳤지만 단단히 붙잡힌 터라 도망칠 수도 없었다. 그사이 여성에 가득 차 있던 애액을 도윤이 한 방울도 남김없이 빨아들였다.

소리는 나오지 않았지만, 숨이 넘어갈 듯이 가쁜 소리가 연신 작은 입에서 터져 나왔다. 열기에 가득한 혀가 여린 내면의 살을 희롱하고 애무하는 것과 동시에 잡고 있던 작은 여체가 파르르 떨렸다.

가득 흘러나오는 애액까지도 전부 삼킨 도윤이 그제야 몸을 일으켰다.

물기에 차가웠던 피부는 어디에도 없었다. 비설의 작은 입에서 터져 나오는 숨이 너무나도 더웠다. 화가 난 듯 노려보는 시선에 도윤이 다시 미소를 지었다.

"조금만 더 괴롭힌다고 했잖아."

도윤의 속삭임에 비설의 눈이 그의 입가에 남은 제 애액을 보았다. 찡그리는 그녀를 보던 도윤이 미소를 지으며 목에 입술을 묻었다. 그녀가 내쉬는 가쁜 숨이 묻고 있는 목에서 생생하게 느껴졌다.

이미 한번 절정을 맞은 그녀에게는 미안하지만, 이제는 그도 한계였다. 늘어진 다리를 붙잡아 벌린 도윤이 젖은 여성에 분신을 묻었다. 동시에 지쳐 있던 그녀의 몸에 다시 힘이 들어갔다.

'흐읏.'

마주친 입술로 비설이 숨을 삼키는 게 고스란히 느껴졌다. 버거우리만큼 단단히 붙잡는 그녀의 존재에 미간의 핏줄이 도드라졌다.

천천히 움직였다가 전부를 털어 내듯 거친 움직임이 불규칙하게 이어졌다.

거친 움직임에 소담한 가슴이 거칠게 움직였다.

그도 모르게 가슴의 새하얀 살을 힘껏 빨아들였다. 이 작은 여체에 자신의 흔적을 마음껏 새기고 싶었다.

힘껏 빨아들인 가슴에 새빨간 흔적이 남자 이번에는 매끄러운 어깨에 이를 박았다.

너무나도 오랜만이었다. 피부에 과즙이 스며 있는 것처럼 깨물 때마다 달큰한 향이 그의 이성을 완전히 몰아갔다.

여유를 주듯 몸을 뺐던 것도 찰나, 다시 힘 있게 들어오자 비설이 눈을 찌푸렸다.

"미안."

도윤의 기세에 비설의 몸이 힘없이 밀렸다.

오랜만의 관계에 그녀를 배려해야 했지만, 그러기에는 이미 절제는 사라진 후였다.

"잘 참는 네가 견뎌."

독한 말과는 다르게 비설을 보는 도윤의 눈에는 연모가 가득했다.

마음대로 하라는 듯이 비설이 도윤의 목에 팔을 감았다.

약간의 틈도 없이 맞닿은 몸에서 느껴지는 서로의 체온이 덥다 못해 뜨거웠다.

입술이 맞닿고, 움직임이 더욱 격해졌다. 사내의 거친 숨소리만 나고 있었지만, 목소리를 잃은 비설 또한 더운 숨을 거칠게 쏟아 내고 있었다.

빠져나가고 들어오기를 반복하던 행위의 끝에서 도윤의 미간이 꿈틀거렸다.

'흐읏.'

하부에서부터 온몸으로 밀려드는 전율에 비설이 입술을 깨물었다.

남아 있는 모든 힘을 태우듯 온몸의 기운이 하나도 없었지만, 그럼에도 조금만 더 도윤을 느끼고 싶었다.

그녀를 배려하여 몸을 빼려는 도윤을 비설이 힘껏 껴안았다.

맞닿은 몸에서 느껴지는 심장 고동이 너무나도 좋았다.

"곤란한데."

가라앉은 목소리에서 들려오는 말이 위험하게 느껴졌다.

거의 남지도 않은 힘으로 도윤의 얼굴을 자신에게로 돌린 비설이 숨을 삼켰다. 그의 눈을 마주하는 것과 동시에 가라앉았던 그의 존재가 다시 그녀를 채웠다.

"움직이지 않아도 돼. 내가 움직일게."

그게 말이 되냐는 물음조차 쓸 시간도 없이 도윤에게 손목을 붙잡혔다.

비설의 손목에 장난스레 입술을 맞춘 그가 다시 그녀의 몸에 자신을 새겼다.

떠지지 않는 눈을 억지로 뜨니 해가 중천에 떠 있었다.

뻑뻑한 눈을 여러 번 뜨고 감기를 반복하자 그나마 지금 있는 곳이 어디인지 시야에 들어왔다.

나른하게 누워 있던 비설이 상황을 판단하자마자 벌떡 몸을 일으켰다.

'아앗.'

잊고 있던 고통이 한꺼번에 밀려오자 비설이 입술을 깨물었다. 살짝 아문 입술의 상처가 이가 닿으면서 다시 피가 흘렀다.

침착하게 지난밤의 일을 떠올린 비설의 얼굴이 하얗다 못해 창백하게 변했다.

'미쳤어.'

전력으로 도망쳐도 모자랄 상황에서 그의 품에 안기다니 이 얼마나 무책임한 행동이란 말인가?

하물며 약간의 여지를 주는 순간 자신이 원하는 대로 상대를 끌고 가는 도윤이었다.

비설이 허락하자마자 새벽 해가 떠오르도록 그녀에게 자신을 새겼다. 목소리가 나오지 않았지만 대신 밤새도록 가쁜 숨을 토해내며 울음을 터트렸다. 지난밤의 정사에 생긴 흔적이 아직도 온몸에 선명하게 남아 있었다.

'멍청하기는.'

자신을 향한 욕이 끊임없이 터져 나왔다.

도윤의 체온에 속수무책으로 무너져 곁을 내준 것이 문제였다. 그를 외면한다면 일이 해결될 거라고 생각한 것 또한 뼈아픈 실책이었다.

옷을 입고 되돌아가려 했지만, 지난밤의 일로 그녀가 입었던 옷은 갈기갈기 찢겨 있었다. 있는 것이라고는 덮고 있던 얇은 모포뿐. 그리고 곁에 있던 도윤조차 어디로 갔는지 모습조차 보이지 않았다.

'돌아가야 해.'

우선은 집으로 가서 앞으로의 일을 생각해야 한다.

도윤이 그녀를 황궁으로 데려가려 한다면 비설은 어떻게든 그것만큼은 막아야 했다.

몸의 고통을 억지로 억누르며 일어났지만, 머리가 빙글빙글 돌았다.

"왜 그러고 있어?"

문이 열리며 들어온 도윤이 비틀거리는 비설을 붙잡았다.

비설의 집에 갔다 온 듯 그의 손에 그녀의 옷이 들려 있었다.

밤새도록 울린 터라 비설의 눈이 충혈되어 있었다. 모포로 몸을 가리고 있었지만, 곳곳에 남아 있는 흔적이 보였다. 전부 그가 만든 것이었다.

새하얀 종이에 그림을 그리듯 지난밤의 꽃물이 그대로 남아 있었다.

마주하는 것으로도 다시 욕망이 치밀었다. 이대로 눕혀 제 흔적을 다시 남기고 싶었다.

'굳이 눕히지 않아도 되지만.'

하지만 비설의 표정은 도윤의 바람과는 너무나도 다르게 살벌했다.

'이러다가 한 대 맞겠네.'

짝!

불길한 기분은 여지없이 적중했다.

'여전히 손이 맵네.'

아직 돌아갈 준비가 되지 않은 비설의 판단을 흐리게 했다. 힘들어하는 그녀의 틈을 찾아내서 파고드는 일은 어렵지 않았고, 속삭이듯 다가오는 도윤에게 잠깐이나마 자신을 내려놓고 안겼다.

이후에 비설이 화를 낼 거라는 건 알았지만, 그 정도의 분노로 몸을 사리기에는 그녀의 존재가 그를 너무나도 흔들어 댔다.

그 대가로 뺨 한 대면 가벼웠지만, 그래도 아픈 건 아팠다.

[저 흔들지 마세요.]

놓아주지 않는 도윤의 손등에 비설이 글을 써 내려갔다.

도윤의 눈매가 옅게 떨렸지만, 비설도 지금만큼은 물러설 수 없었다. 도윤의 손을 다시 잡은 이상 그는 비설을 제 세상으로 끌어올 것이다.

그때의 일을 마주할 수 없다.

비록 도윤에게 수십 번은 더 흔들리고, 그에게 자신도 모르게 시선을 빼앗겨 끌려도 절대 그럴 수는 없었다.

[때문에서 이러셔도 저 안 돌아가요.]

더는 도윤의 혼란을 견디며 살 자신은 없다.

하물며 황궁에는 여전히 운형이 있었고, 세화 또한 있었다.

머리를 굴리며 거부할 말을 찾던 비설의 몸이 굳었다.

예전에도 목적이 있었던 그가 먼저 비설에게 다가왔었다. 이제는 도윤의 접근이 그럴 리가 없다는 것은 알고 있었지만, 지금의 그를 떼어 내기에는 그 상황만 한 것이 없었다.

꺼내고 싶지 않은 이름이었지만, 도윤을 밀어낼 수만 있다면 무엇이든지 할 수 있었다.

[저는 순정공에게 아무것도 아니에요.]

더는 황궁의 상황에 무기력하게 이용당하고 싶지 않다. 도윤만 밀어내면 비설이 걱정할 일은 일어나지 않는다.

"내가 아는 넌 그렇게 바보는 아니야."

도윤의 팔에 마저 글을 쓰려던 비설이 멈추었다.

비설로서는 도윤의 분노를 보는 일이 처음이었다. 언제나 여유롭게 웃고 있을 뿐, 단 한 번도 비설에게 화를 내지 않던 도윤이었다. 한데 지금은 마주하는 것조차도 무섭게 노려보고 있었다.

'아앗.'

벽에 몸이 붙었던 것도 잠시 도윤이 상처가 맺혀 있는 입술을 빨아들였다. 몸부림을 치며 밀어내던 손이 지쳐서 늘어질 때까지 도윤은 그녀의 숨을 빼앗고 또 빼앗았다.

힘없이 몸을 기대는 비설의 이마에 입술을 맞춘 그가 속삭였다.

"운형이 문제가 아니겠지."

"……."

속마음을 노골적으로 들켰다.

그에게 잡혀 있는 지금도 도망치려는 생각과는 달리 꼼짝도 할 수 없었다.

[놓아주세요.]

그녀의 요청에 답을 하는 대신 도윤이 어깨에 입술을 맞추었다. 가슴을 가리고 있던 모포를 빼앗은 그가 보드라운 가슴을 힘껏 움켜잡았다.

몇 년이 지나도 상황은 변하지 않았다.

[지금 놓아주지 않으시면 혀를 깨물 거예요.]

이번만큼은 도윤도 그냥 넘길 수 없었다. 비설에게서 떨어지자마자 뺨에서 다시 불이 일었다.

붉어질 대로 붉어진 눈이 다시 물기를 머금었다.

도윤을 밀어낸 비설이 허겁지겁 옷을 입었다. 억지라는 것을 알면서도 머릿속이 어지럽고 속이 울렁거렸다.

어떻게든 혼자 버텨 내려 했지만, 언제나 이런 식이었다.

[이제 이런 일은 절대 없어요.]

자신도 모르게 보인 여지를 비설이 다시 닫았다. 그녀의 삶에 도윤만 없으면 된다.

그러면 얼마든지 이 힘든 삶을 견뎌 내며 살 자신이 있었다.

[다시는 오지 마세요.]

그날 이후로 비설은 도윤을 외면했다.

집 주변을 지키고 있어도, 그러다가 지쳐 다가와도 보이지 않는 것처럼 철저히 무시했다.

하지만 행동과 사람의 마음은 같을 수 없는지 하루하루가 갈수록 비설의 마음은 묵직하게 내려앉았다.

그래도 아닌 것은 아니었다.

찰나의 온기에 충동적으로 저지른 일은 되돌릴 수 없었지만,

넘어갈 수도 없었다.

❋❋❋

"오랜만에 왔네요!"

사보당의 청년이 비설을 보자마자 한걸음에 다가왔다. 그를 보던 비설이 몸을 숙였다.

어영부영 연적을 떠맡게 되었지만 생각할수록 자신이 가질 물건은 아닌 듯싶었다.

"연적 잘 받았어요?"

청년의 눈치를 보던 비설이 가지고 다니는 종이에 먹을 묻힌 붓으로 적었다. 고민하듯 쓴 문장을 확인하던 비설이 청년에게 내밀었다.

[연적은 감사합니다만 너무 귀한 거라 받을 수 없습니다. 오늘은 연적을 돌려 드리러 왔습니다. 받아 주세요.]

단호한 거절에 청년의 안색이 딱딱하게 굳었다. 곧 굳은 표정을 풀며 비설을 향해 사람 좋은 미소를 지었다.

고작 한 번의 거절로 사람이 물러나면 무슨 재미가 있겠는가? 하물며 주변 마을의 젊은 사내라면 모두 약초를 파는 아가씨에게 적어도 약간의 관심은 가지고 있었다.

말을 못 하는 것도 있었지만, 조용하고 예의가 있었고, 무엇보다도 수수한 옷차림이나 꾸미지 않은 모습임에도 시선을 끄는 외모와 태가 있었다.

"에이. 부담 갖지 말아요. 잘 어울릴 것 같아서 내가 따로 빼놓은 물건이란 말이에요."

119

청년의 말에도 비설의 굳은 표정은 풀리지 않았다.

잠시 청년을 보던 비설이 가져온 연적을 그에게 건넸다.

고집스럽다는 것은 익히 알고 있었지만, 이 정도일 줄 몰랐다.

들고 다니는 낡은 연적보다도 훨씬 좋은 것이었다. 들고 다니기도 좋았고, 비설의 분위기와도 제법 잘 어울릴 듯싶었다.

부지런히 머리를 굴리고 굴리던 청년이 생각났다는 듯이 미소 지었다.

"혹시 축제 좋아해요?"

청년의 물음에 비설이 마른침을 삼켰다.

그녀에게 축제는 한때나마 좋았던 기억이자 끝났던 연모가 남긴 상처였다. 도윤과 맞잡았던 손이, 그가 건넸던 복숭아가, 그가 보여 줬던 마음이 아직 비설에게는 전부 남아 있었다.

하물며 지난밤의 기억은 잊어버리려 노력해도 잊히지 않았다.

그런 상황에서 축제라니 좋지 않다.

"그렇게 부담스러운 눈으로 보지 말고요. 그저 이 주변 마을 사람들이 모여서 같이 놀자는 것뿐이에요."

바짝 경계를 하는 모습이 조용한 분위기와는 다르게 무척이나 귀여웠다. 누가 잡아먹는 것도 아니고, 그저 상대가 어떤지 보자는 것뿐인데도 저리 이를 세우다니. 저러니 더 사내가 안달을 내는 것이 아닌가!

비설이 내려놓은 연적을 다시 그녀에게 쥐여 주며 청년이 입꼬리를 올렸다.

"내가 뭘 하자는 것도 아니고, 좋은 게 좋은 거잖아요. 그냥 구경만 같이해요."

"……."

"어차피 다른 놈……이 아니라 다른 사내도 기회만 보고 있을 걸요. 차라리 아는 사람이 더 편하잖아요. 전혀 모르는 사내놈들 떼어 내기도 좋을걸요. 아가씨가 생각한 것보다도 훨씬 볼만해요."

청년이 비설을 향해 유혹하듯 설득했다. 갈 생각은 없었지만, 볼만하다는 말을 들으니 궁금해지는 것까지는 막을 수 없었다.

그래도 사내랑 같이 갈 수는 없었다.

고민하느라 답이 늦는 비설을 보던 청년이 다급하게 말을 꺼내려다가 순간 얼어붙은 듯 그대로 멈추었다.

청년의 반응이 이상했던 비설이 기를 집중했다.

문제의 원인을 찾을 필요조차 없었다. 지난번 보부상 여인을 옥죄던 살기와 똑같은 것을 느낀 비설이 그 근원으로 눈을 돌렸다.

'아!'

얼굴이 보이지 않았지만 누구의 짓인지 너무나도 훤했다.

청년에게 미안하다는 말을 쓸 겨를도 없이 비설이 살기가 느껴지는 방향으로 달려갔다.

"아가씨는 처음 보지? 이번에 이곳으로 오신 관리님을 보좌하는 이라고 하더구먼."

사람 말이 말 같지 않은지, 아니면 목소리로 꺼내는 말이 아니라서 무시하는지 알 수는 없었지만, 그녀의 독설에도 도윤은 꾸준히 비설의 앞에 모습을 드러냈다.

차라리 집으로 밀고 들어왔으면 나가라며 내쫓기라도 하겠지만, 이제는 하다 하다 이곳을 다스리는 관리의 보좌라니, 기가 막혀 웃음도 나오지 않았다.

비설의 표정은 보이지도 않는지 앞에 놓인 차를 마시며 약방 여인이 바쁘게 입을 놀렸다.

"처음이라 낯설겠지만 얼마나 살가운지 아주 마을 사람들이 다 좋아하는구먼. 아가씨도 종종 도움을 받고 그러시게나. 그나저나 이름이……."

"윤이라고 합니다."

"아! 그렇다는구먼. 이쪽은 이름이 비설이라고 하는 아가씨인데 우리는 약초 아가씨라고 부르고 있다네. 저쪽 마을에서 좀 떨어진 언덕 집에서 살고 있구먼."

여인은 못 느끼고 있었지만, 비설과 아주머니 사이에서 넉살좋게 이야기를 하면서도 도윤의 살기는 사보당을 향해 있었다.

혹시나 하는 마음에 사보당 쪽을 보니 이제는 창백하다 못해 정신을 놓을 것 같은 얼굴로 청년이 문 앞에 굳어 있었다.

"말을 못 해서 그렇지 워낙 태가 고운 아가씨라 곳곳에 노리는 청년들이 아주 많다오."

"그런 것 같더군요."

왜 여인이 말을 꺼냈는데 살기는 사보당으로 향하는가!

도윤을 막지 않으면 애먼 청년 하나 죽게 생겼다. 애써 자신을 다잡으며 비설이 쉴 새 없이 말을 떠드는 여인의 곁으로 다가갔다.

"어이쿠. 내가 너무 입을 놀렸구먼. 난 이제 내 가게로 가 보겠네. 자네도 필요한 물건이 있으면 언제든지 오게나. 내 셈은 잘 쳐줄 테니."

"그렇게 하겠습니다."

약방 여인이 사라질 때까지 초조함을 감춘 비설이 시야에 벗어나자마자 도윤을 노려보았다. 서슬 퍼런 시선에도 혼자 허허실실 여유로운 도윤이 여인이 앉아 있던 자리를 가리켰다.

우선은 사람부터 살려야 할 일, 자리에 앉자마자 비설이 종이와 붓을 꺼냈다.

[살기 거두세요.]

"무슨 말인지 도통 모르겠네."

[저러다가 죽어요.]

숨도 제대로 쉬지 못하는 청년이 불안한 비설이 도윤을 채근했다. 그럼에도 도윤의 표정은 물론이고 살기도 여전했다.

"누구를 말하는지 모르겠는데?"

뻔히 알면서도 모르쇠였다.

부지런히 머리를 굴리던 비설이 손에 쥐고 있던 연적을 도윤의 앞에 내밀었다. 연적을 받아 든 도윤이 입꼬리를 씩 올렸다.

와드득.

연적이 부서지는 소리와 동시에 청년의 목을 죄던 살기도 사라졌다.

도윤의 목적이 연적이라는 것을 깨달은 비설이 식은땀을 흘렸다.

오지 말라고 자른 주제에 이러는 것도 아니었지만, 지금은 그것을 가릴 여유조차 없었다.

"운우지정을 쌓은 난 신경도 안 쓰고, 저런 못난 놈에게 신경이나 쓰다니."

도윤의 투덜거림은 제대로 들리지도 않았다. 스스로 목숨을 끊었다는 촌주의 이야기가 뇌리를 스쳐 지나갔다.

도윤이 오기 전까지 그녀의 일상은 평화로웠다.

스치듯 나온 생각이었지만, 의심은 확신으로 변했다.

"나 좀 예뻐해 줘."

비설이 아무리 날을 세워도 도윤은 그녀에게는 아무것도 하지 않는다.

하지만 비설을 제외한 다른 사람에게는 얼마든지 제가 가진 힘을 휘두를 사람이 도윤이었다.

도윤이 어떤 사람인지 잠시나마 잊고 있었다.

"그럼 얌전히 있을게."

마주하는 시선에 숨을 쉬는 것조차도 잊어버렸다. 극한으로 몰린 숨이 쌓인 후에나 비설이 힘겹게 숨을 내쉬었다.

붓을 잡은 비설의 손을 끌어온 도윤이 하얀 손등에 입술을 맞추었다.

따뜻한 입술이 내려앉은 것도 찰나 이를 세운 도윤이 그녀의 손등에 잇자국을 남겼다.

"넌 아무 때나 날 물어도 돼. 네가 무는 건 아파도 참을 수 있거든."

비설이 도망가려 한다면 도윤은 잡으면 그만이었다.

그녀의 존재는 도윤의 이성을 흔들고 피를 끓게 했다. 비설의 거부야 하루 이틀도 아니었고, 결국 이 상황을 흔들어서 비설을 데려갈 사람은 도윤이었다.

"이런 작은 마을 하나 없어진대도 난 아무렇지 않거든."

차라리 비설이 도망갈 곳 따위 전부 없애 버리는 것도 나쁘지 않을 것 같단 생각이 들었다.

지극히 충동적이었다며 비설은 상황을 외면하려 했지만, 그의 품에 비설이 안긴 후부터 이미 도윤은 그녀를 데리고 갈 생각뿐이었다.

"저런 놈의 목소리에 귀를 기울이지도 말고, 저런 놈이 하는 말에 흔들리지도 마."

"……."

"정 궁금하면 한번 하고 싶은 대로 해 보든가?"

붙잡힌 손을 빼내려는 생각조차 하지 못했다.

현재를 살아 내느라 과거에 했던 경험을 잠시나마 잊고 있었다.

연도윤은 미쳤다.

정도를 모르는 광이 비설을 다시 향하는 순간 어설픈 반항은 없었던 일이 되어 버렸다.

✳✳✳

정리를 끝낸 비설이 고개를 옆으로 돌렸다.

뜬금없이 피곤하다며 그녀의 집으로 밀고 들어온 도윤이 의자에 몸을 기댄 채 잠자고 있었다.

얌전히 있을 거라는 선언처럼 비설의 집으로 다시 들어오게 된 도윤은 잠을 자고 갈 뿐, 그녀를 따로 괴롭히거나 휘두르려 하지 않았다.

'안 불편한가?'

어차피 그녀의 집까지 찾아오는 사람도 드물었고, 도윤이 와 있을 때는 흑의가 지켜서인지는 알 수 없었지만 방문객이 없으니 불편한 것은 없었다. 도리어 의자에서 잠을 청하는 도윤이 더 불편해 보였다.

도윤을 보던 비설이 자신도 모르게 무거운 한숨을 내쉬었다.

'어찌해야 하나?'

밀어내는 것도 안 통하고 받아들일 수도 없었다.

결국 선택할 방법은 하나였다. 비겁하지만 이번에도 결국 도윤에게서 떠나야 끝날 일이었다.

그녀가 아무리 숨어도 결국 도윤은 찾아내겠지만, 현재로서는 그녀가 할 수 있는 최선이었다.

"그렇게 지켜보고 있으면 설렌다니까."

4년의 도망 끝에 찾은 균형이 고작 몇 달 만에 완전히 흔들렸다.

변한 건 아무것도 없는 상황에서 마음만 흔들려 봤자 도윤은 물론이고 비설에게도 좋지 않았다.

시선을 외면하며 비설이 몸을 돌리자 그사이 다가온 도윤이 다시 몸을 돌렸다.

맞닿은 몸에서 느껴지는 체온이 너무나도 좋았다. 외면하고 싶었지만, 도윤에게서는 비현의 체온이 느껴졌다.

그래서 다른 이의 접근은 철저히 막는 비설이 도윤에게만큼은 쉽지 않았다.

"너와 있으면 꿈을 꾸지 않아서 좋아."

무슨 꿈인지는 듣지 못했지만, 그에게는 좋지 않은 듯 꿈 이야기를 꺼낼 때마다 도윤의 미간은 딱딱하게 굳었다.

비설의 어깨에 얼굴을 묻은 채 도윤은 편안한 숨을 내쉬었지만 비설은 차마 그와 눈을 마주칠 수 없었다.

황궁을 도망 나오면서 마음까지 정리했다면 얼마나 좋았을까? 답답하리만큼 비설은 도윤을 향한 감정을 바꾸지도 못했고, 버리

126

지도 못했다.

'왜 하필 당신에게 마음을 열어서는…….'

안 될 연모라며 운형을 외면했었던 것과는 달리 도윤은 그럴 수 없었다.

고민하던 비설의 손이 도윤의 뺨에 닿자 미소를 지은 그가 얌전히 비설의 손에 자신을 맡겼다.

차라리 그가 황제가 아니고, 자신도 그와 엮이지 않았더라면, 선택하는 데 주저하지 않았을 것이다.

"원래는 황궁으로 돌아가면 보여 줄 생각이었지만."

"……."

"네 표정이 심상치 않거든."

무슨 말을 하고자 함일까?

도윤의 팔을 비설이 붙잡자 그가 비설을 안았다. 침상에 비설을 앉힌 도윤이 그녀의 앞에 마주 앉았다.

저 숨기지 못하는 시선만으로도 비설이 무슨 생각을 하는지 훤히 보였다.

무슨 생각을 하는지 알면서도 잡고 싶지 않았다. 이번만큼은 비설의 생각을 알면서도 도윤도 그 말도 안 되는 운이라는 것에 걸어 볼 생각이었다.

"예전에 네 신뢰를 어겨 가면서까지 내가 지켜야 했던 거."

도윤을 보던 비설이 숨을 삼켰다.

진실을 알려 달라는 비설의 요구에 도윤은 안 된다며 단칼에 잘랐었다. 신뢰를 받지 못한 비설은 살려는 의지조차 놓은 채 삶을 포기하려 했었다.

그때 도윤은 절대 보여 줄 수 없다고 했었다.

"네 아버지가 날 위해 지켜 주려 했었던 비밀은 말이야."

귓가에 속삭이는 그의 목소리가 막연하게 울렸다. 믿을 수 없다는 눈이 도윤을 향했지만 말을 꺼낸 그는 너무나도 태연했다.

믿을 수 없는 일이지만 말을 꺼낸 사람이 도윤이라는 것이 문제라면 문제였다. 저 표정을 보며 거짓이라고 부정할 수 없다.

[왜 지금 그걸 말해요?]

"난 네가 필요하거든."

도윤의 손이 비설의 뺨을 어루만지고 목을 감쌌다. 곱게 파인 쇄골을 따라 움직이던 손가락이 매끄러운 어깨를 어루만졌다.

"내 약점을 더는 위험하게 할 수 없거든."

"……."

"내 약점을 곁에 두고 아끼고 연모하면서 살게 되면 이 불안이 조금은 가라앉지 않겠어?"

그의 말 한 마디, 한 마디가 독처럼 그녀의 몸에 빠르게 스며들었다.

글조차 쓰지 못하는 비설을 보던 도윤이 가까이 다가왔다. 입술과 입술이 만나고 숨결이 엉켰다. 가쁜 숨을 내쉬기도 전에 그에게 삼켜지고 휩싸였다.

"연모해."

비설이 어떤 마음을 먹었는지 도윤은 알고 있었다.

알고 있으면서도 모르는 척 비설에게 제 속마음을 전부 보였다.

너무나도 영악하고 무척이나 잔인했다. 비설이 눈을 질끈 감자 눈 끝에 매달려 있던 눈물이 흘렀다. 얼굴을 타고 흐르는 눈물에 도윤이 입술을 맞추었다.

다시는 그에게 안길 일이 없을 거라며 잘랐었지만, 결국은 또 다시 그에게 무너졌다.

옷고름을 풀고 품으로 파고드는 도윤을 밀어내는 대신 팔을 벌려 그를 안았다. 도윤을 받아 줄 수는 없었지만 그녀의 삶에 유일한 사내는 그뿐이었다.

'연모해요.'

팔에 느껴지는 촉감에 도윤의 눈이 부드럽게 휘었다.

어깨에 걸쳐 있던 옷이 미끄러지기가 무섭게 도윤의 입술이 새하얀 어깨에 다시 닿았다. 다급한 손이 남아 있는 옷을 전부 벗겨 냈다. 옅은 홍조를 띤 비설을 보는 것만으로도 입이 마르고 허기는 깊어졌다.

'흐읍.'

붉은 입술에 머금고 턱을 잡자 작은 입술이 열렸다. 열린 입술을 파고든 그가 치열을 애무하고 타액으로 촉촉해진 여린 살을 긁듯이 애무했다.

그의 자극에 젖어 드는 혀를 휘감은 그가 갈증을 해소하듯 타액을 빨아들이고, 입안에 머금었다.

'하아.'

길게 내쉬는 더운 숨이 도윤의 얼굴에 닿았다. 그녀를 보던 도윤이 솜털이 나 있는 귓불을 한입에 삼켰다. 낯선 감각에 비설이 몸을 뒤로 빼려 했지만, 그보다 먼저 그녀의 가슴을 도윤이 움켜잡았다.

한숨이 나오도록 천천히 이어지는 애무에 열기가 쌓여 갔다. 평소의 그는 제 갈증과 허기를 드러내며 거침없이 비설을 몰아갔지만, 오늘의 그는 평소와는 사뭇 달랐다.

'흐웃.'

쇄골에 입술을 맞춘 그가 풍만한 가슴골에 얼굴을 묻었다. 깊게 체향을 맡은 그의 입술이 가쁜 숨을 오르내리는 가슴에 입술을 맞추었다.

이를 세워 긁자 하얀 피부에 잇자국이 새겨졌다. 달콤한 복숭아를 깨물듯 보드라운 가슴에 잇자국이 새겨질 때마다 그녀의 살내음이 코끝을 간질였다.

"조금만 더."

빨갛게 달아오른 가슴의 잇자국을 달래듯 혀로 어루만졌다. 가슴을 따라 움직이던 입술이 유륜에서 멈추고, 단단한 유실을 입안 가득 빨아들였다.

'하아.'

가슴을 애무하는 도윤의 머리카락을 비설의 가는 손가락이 헤쳤다. 침상에 앉은 채 이러는 것이 부끄럽기는 했지만, 그만하라고 하기에는 이미 그가 주는 열기에 완전히 빠져들었다. 조금만 더 가까이 오라는 듯이 비설이 이끌자 도윤이 그녀를 안아 침상에 눕혔다.

'흐으읏.'

"오늘은 기다리기가 힘드네."

말이 끝나기가 무섭게 젖은 수풀을 가르고 단단한 분신이 파고들었다.

반쯤 분신이 파고들 때쯤, 비설의 몸에 힘이 들어가면서 미간이 찌푸려졌다. 그녀의 반응에 안으로 들이밀던 도윤이 움직임을 잠시 멈추었다.

처음은 힘들어하는 비설이었다. 그녀가 주는 쾌락이 미칠 것같이 좋았지만, 오늘따라 유난히 그녀의 안색이 좋지 않았다.

"역시 좀 무리였나?"

도윤의 물음에 비설이 고개를 저었다.

그가 제 본모습을 드러내며 다가오는 여인은 자신뿐이었다. 그 사소한 사실이 그녀로 하여금 욕심을 품게 했다.

그를 온전히 가지고 싶다.

"음."

고민하는 도윤을 보던 비설이 먼저 그의 입술에 자신의 입술을 가져갔다. 수많은 말보다도 하나의 행동이 더 영향을 주었다.

그녀의 허락에 억지로 붙잡았던 인내가 끊겼다.

제어 따위는 없는 움직임이 거칠게 시작되었다. 빠져나가는 그의 분신에 숨을 내쉰 것도 찰나, 다시 젖은 여성을 그가 파고들었다.

온몸에 가득 차 있는 열기에, 그의 움직임에 더욱 몸집을 부풀렸다. 신음을 참고 싶었지만, 그의 힘에 밀려 자신도 모르게 신음이 터져 나왔다.

'흐읏.'

살이 부딪치면서 나는 질척이는 소리와 동시에 신음이 섞여 들었다. 도윤의 어깨를 붙잡고 버티려 했지만, 그보다도 먼저 무게를 싣고 들어오는 그의 움직임에 작은 여체가 다시 밀렸다.

'흐윽!'

한계까지 다다른 열기가 눈앞에서 터지는 순간 젖은 여성 가득 이질감이 느껴졌다. 도윤을 붙잡은 채, 비설이 잘게 몸을 떨자 뜨거운 입술이 그녀를 달래듯 곳곳에 내려앉았다.

"후우."

길게 숨을 내쉰 그가 비설의 작은 몸에 얼굴을 묻었다. 한풀 기

세가 꺾이긴 했지만, 그녀에게서 떨어지고 싶지 않았다. 기절하듯
힘이 빠진 비설의 몸에 자신을 밀착하며 도윤이 들끓는 열기를 가
라앉혔다.

　잠든 도윤을 비설이 조용히 응시했다.

　그녀의 작은 움직임에도 깼던 그였지만, 지금만큼은 고른 숨을
내쉬며 편하게 잠들어 있었다.

　'연모해.'

　목소리는 나오지 않았지만, 비설의 입은 같은 말을 몇 번이고
반복했다.

　도윤에게 비설은 약점이라고 했다. 약점이니 곁에 두어 평생을
아끼고 연모하며 살겠다고 하였다.

　제 본심을 거의 보이지 않는 사내가 보여 주는 연모가 너무나도
고맙고 미안했다.

　도윤이 준 조건 없는 연모에 이기적이었지만 그녀는 계산을 했
고 결심을 했고 마음을 먹었다.

　'내가 당신의 약점이라면······.'

　더더욱 사라져야 한다.

　그녀를 이용해서 도윤에게 해를 끼칠 수 없게 최대한 멀리 떨어
져야 한다.

　'네 아버지가 날 위해 지키려고 했던 비밀은 말이야.'

　전부를 알기는 어렵겠지만, 비설은 조금이나마 죽음을 택한 제
아버지를 이해할 수 있었다.

도윤만이 알았던 비밀을 이제는 비설도 알게 되었다.

지켜야 한다.

'당신이 가려는 길에 내가 걸림돌이 되어서는 안 돼.'

도윤이 지키고자 하는 비밀을 운형이나 세화가 알게 된다면 결국 그들이 이용할 사람은 비설뿐이었다.

그러니 떠날 것이다.

이번에야말로 도윤에게 절대 들키지 않도록 숨을 것이다.

언제나 그녀를 가장 먼저 찾아낸 도윤이었으니, 그에게서만 확실히 피할 수 있다면 운형이나 세화는 찾아내기 어려울 것이다.

'당신은 또 화를 내겠지만.'

비설은 도윤과 함께하기에는 많은 것이 부족했다.

도윤의 품에서 몸을 뺀 비설이 미리 준비한 짐을 꺼냈다.

'미안해.'

자신도 모르게 도윤에게 향했던 손이 멈추었다. 흔들리는 마음을 비설이 다시 다잡았다.

'한 번만 더 당신에게서 도망칠게.'

부질없는 짓이라는 것을 알면서도 도윤의 비밀까지 들은 비설의 선택이었다.

그녀가 할 수 있는 한 지킬 것이다.

조심스럽게 문을 연 비설이 도윤에게서 다시 도망쳤다.

十五章. 껍데기

한 번이라도 같은 곳을 바라보며 함께했으면 했지만 도윤은 언제나 비설보다 한 수 위였다.

"이만 돌아가십시오."

그녀를 둘러싼 이들은 내내 집 주변에 있었던 이들과는 완전히 달랐다. 그리고 너무나도 많았다.

이들을 피해 도망치는 건 불가능에 가까웠다.

"폐하께서 기다리고 계십니다."

충분히 붙잡을 수 있었는데도 도윤이 그 자리에 있었던 이유는 하나였다.

처음부터 그녀를 보낼 생각 따위 없었던 도윤은 그녀가 움직일 수 있는 모든 수단을 막았다. 이럴 줄은 알았지만 이 정도일 거라고는 생각하지 않았다.

부질없는 발악일 수 있지만, 이대로 돌아갈 수는 없었다.

"아가씨. 저희가 죽습니다."

"……."

"폐하께서 참아 주시는 분은 아가씨뿐입니다. 소인들은 폐하께서 죽으라는 명령을 내리시면 죽어야만 합니다. 자비를 내려 살려 주십시오."

흑의를 보던 비설이 가지고 있던 짐을 내려놓았다.

시도만 그럴듯했을 뿐이다.

도망칠 수도 없겠지만 비설이 이들에게서 빠져나가는 것과 동시에 도윤은 이들에게 죽으라는 명령을 내릴 것이다.

연도윤이 어떤 사내인지 알기에 더는 고집을 피울 수 없다.

"모시겠습니다."

비설이 떠나려는 마음을 바꾸자 흑의가 손을 들었다. 그녀를 포위했던 호위의 무리가 뒤로 물러났다.

비설에게 말을 걸었던 흑의가 가까이 다가오는 순간 바람을 가르는 소리가 들렸다.

익숙한 소리에 비설과 흑의가 동시에 몸을 날렸다.

좀 전까지 둘이 있던 자리에 갑자기 화살이 날아와 바닥에 박혔다. 순식간에 호위들의 뒤로 엄청난 수의 병사들이 몰려들었다.

"모두 죽여라!"

다시 날아드는 화살을 몸을 굴려 피한 비설이 공격해 오는 병사의 검을 피했다. 목 끝까지 찔러 드는 검을 피한 비설이 거리를 좁혀 병사의 손목을 찍었다.

"악!"

떨어뜨리는 검을 잡은 비설이 주저 없이 옆으로 휘둘렀다. 병사의 몸에서 터져 나오는 피가 얼굴을 적셨다. 곧이어 공격해 오는 병사를 향해 비설의 검이 방향을 바꾸었다.

검을 내려놓기는 했지만 무인으로서 전부를 내려놓지는 못했다. 황궁 호위로 있을 때보다는 무뎌졌지만, 그럼에도 비설은 여전히 빨랐다.

"아가씨를 지켜라!"

흑의가 비설의 주변을 에워쌌지만, 스스로를 지킬 힘은 그녀에게도 있었다. 화살의 방향이나 병사의 움직임을 보았을 때 이들이 노리는 사람은 비설이었다.

그녀의 존재가 다른 누군가의 목숨을 잃는 조건이 될 수 없다. 검을 다잡은 비설이 매섭게 들어오는 공격을 맞받아쳤다.

오랜만에 느끼는 생명의 위협에 비설의 눈에 빛이 돌았다.

"으아악!"

예전과 똑같을 수는 없었지만, 병사를 베는 비설의 검은 여전히 날카로웠다.

"계집을 몰아!"

"다른 놈들은 필요 없다!"

"계집을 잡아라!"

비설은 물론이고 흑의의 실력 또한 뛰어났지만 끝없이 공격해오는 병사의 수에는 답이 없었다.

흑의들이 비설을 지키려 했지만, 밀려드는 인파에 그녀와 떨어질 수밖에 없었다.

'여기서 죽으면 안 돼.'

도망치겠다는 생각은 들지 않았다. 이 상황에 말도 안 되는 개죽음을 당하려 지금까지 살아남은 게 아니다.

다시는 검을 잡지 않겠다는 생각으로 살아왔지만, 생존 앞에서 약속은 무의미했다.

"저기다!"

"저쪽에 있다!"

심장에 꽂혀 있던 검을 뺀 비설이 목 끝까지 치미는 가쁜 숨을 내쉬었다. 어설프게 도망치느니 차라리 집으로 되돌아가는 것이 맞다.

방향을 잡은 비설이 몸을 돌린 순간, 앞에 서 있는 이를 보며 미간을 좁혔다.

"오랜만이네?"

그녀를 따라 움직이던 병사들이 포위하듯 비설과 앞에 서 있는 이를 둘러쌌다. 완전히 둘러싼 이들을 만족스러운 눈으로 보던 이가 비설을 향해 입꼬리를 올렸다.

"이 정도까지 왔는데 그냥 죽어 주는 건 어때?"

검은 너울로 얼굴을 가리고 있었지만, 목소리는 분명 세화였다.

＊＊＊

"짐이 기다린 것은 네가 아닌데 말이다."

헝클어진 매무새에 무심한 눈이 황궁에서 봤었던 도윤의 모습 그대로였다.

황궁에서 봤다면 평소의 도윤이라 생각하며 넘겼을 것이다. 하지만 도윤이 있는 곳은 비설이 머무는 처소였고 그가 앉아 있는 곳은 분명 비설의 침상이었다.

바닥으로 내리꽂히는 기분을 억누르며 운형이 도윤을 향해 걸어갔다.

"거기까지."

"폐하."

"아직 내 여인의 향기가 남아 있어서 말이야. 넌 들어오면 안 될 것 같구나."

운형의 눈빛에 살기가 감돌았지만 도윤은 미소 지었다. 다만 겉으로만 미소 지을 뿐, 속은 부글부글 끓고 있었다.

비설이 떠날 것을 알면서도 말리지 않았다. 그때도 그렇고, 지금도 도윤은 바뀌지 않았다. 비설이 숨고 도망친다면 도윤이 찾아내고 붙잡으면 그만이다.

다만 이번 일은 비설과 자신이 풀어 나갈 일이었다. 이곳에 운형이 낄 자리는 없다.

"예전에 짐이 너에게 했었던 말 기억하는가?"

도윤의 물음에도 입을 굳게 다물 뿐 운형은 대답조차 하지 못했다.

도윤이 일어나자 주변을 둘러쌌던 흑의가 무릎을 꿇었다. 개중에는 운형의 병사였지만 도윤의 기에 밀려 자신도 모르게 무릎을 꿇은 이들도 있었다.

"폐하."

도윤의 기운을 힘겹게 견뎌 낸 흑의가 등 뒤로 다가왔다.

"아가씨를 모셔 오던 흑의를 사도의 여식이 데리고 온 병력이 포위했다고 합니다."

"세화가?"

"사도가 움직인 것은 아닌 것 같았습니다만, 데려온 병력이 많은 터라 아가씨를 모시던 흑의들이 뿔뿔이 흩어졌다는 보고였습니다."

말을 끝낸 흑의가 물러나자 도윤이 운형을 향해 걸어갔다.

무장을 한 운형의 앞에 단검 하나 없이 도윤이 섰지만, 이 상황을 지배하는 사람은 운형이 아니라 도윤이었다.

"이제 그만 내 여인을 향한 관심을 버려라."

광기 그 자체인 사내가 제 기운을 숨기지 않으니 나라가 소란스럽고, 도윤의 광에 물든 이들은 잘못된 판단이 맞는 줄 알고 선택했다. 보답도 받지 못하는 희생을 당연하게 저질러 놓았으면서도 그는 반성하기보다는 당연하게 생각했다.

"언제나 폐하께서는 몇 걸음 앞에서 소인을 내려다보셨지요. 소인의 능력이 폐하보다는 많이 부족하다는 사실 또한 알고 있습니다. 하지만!"

"하지만?"

"소인 또한 포기할 수 없는 것이 있습니다. 아버지의 유지를 이어받았고, 제 아버지가 거둔 아이에게서 평온을 얻었습니다. 저의 바람을 막는 걸림돌이 있다면 어떻게든 치워야 하지 않겠습니까?"

대상이 누구인지 말을 하지 않았을 뿐, 운형은 도윤을 향한 적의를 숨기지 않았다.

그런 운형이 재미있는 만큼이나 괘씸했다. 이를 드러내는 이들과 함께 제거하기 위해 살려 둔 목숨이 저리 세력을 키워 자신에게도 자격이 있다며 적의를 드러냈다.

"그래서 걸림돌을 치우는 시작으로 내 여인을 데려가겠다?"

"자격은 소인이 먼저였습니다."

"그런 거로 자격을 매기면 삶은 무척이나 쉽고 지루했겠지. 그리고 네가 먼저였다면 지켰어야지."

결국 같은 이야기가 의미 없이 반복되었다. 연도윤과 자신은 너무나도 다르다.

운형이 원하는 것을 얻기 위해서는 도윤의 목숨이 필요하다.

"비설을 데리고 가겠습니다."

"없어."

"……."

"네놈 같은 것들 때문에 내 미련하고 착한 웅묘는 또 도망쳤거든. 도망치면 다 해결될 줄 알고 말이야."

도윤의 뒤에 있는 집으로 운형이 눈을 좁혔다.

느껴지는 기척이 없다.

당황한 눈으로 보는 운형을 향해 도윤이 비틀린 미소를 지었다. 도망간 비설에게도 짜증이 나고, 여기 와서 고집을 부리는 운형에게도 화가 났고, 제멋대로 움직인 세화에게도 분노가 치밀었다.

"내 웅묘 때문에 짐이 짜증이 나."

검을 잠시 놓기는 했지만, 비설은 실력이 있으니 세화의 위협은 걱정되지 않는다. 그와 흑의를 완전히 포위하고 있었지만, 운형의 병력도 그다지 신경 쓸 일은 아니었다.

언젠가는 움직일 운형이었지만, 그게 하필 비설이 떠난 오늘이라는 것도 무척이나 그의 성질을 긁었다.

"그래서 그런가? 네가 예전에 했었던 생각을 짐도 해 봤거든?"

"무슨 말씀을 하시는 것입니까?"

"짐에게 어쩔 수 없는 사고가 일어난다면 너의 바람은 생각보다도 쉽게 이루어지겠지. 그걸 반대로 틀어서 생각하면 말이다."

"……."

"어쩔 수 없는 사고는 나만 나는 게 아니거든."

도윤의 말이 끝나는 것과 동시에 저택을 포위한 병력 외의 다른 기척이 곳곳에서 느껴졌다. 전과는 비교할 수 없이 몸집이 커진 도윤의 병력을 보며 운형이 입술을 깨물었다.

조금 전까지는 어느 정도 확률이 있던 상황이 가늠할 수 없게 바뀌었다.

"죽여라."

도윤이 말을 끝내는 것과 동시에 대기하던 병력이 단숨에 달려들었다. 바로 앞까지 달려드는 검을 운형이 아슬아슬하게 피했다.

"운정공. 피하셔야 합니다!"

수하의 말에도 운형의 눈은 도윤을 향했다.

똑같은 생각을 해 준 것이 고마울 정도였다. 운형이 그토록 기다린, 어쩔 수 없는 상황을 도윤이 만들었다.

운형의 손이 주머니에 넣어 놓은 작은 병을 만졌다. 한눈을 파는 세화에게서 가져온 물건을 쓸 기회가 왔다.

'오늘 하나는 죽어서 나가겠지요.'

다시 달려드는 황병을 주저 없이 벤 운형이 도윤을 향해 달려들었다.

❋❋❋

"운정공에게 사람을 붙여 놓기를 잘했지."

너울에 가려 표정을 알 수 없었지만, 목소리에서 느껴지는 웃음기만으로도 그녀의 표정이 보이는 기분이었다. 도윤을 완전히

142

밀어내지 못하면서 우려했던 일이 결국은 일어났다.

둘러싼 병사들의 화살이 모두 비설을 향했다. 당장에라도 화살에 목이 꿰뚫릴 상황이었지만, 비설의 머릿속을 채운 것은 세화가 꺼낸 말이었다.

'운정공이 여기에 왔다.'

"죽이고 싶을 만큼 네가 보고 싶었단다."

그녀의 말에도 노려보기만 할 뿐, 비설은 말이 없었다. 의아해하던 세화가 떠올랐다는 듯이 미소를 지었다.

세상은 아직 그녀를 버리지 않았다. 그러니 이런 둘도 없는 기회를 그녀에게 주지 않았는가?

"말을 하지 못한다지? 뭐 그것도 나쁘지 않구나. 덕분에 그 역겨운 소리를 듣지 않아도 되니 말이다."

말을 끝낸 세화가 얼굴을 가렸던 너울을 걷자 비설의 눈이 커졌다.

오른쪽 이마에서 왼쪽 뺨으로 흉터가 길고 깊게 나 있었다. 무척이나 고왔던 얼굴은 그 흉터 하나로 흉측하게 변해 있었다.

놀란 눈으로 바라보는 비설을 보며 세화의 손가락이 흉터 위를 움직였다.

"네가 이렇게 만들었단다."

"……."

"내가 평생을 인내하며 버텨 왔던 시간이 네가 만든 이 흉터에 완전히 무너지고 말았지. 그 원한이 날 삼키고 미치게 했다."

4년이 넘도록 억눌러 왔던 증오를 세화는 비설에게 토하듯이 터트렸다.

죽고 싶었지만 한 가지 일념으로 살아남았다.

그녀는 이렇게 고통스러운데 황궁에서 도망친 비설은 너무나도 편안한 얼굴로 제 삶을 살고 있을 것이 뻔했다.

비설의 삶을 떠올리니 죽고 싶어도 죽을 수 없었다.

"여기 있는 병사들의 무기에 내가 만든 독을 발라 놨단다. 조금이라도 닿으면 고통 속에서 피를 뿜으면서 몸부림치다가 죽게 되지."

세화가 손을 들자 둘러싸고 있던 병사가 양옆으로 물러났다. 무슨 의미냐는 시선에 세화가 터지려는 웃음을 간신히 참았다.

"어디 발버둥을 치며 도망가 보렴. 여기 있는 이들이 널 딱 한 번만 베어도 끝이니 말이다."

세화의 웃음소리가 들렸지만, 비설은 침착하려 애썼다.

그녀의 목적이 자신의 죽음이라는 것은 뭐 충분히 들어서 알았고, 운형에게 사람을 붙여서 알았다는 것은 이곳에 그도 와 있다는 소리였다.

도윤과 운형이 만났다면.

혹 세화가 운형과 손을 잡은 상황이라면.

세화는 그녀를 고통스럽게 죽일 생각으로 길을 열어 준 것이지만, 그녀에게도 이건 기회였다.

"하하하. 그래! 도망가거라!"

비설이 도망치자 세화가 웃음을 터트렸다.

그녀의 손가락이 비설을 가리키자 사냥하듯 포위했던 이들이 그녀가 사라진 방향으로 달려갔다.

"컥!"

도망가는 비설을 보며 웃던 세화가 앞을 가르는 화살에 눈이 커졌다. 짧은 비명을 지르며 그녀를 호위하던 병사가 바닥에 뚝 쓰러졌다.

고개를 돌리자 전부 없앤 줄 알았던 황병이 그녀를 향해 달려오고 있었다. 죽여도 끈질기게 들이대는 모습에 세화의 입술이 뒤틀렸다.

"아가씨!"

"날 지켜라. 그리고 저 망할 년을 쫓아."

도윤과 운형은 관심조차 없다. 그녀가 없앨 상대는 처음부터 비설뿐이었다.

비설만 죽으면 이 모든 책임을 운형에게 떠넘길 수 있을 것이다.

세화가 움직이자 호위들이 그녀의 주변을 둘러쌌다.

"죽어라!"

그녀의 허리를 향해 밀려오는 검을 피한 비설이 병사의 손목을 쳐 검을 빼앗았다.

바닥에 떨어지기 직전, 병사의 검을 빼앗은 비설이 목에 검을 꿰뚫었다. 발버둥을 치다가 쓰러진 병사의 목이 검게 변하더니만 피가 까맣게 변했다.

조금만 스쳐도 죽을 것이다.

오랜만에 느끼는 공포에 비설이 몸을 떨었다.

전에는 죽어도 상관없다며 제 목숨을 멋대로 던졌지만, 지금은 아니었다.

'내 약점을 곁에 두고 아끼고 연모하면서 살게 되면 이 불안이 조

모르는 사람이 들었다면 그저 실없는 소리라며 넘길 수 있었지만, 저 말을 꺼낸 사람이 도윤이었기에 흔들렸다.

제 본모습조차 조금도 보이지 않으려는 사내가 비설에게 약점과 연모라는 말을 꺼냈다.

그 말 한마디에 살아서 다행이라는 생각을 했다면 우스운 일이었지만, 그래도 그 순간만큼은 살아서 그를 마주한 게 그저 좋다고만 생각했다.

'비겁하게 도망쳤지만.'

내려놓았다고 생각했던 욕심이 그의 말 한마디에 결국 또 제 모습을 드러냈다.

어리석은 욕심이었지만 그래도 그 순간만큼은 도윤에게 비설 또한 진심으로 대했다.

"여기다…… 컥!"

고함을 지르는 병사의 옆구리에 비설이 검을 박았다.

이어 들어오는 병사를 향해 몸을 날린 비설이 주저 없이 죽은 병사의 검을 들고 휘둘렀다. 상처는 얕았지만, 몸이 굳은 병사의 입에서 피가 왈칵 쏟아졌다.

'아직 안 늦었어.'

중독되어 죽은 병사를 보던 비설이 손의 떨림을 억지로 참았다.

운형과 세화가 혹시라도 손을 잡았다면, 그리고 세화의 독을 운형이 가지고 있다면.

여기서 죽고 싶지 않다.

이곳에서 도윤이 죽는 것은 더더욱 바라지 않았다.

'비켜!'

나오지 않는 목소리를 쥐어짜며 비설이 검을 휘둘렀다.

4년 만에 검을 잡고 휘두른 탓에 손에 물집이 생기고 피부가 찢어졌지만, 여기서 멈추면 죽음뿐이었다.

입술을 깨물며 정신을 추스른 비설이 다시 검을 잡고 휘둘렀다.

❀❀❀

간신히 병사들을 뚫은 자객이 도윤을 향해 검을 드는 순간 몸에서 피가 뿜어져 나왔다. 도윤의 앞에서 검을 휘두른 백의가 다른 자객을 향해 검을 움직였다.

"폐하. 자리를 옮기시는 것이 어떠하십니까?"

"이 정도도 못 막을 정도로 내 호위가 약했던가?"

치열한 난전이었지만, 도윤의 말대로 못 막을 정도는 아니었다.

도윤에게 이곳은 비설의 흔적이 남은, 반드시 지켜야 할 곳이었다. 저들이 멋대로 들어오게 할 수 없다.

그사이 호위를 파고든 자객이 거리를 좁혔지만 흑의의 검을 빼앗은 도윤이 무심히 휘두르자 자객의 목에서 붉은 피가 흘러내렸다.

'비설이 나간 후에 이러니 다행이라면 다행이지.'

세화 쪽에서 병사를 더 보냈으니, 그녀가 되돌아오기 전에 이곳부터 정리해야 한다. 지금쯤이면 비설은 떠나려는 마음을 먹고 돌아오고 있을 것이었다.

조금은 귀찮았지만 그녀가 오기 전에 확실히 정리해야 할 터, 그 전에 운형의 목을 날리는 것이 우선이었다.

'귀찮긴 하지만.'

호위를 받던 도윤이 앞에 나서자 분위기는 단숨에 바뀌었다.

갑옷을 입고 있지 않아도, 철저한 무장을 하지 않았어도 상관없었다. 무심한 듯 휘두르는 검에 제대로 상대조차 못 한 채 쓰러졌다.

"죽어라!"

쓰러지는 호위의 뒤로 숨어 있던 자객이 도윤을 향해 곧바로 검을 찔러 들어왔다. 시신을 방패 삼아 공격하는 자객에게 도윤이 빙긋 웃었다.

도윤의 미소에 당황한 자객이 움찔거리는 찰나, 도윤이 대수롭지 않게 검을 내질렀다.

"퀵!"

자객의 몸에 검이 꽂혔다. 비틀거리며 쓰러지는 자객에게 검을 빼앗은 도윤이 다른 방향으로 휘둘렀다.

도윤의 얼굴은 여유로웠지만, 손에 든 검은 너무나도 빨라서 자객이 쫓아갈 여유가 없었다.

거리를 좁히려고 시도하기도 전에 우후죽순으로 쓰러졌다.

"폐하! 이 정도면 소인들이 처리를……."

"연운형이 없다."

도윤의 말에 호위가 빠르게 주변을 훑었다. 분명 좀 전까지 병사들과 싸우던 운형이 보이지 않았다.

검을 휘두르는 도윤의 등을 노리며 몸을 날린 자객의 허리를 베며 흑의가 시선으로 신호를 보냈다.

도운을 죽일 생각을 가진 운형이 갑자기 사라진 것은 좋지 않은 징조였다. 서로의 시선을 주고받은 흑의들이 도운을 둘러싸듯 움직였다.

흑의가 도운을 둘러싸는 순간, 병사들의 움직임이 단숨에 바뀌었다. 도운에게 다가갈 생각으로만 움직이던 이들이 방향을 바꾸어 흑의를 포위해서 도운을 압박하려 움직였다.

가장 앞에 있는 병사를 쓰러뜨려도 또 다른 병사가 그 자리를 메우며 도운을 감싸는 흑의를 포위했다.

"폐하!"

있는 힘껏 병사를 막은 흑의가 도운을 부르는 순간, 바람을 가르는 소리가 동시에 곳곳에서 울렸다.

✳✳✳

바로 앞까지 들어온 병사를 향해 운형이 검을 휘둘렀다. 한 치의 오차도 없이 병사의 목을 꿰뚫었다.

병사의 몸에서 나온 피가 얼굴을 적셨지만, 지체할 겨를이 없었다.

"길을 뚫어라!"

운형의 명령에 흩어져 있던 호위들이 그에게 다가왔다. 호위의 움직임에 황병이 더더욱 운형에게 달려들었다.

그들을 단숨에 베어 넘긴 운형이 숲과 사람을 방패 삼아 집 밖으로 빠져나왔다.

시간이 많지 않았다.

조만간 도윤은 운형이 사라진 것을 깨달을 테니, 그 전에 준비를 끝내야 했다.

숲과 사람 사이에 숨어 화살에 세화의 독을 묻힌 운형이 시위를 잡았다. 운형이 준비를 끝내자 집 주변에 몸을 숨기고 있었던 몇몇이 시위를 당겼다.

'저 사내만 죽이면.'

세화가 만든 독이 얼마나 효과가 있을지 알 수 없었지만, 정확히 심장을 맞추기만 한다면 독이 확실하게 연도윤을 죽일 수 있다.

운형이 준비되자 신호를 받은 병사들이 도윤을 압박했다. 도윤 하나를 압박하기는 쉽지 않으나 사람으로 밀어붙이는 방법에는 답이 없다.

흑의에게 포위되어 있는 도윤을 향해 방향을 잡았다.

'운정공의 활은 신궁이로군.'

"폐하께서 칭찬하셨으니 반드시 맞춰야겠지요."

이번이 아니면 영영 기회가 없을지도 모른다.

살기를 담아 시위를 붙잡은 운형이 먼 곳에서 느껴지는 시선에 눈을 돌렸다.

'비설아.'

도윤이 포위된 곳에서 얼마 떨어지지 않은 곳에서 가쁜 숨을 내쉬던 비설이 무언가를 느낀 듯 운형을 향해 눈을 돌렸다.

4년 만이었음에도 비설의 모습은 여전했다.

놀란 눈으로 보는 비설을 향해 운형이 미소 지었다.

"네 복수는 내가 해 주마."

압박하는 병사들에 밀려 도윤은 아직 운형의 존재를 깨닫지 못했다.

하늘이 주신 처음이자 마지막 기회일지도 모른다.

운형이 시위를 놓자 대기하던 이들도 시위를 놓았다. 시위에서 빠져나온 화살이 동시에 도윤을 향했다.

비설의 눈이 운형에게서 도윤으로 향했다.

운형의 화살이 정확히 도윤을 향해 있었다. 달라진 상황에 흑의는 흐트러졌지만, 가운데의 도윤은 모습만 보일 뿐 제대로 보이지 않았다.

"죽어라!"

비설을 따라온 병사가 검을 휘두르자 비설이 땅을 굴렀다. 자리에서 일어난 비설이 다시 들어오는 공격을 피해 검을 찔렀다.

피를 토하며 쓰러지는 자객을 밀어낸 비설이 운형을 다시 보았다.

시선과 시선이 만났다.

운형은 웃고 있었지만 비설은 웃을 수 없었다.

운형이 이곳으로 온 이유가 자신 때문이라고 생각했었다. 하지만 운형은 비설을 만나러 온 것이 아니었다.

운형은 처음부터 도윤을 노리고 있었다.

'연모해.'

그녀가 아는 도윤은 운형의 공격 따위 얼마든지 피할 것이다.

하지만 그게 아니라면.

도윤에게도 예상하지 못할 일이라는 것이 생겨난다면.

'난 너한테만 이러거든.'

그녀에게만 보여 주는 본심이 좋았다. 다른 목적이 있을 수도 있었지만 그럼에도 불구하고 그녀가 만들어 놓은 선 안으로 제멋대로 들어와서 함께하자는 도윤이 좋았다.

흔들지 말라며 도윤을 밀어냈지만, 어쩌면 도윤이 다시 찾아왔을 때부터 마음을 열었던 것일지도 몰랐다.

'난 너한테 줬잖아.'

아무리 도망쳐도, 밀어내고 독한 말을 꺼내도 도윤은 언제나 비설의 곁에 있었다.

혼자서 버틸 수 있다며 아등바등했지만 결국 그녀가 무너지지 않게 붙잡아 줬던 사람은 도윤이었다.

멍청하고 어리석게도 이 상황이 되어서야 그가 보여 줬던 진심을 제대로 보게 되었다.

자신이 죽인 자객의 상처를 보던 비설이 품에 넣어 놓았던 환을 꺼내 삼켰다.

'운정공을 막을 수 없다면.'

도윤이 죽는 모습은 볼 수 없다.

비설을 보던 운형이 그대로 시위를 놓았다. 동시에 몇 군데에서 화살이 날아들었다.

선택의 순간은 여러 번 왔지만, 단 한 번도 자신을 위한 선택은 하지 않았다. 어쩌면 그 처음이 될 수 있는 선택에서 비설은 환하게 웃었다.

주저 없이 운형의 화살을 따라 비설이 움직였다.

❉❉❉

날아드는 화살을 쳐 내려 했던 도윤을 붙잡은 것은 흑의로 자신을 가리고 있던 자객이었다. 검을 든 팔이 자객에 붙잡히자 기다렸다는 듯이 몸을 돌린 나머지 자객 둘이 도윤의 다른 팔을 붙잡았다.

'아차!'

허를 찔린 도윤이 짧게 혀를 찼다. 그사이 운형이 날린 화살이 바로 앞까지 날아왔다.

"폐하!"

몸을 틀어 치명상이라도 피하려 했지만, 그마저도 예상한 듯 도윤을 붙잡은 사내들이 전력으로 매달렸다.

어설프게 피할 수 없다면 차라리 맞는 것이 답일지도 모른다.

급소만 피한다면 살아날 가능성은 충분하다.

팔을 붙잡은 자객의 복부를 찬 도윤이 몸을 비틀었다.

목을 향해 들어오는 화살을 최대한 어깨로 돌리기 위해 몸을 트는 순간, 도윤의 눈이 커졌다.

"⋯⋯왜?"

눈을 의심했지만 상황은 바뀌지 않았다.

도윤의 심장을 정확히 노리고 오던 화살이 막혔다.

다행이라는 말은 목구멍은커녕 머리에서도 죽어도 나오지 않앉다.

도윤의 눈이 그녀가 화살을 쳐 내는 검을, 그 검을 뚫고 어깨에 박히는 화살을, 화살이 박힌 어깨가 검게 변하는 모습을 하나도 놓치지 않고 바라보았다.

"독화살이다!"

"폐하를 지켜라!"

비설은 물론이고 다른 화살에 맞은 이들의 몸 또한 검게 변하자 다급히 흑의가 도윤을 둘러쌌다.

하지만 정작 보호를 받아야 할 도윤은 둘러싼 흑의를 벗어나 비설에게 다가갔다. 흑의가 안 된다며 도윤의 앞을 막는 것과 동시에 그의 몸이 옆으로 구르듯이 던져졌다.

"연도윤이 나왔다!"

도윤의 모습에 눈이 붉어진 자객이 도윤에게 몸을 날렸지만, 조금 전보다도 더 날카로운 바람이 이들을 덮었다.

비명을 지를 틈도 없이 몸에서 피가 터지고, 죽었는지도 모른 채 쓰러지는 이들도 있었다.

도윤의 손이 비설의 어깨에 박힌 화살을 빼고는 상처를 좀 더 찢어 냈다. 검붉은 피가 찢어 낸 상처를 따라 흘러내렸다.

"너."

"미…… 미안."

사그라지듯 작은 목소리였지만 분명 비설의 목소리였다.

쿨럭.

가쁜 숨과 함께 피를 토해 내자 그도 모르게 뺨을 감싸 흐르는 피를 다급하게 붙잡으려 했다.

무표정한 도윤을 보며 비설이 힘겹게 입꼬리를 올리려 했지만,

그마저도 쉽지 않은지 미간을 잔뜩 찌푸렸다.

"미안."

당신의 신뢰를 저버려서.

항상 곁에 있었던 당신을 외면해서.

또다시 당신을 놀라게 할 짓을 저질러 놔서.

도윤의 얼굴만 봐도 그가 무슨 생각을 하는지 이제는 알 수 있었다. 놀란 그를 달래듯 비설이 도윤의 손을 감쌌다.

그녀와는 다르게 그의 손은 참 따뜻했다.

무모한 짓이었지만 도윤이 다치지 않았다. 그가 잘못되었다면 비설은 버티지 못했을 것이다.

"괜찮을……."

"말하지 마."

움직이려는 비설에게 도윤이 차갑게 답했다. 감싸고 있는 비설의 손을 도윤이 떼어 냈다.

아직 상황이 정리되지 않았다. 저 버러지 같은 것들은 여전히 도윤을 죽이려 움직였고, 어딘가에서 운형이 제 목숨을 다시 노리고 있었다.

"비설을 집 안으로 들여놔라."

도윤을 말려야 했지만, 어느 누구도 말조차 꺼낼 엄두를 내지 못했다.

누구의 검인지 모르는 것을 잡은 도윤이 그를 보는 비설에게 향했다.

"여기 있는 것들 다 죽여 버리고 싶지 않으면 네가 살아."

"콜록."

"이 새끼들 살리고 싶으면 악착같이 버텨."

비설이 다시 피를 토해 냈지만, 도윤의 눈은 더는 그녀를 향해 있지 않았다.

광기로 번들거리는 시선을 던지며, 얼굴에 비릿한 미소를 새겼다.

손에 잡은 검을 몇 번 휘둘러 본 도윤이 불쾌한 감정을 숨기지 않았다.

"내가 연도윤이다."

도윤의 시선이 화살이 날아온 방향으로 정확히 향했다.

시간이 별로 없다.

"죽일 수 있으면 죽여 보든가?"

도윤의 살기에 눌려 나서지 못하는 이들을 향해 먼저 검을 휘둘렀다.

하얗게 질린 운형이 자신도 모르게 뒷걸음질을 치다가 나무와 부딪쳤다. 등이 화끈거렸지만 주저앉을 힘조차 없었다.

도윤의 실력을 알고 있다고 자부했다. 그런데 그 생각은 운형의 착각이었다.

작정하고 검을 휘두르는 도윤의 주변에 남는 것이라고는 형체를 알아볼 수 없는 처참한 시신뿐이었다.

팽팽했던 상황이 도윤이 적극적으로 끼어들자마자 말도 안 되는 결과가 이어졌다.

"운정공!"

"도, 도망쳐라."

"네?"

"병사를 물리란 말이다!"

저가 쏜 화살에 비설이 어깨를 맞았다는 생각은 더는 없었다. 지금은 도윤에게서 도망쳐야 살 수 있다는 생각밖에 없었다.

도윤의 온몸이 적의 피로 붉었지만, 정작 그의 검은 조금도 지치지도 않았고, 치명타조차 없었다.

"미친놈."

황제에게 검을 들이댔으니 목숨을 보장받을 수는 없었지만, 지금만큼은 저 미친 자의 검에 죽고 싶지 않았다.

공포에 몸을 떨던 운형이 자신도 모르게 잡은 검을 떨어뜨렸다.

건들면 안 되는 자를 건드렸다.

"운정공! 정세화를 붙잡았습니다."

두려움에 몸을 떨던 운형의 눈에 빛이 돌았다.

이번이 끝이 아닌 것처럼 운형에게 기회가 왔다. 세화의 독이니 그녀라면 비설을 치료할 수 있을 터, 하물며 도윤의 분노도 세화의 희생으로 풀 수 있었다.

"연도윤에게 정세화를 던져 줘라."

"운정공?"

"그래야 내가 살 수 있다. 어서 움직여라!"

오랫동안 키워 온 최정예가 도윤의 손에 몰살이 되었지만, 안타깝거나 슬프다는 생각은 들지 않았다.

이 상황을 말릴 사람은 누구도 없다.

운형이 할 수 있는 최선은 도망뿐이었다.

"서둘러라!"

질린 눈으로 도윤을 노려보던 운형이 서둘러 산을 빠져나갔다.

***

"이거 놔! 내가 누구인 줄 알고!"

여유롭게 비설을 쫓으려 했던 세화는 갑자기 난입한 운형의 병사들에게 납치되었다. 자신이 누구인지 아느냐 소리를 질렀지만 그녀를 붙잡은 병사들은 꿈쩍도 하지 않았다.

그녀의 병사가 구하려 했지만, 그들이 시도하기도 전에 운형의 병력이 움직였다.

"내가 누구인지 아느냐?! 네놈들이 정녕 죽고 싶은 것이…… 아앗!"

끌고 온 세화를 병사들이 도윤의 앞에 던졌다. 발버둥 치며 일어나려던 세화가 앞에 서 있는 피투성이의 도윤을 보며 숨을 삼켰다.

세화의 눈이 도윤을 중심으로 주변을 둘러보았다.

비명조차 지르지 못한 채 숨을 삼킨 세화가 몸을 떨었다.

"폐, 폐하. 아…… 아악!"

죽은 병사와 눈을 마주친 세화가 터지는 비명을 손으로 막았다.

참상도 이런 참상이 없었다. 시신을 피해 서 있는 흑의의 얼굴조차 당장 쓰러질 것처럼 창백했지만 정작 참상의 가운데에 있는 도윤은 너무나도 평온했다.

도윤의 너머 집 안을 본 세화의 눈이 커졌다. 공포에 굳어 있던 세화의 얼굴에 희미한 미소가 생겼다.

세화가 마지막으로 보았을 때의 비설은 중독되지 않았었다.

그런데 지금 저 모습은 분명 중독 상태였다. 그녀의 독이 비설에게 어떻게 쓰였는지 알 수 없었지만 중요한 것은 그녀가 중독되었다는 것이다.

"폐하. 놓으세요."

"무엇을 말이냐?"

"저 계집을요. 저 계집을 놓으셔야 합니다."

도윤이 원하는 바가 무엇인지 알면서도 세화는 제 속의 말을 가감 없이 터트렸다.

도윤의 살기가 더욱 짙어졌지만 비설이 죽는다는 사실 하나만으로도 세화의 이성은 멈춰 버렸다.

오랜 바람이 이루어지기 직전이었다.

제 독이라면 곧 효과를 발휘할 터, 비설은 죽을 것이다. 죽지 않더라도 이미 그녀는 폐인이었다.

"제가 저지른 일은 아니지만 비설은 죽어야 합니다. 그년을 놓아야 폐하의 주에 위험이 없습니다."

"으음. 재미있다 못해 불쾌한 소리를 하는구나. 짐이 듣고 싶은 말은 그게 아니라는 것을 너도 잘 알 텐데."

제 입으로 비설이 죽는다는 말을 꺼냈다. 어렴풋이 상태를 본 것만으로도 세화는 미소를 지었다.

운형이 독을 만들었다고는 생각하지 않는다. 운형이 독을 구해 왔다면 생각할 사람은 하나였다.

"짐은 너에게 그 해독제가 있을 것 같다는 생각이 드는구나."

"아니요. 폐하. 소녀에게 그런 것이 있을 리가 있겠습니까?"

"그래?"

한시가 급했다. 비설이 중독되어 죽을지도 모른다는 생각에 도윤의 분노는 한계를 넘긴 후였다. 미쳐서 날뛰려는 분노를 억누르고 있는 이유는 딱 하나였다.

"세화야. 네 목숨이 걸린 일이란다. 해독제를 내놓거라."

도윤의 말에도 세화가 자신을 다잡았다. 이번만 잘 참아서 넘길 수만 있다면 그녀에게도 기회가 있었다.

다른 계집이야 가문으로 억누를 수 있지만, 비설만큼은 권력으로는 절대 이길 수 없다.

도윤이 정인으로 인정한 저 계집만 죽는다면, 그녀의 오랜 꿈이 이루어질 수 있다.

"제가 한 일이 아니에요. 그러니 모르는 독입니다."

도윤의 살기가 너무나도 무서웠지만, 이번만큼은 세화도 물러날 수 없었다.

그런 세화의 목적을 도윤이 모를 리 없었다.

세화를 보던 도윤이 자리에서 일어나 주변을 둘러보았다. 무언가를 찾는 것처럼 둘러보던 도윤이 발견한 것을 손에 들었다.

손에 든 것을 보는 도윤의 입가에 광기로 비틀린 미소가 자리 잡았다.

"이럴 때는 내가 미친놈인 게 감사할 따름이지."

세화를 향해 걸어가는 도윤의 걸음이 가벼웠다. 웃고는 있었지만, 다가가기 무서운 미소에 세화가 몸을 뒤로 뺐다.

세화의 작은 반항은 그녀의 멱살을 잡아 도윤이 제 앞으로 끌고 오는 것으로 무산시켰다.

도윤이 손에 들고 있던 부러진 화살을 세화의 손에 쥐여 주었다.

"폐하. 이것이 무엇입니까?"

"비설이 어깨에 맞은 화살이란다. 네 성격에 독을 만들어 놓고

160

해독제를 안 가지고 다닐 리가 없지."

"네? 무슨⋯⋯."

도윤이 화살을 쥐고 있는 세화의 손을 붙잡아 제 어깨를 찔렀다. 세화는 물론이고 주위를 지키던 호위들조차 경악하여 말문이 막혔다.

"폐, 폐하!"

"정세화가 독이 묻은 화살로 짐을 찔렀다. 곧 죽는다 하니 마지막 황명이라도 내려 볼까 한다. 다음 후계는 재상의 선택에 맡긴다. 하지만 짐에게 이를 세운 운정공 연운형은 그 자격을 박탈하는 것은 물론 정세화와 함께 짐의 죽음에 대한 모든 책임을 물게 하라."

독에 핏기가 빠져나가고, 검붉은 피가 입에 고이고 있으면서도 도윤의 목소리는 평온했다.

쿨럭, 피를 토해 낸 도윤이 세화를 잡아 제 앞까지 끌고 왔다.

"짐이 죽으면 너는 물론이고 가문 또한 멸문될 터이니 네가 원하는 것을 이룰 수 있을지 모르겠구나."

"폐⋯⋯ 폐⋯⋯."

"어찌하겠느냐? 선택은 네 몫이란다."

말로만 선택일 뿐, 강요였다.

절대 비설 때처럼 해독제를 내놓을 수 없다며 고집을 부릴 수 없었다. 도윤이 죽어 버리면 그녀의 바람은커녕 모든 것을 잃게 될 것이다.

공포에 몸을 떨던 세화가 가지고 있던 해독제를 도윤에게 내밀었다.

몽롱한 정신에 천천히 느껴지는 것은 얼굴에 비치는 햇살과 점점 선명하게 들리는 새소리였다.

무거운 눈을 억지로 치켜뜨니 뿌옇지만 익숙한 천장이 먼저 보이고, 이후에 도윤이 보였다.

초점을 맞추듯 눈을 몇 번 더 깜박이자 흐릿했던 도윤이 선명하게 보였다.

비설을 보며 도윤이 미소를 지은 것도 잠시, 주먹을 쥔 도윤이 비설의 이마에 꿀밤부터 때렸다.

"아!"

"잘한다! 맞을 게 없어서 독화살을 맞느냐?!"

"폐하. 우선은 쉬셔야······."

도윤의 목소리에 들어온 태의가 서둘러 말렸지만, 태의의 말을 듣는 대신 도윤의 주먹이 다시 꿀밤을 때렸다.

놀란 나머지 몽롱한 정신이 확 깨 버렸다.

어영부영 말을 꺼내려 했지만, 입을 열기도 전에 도윤이 선수를 쳤다.

"해독에 쓰이는 환을 뭉텅이로 먹으면 네 몸에 들어간 독이 '아! 죄송합니다. 중독 안 시키겠습니다!' 이러겠느냐? 웅묘라며 놀려 댔다고 진짜 미련한 곰처럼 행동하면 자알했다! 착하다! 이럴 줄 알았느냐?"

뭐라고 변명이라도 해야 했지만 틀린 말도 아니었기에 말을 꺼낼 엄두조차 내지 못했다.

세화의 독에 중독되더라도 약간이라도 도움이 될까 싶어 만들

162

어 놓았던 해독환부터 입에 털어 넣었다.

다행히 잘 해결된 듯싶었지만 도윤의 심기를 건드려 버린 듯싶었다.

"폐하. 지금 막 깨어나셨습니다. 지금은 안정을 취하셔야……."

"지금은 쉬어야 할 때가 아니라 혼나야 할 때다."

무시무시한 기세에 태의조차 한 걸음 뒤로 물러났다.

서슬 퍼런 시선에 대꾸할 말조차 꺼내지 못하던 비설이 안절부절못하며 도윤의 눈치를 보았다.

화가 났다는 것을 조금도 숨기지 않는 도윤을 보며 어찌할 줄 모르던 비설이 말없이 도윤의 손을 붙잡았다.

"너!"

잔소리를 하려던 도윤이 입을 다물었다.

조용히 노려보는 시선에 미안하다는 듯이 비설이 눈을 휘었다.

그녀를 보던 도윤이 못마땅하다는 듯이 미간을 모았다.

"약아서는……."

"……죄송해요."

"4년 만에 듣는 첫말이 미안, 아니면 죄송해요이고 말이다."

간신히 말을 꺼내도 본전도 제대로 찾지 못하고 막혔다.

길게 한숨을 내쉬며 비설을 보던 도윤이 하얀 이마에 입술을 맞추었다. 그의 숨결과 체온에 비설이 안도의 숨을 내쉬었다.

살아남아서 도윤을 다시 보았다.

"죄송해요."

"도망갈 생각이었으면 악착같이 도망갔어야지, 왜 돌아와. 이 둔한 웅묘야."

"운정공이…… 왔다 해서……."

뒤틀린 속이 부글부글 끓었다.

비설의 성격이 저렇다는 것을 알면서도 막상 저 목소리로 들으니 더 화가 났다.

누가 제 목숨으로 살려 달라고 했는가! 하물며 독화살을 맞기 전에 먹은 것과 제시간에 마신 해독제가 아니었으면 죽거나 살아도 정상이 아니었을 것이라는 기분 나쁜 소리만 내내 들었다.

미안하다는 말로 끝날 것은 절대 아니었지만, 그렇다고 더 하자니 몸도 좋지 않은 비설을 상대로 잔소리를 하기도 참으로 불편했다.

'내가 코가 꿰었지. 단단히 꿰인 게야.'

저 답 없는 고집을 누가 이기겠는가? 아쉬운 사람이 저였고, 저 미련한 곰이 필요한 사람도 자신이었다.

"이제는 안 기다린다."

"폐하."

"그 독한 정세화에게 해독약을 빼내느라 네가 맞았던 화살을 어깨에 꽂기까지 했단 말이다. 그 손해를 다 보면서까지 널 살렸으니까 이제 네 우선권은 네 것도 아니고 내 것이다! 그러니 이제 싫다느니 안 간다느니 하는 말은 듣지 않을 것이다."

독화살을 스스로 제 어깨에 찔렀다는 말에 비설이 눈을 동그랗게 떴다.

아니 다치지 말라고 대신 화살을 맞은 것인데, 왜 그거를 제 어깨에 꽂는단 말인가! 하물며 일개 평민인 비설과는 다르게 도윤은 주의 황제였다.

황제인 사람이 저렇게 무책임하게 행동한 것도 황당한데 무슨 또 우선권인가? 자신이 물건도 아니고!

164

잔소리가 이어지자 또 불끈 화가 치밀었다.

"왜 폐하께서 독이 든 화살을 스스로 어깨에 꽂으세요?"

"그래야 정세화가 해독제를 주지 않겠느냐? 그 성격에 널 위해 해독제를 내놓을 것 같으냐?"

듣자 듣자 하니 그냥 넘길 수가 없었다.

결국 남은 힘을 쥐어짠 비설이 힘겹게 몸을 일으켰다. 조금 전까지 느꼈던 미안하고, 안심되고, 연모했던 마음은 밀물처럼 밀려드는 분노에 홀라당 삼켜졌다.

"대국의 황제이신 분께서 어찌 그리 목숨을 가볍게 여기십니까? 그리고 보니 제가 죽으면 여기에 있는 분들을 다 죽이신다고 겁박을 하시더니만, 하다 하다 폐하의 목숨으로 그런 위험한 거래를 하셨단 말입니까?"

"내 목숨 정도는 걸어야 세화가 움직였을 거라니까."

"그러다가 해독제라도 없었으면 어찌하시려구요?"

"나 그래도 그 와중에 할 건 다 했다. 재상에게 알아서 권좌의 주인을 정하라는 명령도 내렸지. 이번 일의 원흉인 운형과 세화는 물론이고 사도도 알아서 잘 처리하라고 했으면 되었지. 해독제가 없었으면 너 죽고 나 죽었지. 무엇을 그리 어렵게 생각하느냐?"

"폐하께서 그러시라고 독화살을 대신 맞은 게 아니란 말입니다!"

"아! 그러세요? 그래서 누가 내 앞에서 화살이나 맞고 다 죽어가라고 했느냐? 내가 너에게 들인 공이 얼마인데 죽게 둘 것 같으냐?"

둘에게서 떨어진 곳에 서 있던 태의가 믿을 수 없는 듯한 눈으로 둘의 싸움을 보았다.

아무리 하지 마시라며 간언을 해도 들은 척도 안 하던 도윤이 비설의 앞에서는 하나도 질 수 없다는 듯이 말을 받아치고 있었다.

하물며 얌전한 아가씨인 줄만 알았던 비설은 다른 사람도 아닌, 화를 내는 도윤에게 지지 않고 대들고 있었다.

'인연은 인연이라더니.'

깨어난 비설을 진찰해야 했지만 지금은 어림도 없을 것 같았다.

시선조차 주지 않는 도윤에게 몸을 숙인 태의가 문을 열고 밖으로 나갔다.

"그러니까 모두 잘되었잖아?"

싱글벙글 허허실실 웃는 도윤을 보며 비설이 한숨을 내쉬었다.

목소리를 높여 봤자 통할 인간도 아니었고, 깨자마자 열을 내니 남아 있는 힘이라고는 하나도 없었다.

핏대를 올리며 싸울 때는 언제고 비설이 힘들어하자 도윤이 다가왔다.

"아무튼 제 상황도 모르고 이를 세우기는."

"그게 다 폐하께서!"

"열을 내는 걸 보니 목소리도 제대로 다 돌아왔네."

낮게 속삭이는 목소리에서 말과는 다른 의도가 훅 느껴졌다.

설마 깨자마자 이럴까 싶지만, 상대는 정상에서 아주 거리가 먼 미친 자였다.

아직 제 몸이 정상은 아니라는 말을 해야 할까? 진지하게 고민하는 비설을 보던 도윤이 풋 웃음을 터트렸다.

"내 웅묘가 엉큼한 데가 있네?"

"무, 무슨 말도 안 되는 소리를 하시는 것입니까! 제가 무슨 생각을! 아얏! 하지 마시라고요!"

어영부영 도윤의 힘에 떠밀려 비설이 침상에 눕혀졌다. 바로 앞까지 밀려오는 도윤의 열기에 얼굴이 붉어지다 못해 터질 것같이 열이 치밀었다.

환자는 쉬어야 한다.

그 사소한 것조차도 이 미친 자는 그냥 넘기려 했다.

"그러니까 폐하."

"아쉬워 죽겠네. 왜 이제 깨어난 것이냐? 좀 더 빨리 깨어났으면 저질렀을 것인데."

진심으로 아쉽다는 표정에 비설이 눈을 좁혔다.

도대체 저 장단은 어디서부터 어떻게 맞춰 줘야 할지 몇 년이 지나도 전혀 알 수 없었다.

뚱한 표정의 비설을 마주하던 도윤이 웃음을 터트렸다.

"우선은 낫고 보자."

"나은 후에 뭘 하시게요?"

"궁금해? 차라리 지금 할래?"

"아까 태의께서 안정을 취하라고 하셨어요."

엄두조차 내지 말라는 듯이 비설이 이불을 뒤집어썼다. 비설의 반응에 도윤이 웃음을 터트렸다.

비설이 제 모습을 보이는 것을 보니 이제야 좀 안심이 되었다.

그녀가 깨어나지 않는 내내 도윤이 곁을 지켰었다. 잊고 있었던 피로가 그제야 한꺼번에 밀려왔다.

비설의 침상에 엎드리면서 도윤이 편한 미소를 지었다.

❀❀❀

시간이 흘러감에 따라 비설의 몸 또한 점점 나아졌다.

비설이 치료받는 사이 도윤은 종종 자리를 비우기는 했지만 하루의 끝은 비설의 곁이었다.

도윤은 상관없다고 했지만 그럼에도 황제인 그가 의자에서 불편하게 잠드는 모습을 보는 건 내내 고역 아닌 고역이었다.

"내관이 좀 전에 왔다 갔어요."

비설의 말에 무슨 소리냐는 듯이 도윤이 고개를 갸웃했다.

전부 다 알고 있으면서 전혀 모르겠다는 눈빛에 비설이 흔들리지 않겠다는 듯이 마음을 다잡았다.

"왜 애먼 침소를 놔두고 여기서 불편하게 주무세요? 오늘은 꼭 폐하를 객주로 보내 달라는 부탁까지 하고 가셨어요."

"황제인 내가 내관의 말까지 들어줘야 해?"

이럴 때만 황제고, 이럴 때만 짐의 권력이었다.

하기 싫은 일에만 제힘을 보이니 마음에 품은 연모를 떠나 한 대 꽉 쥐어박고 싶을 만큼 얄미웠다. 하루 이틀도 아니고, 벌써 일주일이 넘었다.

이번만큼은 비설도 물러날 수 없었다. 도윤에게 가까이 다가온 비설이 허리에 손을 올렸다.

"이곳에서 이렇게 주무시면 몸 상하세요. 왜 좋은 자리를 놔두고 불편하게 주무세요?"

"여기에는 네가 있잖아."

마음을 단단히 먹고 달려들었건만, 역시나 시작하기도 전에 막혔다.

이대로 물러날 수는 없는 일, 자신을 다잡으며 비설이 도윤의 앞에 한쪽 무릎을 꿇었다.

"제가 어디로 도망가는 게 아니잖아요."

"뭐 가 봤자 짐의 손안이지."

"그러니 침소에서 편하게 주무세요."

어지간하면 넘어갔을 비설이 오늘은 좀처럼 물러나지 않았다.

상처를 회복하면서 창백했던 얼굴에 옅게 홍조가 돌기 시작했다. 짊어졌던 짐을 내려놓고 쉬어서인지 비설에게서 느껴지던 무겁고 어두웠던 분위기는 많이 사라진 후였다.

솔직히 전보다도 달콤한 내음이 한층 더 진하게 났다.

"네가 없으면 악몽을 꾸거든."

악몽이라는 단어에 비설이 다시 눈을 좁혔다.

종종 도윤은 비설에게 악몽을 꾼다는 이야기를 했다. 머리를 기대기만 해도 잠들던 그가 악몽이라니, 묘하게 이질감이 들었다.

그냥 넘기면 안 될 것 같은 기분이 들었다.

"무슨 악몽이신데요?"

몇 년 만에 듣게 된 비설의 목소리는 고운 미색만큼이나 무척이나 듣기 좋았다. 남복으로 자신을 가렸을 때의 미성과는 분명히 달랐다.

비설의 손목을 붙잡은 도윤이 자신에게로 끌었다.

어영부영 도윤의 무릎에 앉게 된 비설의 얼굴이 붉어졌다.

"아얏!"

"말 안 할래."

비설이 미간을 잔뜩 모았지만 도윤은 비설의 목에 얼굴을 묻었다.

비설이 절벽에서 떨어졌을 때의 모습을 반복해서 꾸고 또 꾼다는 말 따위 절대로 할 생각이 없었다. 이미 지나간 일이고, 이제는 두 번 다시 없을 일이었다.

그러니 비설이 궁금해하더라도 알려 주지 않을 것이다.

"어떻게 하면 알려 주실 건데요?"

보통은 그냥 넘겼을 비설이 이번만큼은 도윤에게 거듭 물었다.

"오늘 나 좀 갖고 싶지 않아?"

"네?"

이건 또 무슨 말도 안 되는 억지인가?

말 좀 돌리지 마시라는 말을 꺼내려던 비설의 말문이 막혔다. 보기 좋게 돌던 홍조가 어느새 터질 것처럼 새빨개졌다.

"무, 무, 무슨 이야기를 그리 민망하게…….."

"안고 싶다."

"……."

"나 진짜 잘 참았거든?"

"물론 잘 참으셨지만…… 그게 아니라! 그러니까!"

"의자에서 불편하게 잠들지 말라며?"

어느새 침상에 누운 비설의 위로 도윤이 올라탔다. 말을 꺼내기도 전에 맞닿은 입술을 통하여 그가 단숨에 그녀를 장악했다.

입술의 열기에 숨이 가빠 오고, 체온이 달아올랐다. 지독한 갈증을 해결하려는 것처럼 고른 치열을 어루만졌던 혀가 잇몸을 훑고 여린 살을 파고들었다.

"흐읏."

비설이 힘겹게 내는 신음이 그를 미치게 했다. 저 고운 목소리로 내는 울음소리를 듣고 싶었다.

다급한 손이 헝클어진 옷의 고름을 뜯어내고 여체를 가리는 옷을 벗겨 냈다. 옷이 벗겨질 때마다 닿는 그의 손길에 비설이 몸을 떨었다.

"폐, 폐하. 흐읏."

완전히 옷을 벗기지 않은 상태에서 도윤의 입술이 하얀 어깨에 닿았다. 달콤한 체향이 도윤의 코끝으로 훅 밀려왔다.

체향에 다급해진 도윤이 이를 세워 어깨를 긁었다.

입술을 깨물며 버티던 비설에게서 다시 신음이 흘러나왔다.

"소리 내."

얼굴이 붉어진 비설이 절대로 그럴 수 없다는 듯이 고개를 저었다. 비설의 거부에 도윤의 입꼬리가 비뚤게 올라갔다.

도윤의 미소에 불길해진 비설이 다급히 말리려는 순간, 도윤의 팔이 비설의 허리를 감았다.

"잘 참아."

나지막이 귓가에 속삭이는 말에 긴장한 몸에 힘이 들어가자 도윤의 입술이 아직 솜털이 남은 귓불을 단숨에 삼켰다. 예민한 귓가로 도윤의 더운 숨이 한꺼번에 밀려왔다.

비설의 머리카락을 어루만지던 손길이 하얀 목을 지나 쇄골 위에서 그림을 그리듯 움직였다. 도윤의 손가락이 지나갈 때마다 몸의 열기가 쌓여 갔다.

"하아."

더는 참기 힘들었는지 비설이 긴 숨을 한꺼번에 몰아쉬었다.

조금은 나아질 거라는 기대와는 달리 거듭 숨을 내쉬어도 욕망은 가라앉기보다는 제 모습을 더욱 드러냈다.

쇄골을 희롱하던 손이 매끄러운 등을 따라 내려가고, 빠르게 오르내리는 가슴을 감쌌다.

가슴을 붙잡은 손에 힘이 들어가자 하얀 피부에 짙게 붉은 물이 들었다. 손자국이 나도록 움켜잡은 것도 잠시, 다정한 손길이 가슴 선을 따라 애무하듯 어루만졌다. 몰아치는 열기를 토해 내듯 길게 숨을 내쉬자 붙잡혀 있는 가슴이 크게 오르내렸다.

그녀의 반응을 즐기듯 가슴 위에 입술을 맞추던 도윤이 그새 단단해진 유실을 당과를 빨듯이 빨아당겼다. 동시에 반대편 유실을 붙잡은 손가락이 희롱하였다.

분명 처음은 아니었지만, 아직은 낯설게 느껴지는 손길에 비설이 눈을 질끈 감았다.

"흐응."

그녀의 신음에 더는 참지 못하고 보드라운 어깨를 이로 깨물자 붉은 잇자국이 각인처럼 새겨졌다.

"……아파요!"

붉게 올라온 잇자국을 달래듯 까칠한 혀가 상처를 따라 움직였다. 한숨이 나오리만큼 집요하고 느긋한 입맞춤에 눈썹에 아슬아슬하게 맺혀 있던 눈물이 얼굴을 따라 길게 흘러내렸다.

울음인지 신음인지 알 수 없을 정도로 색에 젖은 소리가 가쁜 숨에 섞여 나왔다.

매끄러운 허리를 한숨이 나오도록 천천히 어루만지던 손이 오므리고 있는 다리를 향해 내려갔다. 그 부드러운 살을 열기가 가득 찬 손이 어루만졌다.

"……하아."

아무리 숨을 내쉬어도 상황은 나아지지 않았다.

한계까지 치달은 비설이 젖은 눈으로 도윤을 바라보았다. 무엇을 원하는지 알았지만, 원하는 대로 그냥 주기에는 품에 갇혀 있는 그녀의 모습이 미치도록 고왔다.

"소리 더 내 봐."

"그게…… 흐읏!"

고개를 저으려던 비설이 허벅지를 어루만지는 손길에 짧은 신음을 터트렸다. 그녀를 자극하듯 젖은 여성을 열기에 찬 손가락이 파고들었다. 여린 살을 자극하면 자극할수록 그녀의 체향은 더욱 진해졌다.

"그만……."

"그냥 맡겨."

"혼자…… 혼자는 싫어요."

"……."

"같이…… 흐읏."

평소의 비설이라면 절대 꺼내지 않았을 말에 도윤의 이성이 그 상태로 멈추었다.

제멋대로 움직이던 손가락이 빠져나가고, 비설의 다리를 벌렸다. 비설의 얼굴에 남아 있는 눈물 자국을 핥으면서 그가 젖은 여성에 분신을 묻었다.

"흐흑!"

시작부터 무게를 싣고 들어오는 불친절한 움직임에 비설이 숨을 삼켰다.

그녀가 아는 도윤은 절제하기보다는 드러냈고, 드러낸 그는 배려보다는 한계까지 그녀를 몰아갔다.

그가 데려가는 절정에 끝없이 신음을 터트리고 눈물을 흘렸다. 어떻게든 자신을 추스르려 했지만, 그때마다 그의 애무와 속삭임에 철저히 무너져 내렸다.

깊게 자신을 채우려는 것도 찰나, 허무하리만큼 빠르게 그가 사라졌다. 허전함에 이성이 돌아오려는 순간 그가 다시 그녀를 향해 밀고 들어왔다.

"하아! 하아."

숨을 내쉬어도, 고개를 저어도 온몸의 불덩이는 제 몸집을 키워 집요하리만큼 비설을 괴롭혔다.

버텨 보려고 했지만 그가 주는 열락이 너무나도 뜨겁고 매서워서 힘없이 무너져 내렸다.

한계 그 이상으로 몰아가던 순간의 끝에서 그가 그녀의 몸에 자신을 터트렸다. 온몸에 빠져나가는 힘만큼이나 낯선 이질감이 생생하게 느껴졌다.

"……하아."

힘든 숨을 내쉬는 비설의 얼굴에, 붉게 남아 있는 몸의 흔적에 도윤이 세심하리만큼 꼼꼼하게 입술을 맞추었다. 눈을 가득 채운 눈물 때문에 그가 흐릿하게 보였지만, 그의 체온과 존재가 너무나도 생생하게 느껴졌다.

남은 힘을 끌어모아 비설이 팔을 뻗자 도윤이 얌전히 품에 안겼다.

연모와 본능에 이끌려 몇 번이고 작은 여체를 품에 안고 또 안았다. 아무리 안고 빨아들여도 그녀에게서 나는 달큰한 체향이 사라지기는커녕 거듭 도윤을 흔들었다.

지친 비설이 기절하듯이 잠든 후에나 거칠게 이어지던 정사가 멈추었다.

손 하나 까닥하지 못하는 그녀의 몸에 도윤이 아쉽다는 듯이 거듭 흔적을 남겼다.

"하아."

짧게나마 자고 일어나니 온몸이 안 아픈 곳이 없었다. 몸을 움직이려 했지만, 곧이어 허리와 등을 감싸는 팔에 꼼짝없이 갇혔다.

비설이 품에서 빠져나가는 게 마음에 들지 않았는지 허리에 감은 팔에 힘을 준 도윤이 감았던 눈을 떴다.

"아직 해도 다 안 떴잖아."

"이미 깼어요."

제 목에서 나오는 목소리에 비설이 이맛살을 찌푸렸다.

목소리를 듣고 싶다며 몰아붙이는 도윤에게 휩쓸려 낯선 신음을 터트렸다. 열기에 휩싸여 내내 눈물을 흘렸던 터라 목소리는 물론이고 눈까지 뻑뻑했다.

면경을 보지는 못했지만, 누구에게 보여 주기는 무척이나 부끄러운 몰골일 것이었다.

"저 씻을게요."

"나 아파서 움직이기 힘들어. 그냥 있어."

"어디가 아프신데요?"

"어깨 다쳤잖아."

말도 안 되는 핑계에 비설이 헛웃음을 터트렸다.

스스로 제 어깨에 화살을 꽂아 놓고는 아프다는 핑계로 놔주지 않았다. 상처도 거의 다 나아 가는 걸 아는데 그런 핑계라니, 솔직히 자신보다는 덜 다치지 않았는가?

"못 일어나. 그러니까 가만히 있어."

"아프신 폐하 덕분에 저도 아파요. 하지만 전 일어날 수 있으니까 놓아주세요."

비설이 움직일 때마다 보드라운 피부가 도윤의 몸을 자극했다. 힘들다는 말에 간신히 참고 있었건만, 아직 열기가 가라앉지 않은 몸이 비설을 다시 찾았다.

"하아…… 해가…….''

"귀한 몸인 날 고작 한 번밖에 안 가지고 황궁에서 도망쳤잖아."

"그때가 언제인…… 흐읏."

피하려는 비설을 붙잡은 도윤이 목덜미에 이를 세웠다. 살갗을 깨물 때마다 몸에서 확 느껴지는 향이 너무나도 달금했다.

잘 익은 과실을 한입 가득 입에 문 듯한 잇자국에 붉어진 피부를 깊게 빨아들이자 듣기 좋은 신음이 힘겹게 터졌다.

"폐하. 하아. 그 이후에도…….''

"세 번밖에 안 줬잖아. 오늘까지 네 번밖에 안 되네."

온몸을 지분거리는 감각에도 기가 막힌 비설이 입술을 깨물었다.

무슨 빚쟁이에게 돈을 뜯어내는 대금업자처럼 정사를 한 횟수를 기억하는 인간이라니. 하물며 비설이 도윤에게 빚을 진 것도 아니지 않은가?

"그걸 왜 세고 계세요!"

"나처럼 혈기왕성한 사내는 네가 생각한 그 횟수보다 더 많이 해야 하거든."

비설의 몸을 돌린 도윤의 손이 오므리던 다리 사이로 파고들었다. 정사의 흔적이 남아 있는 허벅지에 도윤의 손이 닿자 품에 갇혀 있던 작은 여체에 다시 열기가 차올랐다.

"전…… 아직 다 낫지 않았어요. 조심해야…… 흐웃."

"그러게. 왜 화살을 맞아?"

"하아."

하나를 던지면 열이 되어 다시 날아왔다.

하부를 가득 채우는 그를 받아들이며 비설이 더운 숨을 토해 냈다. 눈가에 눈물이 맺히자 도윤이 기다렸다는 듯이 흐르는 눈물에 입술을 맞추었다.

더는 나오지 않을 것 같았던 신음이 그의 손길에 다시 터져 나왔다.

연거푸 이어지는 정사에 간신히 붙잡고 있던 이성이 무너져 내렸다.

힘들다는 말 대신 비설이 도윤의 목에 팔을 감았다.

❋❋❋

황궁으로 바로 떠날 수 있었지만, 무슨 연유에서인지 도윤은 며칠 뒤로 미루었다. 뜬금없는 결정에 무슨 일이냐고 물을 수도 있었지만, 비설은 도윤의 뜻을 따랐다.

그러는 사이 마을과 마을이 모여서 소박하게 치른다는 축제 날짜가 되었다.

도윤이 청년 하나를 완전히 죽일 뻔했던 기억이 생생했던지라 비설은 가지 않으려 했건만, 도윤은 애초에 누군가의 말을 들을 이가 아니었다.

"음?"

황궁에서 온 내관과 궁녀의 손에 비설이 끌려 나간 사이 도윤이 그녀의 방을 천천히 둘러보았다. 몇 번이고 들어왔었는데 하나씩 세부적으로 보기는 처음이었다.

그녀가 쓰던 탁자를 훑어본 시선이 깨끗하게 올려놓은 서책으로 향했다.

그가 종종 보내 줬던 서책을 하나도 버리지 않고 모아 놓았는지 탑처럼 쌓여 있는 서책이 상당했다.

그 서책을 손가락으로 톡톡 두드리던 도윤이 적당한 서책을 꺼냈다.

대수롭지 않게 서책을 열었던 도윤이 책 사이사이에 끼어 있는 종이에 눈을 좁혔다.

"이게 뭔가?"

마치 남녀 사이에 몰래몰래 건네는 연서를 보는 기분이었다.

비설이 숨겨 놓은 작은 쪽지를 보던 도윤이 눈을 좁혔다.

"어느 놈이 이런 걸 보냈어?"

황제의 여인인 그녀에게 하루살이처럼 꼬이는 사내가 한둘이 아니었다. 여인으로도 빠지지 않는 미색이니 주제도 모르는 것이 들이댈 수도 있었겠지만 그렇다고 이런 모습까지 봐줄 정도로 도윤은 너그럽지 않았다.

쪽지를 없앨 때는 없애더라도 어느 놈인지부터 확인할 터, 도윤이 모아 놓은 쪽지를 하나씩 펼쳤다.

[또 올게.]
[약초값은 두고 가.]

178

"하아?"

무척이나 익숙한 글씨체였다. 쪽지를 내려놓은 도윤이 다른 쪽지를 펼쳐 보았다.

[다음에 올게.]

똑같은 필체에 아주 똑같은 말투였다.

심술이 덕지덕지 붙어 있던 도윤의 입가에 만족스러운 미소가 새겨졌다.

어떤 놈인지 주에서 흔적도 없이 사라지게 하겠다며 마음먹었던 것이 좀 전이었건만 언제 그랬느냐는 듯이 서책에 쪽지를 다시 끼워 놓았다.

"폐하. 아가씨께서 오셨습니다."

문이 열리고 들어온 비설이 부끄러운 듯 도윤의 시선을 외면했다. 항상 입었던 먹색 옷과는 다른 비단옷을 입고 모처럼 치장한 모습에 도윤은 시선을 뗄 수 없었다.

무슨 옷을 입어도 비설은 비설이었지만 그래도 치장을 하니 가뜩이나 시선을 끌어당기는 미모가 더욱 빛을 발했다.

"곱다."

굳어 있던 얼굴에 그제야 화색이 돌았다.

저러니 날파리가 꼬이는 것이겠지만 상관없었다. 적어도 지금 비설에게 가장 우선인 사람은 자신이다.

"기분 좋은 일이라도 있으셨어요?"

"그래 보여?"

비설이 고개를 갸웃했지만 도윤은 말해 주고 싶은 생각이 절대

179

없었다.

그가 그녀를 찾아올 때마다 짧게 적어 놓고 간 쪽지를 하나하나 모아 놓다니, 저러니 웅묘라며 귀여워할 수밖에 없지 않은가?

비설을 놀리기 좋아하는 그였지만, 이번만큼은 그녀가 도윤에게 숨기는 것처럼 도윤에게도 비밀 하나 정도로 가지고 있어 볼 생각이었다.

"그런데 가셔도 되는 거예요?"

"뭐 마을에서 하는 소소한 축제라며?"

"그러니까요. 아무리 그래도……."

"눈도장을 찍어 놓긴 해야지."

"네?"

조만간 떠날 예정이었지만 그럼에도 그녀에게 관심을 가지는 이들에게 꿈도 꾸지 말라며 확실히 보여 줄 생각이었다.

도윤의 생각을 전혀 모르는 비설이 눈을 좁혔지만, 그런 그녀의 머리카락을 희롱하는 도윤은 태연했다.

"황궁을 너무 오래 비우셨잖아요."

"내가 없어도 잘 돌아가는 황궁이야. 천천히 돌아가도 돼."

걱정하는 비설과는 달리 도윤은 태연했다.

한 달을 넘게 이곳에서 버텼으니 비설이 걱정하는 것도 이해되었지만, 도윤에게 가장 급한 일은 황궁이 아니라 비설이었다. 그녀만 황궁으로 돌아온다면 도윤을 가장 괴롭히는 문제가 해결될 터. 그 이후의 문제는 나중에 생각할 문제였다.

"이만 내려가 보자."

도윤이 손을 내밀자 비설이 그 손을 붙잡았다.

예전에는 손을 내밀어도 잡지 않거나 주저했었던 비설이 이제는 도윤이 억지로 끌어당기지 않아도 먼저 다가와 손을 잡았다.

혼란이 주는 이득도 좋지만 비설과 함께 있으면서 느끼는 안정감도 나쁘지 않았다.

시선과 시선이 만나자 비설이 그를 보며 미소를 지었다. 감정을 숨기지 않는 비설의 눈에 도윤이 입술을 맞추었다.

✲✲✲

비설의 곁에서 도윤이 머무는 사이, 도성은 혼란으로 치달았다. 특히 운형과 사도의 저택을 수많은 황병이 몇 겹으로 둘러쌌다.

도윤이 황궁으로 돌아오는 대로 죄를 묻겠다는 선언이 내려지고, 서슬 퍼런 분위기에 운형을 찾아왔던 귀족들의 발길과 관심 또한 뚝 끊어졌다.

"공이나 나나 끈 떨어진 연 같은 신세가 되었구려."

몇 겹으로 둘러싼 황병을 사도가 어떻게 뚫고 왔는지는 궁금하지 않았다. 다만 이런 상황에서 사도가 목숨을 각오하고 운형을 보러 왔다는 사실이 중요했다.

"사도의 배포는 어디까지인지 알 수 없군요. 어찌 여기까지 오셨습니까?"

"살아야 하니 움직일 수밖에 없지 않겠습니까?"

세화가 무슨 짓을 했는지 깨달았을 때는 상황은 손쓸 틈도 없이 끝나 있었다. 차라리 비설이라도 확실히 제거했다면 일은 좀 수월했을 것이나 안타깝게도 비설은커녕 도윤의 목숨조차 확실히 거두지 못했다.

"첫 번째도, 두 번째도 실패했으니 세 번째는 실패하면 안 되지 않겠습니까?"

사도의 말에 운형이 눈을 좁혔다.

반역으로 목숨이 날리게 될 상황에서도 사도는 무서우리만큼 태연했다.

아직 하늘은 운형을 버리지 않았다. 위기 속에서도 새로운 기회가 운형의 앞에 열렸다.

"무엇을 원하십니까?"

"제가 세우는 아이에게는 황후의 자리를, 저에게는 재상의 자리를 주시지요. 물론 연도윤의 황후가 아닌 연운형의 황후를 말씀드리는 것입니다."

사도의 말도 안 되는 제안에 운형이 피식 실소를 터트렸다.

당장 목이 떨어지게 생겼는데 무슨 권좌에 황후란 말인가!

말도 안 된다며 내보낼 수도 있었지만, 지금의 운형에게는 실낱같은 희망이라도 가능성이 있다면 붙잡아야만 했다. 하물며 이번 일을 같이 책임져야 하는 사도가 먼저 나섰으니 한 번은 들어 볼 만한 이야기였다.

"그렇게 큰 자리를 주는 대신 사도께서는 무엇을 내놓을 것입니까?"

"이번 일을 해결해 줄 귀한 여식을 내어 드려야겠지요."

"……."

"폐하의 목숨을 노리고, 연도윤의 황후가 될 그 여인을 죽이려 한 모든 일은 제 여식인 세화가 저지른 일이 될 것입니다."

"말을 조심하시지요."

운형의 낮은 목소리에 사도가 어이없다는 듯이 웃음을 터트렸다.

이 와중에도 비설의 소유권을 포기하지 못하는 것일까?

웃음이 나올 정도로 운형은 멍청했지만 그 멍청함이 사도를 도 와줄 것이었다.

딸을 버려야 함에 속이 쓰리기는 했지만, 대의를 위한 작은 희 생은 힘겹지만 감당해야 할 일이었다.

"공께서 권좌에 앉으신 후에 그 계집을 어찌하시든 순수하게 공의 권리가 되실 것입니다. 하지만 황후만큼은 안 됩니다. 황후 자리 정도는 받아 내야 이번에 일어난 일을 목숨을 걸고 해결할 의지가 생겨나지 않겠습니까?"

"……."

"공이 원하시는 대로 선택하시면 됩니다. 그 선택을 소인은 얼 마든지 존중할 것입니다."

선택일 뿐, 결국은 강요였다.

하지만 이미 답은 정해져 있고, 그 안에서 운형이 할 수 있는 최선은 이번 일을 잘 견딘 후 다시 기회를 잡는 것뿐이었다.

"세화의 목숨으로 살아남는다면, 기회는 어찌 잡으시겠습니 까?"

"운정공이 소인에게서 가져간 함. 소인은 그 함에 아무것도 없 었다고 생각합니다. 무언가가 있었다면 굳이 공께서 이런 번거로 운 짓을 하지는 않으셨겠지요."

내색은 하지 않지만 부정 또한 하지 않았다. 그런 운형을 보 던 사도가 눈을 빛냈다.

이대로 전부 놓기에는 아등바등 살아온 세월이 너무나도 억울 했다. 세화가 위험한 짓을 하여 절벽 끝에 서 있게 된 이상 이대로 도윤이 밀 때까지 아슬아슬하게 매달려 있을 수는 없었다.

떨어질 수 없다면 해야 할 최선의 수는 밀고 있는 도윤을 죽이는 것.

"소인은 그 함이 하나 더 있을 것이고, 폐하께서 그것을 가지고 있으셨을 거로 생각합니다. 그리고 그 함의 진짜 내용이야말로 굳건한 폐하의 근본을 흔들 약점이라 예상합니다."

"만약 그 생각이 잘못되었다면 어찌하려 하십니까?"

"아무 내용도 없는 함을 왜 만든 것이며, 왜 대신들의 귀에 약점이 든 함이 있다는 이야기가 돌았겠습니까? 함의 존재를 우리가 알게 된 시기를 생각해 보시지요."

"……."

"유비설의 가문은 그저 보관자였을 뿐입니다. 작정하고 움직여서 함을 만들고 그 안에 무언가를 넣었다면 유비설의 아비인 그자가 아니라 태후마마나 선제 폐하셨을 확률이 높지요."

"……."

"이 말도 안 되는 가설에 손을 잡으시겠습니까?"

사도의 말은 그럴듯했지만 확실한 증좌가 있는 것은 아니었다.

하지만 지금은 지푸라기라도 잡아서 목숨을 구명받아야 할 상황이었다. 이미 독배를 마셨고, 되돌아갈 길은 없었다. 비설도, 권좌도 놓칠 수 없다면 무슨 수를 쓰더라도 원하는 것을 쟁취해야 했다.

"폐하께 살려 달라며 몸을 숙여야겠군요."

운형의 말에 사도가 입꼬리를 올렸다.

어차피 운형이 할 수 있는 선택은 제한적이었다. 두 번이나 도윤에게 밀린 이상, 사도나 운형에게 기회는 많아 봤자 한두 번이었다.

처음이자 마지막일 수도 있는 기회.

도윤의 목에 제대로 칼을 꽂기 위해서는 운형의 존재가 필요했다.

"폐하께서 유비설과 황궁으로 오고 계십니다. 준비하십시오. 운정공."

十六章. 황궁, 그 은밀한

궁으로 들어오는 문에 매달려 있는 세화의 썩은 시체를 보던 비설이 눈을 돌렸다.

황궁으로 돌아온 지 한 달이 넘었다.

도윤을 죽이려 했던 죄를 물어 세화의 목숨을 거두었다.

목소리가 안 나올 때까지 억울하다며 절규하던 그녀는 가문의 외면을 받으며 사약을 억지로 마셨다. 누구를 향한 저주인지 알 수 없는 끔찍한 말은 그녀의 숨이 끊어지기 전까지 계속되었다.

"유 호위님. 오셨습니까?"

내관의 인사에 비설 또한 몸을 숙였다.

비설의 눈이 내관에게서 규정전으로 가는 길 가운데에 석고대죄 하는 운형에게로 향했다.

세화가 모든 책임을 짊어지고 죽었지만, 운형 또한 책임을 피할 수는 없었다. 다만 아무도 도와주지 않았던 세화와는 달리 운형은 자비를 내려 달라며 귀족들이 일어섰다.

황제의 목숨을 노린 대역죄였지만 워낙 구명을 요청하는 귀족들의 기세가 강했던지라 도윤도 쉽게 결단을 내리지 못하고 있었다.

그러던 중 규정전에 자리를 깔고 운형이 무릎을 꿇었다.

정세화에게 현혹되어 그릇된 선택을 한 자신을 벌해 달라며 몸을 숙이고 석고대죄를 하기 시작했다.

운형과의 일이 마무리된 것은 아니었지만, 지금만큼은 그를 걱정하며 먼저 다가가고 싶은 마음은 없었다.

"내시감께서 규정전으로 유 호위님을 모시라고 하셨습니다."

"길도 아는데 굳이 안내할 것이 있느냐? 규정전에는 내가 갈 것이니 신경 쓰지 말고 네 할 일부터 하거라."

"그래도……."

"신경 쓰지 말고 가 보거라."

도윤이 돌아오고 후처리를 하느라 황궁은 어수선하였다. 하물며 사내인 줄 알았던 비설이 실은 여인이었고, 그럼에도 다시 호위로 돌아온 일로 황궁 내에서는 여러 말이 돌았었다.

'후우.'

규정전으로 가는 내내 흘끔거리는 내관과 궁녀의 시선을 받으며 비설이 소리 없이 한숨을 내쉬었다.

배신자 규한은 물론이고, 이번 일로 황궁 호위의 체계가 흔들리자 도윤은 이를 보강하는 대신 새로 개편을 해 버렸다.

황궁 호위 중 가장 아래인 녹의였던 비설이 받은 옷은 흑의였다.

여인의 몸으로, 하물며 도윤과 인연이 된 상황에서 흑의가 되자 편향된 총애라며 비아냥대는 호위들이 생겨났다.

"이게 누구인가?"

익숙한 목소리에 비설이 고개를 돌렸다.

언제부터 보고 있었는지 가까이 온 채현이 연신 싱글벙글하였다. 녹의였던 그의 옷도 이번 개편으로 비설과 똑같은 흑의로 바뀌어 있었다.

"내 백의군장님께 자네 이야기를 듣고 왔지. 워낙 밉상 짓을 하기는 했지만 던져 버릴 것까지는 없지 않나?"

그들의 수군거림에 비설은 나름의 방법으로 대응을 했다.

불만을 표시하는 이에게 잡아먹으라는 듯이 먼저 다가간 비설은 그들이 검을 뽑기도 전에 선수를 쳤다.

제대로 된 대응조차 하지 못한 채, 먼지가 나도록 두들겨 맞은 이들은 차마 여인에게 당했다는 말을 꺼내지도 못한 채 제 모습을 숨기기에만 바빴다.

"누가 그리했다고 합니까?"

"증좌가 없다?"

"증인이라도 있습니까? 그럴 리가 없을 텐데요."

사내라는 권위의식에 똘똘 뭉쳐 있는 자들이었으니 여인인 비설에게 당했다는 말은 죽어도 꺼내지 못할 것이다. 설령 꺼낸다 한들 자신이 잘못한 것이 없으니 비설은 당당했다.

혹여 권력으로 비설을 해코지한다 해도, 그런 식으로 대응한다면 비설에게도 똑같이 해 줄 사내가 있었다.

더러운 수를 쓰며 해코지를 하려는 이들에게 정상적으로 대응할 생각 따위는 처음부터 없었다.

"그나저나 어차피 다 밝혀졌으니 여인으로 오지 그랬는가? 폐하께서 상심이 크셨겠는데?"

도윤은 여인으로 비설을 들이고 싶어 했으나 그건 아니라며 비설은 고개를 저었다.

도윤의 여인임을 부정하지는 않으나 아직은 다른 이들에게 밝힐 때도 아니었고, 그렇다고 황제의 여인으로 머물 때도 아니었다. 하물며 도윤이 주는 귀한 것을 당연하다는 듯이 받고 싶은 생각도 들지 않았다.

"아직은 때가 아니라고 생각합니다. 그리고 어차피 여인의 몸으로 호위를 인정받았으니 그만큼의 몫은 해야지요."

도윤이 생각했었던 미래를 이루는 데에 비설이 도움이 된다면 잠깐의 이목 정도야 얼마든지 감당할 수 있었다.

하물며 도윤의 비밀을 비설이 알게 된 이상, 치장하며 황후로 있기보다는 호위로서 검을 잡고 곁을 지키는 게 훨씬 더 나은 선택이라고 생각했다.

"그리고 상심하시는 것치고는 검을 주실 때 표정이 즐거웠습니다."

"폐하야 쓸모 있는 인력이라고 판단하시면 부려 먹는 걸 좋아하시지."

비설의 대꾸에 채현이 재미있다는 듯이 웃음을 터트렸다.

예전처럼 자신을 가리는 미성은 없었지만, 예전이나 지금이나 비설의 분위기는 무척이나 똑같았다.

달라진 점이라고는 선을 긋고 자신을 숨기려고 했었던 것과는 달리 이제는 제 감정을 숨기지도 않았고 본인의 행동을 감추려 하지 않는다는 것 정도였다.

"폐하께서 많이 기다리시는 듯하니 어서 가 보게."

"이미 뵙고 오셨습니까?"

"음. 자네는 절대 모르겠지만 폐하께서는 호위들을 시킬 때 오래 말씀하시는 분이 아니시라네. 황명을 받았으니 서둘러 결과를 가져와야 할 터. 이것도 자네는 모르겠지만 폐하의 자비는 다른 호위들에게는 없는 것과 다름이 없단 말이지."

"부려 먹는 건 똑같습니다만."

"그러니까 자네는 모른다는 거네. 그 미묘한 차이는 고생해 본 사람만 알거든."

고생은 자신도 하고 있다는 말이 목 끝까지 치밀었지만, 언성을 높여 가며 말할 것도 아니었다.

가 보겠다는 말을 한 채현이 사라지고, 규정전 앞에서 비설이 옷매무새를 다듬었다. 여인의 몸을 가리지 않은 상태에서 입은 호위복이 어색했지만, 그녀가 선택한 삶이었다.

길게 숨을 쉬며 자신을 다잡은 비설이 궁 안으로 들어갔다.

"유 호위님. 오셨습니까?"

황궁의 수많은 눈이 비설을 다르게 보았지만 내시감만큼은 과거나 지금이나 변화가 없었다.

주름이 진 얼굴에 드리워진 자애롭고 부드러운 표정에 비설이 진심을 담아 몸을 숙였다.

"폐를 끼쳐 죄송합니다."

예전의 미성보다도 더 가는 목소리였지만 비설이 가진 분위기는 여전했다. 그저 사람 하나가 잠시 빠졌다가 되돌아왔을 뿐인데도 황궁의 분위기는 확 달라졌다.

하물며 한 달에 몇 번이고 황궁을 비우며 재미없다던 도윤이 비설이 온 이후로는 불평이 훅 줄었다.

"들라 하여라."

도윤의 명령이 들리자마자 내시감이 내관과 궁녀와 함께 밖으로 나갔다.

불길한 느낌이 밀물처럼 밀려든다.

왜 내관은 물론이고 궁녀까지 전부 물린다는 말인가?

'들어가지 말까?'

딱 봐도 나 잡아 잡수세요 하면서 함정으로 발랄하게 걸어 들어가는 어린 초식동물이 된 기분이었다.

저 문 너머에 있을 육식동물이 어떤지 알기에 더더욱 발길이 떨어지지 않았다. 그렇다고 황명으로 여기까지 왔는데 도망가는 것도 의미 없었다.

"후우. 폐…… 으응?"

문이 열리고 도윤이 쓱 얼굴을 내밀었다.

갑자기 나타난 그에게 놀란 비설의 말문이 막힌 사이, 도윤의 손이 비설의 손목을 붙잡았다. 상황을 판단하기도 전에 도윤의 힘에 휩쓸려 비설이 집무실 앞으로 빨려가듯이 끌려갔다.

"아얏!"

생각보다도 큰 비명에 비설이 입을 막았지만, 정작 원흉인 도윤은 자신의 무릎 위에 그녀를 앉히느라 모든 신경이 팔린 상태였다.

여인이라는 것만 밝혔을 뿐, 도윤의 여인인 것은 절대 함구하기로 한 상황이었다. 이 상황에서 이런 짓이라니, 대놓고 말하는 것과 무슨 차이란 말인가!

"왜 그렇게 흘겨봐?"

혀 있던 작은 여체에 다시 열기가 차올랐다.

"전…… 아직 다 낫지 않았어요. 조심해야…… 흐읏."

"그러게. 왜 화살을 맞아?"

"하아."

"다른 이가 보면 무슨 짓이냐고 할 것이 아닙니까? 하물며 이 상태에서 제가 폐하와 이런 사이라는 것을 알면 또 무슨 험담을 할지 모른다구요."

"사실이잖아?"

"아직 밝히지 않기로 약조하셨잖아요. 하물며 사실이어도 다른 이의 눈에는 제가 폐하의 후광을 업고 황궁 호위로 들어온 거라며 삐뚤게 볼 거란 말입니다!"

"그럼 던져 버리면 되잖아?"

"……."

"채현이 이야기해 주던데?"

누가 그렇게 자신의 이야기를 흘리는가 싶었더니만 범인은 바로 옆에 있었다. 잘해 보라느니 할 만하다느니 그러더니만 아주 구구절절 할 말 못 할 말 가리지 않고 다 말하고 있었다.

화가 머리끝까지 났지만, 다른 사람도 아닌 도윤에게 채현이 거짓을 말할 순 없었을 것이었다. 권력의 정점에 선 사내를 정인으로 둔 그녀의 팔자였다.

애써 감정을 추스른 비설이 도윤의 무릎에서 일어나려 했다. 하지만 허리를 감고 목에 얼굴을 묻는 그의 행동에 무산되었다.

사람은 본래 쉽게 변하지 않는다.

"무슨 일로 부르셨습니까?"

"왜 불렀겠어?"

"……."

"혼자 있으려니 세상도 무섭고 사람도 무서워서 불렀지."

이 무슨 새로운 억지를 부리는 것인가? 황궁에서 가장 무서운 사람은 다름 아닌 당사자인 연도윤이었다.

황궁에서 감히 누가 황제인 그에게 해코지할 것이며, 하물며 황궁, 아니 주나라에서 그와 실력으로 맞먹을 수 있는 사람이 있기나 할지 의심스러운 이였다.

"무슨 생각을 그리해?"

"아앗! 하지 마시란 말입니다!"

목에 닿는 더운 숨결에 놀란 비설이 몸을 뺐다.

시뻘건 대낮이었다. 아무리 내시감이 내관과 궁녀를 데리고 나갔어도, 흔적이 남으면 소문은 금방 날 터였다.

다급한 비설이 도윤의 어깨를 밀어냈지만 단단한 벽이라도 만난 것처럼 조금도 꿈쩍하지 않았다.

그사이, 도윤의 손이 단단히 여민 호위복의 고름을 풀고 점점 안으로 자연스럽게 파고들고 있었다.

풀어진 옷 사이로 보이는 소담한 가슴에 도윤이 입꼬리를 올렸다. 여인으로 돌아온 덕분에 가슴을 가리지 않으니 그 사실 하나만큼은 너무나도 마음에 들었다.

가리개를 벗겨 내자 보이는 유실을 도윤이 한입에 삼켰다. 유실을 빨아들이고 당기는 소리에 비설의 얼굴이 붉어졌다.

"하지…… 마시라구요."

"그거 알아?"

"무엇을 말입니까?"

"너 그런 표정으로 그렇게 속삭이면 더 하고 싶어지거든."

성질머리 한번 끝내주게 좋은 황제였다.

사람이 하지 말라면 하지 말아야 하는데 연도윤이라는 사내는 하지 말라고 하면 기다렸다는 듯이 더 하고 있었다.

말을 끝내자마자 다시 빨아들이는 촉감에 비설의 눈이 열기로 젖어 들었다. 아무리 그래도 대낮에 이건 아닌 것 같았다.

"그래도…… 지금 하시는 건 아니라구요!"

"밤에는 당연히 할 건데?"

"폐하!"

비설의 날카로운 답이 들려오자 결국 도윤이 웃음을 참지 못하고 터트렸다.

황후나 후궁으로 곁에 두고 원할 때마다 안아도 되겠지만, 그러기에는 비설이 가진 재능이나 지금까지의 노력이 너무나도 아까웠다.

지금의 도윤에게 필요한 사람은 함께 검을 뽑고 그가 만든 혼돈을 이겨 낼 여인이었다.

여기서 더 진도를 나가도 괜찮을 것 같은 도윤과는 달리 비설은 절대 안 된다며 옷을 추슬렀다.

더 고집을 피우는 대신 비설의 무릎에 도윤이 벌러덩 누웠다. 그리고 읽고 있던 장계를 비설에게 쓱 내밀었다.

"읽어 줘."

"네?"

이게 또 무슨 짓인가?

비설이 눈을 좁혔지만 정작 당사자는 태연했다.

비설의 눈이 도윤이 건넨 장계로 향했다.

장계를 읽는 건 어렵지 않았지만, 왜 이 자세로 자신은 힘들게 읽고, 도윤은 편하게 들을 생각인지 무언가 억울한 기분이 들었다.

"왜 제가 장계를 읽어야 하는데요?"

"황제인 난 지금 졸립고, 최근에 너에게 나 좀 봐 달라며 매달리느라 장계가 쌓였거든."

"그게 제 탓은 아닌데요."

"공범이잖아. 협조했으니 운우지정도 쌓았고, 앞으로도 운우지정을 쌓을 테니 이게…… 으읍."

그녀도 모르게 도윤의 입을 손으로 막아 버렸다.

무슨 사내가 남녀 간에 있었던 일을 저리 쉽게 말하는가!

비설의 눈이 다급히 집무실 밖을 향했다.

다행히 집무실 밖은 물론이고 창밖에서도 느껴지는 기척은 없었다.

긴장한 눈으로 주변을 살피던 비설이 고개를 숙여 도윤을 노려보았다. 비설의 시선에 도윤이 입꼬리를 씩 올렸다.

"이제 읽어 줄 마음이 들지?"

망할 인사 같으니라고.

억울하다고 해 봤자 그에게 단단히 엉켜 버린 그녀의 탓이었다.

얄밉고 한 대 콱 패고 싶어도, 또 도윤과 있으면 좋고 편안하니 억울하다고 해 봤자 그녀의 손해였다.

장계를 제대로 잡은 비설이 나지막한 목소리로 천천히 읽기 시작했다. 밤에 내는 신음 소리도 좋았지만, 차분히 글을 읽는 목소리도 듣기 좋았다.

비설의 무릎에 머리를 기댄 도윤이 눈을 감았다.

❉❉❉

얼마 후, 운정공을 용서하겠다는 황명이 내려지고, 그제야 운

196

형의 석고대죄도 끝이 났다.

궁문에 매달려 있던 세화의 시신이 내려가고, 한동안 황궁을 시끄럽게 했던 상황도 어느 정도 마무리되는 듯싶었다.

"부르셨습니까?"

어의에게 진료를 받는 운형의 방으로 비설이 들어왔다.

복잡한 눈으로 운형을 보던 것도 잠시 비설이 표정을 가리듯 몸을 숙였다. 운형이 손을 들자 치료를 끝낸 어의가 방 밖으로 나갔다.

"네가 도움을 줬다고 들었다."

오랜 시간 석고대죄를 한 사람이라고는 믿기 어려울 정도로 또렷하고 힘 있는 목소리였다.

십여 년을 넘게 봤었던 운형의 모습은 거짓이었다. 지금의 낯선 모습이 진짜 운형이라는 것을 알면서도 받아들이는 일은 쉽지 않았다.

"폐하의 결정이실 뿐, 소인이 한 일은 없습니다."

예전의 비설은 딱딱하기는 했지만 호의를 가지고 운형에게 먼저 다가왔었다. 그러나 지금의 비설은 딱딱한 행동은 그대로였지만, 운형에게 철저히 선을 그었다.

그럼에도 운형은 비설을 향한 마음을 거둘 수 없었다.

수많은 귀족이 운형에게 자비를 내려 달라는 말을 꺼냈지만 꿈쩍도 안 하는 도윤을 설득한 이가 비설이었다. 도윤에게 비설이 어떤 존재인지 알고 있기에 운형은 비설을 놓아줄 수 없었다.

"고맙다."

굳어 있던 비설의 표정이 흔들렸다.

선을 긋고 다가오지 않으려 했어도 오랜 시간 곁을 지켰던 기억은 쉽게 사라지지 않는다. 하물며 비설은 제 감정을 제대로 숨기지도 못했다.

저리 솔직한 아이였으니 연도윤이 제 소유인 줄 알고 그녀를 채 갔을 것이다.

"내가 그렇게나 미운 것이냐?"

"밉습니다. 그렇지만 단칼에 자르기에는 운정공께 받은 은혜가 마음에 걸렸습니다."

"비설아."

"배은망덕한 짓이라는 것을 알면서도 그 은혜, 오늘로써 잊어버리겠습니다."

운형의 눈이 커지는 것을 보았지만, 비설도 물러나지 않았다.

비설에게 저지른 일이 꽤씸하여 운형을 용서하지 않으려는 도윤에게 정리할 기회를 달라며 부탁한 사람이 그녀였다.

가족의 죽음에 도윤과 운형 모두에게 책임이 있었지만 비설은 더는 그때의 일을 꺼내고 싶지 않았다.

"공께서 가시려는 길과 폐하의 길은 같으면서도 다릅니다."

"나는 찾아야 할 게 있다. 내 길을 막은 사람은 폐하이시다."

"두 분이 바라는 그 길은 함께 걸어갈 수 없는 길이지요. 그렇기에 부딪히는 것이라 생각합니다. 소인도 결국은 여인인지라 마음이 가는 대로 따라 볼까 합니다."

"지금까지의 시간을, 나와 있었던 교류는 아무것도 아니었던 것이냐? 그깟 연모에 눈이 멀어 평생을 네 곁을 지켜 준 나를 저버리겠다는 것이냐?"

당신의 배려 또한 목적이 있는 것이지 않았는가?

머릿속에 떠오른 말이었지만, 비설은 더는 말을 꺼내지 않았다.

목적이 있는 배려였어도 결국 그로 인해 혜택을 받은 사람은 비설이었다. 그 사실을 부정할 생각도 없고, 그렇다고 그 배려에 발목이 잡힐 생각 또한 없었다.

운형의 말에 반박하는 대신 비설이 대화를 끝내듯 몸을 숙였다.

"독한 것!"

쓰게 이어지는 독설에도 비설은 감은 눈을 뜨지 않았다.

한번 마음먹으면 무슨 수를 써도 듣지 않는 저 지독한 고집이 다시 시작되었다. 연도윤의 광이 그녀를 죽일 생각은 왜 하지 못하는가?

비설이 전부를 걸 정도로 연도윤이라는 사내는 가치가 없다. 결국 그녀가 전부를 걸고 있는 것은 사내가 아니라 자리라는 결론이 났다.

"다들 탐내는 황후의 자리가 너에게라도 올 것 같아서 그러는 것이냐?"

운형의 독설에 저도 모르게 비설이 주먹을 움켜쥐었다.

지금 저 말을 꺼내는 사내가 운형이 맞는단 말인가?

황후의 자리라니. 달라 한 적도 없고, 마음속으로나마 원한 적은 더더욱 없었다.

"운정공."

"은혜를 접을 생각이라면 그리하도록 해라. 잠깐이나마 꿈을 꾸는 것도 나쁘지는 않을 터. 하지만 네가 폐하를 선택한다면 각오해야 할 것이다."

"……."

"난 널 놓을 생각이 없다. 다만 지금 돌아오는 것과 이후에 내 손에 직접 끌려왔을 때의 네 자리는 전과는 다를 것이다!"

차갑게 내뱉는 겁박에 담긴 내용이 무시무시하다 못해 끔찍했다. 평생을 고통 속에서 살라는 말과 무슨 차이가 있는 것일까?

신뢰로 맺어졌던 관계가 한순간에 마음과는 다르게 무너져 내렸다.

정리의 끝이 너무나도 씁쓸했다.

"이만 가 보겠습니다."

"기다리겠다."

"……."

"네가 아무리 늦게 마음을 바꾸더라도 기다릴 것이다."

"그동안 감사했습니다."

이후의 상황은 그녀가 감당해야 할 일이다.

운형과는 더는 같이 갈 수 없다며 마음을 먹었을 때부터 어쩌면 결정된 일이었는지도 모른다.

비설이 문을 닫고 나오자마자 잔이 깨지는 날카로운 소리가 들렸다.

마음을 다잡듯 입술을 깨문 비설이 뒤를 돌아보지도 않은 채 밖으로 향했다.

❄ ❄ ❄

비설이 여인이라는 것을 들키고도 황궁에 있자, 귀족 사이에서 황후를 간택해야 한다는 움직임이 일기 시작했다.

아직 도윤과의 관계를 공식적으로 꺼낸 것은 아니었으나 사람의 감이라는 것은 생각보다도 상황을 매섭게 파악했다.

그 때문인지 예전보다 도윤에게 다가가기가 좀 더 어려워졌다.

"폐하. 유 호위께서 오셨습니다."

항상 그녀를 불러내던 정자나 담이 아니라 처음 보는 곳이었다. 옅은 등잔만이 있는 작은 방에서 비설을 기다리던 도윤이 가까이 오라는 듯이 손짓을 했다.

비설이 오자마자 기다렸다는 듯이 작은 여체를 끌어당겨 얼굴을 묻었다.

"부르셨습니까?"

몸에서 느껴지는 그의 숨결이 아직은 어색했지만, 그래도 밀어내고 싶은 생각은 들지 않았다.

조심스러운 손이 길게 늘어뜨린 도윤의 머리카락을 어루만지자 나른한 고양이처럼 편한 숨을 내쉬었다.

"전에 내가 했던 말 기억나?"

황궁에 돌아온 이후에도 도윤은 비설에게만큼은 '짐'이라는 단어 대신 '나'라고 칭했다.

다른 사람과는 철저히 다르게 대하는 그만의 호의가 언제나 마음에 닿았다. 하지만 지금 나올 내용은 마냥 좋다고는 할 수 없었다.

도망치려 했었던 그날, 도윤이 그녀에게 말해 줬었던 비밀이 다시 수면 위로 나오려 했다.

"모두 물러나라."

도윤의 명령이 나오는 것과 동시에 밖의 내관과 궁녀는 물론이고 곳곳에서 느껴지던 기척조차 느껴지지 않았다.

오롯이 비설과 도윤만 느껴지는 상황에서 그가 앞에 놓여 있던 것을 비설이 잘 보도록 펼쳐 보였다.

"폐하께서는 어머니를 닮으셨군요."

도윤이 보여 준 것은 여인의 모습이 섬세하게 그려져 있는 초상

201

화였다.

도윤이 보여 주는 여유로운 미소는 죽은 태후와 똑같았다. 화려한 의복과 치장만큼이나 눈에 띄는 것은 도윤처럼 또렷한 이목구비와 그림에서도 느껴지는 분위기였다.

여인의 초상화였지만, 동시에 보이는 사람은 도윤이었다.

"그래서 잘 숨겼지."

도윤이 꺼냈던 비밀이 다시 머리를 채웠다.

믿을 수 없었기에 도윤이 꺼냈던 말을 입 밖으로 꺼낼 수 없었다.

누군가가 들을 수도 있다는 불안감과 설마 그럴 리가 있겠느냐는 의심에 더더욱 받아들이기 어려운 문제였다.

"초상화에 쓰인 종이마저 아까운 인사가 내 아버지인 선제 폐하이시지."

선제에게 그러면 안 된다는 말을 도저히 할 수 없었다. 도윤이 거짓을 말할 리가 없다는 것을 알면서도 의심했었던 일은 현실로 다가왔다.

보고 있으면서도 말이 없자 도윤이 비설을 제 무릎으로 끌어왔다.

어영부영 도윤의 무릎에 앉은 비설이 놀란 눈으로 연신 두 초상화를 보았다. 이미 말하기는 했지만, 쉽게 받아들이기는 어려웠을 것이다.

"그리고 이제는 이걸 돌려줘야지."

도윤이 건네는 함을 받아 든 비설이 주저 없이 뚜껑을 열었다. 접혀 있는 서신을 열어 본 비설이 숨을 삼켰다.

[연도윤은 황제의 친자가 아니다.]

손에서 떨어지려는 서신을 도윤이 붙잡았다.

받아들이지 못하는 비설에게 도윤은 강제로 진실을 전부 보여주었다.

평생을 함께할 여인. 담기 힘든 진실이었지만 도윤이 아는 비설이라면 이번에도 잘 넘길 것이다.

"난 이런 일에 좀 섬세해서 말이야."

그럼에도 불안해지는 것은 어쩔 수 없다.

비설을 믿지만, 도윤이 꺼낸 일은 지금까지의 모든 것을 흔드는 것이었다.

황제의 친자가 아닌 자가 권좌를 물려받았다. 누가 황제여도 이상하지 않을 시기였다지만, 그 모든 필수 조건은 '연 황실'의 피를 이어받은 이라는 것이었다.

"이제야 내 여인이 내 손을 잡았는데, 다시 선택을 시켜야 하네."

"폐하께서……."

말을 꺼내려던 비설이 말문을 닫았다. 차마 입 밖으로 꺼낼 수 없었다.

누가 듣기라도 한다면, 이 상황을 보기라도 한다면.

"함하고 서신은 네가 가지는 게 좋겠어."

"이걸 저에게 주시면……."

"주인에게 돌려주는 거야."

너무나도 가벼운 서신이 무척이나 무겁게 느껴졌다.

제 목숨을 틀어쥘 증좌를 도윤은 비설에게 주었다. 어지간한

203

일에 이제는 태연하게 대처할 수 있다고 생각했건만, 그건 철저히 그녀만의 착각이었다.

시험은 언제나 그녀를 힘들게 했다.

❊❊❊

"태후마마께서 교류하던 이가 몇몇 있었습니다만, 태후마마가 돌아가신 시점에서 대부분이 죽거나 자취를 감추었습니다. 특이한 점이라고는 예전 하급 장군 하나가 황후마마 주변에 잠시 머물렀는데, 그가 사라진 시점이 참 미묘하다는 겁니다. 바로 폐하께서 태어나신 후부터지요."

사도의 보고를 듣던 운형이 말없이 턱을 어루만졌다.

운형의 생각과는 달리 사도는 꽤 그럴듯하게 의심스러운 정황을 파고들고 있었다. 치명적인 약점일 것이라고는 생각했지만, 만약 연도윤이 선제의 친자가 아니라는 가설이 현실로만 된다면 해볼 만한 일이었다.

"그 부분에 대한 증좌나 증인을 찾아야겠군요."

"그리고 소인. 운정공께 한 가지 여쭤보고 싶은 것이 있습니다."

말해 보라는 시선에 사도가 눈을 좁혔다.

도윤의 비밀이야 오랫동안 찾아왔던 일이니 새삼 놀랄 것은 없었다. 도리어 확신을 하고 증좌만 찾으면 일은 쉬워질 것이었다.

하지만 그 와중에 찾게 된 비밀은 사도에게는 조금은 의외였던 일이었다.

"형원공께서는 아이를 갖지 못하시는 분이었더군요."

"……."

"형원공이 그러하시다면 운정공의 경우가 말이 되지 않는단 말이지요. 그래서 제 나름대로 조금 더 찾아보았습니다. 계속해도 되겠는지요?"

"선제 폐하께서는 폐하와는 달리 후계의 집착이 강한 분이셨소. 그런 분께 형원공, 그러니 내 아버지가 자신의 아내를 바쳤다면…… 혹 그리하여 나중에 있을 후계 경쟁에서 살아남는 황자가 하나가 더 생길 수 있다면 선제 폐하께서 하실 선택은 하나뿐이지 않았겠소?"

"운정공께서 선제 폐하의 아들이시라면……."

"누구와는 다르게 난 증좌도 가지고 있소. 일부러 밝히지만 않았을 뿐이지."

마주 보는 시선이 치열하게 부딪쳤다. 생각보다도 쉽게 답을 들었지만, 그렇기에 수는 더욱 간단해졌다.

황제의 친자가 아닐지도 모르는 도윤과 황제의 친자인 운형.

"이제 그럼 사도께서는 어찌 행동하시겠소?"

누가 권좌에 오르든 사도는 상관이 없다. 손에 쥐이지 않는 도윤을 붙잡고 있느니 차라리 타협이 가능한 운형을 권좌에 올리는 것이 사도에게는 유리했다.

"운정공께서 선제 폐하의 친아들이시라는 증좌를 내어 주십시오."

그 증좌만 있으면 아직 넘어오지 않은 귀족을 끌어들일 수 있었다.

도윤이 눈치채기 전에 일을 완전히 끝내 놓아야 한다.

이쪽의 움직임을 읽고 도윤이 움직이는 순간, 간신히 붙잡은 기회는 눈 녹듯이 사라지게 될 것이다.

"연도윤의 증좌는 소인이 반드시 찾아내겠습니다."

연도윤이 거짓으로 붙잡고 있는 권좌를 빼앗을 날이 얼마 남지 않았다.

그때가 된다면 비설도 자신의 선택에 후회하게 될 것이다. 얼마든지 기회를 주었지만, 그 기회를 찬 사람은 둘이었다.

처음부터 자신의 소유였던 모든 것을 되찾아 올 시간이었다.

✳✳✳

이십여 년도 더 넘은 이야기였지만, 도윤의 어머니인 문서우는 가문의 명령과 황제의 압박이 아니었다면 절대 황후가 되지 않았을 여인이었다.

어렸을 때부터 사내들보다도 총명하다는 소리를 들으며 자라 온 그녀에게 주어진 자리에서 욕심을 부리는 황제는 멍청한 사내였고, 그런 황제와 자신이 엮일 거라고는 꿈에도 생각하지 못했었다.

"황후마마. 폐하께서 연회장으로 오시라는……."

"이미 오늘 함께 보낼 여인은 정해져 있지 않으냐? 날 달가워하지도 않으면서 연회장에는 왜 부른단 말이냐?"

"마마. 그래도 황명이신데 준비를 하시는 것이 어떠하신지요? 혹 진노하신 폐하께서 해코지라도 하실까 걱정되옵니다."

"내 가문의 덕을 보는 그분이 말인가? 엄 상궁. 그 정도 배포가 있는 사내였다면 내 즐거운 마음으로 황궁에 입궁했을 것이다."

"황후마마!"

놀란 상궁이 서우를 말렸지만, 정작 말을 꺼낸 그녀는 웃음만 나올 뿐이었다.

황제가 권력으로 서우를 황후로 들인 이유는 단순했다.

서우의 가문은 무는 물론이고 문으로도 많은 이들의 인정을 받는 가문이었다.

하물며 할아버지 때부터 꾸준히 모아 놓은 재물과 사병은 황제로서는 그냥 넘기기에는 너무나도 매력적이었다.

결국 외척으로의 마음이 없다는 아버지를 힘으로 겁박해 이룬 혼인이었다.

그렇게 얻은 부인임에도 황제는 서우가 자신보다 뛰어나다는 사실을 불쾌해하며 외면하였다.

"몸이 좋지 않아 연회장까지 갈 기운이 없으니 현명한 폐하께서 적당히 고르셔서 즐겁게 연회를 보내시라 전해 드려라."

말을 끝낸 서우가 머리가 아픈 듯 미간을 모았다. 모처럼 기분 전환 겸 나온 산책이 의미 없게 되어 버렸다.

따라오겠다는 상궁까지도 모두 떼어 낸 서우가 황궁에서도 점점 더 깊은 곳으로 들어갔다.

"망할 황제 자식."

아무도 없는 것을 확인한 서우가 짧게 욕지거리를 터트렸다.

당장에라도 되돌릴 수만 있다면 되돌리고 싶은 혼인이었다.

피하려 했던 혼인을 마주한 순간 이성을 잃고 울부짖은 어머니와 잘못했다며 고개를 숙인 아버지만 아니었다면 이딴 혼인 따위 하지 않겠다며 도망이라도 갔을 것이다.

생각할수록 화가 나고 눈물이 치밀었다.

"차라리 일찍 죽기라도 하든지."

"혼인하신 분을 그리 험담하셔도 되는 것입니까?"

멀지 않은 곳에서 들려오는 목소리에 서우가 고개를 돌렸다.

입은 옷이 단정해 보이기는 했지만, 황궁에 드나드는 이들과 비교하기에는 민망할 만큼 허름했다.

토끼처럼 동그란 눈이 사내를 향하자 사내가 몸을 숙였다.

"황후마마께 인사 올립니다. 이번에 영남 동쪽 지역을 관리하게 된 평장군 이호라고 합니다."

평장군이면 지방의 병사를 훈련시키는 장군이었다. 평장군이 황궁에 어떻게 들어왔는지는 알 수 없었지만, 대담하게 황후에게 말을 건네는 행동만큼은 관심이 갔다.

"죽이고 싶을 만큼 한심하고 멍청한 사내면 부군이어도 욕이 나오지 않겠는가?"

"성정이 느긋하시고, 귀를 열고 다른 이들의 말을 가리지 않고 들으시느라 그러하신 것이 아니겠습니까?"

이호의 말에 서우가 작게 웃음을 터트렸다.

성정이 느긋해서 급하게 처리해야 할 중요한 일을 미루고, 다른 이들의 말을 가리지 않고 들어서 옳고 그름을 판단하지 못한다는 것을 무척이나 완곡하게 돌려 말했다.

언제나 황제를 욕하면 그러지 마시라는 만류부터 들었었다.

지루하고 재미없는 삶에 오랜만에 흥미가 생겨났다.

"그런 아둔하고 한심한 인사에게 오지 않아도 될 하급 장군이 왜 입궁한 거지?"

"영남은 풍요롭고 많은 것이 있으나 병사들에게 필요한 기본적인 것이 전혀 없어서 말이지요. 아부는 잘하지 못하지만 그리하면

콩고물이라도 떨어질까 싶어서 왔는데 역시나 괜한 걸음이었습니다."

"한심한 인사에게 말을 해 봤자 알아들을 리가 없거든. 그 인사는 병사에게 들어갈 자원은 아깝고 영남에서 나오는 금에 더 관심이 있었을걸."

"금이라도 캐 올 걸 그랬나 봅니다."

"못 캐. 영남의 금광은 문가의 소유거든."

"……금 좀 주시겠습니까?"

"그 한심한 인간에게 주는 건 아까워서 싫어."

매끄럽게 이어지던 대화가 멈추자 서우가 웃음을 터트렸다.

서우가 터트리는 웃음을 멍하니 보던 이호가 당황한 듯 고개를 숙였다.

엉망인 나라였지만, 녹을 먹고 사는 장군이었기에 하는 수 없이 입궁한 것뿐이었다.

소득 없는 걸음인 줄 알면서도 왔건만 생각하지도 못한 빛에 매료되어 그 자신도 모르게 여기까지 와 버렸다.

"영남의 병사들에게 주는 것은 아깝지 않으나 내 고향의 병사들이 힘을 가져서 황제가 불편한 관심을 가지기 시작하면 곤란하거든. 아버지도 그것이 걱정되어 금을 내놓지 않으셨을 거야. 제나라를 부강하게 만드는 일인데 내 멍청한 부군은 무엇이 우선인지 제대로 모르는 사내지."

누구에게도 듣지 못했던 대답을 그보다도 어린 황후에게서 들었다.

나라의 사정은 생각조차 하지 않은 채 연회장에서 허허실실 술과 가무를 즐기는 한심스러운 귀족과 황제에게서 보지 못한 미래를 황후에게서 보았다.

"권좌의 주인은 저기에 있는 이가 아니라 제 앞에 계신 분인 것 같습니다."

이호의 뜬금없는 말에 말문이 막혔던 것도 잠시, 서우가 즐겁다는 듯이 웃음을 터트렸다.

처음 보는 사내에게 통한다는 느낌을 받다니.

소리를 질러도 듣지 않는 황궁에서 처음으로 대화라는 것을 제대로 해 보았다.

"이 나라는 여인에게 잔인하리만큼 박하지. 내가 아무리 발버둥을 쳐도 여기서는 못 벗어나. 내 목소리가 황제에게 닿을 리도 없고 말이지."

"황후마마께서는 잘못된 자리에 오르신 듯합니다."

"내 뜻대로 살 수 없으니 책임지며 살아야 하지 않겠나?"

"황궁에서 하루하루 피 마르게 버티시면서 말입니까?"

피 마르게 버틴다는 말에 서우의 미소가 조소로 바뀌었다. 처음 보는 사내와 이런 대화는 어울리지 않았지만, 또 싫지 않았다.

당장에라도 황궁의 높은 담을 넘어 도망치고 싶었지만 그러기에는 그녀는 짊어진 것이 너무나도 많았다.

"그러니 사마귀 부인으로 살아야겠지. 저보다 똑똑한 부인이라 부담된다며 멸시하는 황제의 더러운 시선을 이겨 내면서 내 권리를 찾아야지. 권좌의 주인은 안 되더라도 저 한심한 이만큼은 잡아먹어야 이 짜증 나는 기분이 조금은 풀릴 거 같아."

"……."

"이호라고 했던가?"

"그러하옵니다. 황후마마."

"병사의 문제는 내 직접 아버지께 이야기해 놓겠다. 하지만 그대가 원하는 만큼의 결과를 보이면 안 될 것이다. 황제의 비틀린 열등감이 영남의 우수하게 변할 병사를 건들면 안 되거든."

원하는 만큼 도움을 주되 황제에게는 숨기라는 명령이었다.

어찌 보면 반역으로 들릴 수 있는 말이었지만, 정작 말을 꺼내는 서우의 얼굴은 평온했다.

그토록 원했던 대답을 들었지만, 이호의 심장은 다른 의미로 뛰고 있었다.

"황후마마의 배려에 소인은 어찌 보답해야 하는지요?"

"나만 느낀 건가?"

"……."

"나만 재미있었나 보네. 멍청하기는."

처음이고, 만남이 짧았다는 핑계는 되지 않았다.

지금의 상황도, 나누었던 대화도, 그녀가 말하는 보답도 전부 위험하다는 경고가 울렸다. 동시에 평생에 한 번일지도 모르는 기회일 수도 있었다.

모두가 말릴 상황이었지만 지금만큼은 머리가 아닌 마음이 끌리는 대로 하고 싶었다.

"능력 없고 어리석은 장군으로 인사드리겠습니다."

한 번이 두 번이 되었고, 두 번이 세 번이 되었다.

시작부터 위험했던 만남은 반년이 지나고 1년이 넘어갔다.

남녀의 사이에 선을 넘는 것은 순간이었지만 여전히 이호는 영남의 하급 장군이었고, 서우는 황제의 외면을 받는 황후였다.

❋ ❋ ❋

부른 배를 감싼 서우가 황제의 집무실 앞에 섰다.

"고하라."

서우를 보던 내관이 닫혀 있던 문을 열었다.

집무실에서 최근 들인 귀인과 웃음을 터트리던 황제가 서우를 보며 미간을 찌푸렸다. 노골적으로 찡그린 얼굴을 마주하면서도 서우는 미소를 거두지 않았다.

"폐하와 단둘이 할 이야기가 있다."

"나는 황후와 할 이야기 없다. 이만 물러가라."

"이번 폐하의 탄신일에 제 가문은 빠져도 되는 것입니까? 그렇게 해도 된다고 하시면 물러나겠습니다."

당돌한 발언에 황제의 눈에 불이 일었다.

가문만 아니면 황후로 거두지도 않았을 계집이 기고만장하게 황궁을 휘저었다. 무엇보다도 구역질이 나고 화가 나는 것은 서우가 당당히 내놓은 저 부른 배였다.

"귀인은 나가 있어라."

"폐하. 그래도……."

"궁금하면 같이 들어도 상관은 없다. 대신 그 대가가 목숨이어도 상관없겠지?"

황제를 보며 주저하던 귀인이 서우의 말에 도망치듯 집무실을 뛰쳐나갔다.

단둘이 남자 서우가 당당히 황제의 앞에 앉았다. 그런 그녀를 보며 황제가 눈을 꿈틀거렸다.

"누가 멋대로 앉으라고 했는가?"

212

"폐하께서는 신첩에게 앉으란 말씀은 하지 않으실 테니 저 스스로 살길을 찾아야 하지 않겠습니까? 폐하의 아이에게 무리가 가는 짓을 할 수는 없지요."

"무슨 소리를 하는 것인가! 어찌 그 아이가 짐의 아이라 하는 것인가?"

황제의 부정에 서우의 입가에 미소가 더욱 짙어졌다.

그가 부정을 해도 배 속의 아이는 무조건 황자가 되어야 했다. 같은 공간에 있는 것만으로도 구역질 나는 저 사내를 침소까지 끌어들여 수면제를 먹이기까지 했었던 고생을 생각하면 아직도 머리가 지끈거렸다.

그날 황제와 아무런 일도 없었지만, 중요한 것은 황제와 황후가 합방했고, 그 시기쯤에 황후가 용종을 잉태했다는 것뿐이었다.

그렇게 서우는 아이를 지켰다.

"그날 짐은 너에게 손 하나 대지 않았다."

"안으셨습니다. 신첩, 폐하의 품에 안겼단 말입니다. 그러니 폐하의 아이입니다."

"짐이 네년과 그놈의 짓거리를 모를 줄 알았더냐?"

"폐하. 말씀이 너무나도 과하십니다. 그놈이라니요? 신첩에게 사내는 폐하뿐입니다."

서우의 모르쇠에 황제가 몸을 부들부들 떨었다.

하지만 아직까지는 그녀의 가문이, 힘이 필요했다. 그녀를 인질로 잡고 있어야 그녀의 가문이 그를 지켜 줄 것이다.

누가 황제가 되어도 이상하지 않을 세상에 황후의 가문은 가장 안전한 방패이자 힘이었다.

"내 후계자는 성비가 낳은 아이가 될 것이다. 그 아이를 살리고 싶으면 허튼 꿈은 꾸지도 마라."

서우를 외면하며 말을 잇던 황제가 몸이 불편한지 미간을 찌푸렸다.

그녀가 낳은 아이는 여아든 남아든 황제가 될 것이다.

서우가 아이를 가졌다는 것을 알게 된 이호는 제 흔적을 하나씩 지우기 시작했다. 자신의 위험한 도박을 알게 된 그녀의 아버지는 무모한 선택이라며 힐난하는 대신 그녀의 선택에 힘을 실어 주기 위해 움직였다.

몇 년이 걸리든 십여 년이 넘게 걸리든 상관없다.

그녀의 아이는 자신과는 다르게 훨훨 날아올라 제가 원하는 모든 것을 가지게 될 것이다.

"폐하."

"뭐 하는 짓이냐?"

다가오는 서우를 보며 황제가 역겹다는 듯이 언성을 높였다. 황제의 거부에도 불구하고 그의 앞까지 다가간 서우가 그의 눈을 마주 보며 화사한 미소를 지었다.

"폐하의 수많은 아이와 제 아이는 결국 부딪치겠지요. 누가 권좌에 앉게 될지 너무나도 궁금하여 신첩 요즘 잠을 이루기가 쉽지 않습니다."

"네, 네가 감히!"

"내 아이가 권좌에 앉을 때까지 방패 노릇을 똑똑히 해 주세요. 당신을 황제로 두는 목적은 그게 전부랍니다. 혹 허튼수작을 하시어 저나 제 아이가 죽게 된다면 당신을 지키고 있는 문가의 비호도 사라질 것입니다."

치욕스러운 자리임에도 포기하지 못한 이유는 하나였다.

이따위 나라에서 그녀의 꿈은 단 하나도 이룰 수 없다. 지독히도 아끼는 연모를 지킬 수도 없고, 제가 아끼는 사내와 미래를 꿈꾸며 소박하게 살 수도 없다.

'아무것도 할 수 없다면 전부를 바꾸는 수밖에.'

그녀가 하지 못해도 그녀의 아이가 하게 될 것이다.

그는 그의 자리에서, 그녀는 그녀의 자리에서 씨앗을 뿌리고 준비를 할 것이니 하나도 이루지 못했던 바람을 제 아이가 이룰 수 있도록 만들어 줄 것이다.

"앞으로도 잘 부탁드려요. 폐하."

진심을 담아 서우가 황제를 향해 미소 지었다.

황제의 위협과 멸시 속에서 열 달을 지켜 태어난 아이는 아들이었다.

자신의 외모와 총명함을 닮고, 이호의 인내와 신중함을 타고난 아이는 서우가 하나를 가르칠 때마다 그 이상을 배워 냈다.

제 하나뿐인 아들이 황제가 남긴 찌꺼기 같은 황족을 모두 처리한 후 권좌에 오르고, 도윤이 만들어 가는 주를 3년 동안 지켜보던 서우는 편안하게 눈을 감았다.

✽✽✽

늙은 여인의 말을 듣던 운형이 힘껏 주먹을 쥐었다.

태후를 곁에서 모신 어린 궁녀였던 여인은 순간의 재물에 눈이 멀어 황후의 비밀을 다른 이에게 말했다고 한다.

그녀가 속살거리며 꺼냈던 비밀은 다른 이들에게 퍼지기도 전

215

에 막히고, 여인 또한 죽을 뻔했으나 간신히 도망쳐 구걸하는 것으로 목숨을 연명하고 살았다고 했다.

"네가 한 말에 추호의 거짓도 없으렷다."

"소인. 어찌 거짓을 말씀드리겠습니까? 사실이옵니다! 이것이 눈으로 보고 귀로 직접 들었던 일입니다."

운형과 사도의 얼굴에 숨길 수 없는 흥분이 일었다.

연도윤의 약점이 드러났다. 이 이야기가 사실이 아니어도 상관없다. 그의 정통성을 전면으로 부인하기만 한다면, 그리하여 운형이 황제의 아들이라는 옥새가 찍힌 글만 공개적으로 드러내면 귀족들은 벌 떼처럼 일어나 도윤을 권좌에서 끌어낼 것이다.

"하늘이 우리에게 길을 열어 주시는군요."

사도의 말에 운형은 부정하지 않았다.

아버지의 방법은 잘못되었다. 처음부터 도윤의 약점을 알고 움직였어야 했다. 그렇게만 했다면 윤천은 도윤의 자리에 앉았을지도 모르는 일이었다.

'이번에는 실수하지 않겠습니다.'

그동안 실패의 쓴맛은 충분히 맛보았다.

이제는 그가 과거에 놓친 전부와 연도윤의 목을 가져야 할 시간이었다.

❋❋❋

[연도윤은 황제의 친아들이 아니다.]

짧게 쓰인 내용의 진실성을 증명하듯 황후의 인장이 찍혀 있었다.

도윤의 어머니였던 태후는 왜 이런 것을 일부러 만들어 냈을까? 그녀의 머리로는 이해할 수 없었다.

"아버지."

제 선에서 없애 버려도 될 종이를 가지고 있는 대신 그녀의 아버지는 가족과 함께 목숨을 잃었다.

태후가 생각한 결과가 이런 것이었는지는 알 수 없었지만 어찌되었든 현재 비설과 도윤에게 남은 가장 큰 문제는 이 종이였다.

'네 선택에 맡길게.'

당장 없애도 될 종이를 도윤은 신뢰를 되돌릴 증좌라며 비설에게 넘겼다.

비설이 나쁜 마음을 먹는다면 이 종이를 운형에게 가져다줄 수도 있었고, 이 종이를 미끼로 원하는 것을 얻으려 할 수 있었다.

"내가 그러지 않으리라는 것을 아니까."

자신이 조금만 더 현명하고 많이 알았다면 얼마나 좋았을까? 바람과는 달리 그녀는 주어진 삶을 사는 것만으로도 버거웠다.

손에 들고 있던 서신을 품에 넣은 비설이 고개를 들었다.

맑게 떠 있는 달을 보던 비설이 편안한 미소를 지었다. 오래 생각하는 건 그녀가 할 일이 아니다.

가족의 복수를 생각하며 검을 잡았을 때도 비설은 주저하지 않았다.

"마음이 가는 대로."

지나가던 비설이 황궁 곳곳에 켜 있는 등불 앞에 섰다. 품에 넣어 놓았던 서신을 불에 갖다 대자 옮겨 붙은 불이 단숨에 종이를 태웠다.

종이가 불길에 검게 타오르고, 그 불이 가라앉을 때까지 비설이 자리를 지켰다.

검게 재로 변한 종이를 보던 비설이 그것을 발로 짓밟았다. 흔적까지 깨끗이 지운 비설이 가벼운 걸음으로 길을 걸어갔다.

흑의의 기척이 느껴지고, 곧이어 궁녀와 내관이 그녀를 향해 고개를 숙였다.

"왔어?"

달빛을 벗 삼아 술잔을 기울이던 도윤이 그녀를 보며 환한 미소를 지었다.

어려운 문제는 전부 접더라도 저 사내가 아닌 다른 이가 권좌에 앉아 있는 모습은 상상이 되지 않는다.

누구보다도 황제의 자리에 어울리는 사내.

그녀가 마음으로 받아들인 정인이 가장 어울리는 자리는 권좌뿐이었다.

"생각보다 늦었네?"

저 사람의 곁에서 같은 곳을 보며 살아가는 삶은 그녀가 생각한 것보다도 힘들 것이다.

그의 손을 붙잡기는 했지만 외면했었던 일을 이제는 받아들여야 할 시간이었다.

"태워 버릴 게 있어서요."

비설의 답을 들은 도윤의 눈이 부드럽게 휘었다.

결심하기 위한 시간이 너무나도 오래 걸렸다. 긴 시간을 기다려 준 그에게 이제는 그녀가 답할 차례였다.

"폐하."

그녀의 생애에 몸을 숙이고 충성을 맹세할 사람은 도윤뿐이었
다.

十七章. 격발

"영남의 평장군 이호에 대한 건 아직 찾지 못했습니다만 이 정도면 충분한 증좌라 하지 않겠습니까?"

사도의 말이 끝나는 것과 동시에 귀족들의 시선이 무릎을 꿇고 앉아 있는 궁녀에게로 향했다.

경악과 놀람에 혀를 차고 고의로 속인 것이라며 분통을 터트리는 귀족들 사이에서 운형이 말없이 앉아 있는 대장군 천보영을 물끄러미 보았다.

냉정하려 했지만 주먹을 쥔 손이 부들부들 떨리고 있었다. 도윤을 권좌에 세우는 데 가장 큰 공헌을 한 사람이 그였다.

"대장군께서는 이럼에도 그를 황제로 인정하시겠습니까?"

운형의 물음에 천보영이 무거운 숨을 내쉬었다.

그를 지켜보던 운형이 사도에게 눈짓을 하자 사도가 손을 들었다. 동시에 사도의 뒤에서 기다리던 시종이 귀족들이 보이는 곳에 들고 있던 쟁반을 내려놓았다.

쟁반 위에 있는 것은 황제의 옥새가 선명하게 찍혀 있는 교지였다. 연운형은 형원공의 아들이지만 자신의 친자이며 후계의 자격에 적합하다는 문장이 쓰여 있었다.

저마다 교지를 확인하는 귀족 사이에서 다시 탄성이 흘러나왔다.

"권좌의 자격은 나한테도 있을 것 같은데 그대들의 생각은 어떠하오?"

"이것이…… 무슨……."

"왜 연도윤이 서열에 있었던 모든 황족을 죽인 후에 권좌에 올랐는지 이제는 알 수 있을 거로 생각하오."

비설은 도윤과 운형이 가고자 하는 길이 같다고 했다.

그 사실을 부정하지 않는다. 그 길의 걸림돌이 도윤이라면 운형 또한 도윤처럼 하지 말라는 법은 없었다.

"나에게 권좌를 주시오."

천보영이 운형을 노려보았지만, 그의 시선을 운형이 마주했다.

이번 일에 천보영의 역할은 중요했다. 황병의 전체 통솔권을 가지고 있는 그가 운형을 지지해야 연도윤과 맞설 수 있다.

도윤의 진실을 밝히겠다며 만든 자리였으나 운형과 사도의 목적은 천보영의 설득이었다.

"한 가지 여쭤볼 것이 있습니다."

웅성거리던 귀족 사이에 있던 젊은 귀족이 손을 들었다. 그에게 답을 허락하듯 운형이 고개를 끄덕였다.

잠시 주변을 보던 귀족이 마음을 굳힌 듯 말을 꺼냈다.

"최근 황제께서 멸문당한 가문의 여인을 호위로 가까이 두어 총애하신다는 소문이 돌고 있습니다. 그 여인이 운정공께서 보내신 이라고 들었는데, 사실입니까?"

예상하지 못했던 물음에 운형의 미간이 희미하게 꿈틀거렸다.

남녀의 일이었기에 최근 황궁에서도 비설의 존재에 대한 말이 나오고 있었다.

그녀가 잘하든 못하든 결국 여인은 여인일 뿐이다. 주의 누구도 그녀의 존재를 인정하지 않을 것이다.

비설은 데려올 것이다. 그러기 위해는 우선 이들의 설득부터 해야 한다.

"그 여인이 연도윤의 곁에 있는 것은 사실입니다. 연도윤은 그 여인을 황후로 세울 거라고 했습니다."

"말도 안 되는! 어디 감히 죄인을 황후로 올린단 말입니까!"

"역시 선제 폐하의 자식이 아닌 것이 확실합니다. 그러지 않고서야 그럼 끔찍한 생각을 누가 할 수 있습니까!"

"그토록 대신들이 황후와 후궁을 들이시라 말할 때마다 피한 이유가 있었습니다! 이대로는 둘 수 없습니다!"

비설의 이야기에 귀족들의 눈에 광기가 스몄다.

어쩔 수 없는 선택이 있다.

이후에 운형은 비설을 반드시 데려오겠지만 지금만큼은 그녀를 철저히 버리고 짓밟아야 한다.

대를 위한 소의 희생.

비설의 희생으로 운형은 권좌를 얻게 될 것이다.

"출신도 모르는 계집에게 홀린 황제에게 더는 기회를 주어서는 안 된다고 생각하오. 더더욱 저 여인의 말대로 황제의 핏줄이 선제 폐하가 아니라 이름 모를 평장군이라면 더더욱 말려야 하지 않겠소?"

운형의 말에 귀족들이 기다렸다는 듯이 맞장구를 쳤다.

당장에라도 군사를 모아 연도윤을 쳐야 한다는 목소리가 계속되자 상황을 진정시키듯 운형이 손을 들었다.

분위기를 자신에게로 끌어온 운형이 사도를 바라보자 만족스러운 듯 사도가 자신의 수염을 손으로 쓸어내렸다.

"날 권좌에 앉게 해 준다면 이루어 낸 공에 따라 그대들의 여식에게 맞는 자리를 내어 줄 것이오."

이루어 낸 공에 따라 황제의 외척으로 만들어 주겠다는 선언에 사도는 물론이고 귀족들의 눈에서도 광채가 흘렀다.

이제는 가장 날카로운 무기로 연도윤의 목만 찌르면 끝이었다.

❈❈❈

평민 계집이 황제를 홀려 정사를 어지럽히고 있다는 소문과 그런 황제가 실은 선제의 아들이 아니라 출신을 알 수 없는 자의 피를 이어받은 이라는 소문이 경쟁하듯 퍼지기 시작했다.

처음에는 말도 안 되는 소문이라고 무시했던 이들도 거듭 이야기가 흘러나오니 귀를 기울이기 시작했다.

"여지없이 똑같은 짓이군."

"기반을 흔들어야 폐하께서 흔들린다 생각하시는 것이겠지요."

도윤의 잔에 재상이 새 술을 따라 담았다.

빈 잔에 술을 따르는 것처럼 일이 쉽게 되었으면 했지만, 삶은 때로는 재상이나 도윤 모두에게 어려웠다.

단숨에 술잔을 비우는 도윤을 지켜보던 재상이 자신의 잔에 따라져 있던 술도 마셔 버렸다.

"연운형은 권좌에 욕심이 있었고, 그만큼 오랫동안 준비를 해 왔던 이였습니다. 폐하께서는 끝까지 숨기시려고 했겠지만 언젠 가는 밝혀질 비밀이었습니다."

"알고 있었나? 아는지는 몰랐는데."

"폐하께서 하시는 일들이 선제 폐하와는 완전히 다르셔서 말입 니다."

이야기를 듣던 도윤이 피식 실소를 터트렸다.

자신만 아는 것이라 생각했던 비밀이 알고 보니 아는 사람은 알 고 있는 이야기였다. 혼자 전전긍긍했던 과거라 생각했는데 왠지 모르게 좀 억울하다.

그 오랜 시간 동안 알고 있으면서도 모르쇠로 있었던 재상을 도 윤이 흘겨보았다.

"용케 딴죽을 걸지 않고 넘어갔었군."

"녹을 먹고 사는 관리이니 나라를 위한 이득이 무엇인지 냉정 하게 판단했지요. 폐하는 미치셨지만 선제 폐하보다는 국정을 잘 운영하셨으니 몸은 피곤했어도 재미있었습니다."

"……그냥 심심해서 내버려 뒀다는 거로 들리는데?"

도윤의 대답에 재상이 입꼬리를 올렸다.

하루가 다르게 늙어 가는 몸이 느껴졌지만 주의 관리로 사는 일 은 즐거웠다.

바뀌어도 달라지지 않는 한심한 황제와 바꿔 보려 해도 반대에 부딪혀 건드려 보지도 못했던 나라의 상황이 도윤이 황제에 오르 자마자 하나씩 변화하기 시작했다.

"소인을 관리로 추천해 주신 분이 태후마마셨지요. 망극한 말씀이었지만 폐하만큼이나 태후마마도 미쳐 계셨습니다. 그 광기에 제가 걸려든 것뿐이지요."

"후회하는가?"

"말씀드리지 않았습니까? 재미있었습니다."

누가 황제가 되어도 상관없이 나라 꼴이 엉망이라면 차라리 제 아들을 밀어 달라고 했었던 서우의 모습이 아직도 선했다.

처음이자 마지막 기회일지도 모른다는 생각에 서우가 내민 손을 잡았던 그는 어느새 도윤의 신뢰를 얻어 재상의 자리에 앉아 있었다.

"폐하께서 앞선 폐하들처럼 아둔하였다면 선택은 달라져 있었겠지요."

정도를 모르는 자를 따라가기는 쉽지 않았다. 하지만 주가 힘을 얻고, 언제나 주변국에 몸을 숙이고 자비를 구했었던 과거에서 벗어나 힘으로 그들을 제압하는 모습을 보며 주의 관리로서 자부심까지 느꼈다.

"소인은 폐하께서 누구의 자식인지 관심도 없습니다만, 대장군은 그렇지 않을 것입니다. 올곧은 만큼 고집이 있는 이라 폐하의 비밀을 가장 받아들이지 못할 자입니다."

"대장군이 돌아서면 타격이 크겠지."

"실력만큼이나 신망이 있는 자라 그리된다면 많은 이들이 운정공에게로 돌아설 수도 있겠습니다."

"흐으음."

잔인하리만큼 냉정한 판단에 도윤의 입가가 썼다.

융통성이 없는 이라 설득조차 쉽지 않았다.

꼬리를 물고 이어지는 고민의 끝에 떠오른 생각에 도윤이 재상에게 툭 물었다.

"권좌의 주인이 누구인지 상관없다면 연운형의 주도 볼만하지 않겠는가?"

대수롭지 않게 던지는 말이 상대방의 심장을 내려앉게 할 정도로 섬뜩하게도 한다는 것을 도윤은 알기나 할까?

도윤이 던지는 물음에 악의가 없다는 것을 알고 있기에 이번에도 그냥 넘겼지만, 처음 권좌에 오른 도윤을 상대하는 일은 재상에게도 꽤 어려운 일 중 하나였었다.

"그 물음의 대답은 제가 아니라 유 호위에게 해 보시지요? 아마 소인과 똑같은 대답을 훨씬 더 또렷한 말과 행동으로 알려 줄 것입니다."

"내 옹묘가 그렇게 무섭지는 않은데 말이지."

"본의 아니게 손가락질을 당하는 상황에서도 상관없다는 듯이 폐하의 곁을 지키고 계시는 분이지요. 본인을 험담하는 말에는 표정 하나 안 바뀌는 여인이 폐하를 험담하는 순간 적의를 보이며 확실한 응징을 가하곤 하고요."

자신만이 아는 줄 알았던 이야기가 재상에게서 흘러나오자 도윤이 이맛살을 찌푸렸다.

어느 정도 조사를 했을 거라고는 생각했지만 도윤이 예상했던 것보다도 비설에 대해 재상은 많은 것을 아는 듯했다.

"그사이 내 옹묘의 뒷조사라도 했는가?"

"폐하와 그분의 연모까지는 제가 간섭할 건 아닙니다만 궁금하기는 했습니다. 선을 넘은 자에게 총애를 받는 분이 어떤 분인지 말이지요."

"내 옹묘는 정상이야."

"선을 지키시는 분은 맞지만 그렇다고 선을 아주 안 넘는 분도 아니더군요. 적어도 제멋대로 날뛰는 폐하를 가장 곁에서 말리실 테니 소인이 반대할 이유는 없습니다."

"누가 보면 내가 방향도 모르고 날뛰는 망아지인 줄 알겠군."

"누가 겨우 망아지라고 했습니까? 망아지였다면 소인 목숨을 걸고 이 자리에 있지 않았겠지요. 폐하는 맹수입니다. 그것도 선을 완전히 넘은 맹수이지요. 그 맹수의 곁을 알아서 지키겠다는 여인이 있는데 소인이 왜 반대를 하겠습니까?"

재상의 말에는 약간의 주저도, 거짓도 없었다.

맹수라는 말이 왜 저렇게도 기분 나쁘게 들리는지 모르겠다.

힘이 든다느니 나이를 먹어서 그렇다느니 핑계를 대도 재상은 언제나 도윤의 편에 있었다. 자격이 없다며 떠나는 사람도 있었지만, 그보다 더 능력 있는 이들이 그의 주변에 있었다.

그러니 이번에도 언제나 그렇듯이 잘 넘길 것이다.

❋ ❋ ❋

이제는 황궁을 넘어 도성 곳곳에서 도윤의 이야기가 끊임없이 흘러나왔다.

병사를 보내 소문을 잠재울 수도 있었으나 도윤은 들리지 않는 것인지 안 듣는 것인지 별다른 행동을 취하지 않았다.

"지금이라도 그 늙은 궁녀를 죽일까?"

술벗이 없다고 다짜고짜 일하고 있던 그녀를 집무실로 불러들였다. 자신은 근무 중이니 술은 혼자 드시라며 일어나려 했지만, 도윤에게 그러한 반항은 통하지도 않았다.

228

황제의 호위이니 곁에서 지켜 주면 되지 않느냐는 억지에 어영부영 한 잔, 두 잔 술잔을 마주했다.

취기가 전혀 없는 얼굴로 취기가 오른다며 비설의 무릎에 머리를 기댄 도윤이 불쑥 말을 꺼냈다.

"마음에도 없는 소리 하지 마세요."

피식 웃음을 터트린 도윤이 물끄러미 비설을 올려다보았다.

마음 같아서는 살판난 듯이 막말을 해 대는 궁녀 따위 죽여 버리고 싶었지만, 그럼 결국 제 흠을 인정하는 꼴밖에 되지 않았다.

"내 웅묘가 나날이 현명해져 가네."

"어느 분이 하도 제멋대로 행동하시니 살려면 맞춰 가는 수밖에요."

그러게 적당히 좀 괴롭히지 그러셨습니까?

작게 걸리는 투덜거림을 듣던 도윤이 다시 웃음을 터트렸다. 말은 그렇게 해도 최근의 소문을 의식해서인지 도윤의 머리카락을 비설이 부드럽게 어루만져 주었다.

조심스러우면서도 따뜻한 손길에 몸이 풀어졌다.

"귀하게 아껴 줄 생각이었는데 고생만 시키네."

"그럼 놓아주셨어야죠."

"그건 안 되지."

언제 나른해졌느냐는 듯이 비설을 바라보는 도윤의 눈에 힘이 들어갔다.

몸을 일으킨 도윤이 제 앞에 얌전히 있는 그녀를 물끄러미 보았다. 그리고 비설의 목을 커다란 손으로 감쌌다. 그가 남겼던 잇자국이 시간이 흐름에 희미해져 있었다.

습관처럼 도윤이 비설의 목에 입술을 묻었다. 비설의 손이 도윤의 어깨를 감싸자 살 내음이 훅 코끝에 스쳤다.

"하아."

길게 내쉬는 숨이 뺨을 간질였다. 그녀의 맥을 느끼던 도윤이 다시 이를 세워 깨물었다. 옅은 신음이 터져 나왔지만, 밀어내는 대신 도윤을 품으로 끌어왔다.

붉어진 목을 거듭 깨물자 살짝 찢어진 피부에서 피 맛이 느껴졌다.

"흐읏."

억누르는 듯 작게 흘러나오는 신음에 옅은 떨림이 맞닿은 몸에서 느껴졌다. 잇자국이 붉게 난 상처를 집요하게 빨아들이고 혀로 핥던 도윤이 열기에 붉어진 입술에 자신의 입술을 덮었다.

한계까지 치미는 숨을 약탈하듯이 삼켰다. 흐트러진 옷 사이로 보이는 하얀 피부에 이를 세우자 붉은 각인이 새겨졌다.

"폐하."

작게 속삭이는 목소리가 너무나도 달콤했다. 이대로 그녀의 품에서 모든 시름을 외면하고 싶었지만 오늘만큼은 그녀에게 해야 할 이야기가 있었다.

목에 남아 있는 상처를 달래듯 어루만지던 손이 보드라운 뺨을 감쌌다. 도윤의 손에 자신의 손을 포개는 비설이 너무나도 고왔다.

잠깐의 호기심과 목적으로 곁에 두었던 여인은 이제 그에게는 없어서는 안 될 검이자 안식처가 되었다.

"나는 말이야. 이번 기회에 진짜 별의별 것을 다 해 볼 생각이거든. 만약 내가 부탁하면 들어줄래?"

지금도 미쳐 있는 사내가 더 미친 짓을 하겠다는 말을 꺼냈다.

새삼스럽게 허락을 구하는 도윤의 모습이 낯설면서도 마음에 들지 않았다. 그의 광은 너무나도 위험하고 중독적이어서 때로는 그녀가 판단 자체를 할 수 없게 만들었었다.

"폐하께 부탁은 어울리지 않아요. 제가 해야 할 일이 있다면 명령만 내리세요."

때로는 자신보다도 더 과감하게 결단을 내렸다.

도윤의 일로 내내 주변의 시선과 손가락질을 받으면서도 비설은 내색조차 하지 않았다.

쉽지만은 않은 일이었을 터, 지금도 힘든 그녀에게 도윤은 더 어려운 일을 부탁해야 한다.

"운형에게 가."

시간이 멈춘 것처럼 비설의 몸이 딱딱하게 굳었다. 그녀도 모르게 도윤을 잡은 손에 힘이 들어갔다.

장난으로 넘기기에는 도윤은 일절 흔들림이 없었다.

도윤은 진심이었다. 선택은 매번 그녀를 시험했지만 이번만큼은 그녀도 쉽게 결단을 내릴 수 없었다.

"운형에게 가 줘."

부정하려는 그녀의 마음을 꿰뚫어 본 듯 도윤이 쐐기를 박았다.

놀라서 굳은 비설을 보던 도윤이 잡은 작은 손에 입술을 맞추었다.

그녀와의 숨바꼭질은 지긋지긋했지만, 마지막으로 한 번은 더 해야 할 것 같았다.

"황명으로 부탁할게."

도윤이 일어나자 언제나 함께 있었던 여인의 흔적은 사라져 있었다.

그가 부탁한 일이고, 그녀가 받아들였지만 기분이 가라앉는 것까지는 어쩔 수 없었다.

"내시감."

문이 열리고, 소리조차 거의 들리지 않는 발걸음으로 가까이 다가온 내시감이 고개를 숙였다. 비설이 떠난 것을 아는지 도윤의 옆이 비어 있음에도 표정 하나 바뀌지 않았다.

"일주일 뒤에 가신다는 말씀만 남기셨습니다."

"착하기도 해라."

싫다며 도망쳤어도 욕하지 않을 상황에서도 그의 옹묘는 부탁을 가장한 명령을 따랐다. 채현이 따라가기는 하지만 평소에 함께 움직이는 인원을 생각하면 형편없는 수준이었다.

"내관과 궁녀를 시켜 소문을 내라."

피할 수 없는 상황이라면 언제나 그렇듯이 몸집을 부풀릴 것이다. 그가 맞춰 놓은 판에서 저 스스로 행동하게 할 것이다.

"그 배은망덕한 놈이 기회라고 생각할 수 있게 서둘러야 한다."

"괜찮으시겠습니까?"

"무엇이 말이냐?"

"운정공께 아가씨를 보내셔도 되겠습니까?"

내시감의 물음에 도윤이 속으로 치미는 쓴물을 억지로 억눌렀다.

그가 앞으로 만들어 놓을 혼돈의 시작은 비설이 될 것이다. 그녀의 존재가 운형을 흔들 것이고, 도윤에게 불리한 상황을 되돌리는 열쇠가 될 것이다.

"징집령을 내려라."

"폐하?"

"무기를 잡을 수 있는 아이부터 노인까지 싸울 수 있는 사내들은 모두 도성으로 불러들여라."

오랜만에 치미는 불안감에 심사가 다시 꼬였지만 도윤은 미소를 지으며 억눌렀다.

도윤이 비설의 손을 놓은 사이, 운형은 기다렸다는 듯이 그녀를 손아귀에 넣을 것이다. 운형과 함께 있을 비설은 떠올리고 싶지도 않다.

"서둘러라."

그가 할 수 있는 최선은 운형이 비설에게 손을 대기 전에 움직이는 것이다.

쉽지는 않겠지만 이미 도윤은 멍청한 선제가 제 권좌를 지키기 위해 발버둥을 쳤었던 모습을 제 눈으로 전부 보았었다.

한심스러운 선제처럼 도윤 또한 그렇게 해 볼 생각이었다.

❉❉❉

"황제가 급하기는 급했나 봅니다. 징집령이라니, 주의 온 곳에서 황제를 욕하는 소리가 산을 이루고 강을 이루고 있습니다!"

"일이 이렇게 진행되고 있는데 피가 마르고 긴장되겠지요?"

"하물며 품에 끼고 있던 계집조차 황궁 밖으로 내보냈다는 이야기가 있었습니다. 제 권좌를 위협당하니 원흉이 될 만한 것을 미리 정리하고 있다는 것이라 생각해도 되지 않겠습니까?”

어린아이나 노인에 상관없이 무기를 들 수 있는 이들을 황병으로 끌고 가자 곳곳에서 도윤을 원망하는 소리가 가득 울렸다. 하물며 곁에 둔 여인에게서 문제가 생기자 사소한 책임을 크게 물어 황궁에서 내쫓았다는 말까지 들리고 있었다.

“그래 봤자 오합지졸이오. 대장군의 병력과 우리가 준비시킨 병력을 앞세우면 벌벌 떨며 도망칠 부실한 것들이오. 다만 걱정이 되는 것은 서문의 명현공이오.”

명현공이라는 말에 이어지던 대화가 끊겼다.

도윤이 명현공 이헌의 사병만큼은 예외적으로 인정하여 황병으로 끌어들이지 않았다.

이헌이 가진 날카로운 분위기 때문에 어울리는 사람은 극히 드물었으나 도윤의 명령만큼은 누구보다도 충실하게 따르는 이가 그였다.

“명현공의 사병이 움직이면 어려울 수 있소. 지금은 서문이 무너지기는 했지만, 전성기였을 때의 서문에서도 명현공의 사병은 무시할 수 없었소. 우리가 대업을 완수하기 위해서는 명현공을 붙잡아 둬야 하오.”

분위기가 무겁게 짓눌렸다. 차라리 주의 귀족이었다면 설득과 협박으로 잡아 놓았을 것이나 이헌은 철저히 외부인이었다.

좀처럼 명쾌한 답을 꺼내지 못하는 귀족들을 바라보던 운형이 나섰다.

“이번만큼은 명현공도 쉽게 나서지는 못할 것이오. 폐하의 근본을 흔드는 소문과 이번 징집령은 부정적인 말이 크게 나오고 있소. 자칫 잘못 행동하면 지금까지 지켜 온 터전은 물론이고 사병의 존속도 위태로울 테니 이번만큼은 전처럼 나서지는 못할 것이오."

운형의 말에 모두의 얼굴에 화색이 돌았다.

은밀하게 준비할 때와는 달리 반가우리만큼 빠르게 준비되고 있었다.

길어지면 길어질수록 불리해지는 사람은 운형이었다. 오랫동안 갈망하던 권좌가 바로 앞까지 와 있었다.

"마지막으로 폐하를 뵙고 스스로 권좌에서 물러나시라는 부탁을 드릴 것이오."

"폐하께서는 절대 물러나실 분이 아닙니다."

"대화로 해결이 되지 않는다면 힘으로 밀어붙이면 되오. 우리에게는 대장군이 있으니 황궁을 뚫고 들어가는 건 일도 아니오. 스스로 명예롭게 나갈 방법을 거절한다면 똑같이 해 드리면 되는 것이 아니겠소?"

운형의 말에 고민하던 이들이 맞다는 듯이 고개를 끄덕였다. 꼬리를 물고 이어지던 이야기가 끝나고 다음을 기약하며 귀족들이 자리에서 일어났다.

모두가 사라진 방에서 운형이 남아 있는 차를 한 번에 들이켰다. 이제는 쓰고 비린 차를 마시지 않건만, 무슨 차를 마셔도 제맛을 느낄 수 없었다.

'나한테 필요한 것이 이런 차는 아니라는 것이겠지.'

예전에는 알지 못했던 상실감은 시간이 흐를수록 더욱 그를 흔들었다. 당장은 가질 수도, 곁에 둘 수도 없다는 것을 알면서도 초조함이 하루가 다르게 그를 미치게 했다.

"운정공. 들어가도 되겠습니까?"

답을 하기도 전에 문이 열리며 사도가 안으로 들어왔다. 사도를 따라 들어온 시종이 운형의 앞에 몇 장의 초상화를 일렬로 늘어놓았다.

전부 여인이 그려진 초상화였다. 그것을 보던 운형의 눈이 가라앉았다.

"벌써 이럴 필요는 없지 않소?"

"워낙 자리를 노리는 이들이 많은지라 저도 준비를 해야 할 것 같아서 말입니다. 당장 선택하시라는 것이 아닙니다. 공께서 고르시면 양녀로 들일 준비부터 해야 하니 말입니다."

"정세화의 자리를 대신하는 것입니까?"

"때로는 큰 선택을 위한 작은 희생을 해야 하지요. 그렇다고 그 희생을 잊어버려서는 안 됩니다."

"……."

"연도윤은 내 딸의 목숨값을 반드시 갚아야 할 것이고, 공께서는 황제가 되어 내 새로운 딸의 지아비가 되셔야 할 것입니다."

그리하여 지금보다도 더, 황제 그 이상으로 사도는 누리게 될 것이다. 목숨을 걸고 운형을 끌어들였으니 이번 일만큼은 반드시 성공해야 했다.

"황후를 고르는 일은 이 정도로만 하시고, 들으셔야 할 일이 있습니다."

"무슨 소리요?"

"폐하의 호위와 병력 중 일부가 형주로 향하고 있다고 합니다. 운정공의 형주야 그 인원으로 뚫을 수 없는 곳이기는 하지만 폐하께서 직접 보내셨으니 말씀은 드려야 하지 않을까 싶어서 말이지요."

236

사도의 말에 운형의 손가락이 연신 탁자를 톡톡 쳤다.

인원이 중요한 것은 아니었다. 연도윤은 의미 없는 일에 절대 사람을 움직이지 않았다.

고민은 짧았지만, 머릿속을 가득 채우는 생각은 기분 나쁘리만큼 씁쓸하면서도 명쾌했다.

"폐하께서는 본인의 목줄을 쥔 여인을 살려 둘 생각이 없으시군."

"그 늙은 여인을 그곳에 두셨습니까?"

이 상황을 되돌릴 방법은 원흉인 여인을 없애 버리는 것이었다. 증좌로 내세울 무언가가 없다면 도리어 황제를 음해한 혐의로 운형을 역공할 수도 있었다.

"그래야 연도윤이 움직이지 않겠소? 제 약점이 될 만한 작은 것도 용납하지 않는 사내이니 그들만 붙잡으면 일은 손쉬워질 것으로 생각했을 뿐이오."

운형의 말에 사도가 만족스러운 듯 미소를 지었다.

하지만 그와는 달리 운형은 미소조차 지을 수 없었다. 고작 소문 하나에 도윤이 비설을 황궁 밖으로 내쳤을 리가 없었다.

"내가 연도윤이라면 가장 믿을 만한 사람을 그곳으로 보낼 것이오."

운형의 말을 고민하던 사도의 눈이 커졌다. 치미는 쓴물을 억지로 억누른 운형이 핏줄이 도드라지도록 주먹을 쥐었다.

"누구보다도 나를 가장 잘 알고, 내가 머물렀던 궁을 잘 아는 사람. 제 실력이 있어 위기 속에서도 살아남을 수 있고, 설령 잡히더라도 차마 내가 버리지 못할 자. 내가 연도윤이었다면 비설을 보냈을 거요."

"운정공의 은혜로 살아남은 여인이 공의 심장에 검을 찌르러 오는군요."

기분 나쁘리만큼 도윤은 자신과 생각이 비슷했다. 저의 여인이라며 아껴 줄 것처럼 굴더니만 결국은 그 또한 비설을 수단으로 이용했다.

형주로 가는 비설은 무슨 마음일까? 그럼에도 아직도 도윤을 믿고 연모하고 있을까?

궁금한 것은 직접 들으면 될 일이었다.

"병사를 모아야겠소. 그리고……."

"말씀하시지요."

"황후는 여기에 있는 여인 중 하나가 될 것이오. 그리고 비설도 내 여인이 될 것이오. 그때의 약조를 잊지 않으셨으면 좋겠군."

"모든 것은 공의…… 아니 폐하의 마음이시지요. 소인은 그대로 따를 뿐입니다."

기회가 자신에게로 오고 있었다.

비설을 잡는 것으로 모든 일은 시작될 것이다.

❈❈❈

'운형에게 가.'

도윤의 말을 처음 들었을 때는 비설은 자신의 귀를 의심했다.

다른 사람도 아닌 운형에게 제 발로 돌아가라고 하다니 비설이 아는 도윤은 그런 말을 꺼낼 사내가 아니었다.

믿을 수 없는 눈으로 바라보았지만, 도윤은 농담이라고 웃는 대신 눈 끝을 내렸다.

'믿을 사람은 너밖에 없어.'

무슨 일이냐며 물어보는 대신 언제 해야 하느냐는 물음이 먼저 나왔다. 그 결과가 그녀가 생각하는 최악의 결과를 줄 수도 있었지만, 고민하는 대신 비설은 도윤의 부탁에만 집중했다.

"누구…… 컥!"

비설을 발견한 병사가 목소리를 높이기도 전에 날카로운 검이 심장을 찔렀다. 고꾸라진 병사의 심장에서 흐르는 피가 바닥을 적셨지만, 앞을 보고 갈 뿐이었다.

복도를 돌자 마주친 병사의 눈이 커지는 것과 동시에 비설이 그의 다리를 지지대 삼아 올라탔다.

"적이…… 헉."

병사의 입을 막은 비설이 검의 방향을 바꾸어 목을 찍었다.

좀 전까지 생생하게 느껴지던 맥이 검을 타고 흐르는 뜨거운 피와 함께 서서히 멈추는 것이 느껴졌다.

예전에는 운형을 위해 검을 들었다면, 이제는 도윤을 위해서였다.

아버지가 남긴 함과 그 안에 담긴 비밀을 태울 때부터 비설이 각오한 일이었다.

"여기서 계단을 내려가면 나옵니다. 그 여인의 목만 거두면 왔던 길로 다시 나가면 됩니다."

도윤은 형주에서 어떤 일을 하라는 명령을 내리지는 않았다. 그저 형주로 가라는 명령뿐이었다.

이 인원으로 형주에서 할 수 있는 일은 암살뿐이었다. 현재 도윤을 가장 압박하는 존재는 운형의 곁에서 도윤이 선제의 친자가 아니라며 퍼트리고 다니는 궁녀뿐이었다.

그녀를 죽여야 한다.

문을 지키는 경비병을 처리하고 굳게 닫힌 문을 열고 들어갔다.

"이, 이건!"

뒤따라 들어간 비설의 눈이 커졌다.

들이마셨던 숨조차 내쉬지 못한 채 비설이 궁녀의 앞에 섰다.

비릿한 피 냄새가 그녀와 함께 온 이들이 죽였던 이들과는 달랐다. 발에 밟히는 끈적끈적한 피가 따뜻한 피와는 거리가 멀었다.

"함정."

눈조차 감지 못한 채 죽은 궁녀를 보던 비설이 쓰게 내뱉었다.

궁녀만 죽인다면 도윤의 일은 손쉽게 해결될 거라고 생각했다. 그러니 죽는 한이 있어도 궁녀만큼은 죽일 각오로 형주로 들어왔었다.

최악의 수로 생각한 일이었지만, 아무것도 해 보지도 못한 채 잡힐 수는 없다.

"잡아라!"

열린 문으로 밀고 들어오는 적을 향해 비설이 검을 다잡았다.

여기서 운형에게 잡힐 수 없다.

앞서서 들어오는 병사를 벤 비설이 팔을 잡으려는 다른 병사의 종아리를 발로 찼다. 쓰러지는 병사의 목덜미로 비설이 검을 휘둘렀다.

빠져나가려 몸부림을 쳤지만, 공간은 좁았고, 밀려드는 병사는 너무나도 많았다.

"아!"

검을 잡은 손을 병사에게 잡힌 사이 다른 병사가 뒤에서 그녀를 안았다.

"잡았다!"

"어서 묶어!"

제대로 된 저항조차 하지 못한 채 비설과 다른 호위들이 묶였다. 어깨를 내리누르는 힘에 밀려 비설이 무릎을 꿇자 주변을 병사들이 포위하였다.

무시무시한 시선을 한 몸에 받고 있으면서도 비설의 눈은 그들이 아니라 죽은 궁녀를 향했다.

도윤에게 도움을 줄 생각으로 각오한 일이 운형의 함정이었다.

"어서 오거라. 배은망덕한 것!"

정면의 사내가 주먹을 날리자 비설의 머리가 완전히 돌아갔다. 뺨에 닿는 따가운 느낌을 시작으로 주변을 에워싼 병사들의 발길질이 이어졌다.

무자비하게 들어오는 구타 속에서도 비설은 생각을 하려 애를 썼다.

이대로 도윤에게 약점이 되고 싶은 생각은 없다. 그럴 바에야 차라리…….

"혀를 깨물려 한다! 막아!"

"계집을 죽이면 안 된다!"

누군가의 고함에 비설의 입에 재갈이 물렸다. 마지막 수까지도 막히자 비설이 몸부림을 쳤다. 몸부림을 치며 흐르는 피가 많아지자 발버둥 치는 그녀의 혈을 병사가 찍었다.

241

힘없이 몸이 늘어지고 눈앞이 깜깜해지며 정신이 흐려지는 상황에서도 비설의 머릿속을 채운 사람은 도윤이었다.

✳ ✳ ✳

상석에 앉은 도윤을 중심으로 일렬로 늘어선 귀족들이 몸을 숙였다.

하지만 평소의 대전 분위기와는 완전히 달랐다. 몸을 숙이고 있으나 노골적으로 도윤을 무시하는 분위기였다.

"할 말이 있으면 눈치만 보지 말고 해 보거라."

"폐하. 이번 일로 폐하의 정당성에 큰 피해를 보았습니다. 폐하께서 이번 일에 책임을 지시어 권좌에서 물러나시든지 그게 아니라면 진실을 밝혀 주시옵소서."

"어찌하여 그런 망발을 꺼내시는 것이오! 어느 안전이라고 폐하께 물러나시라는 망극할 말씀을 꺼내는 것이오!"

"이대로 넘기기에는 너무나도 큰 문제이옵니다! 이번 기회에 다시는 이런 이야기가 나오지 않도록 폐하께서 명명백백 진실을 밝혀 주시옵소서!"

기다렸다는 듯이 터지는 말을 듣던 도윤이 나른하게 턱을 괴었다.

도윤의 눈이 귀족에게서 바로 옆의 운형에게로 향했다. 그리고 모든 일을 알고 있다는 듯한 운형의 표정에 뒤틀린 심술은 더욱 극을 찍었다.

형주로 갔던 비설의 소식이 끊겼다. 그리고 그녀와 같이 보냈던 호위의 목은 그대로 도윤에게 돌아왔다.

"어떻게 증명을 해야 할까? 돌아가신 아바마마의 묘지를 파 볼 것인가?"

"폐하!"

"아니면 어머니의 묘지를 파서 가루조차 남지 않은 분께 여쭤 봐야 하는 것인가? 내 피를 뽑아서 확인해 줄 수도 없고 어찌하라는 것인가? 참 재미있는 요구를 하는군."

얄미울 정도로 태연한 대답에 귀족들이 기가 막힌다는 듯이 헛웃음을 터트렸다.

전혀 말이 통하지 않는 도윤을 보던 귀족들이 서로 시선을 교환하며 방법을 찾으려 했다. 그러던 중 귀족 하나가 도윤의 앞에 섰다.

"폐하. 이만 운정공께 권좌를 넘기시고 물러나 주시옵소서."

"폐하의 앞에서 어찌 이런 망발을!"

"물러나 주시옵소서! 폐하!"

재상이 말렸지만, 이미 시작된 읍소는 멈추기보다는 더욱 커졌다.

무안함과 분노에 소리를 높이려는 재상을 말린 도윤이 무릎을 꿇은 이들의 얼굴을 하나씩 전부 확인했다.

그들의 얼굴을 머릿속에 각인하듯 외운 도윤이 조소를 지었다.

"지금까지 짐에게 무릎을 꿇었던 이유가 짐의 능력이 아니라 짐의 피 때문이었다니 무척이나 서운하군."

차갑게 내뱉는 말투에 무릎을 꿇었던 몇몇 귀족의 몸이 움찔거렸다. 그럼에도 몇몇은 고개를 빳빳이 들고는 도윤과 싸늘하게 눈을 마주하고 있기까지 했다.

잠깐의 가능성에 빠져 방종을 떠는 무리가 원하는 대로 휘둘릴 생각은 없었다.

"억지로 권좌에서 내려올 만큼 짐은 큰 잘못을 하지 않았다. 내 피의 절반이 선제인지 선제가 아닌지 알고 싶다면 그대들이 직접 증좌를 찾아오면 될 터, 짐은 말도 안 되는 장단에 맞장구를 칠 정도로 여유롭지 않다."

단칼에 자르는 거절에 무릎을 꿇었던 귀족들의 분위기가 흔들렸다.

무겁게 짓누르는 분위기 속에서 홀로 편안하게 있던 운형이 그제야 자리에서 일어났다.

도윤의 시선을 피하지 않은 채, 운형이 손을 들자 무릎을 꿇었던 귀족들이 제자리에서 일어났다.

"폐하와 단둘이 할 이야기가 있습니다. 대전에서 모두 나가 주셨으면 합니다."

그때까지 요지부동으로 퇴위를 요구하던 귀족들이 운형의 한마디에 뒷걸음질로 대전을 빠져나갔다.

그 모습이 마치 자신과 겹쳐 보이자 도윤이 피식 웃음을 터트렸다.

대전에 남아 있는 재상과 귀족들이 기가 막힌다는 듯이 운형을 노려보았다.

"운정공이 할 말이 있는 듯하구나. 대전을 비워라."

도윤의 명령에 그제야 남은 귀족들마저 빠져나갔다. 단둘이 남은 대전에서 도윤이 느긋하게 운형을 기다렸다.

아직도 황제의 권위를 보여 주고 싶다는 것인가?

도윤의 행동에 운형이 이를 갈았지만, 아직 그는 도윤을 권좌에서 완전히 끌어내리지 못했다.

"처음 권좌에 오르셨던 그때처럼 이만 그 자리에서 내려오시지요."

"흐음. 분명 그럴 생각은 없다고 말했을 텐데?"

"폐하의 명예를 지켜 드리겠다는 말씀을 드리고 있는 것입니다. 억지로 끌려 내려오는 추한 모습을 귀족들에게 보여 주지 마시옵소서."

병약한 모습으로 도윤에게 간청하는 운형은 없었다. 너무나도 건강한 모습으로 자신 또한 자격이 있으니 권좌를 달라는 명령을 하는 그만 있었다.

'저 모습을 진작 보여 줬다면 죽이기 쉬웠을 텐데.'

치미는 살기를 감추며 도윤이 비틀리는 심사를 억눌렀다.

"짐이 권좌에서 내려오면 기다렸다는 듯이 네가 비설과 권좌를 가지지 않겠는가? 그 모습을 짐보고 어찌 참으라고 이런 무례한 요구를 하는 것인가?"

"소인이 바랐던 두 가지 중 하나는 이미 가지고 있습니다."

"……."

"폐하의 약점을 대신 없애겠다며 목숨을 걸었던 그 아이는 제 손에 있습니다. 폐하의 농간에 이용당하면서도 정인이라는 이유 하나만으로 지금도 그 아이는 제 몸은 돌보지도 않고 있습니다."

"그러한가?"

"비설이 치료를 받고 마음을 돌릴 수 있게 폐하께서 내려오시지요. 폐하의 고집이 비설을 더 다치게 하고 있음을 모르신단 말입니까?"

운형의 말속에서 비설을 향한 걱정과 애정이 묻어 나왔다.

저 말이 진심이었다면 약간의 죄책감을 가졌을지 모른다. 하지만 그러기에는 최근 운형이 보이는 행보가 도윤의 심기를 건드렸다.

"그토록 비설을 아낀다는 놈이 귀족들의 여식 중에 후궁이 될 이를 줄 세운다는 것이냐? 말과 행동이 그리도 다르니 동조를 해주고 싶어도 마음이 따르지 않는구나."

"폐하!"

"네 단점은 대의라는 핑계로 주변에게 희생을 강요한다는 것이다. 실패한 원인을 타인에게 찾고 변명거리부터 만들면서 정작 네가 감당해야 할 최소한의 희생도 하지 않으려고 하는 것이 문제다. 그런 자에게 내가 무엇을 믿고 권좌를 줄 수 있겠느냐?"

도윤의 일갈에 운형의 눈에 불이 일었다.

지금까지 운형이 감당하게 된 모든 일은 전부 도윤에 의해서 발생했다.

불행의 원인이 자신이라는 것을 도윤도 알고 있으면서도 모든 책임이 운형이라는 말을 꺼내고 있었다.

"폐하께서도 비설에게 희생을 강요하셨습니다. 폐하께서도 그 자리에서 수많은 목숨을 희생하여 살아남지 않으셨습니까?"

"그래서 그 대가를 받지 않았는가? 그냥 넘겼더라면 짐의 곁에 비설이 있지는 않았겠지."

"좀 전에도 말씀드렸다시피 비설은 제 곁에 있습니다."

"그래서 가졌는가?"

운형의 눈빛이 변하는 것을 지켜보며 도윤이 더 여유롭게 미소 지었다.

마음 같아서는 제 손에 비설이 있다는 놈을 갈기갈기 찢어 핏방울 하나까지 전부 말려 버리고 싶었지만 절대 내색할 수 없다.

한 걸음, 한 걸음이 가시밭길처럼 아슬아슬하고 위험했다.

확실하게 답이 정해지지 않은 상황에서 약간의 가능성을 가지고 비설을 운형에게 보냈다. 그 결과가 또 이렇게 바뀌었어도 언제 올지 모르는 기회를 기다리며 버텨야 한다.

"네가 무엇을 잘못했는지 알지 못하는 한 비설의 무엇도 얻지 못할 것이다."

"폐하의 오만한 생각과는 달리 제 품에 안겨 있는 비설을 마주하시는 모습을 곧 보시게 될 것입니다."

운형의 도발에 도윤은 해보라는 듯이 편안한 모습이었다.

저 평온을 일그러뜨리고 싶다. 제 것을 제발 돌려 달라며 온몸으로 비는 도윤을 보고 싶었다.

그러기 위해서는 운형이 전부 가져야 한다. 누구와도 나누지 않고 운형 혼자만의 힘과 권력이 필요했다.

"다음에는 폐하께 권좌를 받으러 오겠습니다."

십여 년을 넘게 기다렸는데 고작 며칠을 더 못 기다릴 이유가 없었다.

어설픈 충동과 조급함으로 전부를 잃지 않겠다.

나누어진 모든 힘을 하나로 모으고, 그 힘의 주인이 자신이라는 확신을 가진 후에나 도윤의 목을 베러 올 것이다.

"즐겁게 기다릴 테니 날뛰고 싶은 만큼 날뛰어라. 그리고 모르는 것 같아서 말해 주는데 말이다."

"……"

"그렇게나 소유하려고 애쓰는 비설은 네가 생각하는 것보다도 훨씬 현명하고 강하지. 네가 말한 대로 끝까지 네가 소유하고 싶다면 부지런히 머리를 써야 할 거야."

도윤을 노려보던 운형이 거칠게 몸을 돌려 대전을 빠져나갔다.

운형이 나가고 혼자 남은 대전에서 도윤이 눈을 감았다.

우드득.

단단한 권좌의 손잡이가 도윤의 악력에 산산조각이 났다. 얼마 전까지 손을 뻗으면 당연히 안겨 왔던 여인이 이제는 어디에 있는지 알 수 없게 되었다.

얼마 남지 않은 시간이 그악하게도 길었다.

운형의 성격으로 비설에게 함부로 하지 않을 것이라는 걸 알면서도 수십 번이나 기분 나쁜 생각이 머릿속을 헤치고 헝클어뜨렸다.

'대가를 치르게 해야지.'

여유로움을 가장했던 미소가 비릿한 조소로 바뀌고, 짜증으로 가득 찼던 눈이 광기로 번들거렸다.

비설에게 위험이 될 수 있음에도 운형에게 열등감과 욕심을 알려 주었다.

몸을 사리고, 지켜보기만 하던 운형은 이제 행동에 나서게 될 것이다.

오늘의 굴욕은 그때 전부 갚으면 그만이었다.

❀❀❀

"소인과 대화를 좀 하셔야겠습니다."

사도의 등장에 운형이 그러자는 듯이 자리를 권했다. 태연한 모습에 치미는 분노를 참으며 사도가 반대편에 앉았다.

운형을 마주한 사도가 바로 본론을 던졌다.

"아직 시작도 하지 않았는데 이리하실 것입니까?"

"무슨 말씀인지 모르겠소."

"분명 소인에게만큼은 사병의 권리를 인정해 주신다고 약조하셨습니다! 무엇보다도 소인이 추천하는 인사를 대장군의 자리에 올리시겠다는 말씀 또한 하셨습니다! 그런데 천보영이라니요! 현황제의 대장군이었던 자를 다시 기용하시겠다는 것입니까!"

병력의 준비를 끝냈고, 이제는 운형이 권좌에 앉은 후의 인사에 대한 정리만 확실히 해 놓으면 일은 끝나는 것이었다.

그런데.

도윤을 마지막으로 만나고 온 날, 운형에게서 다른 변화가 감지되었다.

사도의 의견을 존중해 주겠다고 했었던 약조와는 달리 자신의 의견만을 고집하기 시작했다.

"아직 공께서는 권좌에 앉지 않으셨습니다. 섣부른 착각은 하지 마시지요."

"사도께서는 무언가 큰 착각을 하신 듯하오. 이번 일에 가장 큰 공을 세운 사람은 그대이나 가장 힘든 선택을 한 사람은 대장군 천보영이오. 그런 그를 지금 나보고 외면을 하라는 것이오?"

"대장군이 아니어도 그에게 건네줄 관직은 차고 넘칩니다! 제가 지금 공에게 들이는 힘과 재물이 얼마인데 이렇게 나오신다는 말씀입니까! 하물며 황후의 자리를 소인에게 주셨으면 적어도 광록대부와 대사농의 여식을 후궁으로 들이시지는 않으셔야지요. 그건 그 둘에게 소인을 견제하라는 말씀을 하시는 것과 같은 의미가 아닙니까!"

쏟아 내듯 터트리는 말에 운형이 입꼬리를 올렸다. 저를 황제로 세운다 하고서는 너무나도 당연히 황제의 권리를 제 것인 것처럼 가지려 하였다.

연도윤은 가질 수 있었던 것을 연운형은 가질 수 없었던 이유.

연도윤은 전부 가지고 있었고, 연운형은 하나도 가지고 있는 것이 없었다. 힘겹게 찾은 기회를 사도에게 전부 빼앗겨 허수아비 황제가 될 수는 없다.

"난 그들에게 공을 세우는 만큼 자리를 내어 준다는 약조를 했소. 그리고 황후의 자리는 사도에게 주지 않았소? 외척으로 가장 큰 힘을 가진 황후를 가졌다면 대장군과 다른 자리 정도는 내가 할 수 있게 해 줘야 하지 않겠소."

"운정공!"

"날 황제로 세울 생각이라면 그대도 가지기만 하지 말고 내어 줘야 할 것이오. 어찌하여 사람이 욕심만 부려서 황제의 권리를 빼앗을 생각만 하는 것이오? 이런 식이라면 나도 사도와의 길을 다시 생각해 볼 수밖에 없소."

운형의 억지에 사도가 어이없다는 듯이 헛웃음을 터트렸다.

다 죽어 가는 놈을 살려다가 권좌에 앉혀 주겠다는 약속을 했더니만 제 주제도 모르고 다른 꿈을 꾸려 했다.

"소인이 운정공이 아니면 대안이 없을 거라고 생각하십니까?"

사도의 말에 운형이 눈을 좁혔다. 내내 벽을 보며 이야기하던 기분이었던 사도가 그제야 입꼬리를 올렸다.

참으로 제 아비를 닮아 단순한 사내였다.

사도로서는 연운형이 아니어도 권좌에 세울 이가 줄을 서고 있었다. 지금이라도 사도가 손가락으로 가리키기만 해도 마음대로 하라며 몸을 숙일 황족은 아직도 많았다.

"연도윤 정도는 아니더라도 생각을 하셔야지요. 고작 계집 하나 운정공이 데리고 있다고 권좌까지 운정공에게 넘어왔다는 착각은 하지 마셔야지요. 연도윤처럼 미치지 않았다면 최소한 무엇이 득이고 무엇이 실인지 판단하실 눈은 있으셔야 하지 않겠습니까?"

말을 잇지 못하는 운형을 보며 사도가 같잖다는 듯이 웃음을 터트렸다.

제 손에 권력을 쥐여 주니 벌써부터 이를 드러냈다. 십여 년을 몸 상태를 가리고 준비한 노력은 가상하지만 결국 연운형은 저 정도밖에 안 되는 사내였다.

'황제로 휘두르기에는 저만 한 사내가 없지.'

권좌에 올린 후, 제 주제를 일깨워 줄 생각이었지만, 차라리 이번 기회에 확실히 상황을 깨우치게 하는 것이 나을 듯싶었다.

"선제는 문가의 비호를 받아 제 자리를 지켰지만, 문가의 비호가 연도윤에게로 넘어가면서 권좌에서 내려오게 되었지요. 운정공께 제가 문가가 되어 드리겠습니다. 대신 공께서도 소인의 앞에서는 방패가 되어 지켜 주셔야 하지 않겠습니까?"

"……지켜 줄 테니 방종을 떨지 말라는 것인가?"

"내일 안으로 소인이 추천한 인사를 대장군으로 올리시겠다는 것과 광록대부와 대사농의 여식을 후궁에 올리시겠다는 말씀을 거둬 주십시오. 공은 아직 아무것도 얻지 못하셨습니다."

"……."

"어찌하시겠습니까?"

"알겠소. 그리하리다."

마음에 차지 않는 얼굴로 운형이 마지못해 사도의 요구를 받아들였다.

이제라도 제 주제를 알고 사도의 요구를 받아들여서 다행이었다. 운형의 표정은 딱딱하게 굳어 있었지만, 어차피 그의 의사야 상관없었다.

사도가 밖의 사람을 부르자 시종이 들어와 둘의 앞에 주안상을 내려놓았다. 운형의 술잔에 술을 채운 사도가 자신의 잔에도 술을 채웠다.

"잠깐이나마 생긴 앙금을 내려놓고 다시 준비하시지요. 이제 곧 권좌가 운정공의 손에 들어오지 않겠습니까?"

운형과 잔을 부딪친 사도가 웃음을 터트리며 술을 비웠다. 마음처럼 진행되는 일에 기분이 좋아진 사도가 연이어 잔에 술을 채워 한입에 털어 넣었다.

그 순간.

"쿨럭."

믿을 수 없는 눈이 자신의 손과 입에 묻은 검붉은 피를 향했다.

무슨 일인지 알기도 전에 다시 한 움큼 검은 피를 쏟아 냈다. 경악에 찬 눈이 운형의 잔을 노려보았다.

운형은 처음 사도에게 받았던 첫술조차 비우지 않았다.

"너……"

"당신 여식. 그러니까 정세화가 죽기 직전 나한테 선물이라고 준 게 있소. 그 저주만 남았던 불쌍한 여인은 자신을 버린 아버지에 대한 증오로 이성을 놓았었지."

"컥…… 쿨럭."

제 잔에 있던 술을 운형이 바닥에 버렸다. 아무리 좋은 술이어도 독이 묻은 잔에 담은 술을 비우고 싶은 생각 따위 없었다.

"제 아버지를 죽여야 할 시기가 온다면 반드시 제 독으로 죽여 달라는 부탁을 했었소. 죽은 것도 억울한데 소원 정도야 못 들어 줄 이유가 없지 않은가? 아주 조심스럽게 잔에 발랐더니만 제 효과를 발휘하는군."

"커…… 컥."

운형을 붙잡으려 했지만 손이 미끄러지면서 사도가 바닥을 굴렀다.

자신이 토한 피 위에서 살려 달라며 몸부림을 치는 사도를 운형이 지켜보았다.

"그러게. 욕심을 적당히 부렸어야지."

"쿨럭…… 사, 살……."

"지금까지 저지른 일의 대가라고 생각하고, 사도의 재물과 힘은 내가 권좌에 앉아 잘 쓰도록 하겠소. 지금까지 고생하셨소."

자신을 잡겠다며 뻗는 손을 피한 운형이 주저 없이 방 밖을 나왔다.

닫힌 문 너머로 사도의 비명과 발버둥 치는 소리가 생생하게 들렸다. 불쾌하다 못해 소름 끼치는 소리를 운형이 인내를 가지고 들었다.

잠시 후, 완전히 소리가 사라진 다음에나 운형이 닫았던 문을 열었다.

저가 토한 피를 온몸에 묻힌 채 발버둥을 치던 사도가 팔다리가 뒤틀린 끔찍한 형상으로 죽어 있었다.

"목을 베어 가지고 있어라. 권좌에 오르는 날 도성에 걸겠다."

이제 운형의 힘에 간섭할 사람은 아무도 없다.

딱 한 사람, 연도윤만 제거하면 승자는 바로 자신이었다.

"모셔 왔습니다."

비설은 양손을 단단히 묶인 채 운형 앞에 끌려갔다. 그가 감았던 눈을 떴다. 단정한 모습은 그대로였지만 분위기는 예전의 운형과는 너무나도 달랐다.

끌려온 비설이 억지로 운형의 반대편에 앉자마자 대기하던 시종이 그녀의 앞에 식사를 내려놓았다. 손을 묶었던 줄까지 푼 시종이 운형을 향해 고개를 숙이자 운형이 가 보라는 듯이 손을 저었다.

"조금이라도 먹어야 버티는 것이란다."

메마른 입술을 굳게 다물고 있던 비설이 그제야 운형을 바라보았다.

사흘을 입술에 물만 축일 뿐, 마시지도 먹지도 않았다. 하지만 자해를 했던 처음과는 달리 지금 비설은 살아남으려 버티고 있었다.

"먹거라."

"약이 든 것을 어찌 먹을 수 있겠습니까?"

갈라진 목소리에서 힘겹게 나오는 말에 운형의 말문이 막혔다. 숨 막히는 분위기 속에서 운형이 비설에게 다가가려 했지만, 동시에 비설이 자리에서 일어나 그를 피하려 했다.

비설이 그를 거부한다.

"전부 너를 위해서란다."

"저를 위하시는 일이, 제 연모를 자르고 저를 가두시는 것입니까?"

진심을 담아 차분하게 답했지만, 운형은 조금도 흔들리지 않았다. 비설의 손에 수저를 쥐어 준 운형이 그녀의 시선을 외면했다.

"네가 볼 모습이 아니란다. 속이 비었으니 먹고 푹 자고 나면 끝나 있을 것이다. 의원이 곁을 지킬 테니 약의 부작용은 걱정하지 말거라."

"공에게 저는 어떤 존재였습니까?"

수저를 잡는 대신 비설이 운형의 손을 붙잡았다. 비설의 손에서 떨림이 느껴졌지만 운형은 외면했다.

지금의 고통은 결국 비설과 함께하기 위함이었다. 누구에게도 함부로 보여 줄 수 없는 속마음이었지만, 그녀에게만큼은 더는 숨기고 싶지 않았다.

"아끼는 동생이었고, 귀한 여인이다. 함께 같은 곳을 보며 같이 갔으면 하는 사람이기도 하구나."

"제 선택이었습니다. 아끼고 귀하다면 제 선택도 존중해 주셔야 하지 않겠습니까?"

"그 선택이 잘못되었단다."

"잘못되었더라도 한 번만 믿어 주시면 안 되겠습니까?"

차분하게 설득하려 했지만 비설은 듣지 않았다.

어째서 항상 멍청한 선택을 해서는 저 스스로를 힘들게 하는지 이해할 수 없었다. 이미 도윤의 끝은 파국이었다.

그 파국에 비설만큼은 영향을 받지 않게 하려는 것이었건만, 자신의 아이는 예전이나 지금이나 미련한 선택을 자초했다.

"먹거라."

"운정공."

"내가 너에게 최악의 선택을 하지 않게 하거라."

마주 보며 이야기를 하고 있지만 대화의 방향은 완전히 반대였다. 약점만큼은 되고 싶지 않았지만 결국 운형에게 잡혀 버렸다.

다른 방법을 찾기는 해야겠지만 당장 그녀가 할 수 있는 최선은 이곳에서 버텨 내는 것뿐이었다. 운형을 자극하면 안 된다.

하지만 방법을 찾지도 못한 채 상황이 끝나는 모습을 볼 수는 없다.

"예전에는 공이 주시던 안정이 좋았습니다. 모든 것을 잃었던 저에게는 공은 울타리처럼 단단하게 느껴졌었으니까요. 반면 폐하께서는 공과는 다르게 혼란을 더 추구하시고 갈등을 끌어오시는 분입니다."

"그러니 더더욱 그는 권좌에 자격이 없다."

"그런데 어찌하겠습니까? 그 혼란과 갈등을 선택한 사람이 저입니다. 저는 공과 같은 길을 갈 수 없습니다."

짝!

순간 빛이 보이며 뺨이 화끈거렸다.

고개가 완전히 돌아간 비설이 정신을 차리기도 전에 다른 쪽 뺨에서도 불이 일었다.

"네가…… 네가 감히!"

옅은 신음을 터트린 비설이 몸을 일으키려 했지만, 그보다 먼저 운형의 발이 비설의 몸을 걷어찼다.

비설의 몸이 바닥을 굴렀다. 머리가 부딪치면서 생긴 상처에서 피가 흘러내렸다.

"네가 은혜도 모르고 감히!"

기침을 하며 비설이 힘겹게 몸을 일으켰다.

그사이 곁으로 다가온 운형이 비설의 멱살을 붙잡았다. 입가와 이마에 피가 흘렀지만, 안타깝기보다는 화가 치밀었다.

예전의 그 아이가 아니었다. 황궁으로 보냈을 때부터 자신의 아이는 변해 있었다.

"공에게 진…… 은혜는 수없이 공을 말리는 것으로…… 갚았습니다."

"뭐?"

"여기서 멈추시어…… 더 이상의 선은……."

짝!

다시 뺨에 불이 일었다.

숨을 내쉬기도 힘들 정도로 연이은 구타가 계속되었다.

운형의 손찌검에 힘없이 휩쓸리던 비설이 운형의 힘에 밀려 바닥을 다시 굴렀다. 고통스러운 신음조차 나오지 않았다.

"겨우 네년이! 거두어 준 은혜도 모르고 감히!"

운형이라고는 생각하기 어려운 독설이 거듭 터져 나왔다. 그만하시라는 말조차도 더는 나오지 않았다.

끔찍하리만큼 고통스러운 현실을 피하는 대신 비설은 마주했다. 힘겹게 몸을 일으켰지만, 운형에게서 도망가는 대신 그를 노려보았다.

두려움이라고는 전혀 없는 눈이 운형을 또렷이 마주하자 가라앉았던 분노가 다시 치밀었다.

"네, 네년이 정녕!"

한쪽 벽면에 세워 놓은 검을 뽑은 운형이 주저 없이 휘둘렀다.

후드득.

비설의 뺨에서 가는 피가 흘러내리고, 그보다 한발 늦게 길게 늘여 있던 머리카락이 바닥에 흐트러졌다.

"흐읍."

짧게 잘린 머리카락을 자각하기도 전에 비설이 운형에게 다시 끌려갔다. 피와 상처로 붉어진 입술에 운형이 제 입술을 맞추었다.

답답하고 뜨거운 열기가 입술을 태우듯이 파고들었다. 손가락 하나 움직일 힘조차 없었지만 비설이 운형을 밀어내려 했다.

"하앗."

입술을 빨아들이고 혀를 휘감았다. 반항할 힘조차도 없으면서도 밀어내려 몸부림치는 비설을 억누르듯이 운형이 입술을 질끈 깨물었다.

입술의 상처에서 나오는 피까지 모두 빨아들인 운형이 힘없이 늘어져 있는 비설을 노려보았다.

"연도윤의 머리를 보고도 네가 이렇게 평온할지 궁금해지는구나."

연도윤의 머리라는 말에 비설의 눈이 커졌다.

자신도 알지 못하는 사이 증오는 몸집을 키워 운형을 삐뚤게 만들었다.

몸을 숙이며 쌓였던 열등감이 제 모습을 드러내고, 호기롭게 나섰지만 아무것도 얻는 게 없는 현실에서 오는 공허함이 그의 이성을 더 갉아먹었다.

사람이 얼마나 잔인해질 수 있을지 알지 못했지만, 자신이 망가지는 만큼 비설 또한 망가지기를 바랐다.

"연도윤의 머리가 놓인 곳에서 널 안아야겠다. 네 생각이 얼마나 잘못되었는지 제대로 보여 주겠다. 누구 없느냐?"

운형의 부름에 대기하던 이들이 안으로 들어왔다.

운형은 물건을 던지듯 비설을 밀어내었다. 힘없이 바닥을 구르는 비설을 보며 냉정하게 지시를 내렸다.

"살려 달라며 빌어도 물 한 모금 주지 마라. 죽지만 않으면 되니 그 이상의 무언가도 해 줘서는 안 될 것이다."

무섭고 끔찍한 상황에서 희미해져 가는 정신으로 비설은 도윤을 떠올렸다.

살아만 있다면 만나게 될 것이다.

그러니 살아서 이곳을 나갈 것이다.

자신을 다잡듯 병사에게 끌려가면서도 비설이 미소를 지었다.

❉ ❉ ❉

황궁 주변을 수많은 병사들이 에워쌌다.

서슬 퍼런 분위기에서 살기 위해 도성을 떠나는 사람들의 행렬이 줄을 이었다. 강제로 징집된 자들의 울음소리가 병사들 사이에서 간헐적으로 들려왔지만 그들을 보는 도윤의 눈은 태연했다.

"생각보다도 많이도 끌려왔군."

본인이 내린 징집령임에도 마치 타인이 명을 내린 것 같은 평가가 이어졌다.

맞지도 않는 갑옷과 들기도 버거운 검을 든 이들의 얼굴에 두려움이 잔뜩 스며 있었다.

반면 황궁 앞을 가득 메웠던 황병의 절반은 사라진 자리를 보는 도윤의 입꼬리가 불쾌한 듯이 올라갔다.

"폐하. 황병 중에 이탈한 자들은⋯⋯."

"제 주인을 찾아갔겠지. 지금 보이지 않는 절반은 황궁 밖을 에

워싸고 있지 않은가?"

핵심을 찌르는 물음에 내시감이 차마 답하지 못했다.

이헌이라도 움직여 줬으면 이리 머리가 아프지는 않았겠지만, 안타깝게도 반강제적으로 헌은 발목이 잡힌 상황이었다.

헌에게 최우선은 나라도, 병사도 아닌 가족이었다. 가족이 위험해지는 상황이 온다면 헌은 자신에게 모든 힐난과 욕이 돌아와도 절대 움직이지 않을 이였다.

"이대로는 무리겠지?"

"폐하. 어찌 소인이 그런 것을 알겠습니까?"

"음. 딱 보면 알겠는데?"

이 상황에서조차 농을 던지는 도윤을 보며 내시감이 소리 없이 한숨을 내쉬었다.

심각한 상황이라는 것을 알아서 이러는 것인지, 아니면 포기인지 알 수는 없었지만 황궁 밖으로 희미하게 보이는 적을 보며 도윤은 미소를 지을 뿐이었다.

"폐, 폐하!"

다급하게 도윤에게 다가온 병사가 가지고 있던 함을 내밀었다. 도윤 대신에 함을 받아 든 내시감이 놀란 나머지 말문이 막혀 버렸다.

"무엇인가?"

"그것이…… 이게……."

도윤의 물음에도 내시감이 주저하며 답을 하지 못했다. 도윤의 분위기가 가라앉고 더는 숨길 수 없는 상황에 이르자 하는 수 없이 내시감이 함을 열고 도윤에게 내밀었다.

"음."

소란스러웠던 주변 소리는 들리지 않았다. 무서우리만큼 고요한 혼자만의 정적 속에서 도윤이 함을 향해 손을 내밀었다.

열려 있는 함에서 나는 피비린내가 섬뜩하리만큼 비릿했다. 반쯤은 말라서 끈적끈적한 피에 젖은 머리카락이 익숙한 이의 것임을 알아챘다.

"귀한 아이라면서 죽이려고 하는군."

"폐하."

"살아 있는 것은 확실하지만……."

비설이 죽었다고는 생각하지 않는다.

하지만 그녀가 어떤 상황인지는 감히 짐작하는 것조차도 엄두가 나지 않았다.

무슨 모습이어도, 어떤 일을 당했어도 비설은 비설이었다. 그녀를 그곳으로 보낸 사람은 도윤이었지만 그렇다고 걱정이 안 되는 것은 아니었다.

그래서 운형을 찢고 찢어 그 흔적조차 남기고 싶지 않았다.

'쉽게 죽일 거라고는 생각하지 마라.'

끈적거리는 피가 묻어도 상관없다는 듯이 피에 젖은 비설의 머리카락을 손으로 움켜쥐었다.

비설이 피를 흘린 만큼 똑같이 흘릴 것이고, 그녀가 베인 만큼 똑같이 베일 것이다.

순간의 치기로 선택한 행동이 어떤 결과로 치닫게 될지 똑똑히 보여 줄 것이다.

"영남은?"

"거의 준비가 끝나 간다는 보고가 왔습니다."

"영남이 끝나는 대로 움직인다."

여유로웠던 미소에 광기가 스며들었다. 즐거운 장난감을 발견한 어린아이와 같은 그 눈빛에 내시감이 자신도 모르게 뒷걸음질을 쳤다.

이틀 후, 황궁의 주변을 둘러쌌던 역도들이 진격하였다.

수적인 열세 속에서도 운형의 공격을 연이어 막아 내면서 후퇴와 전진이 지지부진하게 이어졌다. 불안한 상황에 황궁의 분위기가 술렁였지만, 정작 권좌에서 명령을 내리는 도윤은 상황을 태연히 지켜볼 뿐이었다.

아직 때가 이르다.

내내 참고 견뎌 냈던 치욕스러운 순간을 갚아 줄 시간이 오고 있었다.

十八章. 맺음

손가락 하나 움직일 힘도 남아 있지 않았다.

하루에 몇 번이고 시험을 당하듯 운형의 앞에 끌려가, 능욕에 가까운 희롱과 손찌검을 당했다.

붉어진 멍에 새로운 멍과 상처가 생겼지만 분풀이가 필요할 때면 운형은 여지없이 비설을 찾았다.

'연도윤의 머리 앞에서 너를 안을 것이다.'

떠오르는 생각에 비설이 몸을 떨었다.

운형의 병사들이 황궁을 완전히 둘러쌌다고 한다. 곧 황궁으로 진격하게 될 터, 이렇게 도윤의 약점으로 있을 수 없다.

"흐읏."

씹히고 뜯긴 입술을 억지로 깨문 비설이 힘겹게 몸을 일으켰다. 아직 입술에서 흐르는 피를 비설이 닦아 냈다.

온전한 곳이 하나도 없는 것처럼 온몸이 아팠다. 점점 무거워지는 눈꺼풀을 억지로 든 비설이 앞에 보이는 허상에 힘없이 입꼬리를 올렸다.

"오라버니."

비현이 어두운 표정으로 비설의 앞에 서 있었다. 그의 손이 비설의 뺨을 감쌌지만, 온몸의 통증 때문인지 아무것도 느껴지지 않았다.

밑바닥까지 내려앉았던 두려움이 조금은 나아졌다. 그저 기분 탓일 수도 있었지만 그럼에도 혼자서 버텨 냈던 조금 전과는 달리 무섭지 않았다.

힘겹게 올린 손으로 비현의 얼굴을 어루만지려 했지만 야속하게도 손가락은 허공을 스쳐 갔다.

'저 여기서 나가야 해요.'

허상이라는 것을 알면서도 매달릴 사람이 비현밖에 없었다. 혼자서 헤쳐 나갔으면 했지만, 지금의 자신은 너무나도 무력했다.

자신이 죽더라도 도윤은 절대 내색하지 않을 것이다. 황제의 자리에 있는 사내이니 속으로는 문드러지고 상처가 되더라도 절대 겉으로는 비설의 상실을 드러낼 이가 아니었다.

이제 그에게 자신으로 인해 생기는 상처를 주고 싶지 않았다.

'그때처럼 저 한 번만 더 살려 주세요.'

억지였지만, 지금은 비현 말고는 매달릴 사람이 없었다.

비설의 바람을 비현이 알아들었는지 얼굴을 어루만져 주던 그가 미소를 지으며 사라졌다.

허상인 비현만을 믿고 마냥 기다릴 수는 없다.

움직여지지 않는 손가락부터 하나씩 움직였다. 손가락을 살짝 꺾는 것만으로도 비명이 나올 정도로 힘들었지만 움직여야 했다.

"하아."

손가락을 움직일 때마다 손등에 나 있는 긴 자상이 벌어졌지만, 멈추지 않았다. 이마에는 땀이 송골송골 맺혔다.

손가락을 어느 정도 풀자 손목을 움직였다.

"윽."

자신도 모르게 신음이 터져 나왔다. 손가락을 움직일 때와는 비교도 할 수 없는 통증에 눈물이 터졌다.

이제 겨우 손목을 움직였을 뿐이다. 몸을 제대로 움직일 수 있어야 기회를 만들 수 있다.

비설이 마음을 다잡을 때였다.

"그렇게 무리해서 움직였다가는 늙어서 고생 엄청나게 할 걸세."

익숙한 목소리에 비설이 소리가 나는 방향으로 고개를 돌렸다. 목소리의 주인을 확인한 순간, 늘어진 몸에 힘이 돌아오고, 놀란 눈에 안도감이 스몄다.

"어떻게 들어오셨습니까?"

"연운형이 죽인 호위의 시신을 버리는 이를 대신해서 들어왔지. 생각보다 쉽지는 않았네."

언제나 비현은 그녀를 놓지 않았다.

그가 사라지자마자 나타난 채현을 보며 비설이 안도의 숨을 내쉬었다.

비설과는 달리 그녀를 보는 채현의 눈은 가라앉다 못해 딱딱했다.

비설이 어떻게 당하고 있는지 듣기는 했지만 그의 예상보다도 상태가 심각했다. 비설을 데리고 도망치기는커녕 이 상태라면 감옥을 나가는 것부터가 문제였다.

주변의 기색을 다시 살핀 채현이 비설을 향해 작게 속삭였다.

"폐하께 내가 받은 명령은 자네를 지키라는 것이었네. 이번 일에 자네가 가장 큰 도움이 될 거라고 했지."

"그 일은 실패했습니다. 폐하를 죽이려 했던 궁녀는 이미 죽었습니다."

비설의 보고에 채현의 미간이 더욱 찌푸려졌다.

지금 당장이라도 비설을 데리고 가야 할지 어찌해야 할지 고민하는 채현을 보며 비설이 자신의 몸을 살폈다.

정신을 놓을 때까지 맞았던 터라 또렷하지는 않았지만, 곧 황궁으로 출정한다는 말을 했었다.

"진통을 잊게 해 주는 미약과 기력을 보하는 약이 필요합니다."

"잘못 움직였다가는 자네가 죽네."

"여기에 계속 있어도 전 죽습니다."

"……."

"제가 이곳에 아직 할 일이 있다면 그때를 준비해야 하지 않겠습니까?"

참 신기한 일이었다. 좀 전까지는 말을 하는 것조차 고통스러웠건만 지금만큼은 아무렇지도 않았다.

일이 이렇게 되었는데도 도윤이 채현만 보냈다는 것은 그녀가 이곳에서 해야 할 일이 있다는 것이었다.

"자네가 죽으면 내가 곤란해."

"죽지…… 않습니다."

살고 싶다.

과거도, 모든 기억을 다 접고서라도 이제는 진심으로 살고 싶었다.

연모하는 그의 곁에서 이제 비설도 연모받으며 제 삶을 누리고 싶었다.

"도와주십시오."

움직이는 것조차도 고통스러웠던 손목이 움직이기 시작했다.

살 수 있다.

반드시 살아서 이곳을 나갈 것이다.

✽✽✽

도윤이 모습을 드러내는 순간 운형의 진영에서 병사들이 쏟아져 나왔다.

"황제다!"

"황제가 선두에 섰다!"

도윤의 앞을 막는 장군의 몸에서 피가 튀었다. 쓰러지는 장군의 몸을 뭉개며 다음 병사들이 도윤을 둘러쌌다.

연도윤만 죽이면 어마어마한 공으로 인정받을 수 있다. 도윤의 검에 수없이 많은 적이 쓰러졌지만, 그보다도 공을 바라는 더 많은 병사가 그에게 들러붙었다.

"죽어라!"

연도윤의 옆구리와 목을 노리며 동시에 무기를 찔렀다. 옆구리를 파고드는 무기를 비껴 낸 도윤이 목의 바로 앞까지 들어오는 검을 비틀어 피했다.

물이 흐르듯 공격을 모두 피한 도윤이 정면의 병사에게 검을 찔렀다.

"컥!"

공격에 실패한 병사가 비틀거리는 것과 동시에 붉은 피를 토해 냈다. 주저 없이 병사의 몸에서 검을 뽑은 도윤이 옆구리를 다시 찌르려는 병사를 향해 휘둘렀다.

제 몸에서 흐르는 피를 온몸에 뒤집어쓴 병사가 바닥에 툭 쓰러졌다. 순식간에 십수 명이 도윤의 검에 쓰러졌지만 한 번 오른 기세는 좀처럼 꺾이지 않았다.

"폐하를 지켜라! 폐하를…… 컥."

병사의 사기를 다독이던 장군의 목에 화살이 박혔다. 화살이 날아온 방향으로 눈을 돌리던 도윤이 다급히 검을 휘둘렀다.

"큭!"

도윤의 뺨에 긴 실핏줄이 생기며 붉은 피가 흘러내렸다. 얼굴에 상처를 남긴 화살을 보던 도윤의 입꼬리가 불쾌한 듯 올라갔다.

"망할 자식!"

먼 곳에서 토해 내는 욕설을 듣기라도 했는지 도윤을 보며 운형이 다시 화살에 시위를 메겼다. 한꺼번에 세 개의 화살이 동시에 도윤을 향하고, 도윤이 화살의 방향을 향해 검을 세웠다.

"죽어라!"

도윤의 틈을 발견한 장군이 그를 향해 검을 휘둘렀다. 화살과 검을 동시에 피할 수 없었던 도윤이 타고 있던 말에서 몸을 던졌다.

"폐하!"

"폐하를 지켜라!"

도윤이 낙마하자 황병을 지휘하던 장군들이 고함을 질렀다. 그들의 외침에도 상관없이 다시 자세를 잡은 도윤이 다시 들어오는 공격을 막았다.

장군의 목을 베자 피가 뿜어져 나왔다. 그의 피를 완전히 뒤집어쓴 도윤이 병사를 독려했다.

"전진하라!"

처절하게 부딪치는 자신과는 달리 운형은 아직 출전도 하지 않았다. 어떻게든 연운형을 제 앞으로 끌어와야 한다. 도윤의 눈이 자신을 향해 달려오는 말을 향했다.

긴 창을 든 채 호기롭게 달려오는 장군을 보던 도윤이 먼저 달려갔다. 자신을 향해 들어오는 창을 피한 그가 다시 말 위에 올라탔다.

자신이 누구를 태웠는지 자각하기도 전에 피를 뿜은 장군의 시신이 바닥을 굴렀다.

"선두가 뚫리면 안 된다!"

연이어 날아오는 화살을 베어 낸 도윤의 검이 운형을 향했다.

징집령으로 끌고 온 아이와 노인은 뒤쪽에 배치되었다. 혹 운형이 먼저 징집하여 끌려갈 것을 우려해 데리고 왔을 뿐, 그들을 전쟁에 내보낼 생각은 없었다.

이 전쟁에 의미 없는 희생을 낼 수 없다.

"연운형을 죽여야 한다!"

도윤의 외침에 사기를 얻은 병사들이 빼곡하게 앞을 막은 적을 향해 무기를 휘둘렀다. 그 순간 비가 내리듯 수많은 화살이 쏟아져 내렸다.

비명과 고함이 섞이며 도윤의 뒤로 진격하던 병사들이 피를 흘리며 쓰러졌다. 도윤의 검이 몇 번이고 춤을 췄지만, 완전히 피할 수는 없었는지 갑옷이 가리지 못한 팔과 다리에 생채기가 생겨났다.

"망할 자식."

황병은 물론이고, 그들과 싸우고 있던 운형의 병사 중에도 화살을 맞은 이가 바닥을 굴렀다.

운형에게 병사의 목숨보다도 권좌가 더 중요했다. 제 편이 타격을 받는 상황에도 아랑곳없이 운형이 다시 손을 들었다.

"연운형!"

바람을 가르는 소리가 들려오고 비가 내리듯 다시 화살이 쏟아졌다.

적과 아군에 모두 쏟아지는 화살에 진격이 멈추었다.

이대로 쏟아지는 화살에 목숨을 버릴 수 없다.

화살을 피할 방법은 하나뿐, 도윤이 피를 토하듯 고함을 질렀다.

"앞을 뚫어라!"

적보다도 아군이 더 많으면 화살을 쏠 수는 없다. 운형 또한 그 사실을 아는 듯 선두에 정예를 세웠지만, 도윤에게는 달리할 수 있는 선택이 없었다.

도윤의 검이 움직일 때마다 병사의 몸에 피가 터져 나오고 땅을 붉게 적셨다.

조금만 더 압박하면 운형의 병력을 흔들 수 있다.

"진격하라!"

피를 토하듯 장군들이 병사를 독려했다.

절대 뚫리지 않을 것 같았던 선두의 병력이 무너지자 도윤의 눈에 빛이 돌았다.

운형만 잡으면 일은 수월해진다.

날카로운 창이 몸을 꿰뚫는 것처럼 황병의 선두에 도윤이 섰다.

길을 막는 병사를 베어 버리며, 운형과의 거리를 좁히려 했다.

할 수 있다.

수적으로 불리했지만 불가능한 일은 아니었다.

"진격……."

"아아악!"

"폐하! 후방에!"

앞만 보며 전진하던 도윤이 처음으로 고개를 돌렸다.

노인과 아이들이 있던 후방에 운형의 병력이 들이닥쳤다. 미처 피할 틈도 없이 몰아치는 공격에 속수무책으로 뚫리고 있었다.

"연도윤! 목을 내놓아라!"

생각하지 못한 공격에 당황한 도윤을 보며 대장군 천보영이 고함을 질렀다.

앞을 막는 병력을 단숨에 베어 버린 천보영의 검이 도윤을 향했다.

도윤의 뒤로 나타난 천보영이 진영을 휩쓸었다.

아수라장으로 바뀐 진영을 보던 운형의 입가에 보일 듯 말 듯 한 미소가 감돌았다.

운형의 시선이 옆으로 향하자 대기하던 장군이 검을 치켜세웠다.

"돌격!"

연도윤이 내린 징집령이 실은 운형의 징집을 막기 위한 것이라는 걸 알고 있다.

그렇기에 절대 연도윤이 그들을 선두로 세우지 않으리라는 것도 알고 있었다. 그들을 희생하지 않기 위해서라도 선두에 서게 될 터, 운형은 후방의 불안함을 흔들면 그만이었다.

계획한 대로 진영의 후방이 흔들리자 선두에 선 도윤의 진영까지도 흔들렸다.

"연도윤의 목은 제가 베겠습니다."

활을 내려놓은 운형이 검을 빼 들었다.

이날을 얼마나 기다렸던가? 십여 년을 연도윤의 목을 벨 생각으로 버텨 왔다. 그토록 기다렸던 날이 바로 눈앞에 왔는데 운형이 그걸 놓칠 수 없다.

운형이 직접 나서려 하자 곁에 있던 귀족들이 그를 말렸다.

"연도윤이 뒤쪽으로 이동합니다!"

"천보영에게 맡기심이 어떠하신지요? 굳이 공께서 나설 것까지야……."

"연도윤은 이쪽으로 올 것입니다."

"네?"

"연도윤을 포위할 준비부터 하시지요. 목은 제가 베겠습니다."

병사들에게 보호를 받으며 승리를 쟁취할 생각은 절대 없다. 가장 치열한 전장에서 당당히 그의 목을 베어 쟁취할 것이다.

출전 준비를 하는 운형을 거듭 말리려는 귀족의 뒤로 장군의 외침이 들려왔다.

"연도윤이 온다!"

"운정공! 저기!"

방향을 돌릴 줄 알았던 도윤이 다시 운형을 향해 광기 서린 눈빛을 보냈다.

연도윤은 철저하게 자기중심적인 사내였다. 제 권좌가 위태로운 상황에서 백성이 보일 리가 없다. 백성을 지키느라 병력을 돌리느니 차라리 더 진격하여 운형의 목을 베는 것이 더 효율적이라 생각할 이였다.

후방에서 비명이 터지고 처참히 무너지고 있어도 도윤의 눈은 운형을 보고 있었다.

"연도윤은 후방을 버릴 것입니다! 그러니 후방은 버리고 진격해야 합니다. 연도윤의 목을 베어야 우리가 이길 수 있습니다!"

"운정공!"

"하얏!"

말을 채근하며 운형이 나서자 그의 뒤로 병력이 이동했다.

후방은 천보영이 알아서 할 것이니 운형은 도윤만 잡으면 되었다. 앞을 막는 병사야 베어 버리면 그만, 운형의 검이 움직일 때마다 피가 뿜어져 나오며 병사들이 쓰러졌다.

"연도윤!"

운형의 등장에 도윤의 입가에 살기가 맺혔다.

잡은 검에 힘을 준 운형이 도윤의 목을 향해 주저 없이 찔러 들었다. 도윤의 목 앞까지 달려오던 검은 채 닿지도 못한 채 도윤이 위로 올려쳤다.

운형이 몸을 비틀거리는 것과 동시에 병사의 검이 도윤의 팔을 베었다. 팔의 상처에 도윤이 중심을 잃자 반대편에 있던 장군이 창을 힘껏 내질렀다.

"큭!"

창을 피하는 도윤을 향해 운형이 다시 검을 휘둘렀다. 뒤늦게 검의 방향을 바꿔 막으려 했지만, 그보다도 먼저 운형의 검이 도윤의 목을 옅게 베었다.

그의 목에 흐르는 피를 보는 운형의 눈이 빛났다.

'죽일 수 있다!'

피가 끓어오르고 심장박동이 빨라졌다.

다시 검을 맞대는 운형이 초조한 듯 입술을 깨물었다.

"네가 죽어야 비설이 마음 놓고 내 곁으로 온다."

운형의 도발에 도윤의 눈에 살기가 맺혔다. 당장에라도 운형을 죽일 듯이 노려보는 시선을 마주하며 운형이 검을 휘둘렀다.

조금만 더 몰아붙이면 연도윤의 심장에 검을 찍을 수 있다.

"뭐 하는 것이냐! 더 몰아붙여라!"

밀어붙이는 공격에 도윤이 뒤로 몸을 빼려 하자 운형이 병사를 더욱 채근했다.

다른 것은 보이지 않았다.

"권좌와 비설은 처음부터 내 것이었단 말이다!"

연도윤만 죽으면 이 지긋지긋한 악연을 끝낼 수 있다.

"운정공! 더 깊이 들어가시면 위험합니다!"

"후방이 뚫리고 있는데 위험할 것이 무엇이 있느냐?! 진격하라!"

"아직 완전히 후방을 점령하지 못했습니다! 더 깊숙이 들어가시면 안 됩니다!"

도윤의 검을 피한 운형이 말리는 장군을 밀어내며 목소리를 높였다.

둘의 충돌에 병사들이 우왕좌왕하는 사이, 운형의 검이 도윤의 발을 베었다.

"폐하!"

"후퇴하라!"

"폐하를 지켜야 한다!"

도윤이 연이어 상처를 입자 황병 사이에 혼란이 휘몰아쳤다. 누가 봐도 흐트러지는 분위기에 운형이 입꼬리를 올렸다.

언제 다시 올지 모르는 기회였다.

말리는 장군을 노려보던 운형이 병사들을 더욱 채근했다.

"진격하라!"

운형을 선두로 황병과 도윤을 향해 병사들이 밀어닥쳤다.

뒤의 천보영과 앞의 연운형의 병사들로 도윤의 진영은 아수라장이 되었다.

✽✽✽

"후우."

몸은 여전히 아팠지만, 채현이 준 약 덕분에 어느 정도 움직일 수 있게 되었다.

최근 감옥을 지키는 간수가 줄어든 것이 마음에 걸렸지만, 지금 그녀가 할 수 있는 최선은 몸을 원래대로 되돌리는 것이었다.

"윽."

통증이 밀려왔지만, 입술을 깨무는 것으로 신음을 참았다.

간수에게 일부러 시비를 걸어 빼앗은 단검을 연습하듯 쥐었다. 제대로 쥐지도 못하고 단검이 미끄러졌다.

초조해지려는 마음을 참으며 비설이 다시 검을 쥐었다. 하지만 제대로 움직이기도 전에 손에서 미끄러졌다.

"너! 그게 뭐야!"

미끄러지는 단검을 다시 잡으려는 순간, 간수의 목소리가 들렸다. 비설의 손에서 빠져나온 단검이 날카로운 소리를 내며 바닥에 떨어졌다.

간수와 눈을 마주친 비설이 입술을 깨물었다. 약의 효과가 있어서 통증은 적었지만, 아직 누군가를 상대할 정도는 아니었다.

"이년이 감히!"

자물쇠를 여는 간수를 보던 비설이 머리를 부지런히 굴렸다. 이대로 발각되어 버리면 그나마 남은 기회조차 없었다.

간수가 문을 여는 그 찰나에 움직일 생각으로 비설이 몸을 숙였다.

그 순간,

쿵!

커다란 진동에 비설은 물론이고 간수조차 몸을 휘청거렸다. 무슨 일인지 알 수 없어 어리둥절해하는데, 다시 굉음이 울렸다.

발걸음 소리가 부산하게 들리고, 비설의 옥으로 들어오려는 간수를 보며 다른 간수가 소리쳤다.

"지금 그럴 때가 아니야! 명현공이 궁을 포위했다!"

"어서 나와!"

명현공이라는 말에 감옥의 분위기가 흔들렸다.

또다시 굉음이 들리고 고함이 들렸다. 비설에게 관심을 잃은 간수가 밖으로 나가려는 순간에 비설이 움직였다.

도윤의 방식은 비설에게 맞지 않았다. 가서 무엇을 하라는 설명도 없이 운형에게 자신을 보내 놓고는 어떤 것도 알려 주지 않았다.

"아악!"

바닥에 떨어진 단검을 주운 비설이 밖으로 나가려는 간수를 향해 움직였다.

비설의 움직임에 뒤늦게 대응하려 했지만, 그보다도 먼저 간수의 다리를 벤 비설이 등 뒤로 움직여 그의 목에 단검을 갖다 댔다.

"막아!"

한 걸음씩 다가오는 이들을 보며 비설이 간수의 목에 가져간 단검에 힘을 주었다. 단검이 닿은 목에서 피가 흐르자 잡혀 있는 이의 숨소리가 거칠어졌다.

앞서 있는 적의 무기를 비설이 차분히 살폈다.

이제야 도윤이 비설을 왜 이곳으로 보냈는지 알게 되었다. 그리고 이제는 어떻게든 여기서 빠져나가야 했다.

"컥!"

단검으로 병사의 목을 가르자 붉은 피가 뿜어져 나왔다. 대치 상태에 있던 병사의 눈에 피가 튀자 비설이 둘에게 달려들었다.

온몸이 고통으로 비명을 질렀지만 비설은 외면했다. 이 상태로는 명현공은 절대 형주 안으로 들어올 수 없다.

"아악!"

다급히 검을 막으려 했지만, 비설의 검이 갑옷 사이의 손목을 베었다. 검이 바닥에 떨어지기 직전에 잡은 비설이 다른 사내의 방향으로 휘둘렀다.

비명조차 지르지 못한 채 쓰러지는 병사를 보며 비설이 가쁜 숨을 몰아쉬었다. 외면하던 고통이 한꺼번에 밀려들자 비설이 이맛살을 찌푸렸다.

"새삼스럽지만 폐하께서는 자네를 참 잘 굴려."

채현의 목소리에 비설이 숨을 몰아쉬었다.

병사의 옷을 찢어 긴 줄을 만든 비설이 손과 검을 묶었다. 마음이 급해서인지 매듭이 잘 묶이지 않자, 보다 못한 채현이 끈을 잡았다.

"제 팔자인 것을 어찌하겠습니까."

담담한 대답에 채현이 피식 실소를 지었다.

욕지거리를 터트리며 도망가도 모자랄 판에 팔자라며 추스르는 행동이라니. 미련할 정도로 흔들리지 않는 여인이니 연도윤이 죽어도 제 손아귀에서 놓지 않는 것이었다.

"폐하께서는 자네의 명령을 따르라고 했네. 다른 이들도 이미 준비를 끝냈네."

도윤의 비밀을 폭로하는 궁녀의 목숨을 거두기 위해 비설을 보냈다고 생각했다. 이곳의 지리를 잘 아는 비설이라면 운형의 눈을 피해 궁녀를 죽이는 일도 가능했기 때문이었다.

도윤이 자신을 이곳으로 보낸 이유는 그것이라고 믿었었다.

"형주는 작은 인원으로 들어올 문은 많지만, 군대 정도가 들어올 만한 곳은 정문 말고는 없습니다. 서쪽 숲에 가려져 있는 곳을 제외하고요."

"……."

"폐하를 예전에 뵈러 갔을 때 운정공을 그 문으로 모셨었죠. 소수만 아는 곳입니다."

매듭을 완전히 묶자 비설이 힘껏 검을 잡았다.

사람들의 눈에서 숨겨야 하는 문이었으니 지키는 사람은 최소한일 것이다. 어느 정도의 인원이라면 충분히 뚫을 수 있다.

"제가 선택한 팔자니 해결도 제가 해야지요."

다시 몸을 추스르는 비설을 보며 채현도 검을 다잡았다.

누구 탓을 하겠는가? 결국 그들은 도윤의 손바닥에서 움직이는 말일 뿐이었다.

"안내하게."

흐릿해지는 정신을 놓지 않으려 비설이 질끈 입술을 깨물었다. 벌어진 상처에서 나오는 피가 비릿했고, 통증이 밀려왔지만 머리만큼은 맑았다.

다른 것은 생각하지 않는다.

언제나 그녀가 할 수 있는 최선을 다할 뿐이었다.

❈ ❈ ❈

"작정하고 지은 곳이라 뚫기 어렵습니다."

헌과 오랫동안 전장을 누볐던 윤이 꺼내는 말에 헌이 성문을 노려보았다.

지금쯤 황궁을 둘러싼 역도가 진격을 시작했을 것이다. 그쪽이 마무리되기 전에 이곳을 점령하는 것이 도윤에게 받은 황명이었다.

하지만 쉽지 않다는 말처럼 미리 매복해 있던 병사들과 지지부진한 상황을 계속할 뿐, 성문을 뚫지 못하고 있었다.

"인원을 나누는 것도 무모한 짓이다."

"그래도 이대로 궁 밖에서 찔러보기만 해 봤자 달라지지 않습니다. 도리어 역공을 당해 불리해질 수도 있습니다."

윤의 보고가 틀린 것은 아니었지만, 형주는 서문이 무너지기 전에도 쉽지 않은 곳이었다. 여러 겹으로 둘러싸인 성벽부터 미로처럼 만들어져 있는 길은 미리 정보를 얻고 움직여도 어려웠다.

그렇다고 이대로 시간을 보낼 수도 없는 일, 하물며 전쟁이 길어질수록 문원의 걱정 또한 늘 것이니 서둘러야 했다.

"편하게 살자니 해야 할 일이 너무 많군."

투정 아닌 투정에 윤이 상황에 맞지 않게 터지려는 웃음을 억지로 참았다.

아무리 노력해도 자신들은 온전히 주의 사람은 될 수 없다. 대신 그들의 아이들은 자신들이 세운 공으로 대국인 주에서 온당한 권리를 누리며 살게 될 것이다.

그러기 위해서는 그들에게 기회를 먼저 주었던 도윤의 기반을 지켜야 한다.

"병력을 나눌까요?"

"아직 신호가 오지 않았다."

병력을 나누어서 적이 흔들린다면 얼마든지 그리하겠지만, 성의 특성을 잘 아는 이들은 이쪽의 그런 움직임에도 반응이 없을 것이다.

신호가 올 테니 기다리라고 했던 도윤의 말을 떠올리며 헌이 전장의 상황을 빠르게 파악했다.

"그렇다고 신호를 마냥 기다릴 수도 없을 터, 준비는 해라."

"명현공! 적의 공격입니다!"

나아지지 않는 상황이 짜증 나는 것은 헌만이 아닌 듯 성문이 열리며 병력이 물밀 듯이 밀려왔다. 동시에 성벽을 둘러싼 병사들이 쏘는 활이 헌의 병력을 향해 쏟아져 내렸다.

"방어해라!"

"막아야 한다."

병력을 뚫고 공격해 오는 장군을 향해 차가운 얼굴로 헌이 검을 휘둘렀다. 이번만큼은 작정하고 움직이는지 밀려오는 수만큼이나 공격 또한 매서웠다.

윤의 말대로 이대로는 승산이 없다. 정문만 뚫리지 않으면 공략하기 어렵다는 것을 알기에 성안의 이들도 정문에 모여 있었다.

끊임없이 밀려드는 병력을 상대하는 헌의 눈이 날카로워졌다.

"공! 저쪽에!"

윤의 손가락을 따라 고개를 돌린 헌의 눈이 좁아졌다.

보일락 말락 했지만 분명 연기였다. 마치 정문의 병사에게 숨기려는 듯 꺼질 듯 말 듯 했지만, 분명 인위적으로 낸 불이었다.

도리어 그를 함정으로 끌어들이는 것일지도 모른다.

알 수 없는 상황에서 쓸데없는 생각은 사치였다.

"병력을 이동해라! 정문은 내가 뚫겠다."

신호에 의존해서 결과를 얻을 생각은 처음부터 없었다.

도윤은 명령을 내리는 자일 뿐, 행동하는 사람은 헌이었다. 다치지 않고 이곳을 점령하는 일이 그가 내야 할 최선의 결과였다.

"정문을 뚫어라!"

결국 저 문을 열어야 할 사람은 헌이다.

선두에 선 헌의 뺨과 팔에 화살이 스쳤지만 움츠러들지 않고 진격했다.

기회일지 함정일지 모르는 가능성에 모든 것을 걸지 않는다. 언제나 그랬듯이 그의 사병은 강했고, 열리지 않는 성문 따위 끊임없이 공격하면 그만이었다.

"진격하라!"

헌의 기세에 다시 사기가 오른 병사들이 굳건히 닫힌 정문을 향해 다시 달려들었다.

매서운 기세에 성을 방어하려는 병사들이 쏘는 화살이 더욱 매서워졌다.

* * *

후방을 공격하던 천보영이 도윤의 뒤까지 바짝 쫓아왔다. 그를 막았던 노인과 아이로 구성된 병력은 완전히 무너졌는지 시신조차 제대로 보이지 않았다.

천보영의 병력이 도윤과 운형을 감싸고 포위했다.

'권좌가 눈앞이다.'

승리가 바로 앞에 있었다. 온몸이 상처투성이인 도윤을 운형이 더 힘껏 몰아갔다.

운형의 검을 막자마자 상황을 주시하던 장군의 검이 등 뒤에서 움직였다. 몸을 틀어 공격을 피한 도윤의 옆으로 다른 병사가 무기를 휘둘렀다.

아무리 연도윤이 뛰어난 무인이어도 사람 수를 이길 수는 없다.

"쉽게 죽일 수 없다."

"……."

"내 아이에게 똑똑히 보여 줄 것이다. 진정한 권좌의 주인은 연도윤이 아니라 연운형이라는 것을!"

병사들에 정신이 팔린 사이에 운형의 검이 도윤의 몸에 상처를

282

냈다. 장난감을 가지고 놀듯이 조롱하며 상처 입히는 운형에 도윤이 이를 갈았다.

"네 이놈!"

"지금이라도 전부 내려놓아라! 네가 나에게 빼앗은 모든 것을 되돌리라는 말이다!"

분노한 도윤이 몸의 상처에도 상관없이 운형을 향해 검을 찔렀다. 여유롭게 그의 검을 피한 운형이 뒤로 몸을 빼자 그의 앞을 방어하듯 병사들이 막았다.

운형을 공격하려 하면 여지없이 병사들이 도윤의 앞을 막았다.

"후우."

운형과는 달리 체력이 떨어진 도윤이 가쁜 숨을 내쉬었다.

초반의 호기로운 상황은 완전히 무너져 있었다. 후방의 병력은 전부 무너졌고, 그나마 남아 있던 남은 병력조차 전멸 직전이었다.

고개를 돌리고 주변을 둘러봐도 보이는 것이라고는 천보영과 운형의 병력이었다.

"망할."

인정하고 싶지 않지만 패색이 짙었다.

어디를 둘러봐도 운형의 병력뿐이었다. 도윤만 무너지면 권좌는 운형의 것이었다.

마음에 들지 않는다.

"짐 하나 죽이기가 이렇게 힘들어서야 네가 권좌에 앉을 수나 있겠느냐?"

도윤의 조롱에 운형의 눈에 불이 일었다.

이제 남은 것이라고는 제 목숨밖에 없으면서도 아직도 상황 판단을 못 하고 있었다.

운형의 눈이 포위한 병력을 향했다. 그의 시선을 받은 장군들이 병사들을 채근하고, 밀물처럼 밀려오는 세력에 도윤이 다시 검을 휘둘렀다.

운형을 조롱하는 것도 잠시, 도윤이 밀려오는 병사들에 의해 다시 상처를 입었다. 그가 죽인 병사의 피와 자신의 피에 온몸이 붉게 물들었다.

"내 목도 베지 못하는 너 따위가 어찌 황제가 될 수 있겠느냐?"

연이은 비아냥은 도윤을 조롱하며 목숨을 거두지 않았던 운형의 심기를 건드렸다. 앞을 가리는 병력을 모두 거둬 낸 운형이 있는 힘껏 도윤에게 검을 휘둘렀다.

챙!

"네 주제에! 겨우 연도윤 주제에!"

운형의 검을 막은 도윤이 몇 걸음 뒤로 물러났다. 거듭 생긴 상처에 지친 몸으로 운형을 상대하기에는 역부족이었다.

천보영의 병력이 바로 뒤까지 와 있었다.

패배하더라도 쉽게 내어 줄 생각은 없다.

"검이 제법 매섭구나."

가르치듯 나오는 도윤의 말에 운형의 눈에 불이 일었다. 검의 방향을 바꾸어 어깨를 내려치려 했으나 검을 가로로 세운 도윤에게 막혔다.

검이 막히자마자 다시 거리를 벌린 운형이 목을 향해 찍어 들어왔다.

운형은 활만큼이나 검술 또한 훌륭했다.

흠잡을 곳 없이 날렵하고 매서운 공격이 연이어 도윤을 향해 몰아쳤다.

"큭!"

쇄골로 들어오는 공격을 완전히 밀어내지 못한 도윤이 입술을 깨물었다. 어깨에 닿은 운형의 검에 도윤의 피가 묻어 나왔다.

피하는 대신 운형이 양손으로 검을 움켜잡았다.

"비설이 내 품에 안기는 것을 네 머리가 보게 하겠다."

운형의 검이 도윤의 어깨를 좀 더 깊숙이 베었다. 깊어진 상처에서 붉은 피가 흘러나왔지만 도윤은 미동조차 없었다.

천보영의 병력이 도윤을 완전히 포위하고, 도윤과 함께 살아남은 이들이 분노와 두려움에 흔들리는 표정으로 검을 붙잡았다.

"말하는 꼬락서니하고는……."

죽기 직전의 상황에서도 그는 태연했다.

"감히! 감히 너 따위가!"

어깨를 벤 운형의 검이 다시 방향을 바꾸어 도윤의 머리로 향했다. 그러나 완전히 포위된 절체절명의 상황인데도 도윤의 눈은 자신이 아닌 다른 곳을 향해 있었다.

이대로 이 검을 맞으면 어쩌면 이 지긋지긋한 상황의 끝을 볼 수 있다.

"이제 그만 죽으란 말이다!"

연도윤을 죽일 것이다.

그의 머리를 베어 현실을 외면하는 비설에게 똑똑히 보여 줄 것이다.

처음부터 권좌는 자신의 것이었다며, 비설이 충성하고 따라야 할 사람은 도윤이 아니라 자신이라는 것을 똑똑히 보여 줄 것이다.

그리하여 그녀를 자신의 품에 안고 자신의 여인으로 평생 살게
할 것이다.

"죽어!"

챙!

검과 검이 부딪치는 굉음이 들렸다.

운형의 힘에 몇 번이고 밀렸던 도윤이 지금만큼은 언제 그랬느
냐는 듯이 검을 막고 있었다.

도윤의 눈에 광기가 서리고 가쁜 숨을 내쉬던 입에 비틀린 미소
가 생겼다.

"재미있었느냐?"

분명 운형의 승리였다.

천보영과 자신의 병력에 둘러싸인 도윤이 할 수 있는 것은 전혀
없다.

이제 그의 목만 베면 끝날 것이다.

그런데 왜 저런 미소인가?

"너…… 너!"

운형이 있는 힘껏 검을 밀어붙였다.

조금 전과는 다르게 검은 조금도 도윤에게 가까워지지 않았다.

당황하는 운형을 보는 도윤의 눈에 광이 서렸다.

도윤의 눈에 질린 운형이 자신도 모르게 몸을 움찔거렸다.

연도윤의 광이 문제였다. 정도를 모르는 저 광이 주변을 압도
하는 순간 운형은 제 목적조차 잊어버렸다.

"아아악!"

고함을 내지르며 운형이 검을 휘둘렀지만, 이번에도 다시 도윤
에 막혔다.

운형의 검을 보던 도윤이 피식 실소를 지었다.

저 광인이 웃었다.

"네 장단에 맞춰 주느라 지겨웠다."

"뭐?"

"운정공!"

피를 토하듯 터트리는 장군의 목소리가 불길했다. 운형이 도윤에게서 소리가 들리는 방향으로 고개를 돌렸다.

땅의 울림이 들리고, 병사들의 고함이 울렸다.

처음 보는 병력이 운형을 향해 밀어닥치고 있었다. 끝을 알 수 없는 병력에 운형의 눈이 커졌다.

"난 권좌를 내어 줄 마음이 전혀 없다. 하물며 비설이 네 품에 안기는 꼬락서니를 보고 싶은 마음은 더더욱 없고 말이다."

"영, 영남입니다! 영남의 병력입니다!"

믿을 수 없다는 듯이 운형의 눈이 커졌다. 주의 문양과 더불어 영남임을 알리는 깃발이 같이 펄럭이고 있었다.

재해로 허덕대는 곳이 어떻게 저런 병력을 보낼 수 있다는 말인가?

"태후마마의 고향이면서 평장군 이호의 소속이 어디였는지 알았다면 조심했어야지."

"거기는…… 재해가…….."

말을 꺼내던 운형이 숨을 삼켰다.

영남에 재해가 일어났다는 말은 있었지만, 그 규모가 어느 정도인지 어떤 상황인지 제대로 아는 사람은 없었다. 하물며 그곳의 물자를 관리했던 운형조차도 올라오는 서류와 사람의 보고를 들었을 뿐 정확한 상황을 알지 못했다.

"네놈들 덕분에 영남의 병사들을 제대로 키울 수 있었지."

도윤의 미소와 반대로 운형의 얼굴에서 핏기는 점점 사라졌다.

압도적이었던 전세가 다시 바뀌었다. 저 병력이 가세하면 절대적으로 유리한 상황이 무너진다.

고민하던 운형이 천보영을 보며 소리쳤다.

"대장군은 왜 가만히 있는가! 저들을 막지 않고!"

천보영이 막는 동안 도윤의 목을 베어 버리면 된다. 이미 포위된 도윤의 목을 거두는 일은 어렵지 않았다.

영남의 새 병력이 도윤과 합쳐지기 전에 연도윤을 죽인다.

"서두르란 말이다!"

"대장군은 뭘 하는가?"

운형의 고함이 끝나자마자 도윤의 말이 무겁게 내려앉았다.

무슨 소리를 하는 것인가?

설마 하는 눈으로 운형이 고개를 돌렸다.

좀 전까지 운형의 명령대로 움직이던 천보영이 제자리에 있었다. 천보영이 손을 들자 병사들이 일사불란하게 움직였다.

"아⋯⋯."

분명 죽었다고 생각한 아이와 노인들이, 천보영의 병력에 무너졌던 황병이, 언제 그런 일을 당했냐는 듯이 모습을 드러냈다.

운형의 눈이 쓰러져 있는 시신에 고개를 돌렸다.

죽은 병력은 전부 그의 것이었다. 죽은 황병의 수는 죽은 운형의 병사에 비하면 너무나도 미비했다.

"평장군 이호를 황궁에 처음 입궁시킨 사람이 나다."

"⋯⋯."

"구역질 나는 네놈들 사이에서 버티느라 힘들었다."

천보영의 검이 운형을 향했다.

"역도들을 모두 잡아들여라!"

좀 전의 우세가 하룻밤 꿈이었던 것처럼 사라졌다.

영남의 병력과 순식간에 합쳐진 천보영의 병력이 얼마 남지 않은 운형의 병력을 완전히 포위했다. 사그라지듯 가라앉았던 사기가 터질 듯이 올라갔다.

피투성이의 도윤이 입꼬리를 올렸다.

"죄인 연운형을 잡아들여라!"

도윤과 운형 사이에 틈이 생기고, 황명을 받은 이들이 운형을 향해 달려들었다. 운형을 잡으려는 자와 지키려는 자들로 전장은 다시 아수라장으로 변했다.

자신에게 달려드는 황병을 베는 운형의 얼굴에 핏기라고는 전혀 없었다.

무언가 잘못되었다.

"공, 피하십시오."

그를 지키려는 장군의 손을 운형이 뿌리쳤다.

"아직 싸울 수 있다!"

"공! 피하셔야 합니다!"

"이대로 전부 놓을 수 없다! 오늘이 아니면 기회가 없단 말이다!"

"어서 공을 모셔라!"

운형이 반항하자 다급해진 이들이 그의 팔을 붙잡아 끌었다.

권좌가 멀어진다.

바로 앞에 그가 앉을 황제의 자리가 마련되어 있었건만, 그를 도와주지 못할망정 살아남기 위해 운형을 끌고 있었다.

"내 권좌다!"

"운정공을 말려라!"

"모두 퇴각하라!"

"내가 황제란 말이다!"

피를 토하듯이 외쳤지만, 누구도 운형의 고함을 들으려 하지 않았다.

운형이 가지 않으려 발버둥을 쳤지만 이미 기세는 완전히 도윤에게 기울어져 있었다.

"아아악!"

눈앞에 보이는 현실을 받아들일 수 없는 운형이 피눈물을 터트리며 고함을 질렀으나 이미 상황은 끝나 있었다.

***

형주에 도착한 운형을 맞이한 것은 비처럼 쏟아지는 화살이었다.

"내가 누구인지 아느냐?!"

화살을 다급하게 쳐 낸 운형이 고함을 질렀지만, 대답 대신 연이어 화살이 쏟아졌다.

"아아악!"

화살을 눈에 맞은 병사가 몸을 구르고, 화살이 스친 운형의 얼굴에서 붉은 피가 흘러내렸다.

믿을 수 없는 이 상황을 받아들이지 못한 운형이 화살을 피하며 다시 소리쳤다.

"연운형이다! 이곳의 주인이 왔단 말이다!"

"죄인을 죽여라."

운형의 고함과 더불어 불길하리만큼 익숙한 목소리가 성벽에서 들렸다.

온몸에 소름이 돋는다. 받아들일 수 없는 상황에 운형이 성벽을 노려보았다.

"아⋯⋯."

윤천의 기반이었고, 운형의 터전인 형주에 걸린 깃발을 보던 운형이 몸을 비틀거렸다.

형주에만 도착한다면 다시 일어날 수 있을 거라고 굳게 믿었었다. 보완하고 또 보완해서 심혈을 기울였던 곳이었던 만큼 돌아가기만 한다면 도윤을 상대할 시간은 얼마든지 벌 수 있다는 계산이 있었다.

"왜 저기에⋯⋯."

주의 상황에 움직이지 못하던 명현공 이헌이 왜 저기에 있단 말인가!

고작 하루 이틀로 뚫릴 형주가 아니었다.

있을 수 없는 일이라며 형주를 보던 운형의 눈이 커졌다.

"공, 이게 어찌⋯⋯."

"비설이⋯⋯ 그 아이가 열었구나."

운형이 아는 형주는 정문을 뚫었어도 쉽게 장악할 수 있는 곳은 절대 아니었다. 하지만 성의 서쪽에 만들어져 있는 문만 연다면 그리 어려운 일은 아니었다.

채 열 명도 알지 못하는 그 문의 존재를 비설은 알고 있었다.

'연도윤이 내 아이를 형주로 보낸 이유였구나.'

그저 궁녀를 죽이기 위한 것이라고 생각했다. 그리하여 비설이

291

제 손아귀에 들어왔을 때 도윤이 아무런 행동도 취하지 않는 것이라 믿었었다.

정인이어도 대의를 위해서라면 얼마든지 버릴 사내.

운형이 아는 도윤은 그런 이였다.

운형이 짐작했던 일이 전부 실수였다.

'형주를 제 손아귀에 넣기 위해 비설을 보냈다.'

이제 운형에게 남은 기반은 아무것도 없다.

"운정공. 어찌해야 합니까?"

암울한 물음이 들려왔지만, 괜찮다는 말은 죽어도 나오지 않았다.

형주가 도윤의 손에 넘어갔다는 것은 이미 다른 곳 또한 점령당했다는 의미였다.

"내가…… 내가 너무 가볍게 생각했다."

주의 일에 서문 출신이 나설 거라고는 생각하지 않았다. 기세만 잡으면 도윤이 아니라 운형을 선택하도록 압박을 줄 수도 있었기에 그들은 거의 신경조차 쓰지 않았었다.

운형이 도윤을 잡으려고만 움직였던 사이, 저들이 운형의 세력을 집어삼켰다.

이 나라 출신도 아닌 것들이 어찌하여 도윤을 위해 목숨을 걸고 저리 움직인다는 말인가!

"여, 연운형을 죽여라."

지독한 적막감이 흐르던 중 운형의 옆에 있는 귀족에게서 작은 명령이 흘러나왔다.

운형이 소리가 들리는 방향으로 고개를 돌렸다.

얼마 전까지, 아니 조금 전까지도 할 수 있다며 주변을 추스르던 귀족이 운형을 향해 검 끝을 겨누고 있었다.

"이게 지금 무슨 짓이오!"

"연운형의 목만 가져가면 폐하께서는 다시 기회를 주실 것이오! 이대로는 전부 개죽음이란 말이오!"

정신이 아득해졌지만, 상황을 외면할 수도 없었다.

운형에게 검을 겨눈 귀족을 선두로 귀족들이 운형의 반대 방향으로 병력을 이동하고 있었다.

패배의 피해를 감당하기도 전에 위기는 다시 운형의 목을 조였다.

"죽여라!"

"공! 피하십시오!"

남아 있던 이들이 운형을 죽이려는 병력을 온 힘으로 막았다.

그들을 보며 감정을 토해 낼 여유는 없었다. 지친 말을 닦달하며 운형이 저를 죽이려는 이들에게서 홀로 도망쳤다.

❋❋❋

도망가는 운형을 보던 비설이 눈을 좁혔다.

뜻을 같이하던 이들조차 배신한 상황에서 운형은 혼자였다. 외면하고 무시해야 할 일이었지만 과거의 기억이 다시 발목을 잡는다.

"명현공. 잠시 나갔다 오겠습니다."

비설의 말에 헌이 노골적으로 불만스러운 표정을 지었다.

약효도 다 떨어져서 당장에라도 쓰러질 것 같은 비설이 어디로 갈지는 너무나도 잘 알고 있었다. 그렇기에 더 마음에 들지 않았다.

이 상황에서 비설이 잘못되면 곤란해지는 사람은 헌이었다.

"그냥 스스로 마무리하게 두지 그런가?"

"……."

"미련을 가지기에는 이미 끝난 사이이지 않나?"

핵심을 찌르는 물음에 비설이 무안한 듯 눈을 내렸다.

운형에게 가진 마음은 없다. 그저 운형의 끝을 누군가가 마무리를 해야 한다면, 이름 모를 병사에게 죽는 것보다는 자신이 하는 것이 맞을 듯싶었다.

이기적이고 제멋대로인 생각이었지만 제 마음을 위해서라도 운형의 정리는 자신이 하고 싶었다.

"정리를…… 과거의 인연을 정리하고 싶어서 그렇습니다."

"흠."

보내는 게 정답이었지만 역시나 마음에 들지 않는다.

도윤이 아끼고 총애하는 여인이다.

지금도 위험한데 더 위험해진다면 도윤의 분노를 받게 될 사람은 자신이었다.

머리로는 절대 안 된다고 하고 있었지만, 마음으로는 비설이 하고자 하는 것이 무엇인지 알기에 무조건 반대를 할 수도 없었다.

도윤은 안 된다며 날뛰겠지만, 문원이라면…… 그의 부인이라면 자신의 뜻을 존중해 줄 것이다.

"사람을 붙이겠다. 그걸 받아들일 수 없다면 보내지 않겠다."

"하지만……."

"정리는 그들이 하는 게 아니라 네가 하게 될 것이다."

294

폐하의 짜증은 생각보다 피곤하지.

작게 들리는 목소리에 비설의 눈매가 부드럽게 휘었다. 날카롭고 무뚝뚝한 사내였지만, 나름의 배려가 있었다.

진심을 담아 비설이 헌에게 고개를 숙였다.

잠시 후, 비설과 그녀를 호위하는 이들이 형주 밖으로 나왔다.

✳✳✳

어디서부터 잘못되었을까?

윤천에게서 다음 권좌는 꼭 네가 물려받아야 한다는 부탁을 받았을 때였을까? 증오를 묻은 채 아무것도 모른다는 표정으로 도윤 앞에 몸을 숙였을 때였을까?

아니면 비설을 제 곁에 두었을 때였을까?

"우선은 살아야 한다."

굴욕적인 삶이어도 목숨이 붙어 있는 한 기회는 있다. 어떠한 희생을 치르고서라도 훗날의 영광을 위해서라도 지금은 살아남아야 했다.

투둑.

어깨에서 흐르는 피가 흙바닥을 적셨다. 상처를 제대로 치료할 생각조차 하지 못하고 도망쳐 왔다.

"어디로 가야 하나."

연도윤도 황제가 되었는데 연운형이라고 황제가 되지 말라는 법은 없었다. 굴욕적인 상황에서도 권좌 하나만을 생각하며 버텨 냈었다.

평생을 황제 하나만을 보면서 살아왔는데 여기서 끝날 수는 없었다.

"아…….."

산을 오르던 운형이 멀리서 보이는 모습에 눈이 커졌다. 흐릿하게 보였지만 분명 비설이었다.

주변을 둘러보던 운형의 눈이 부드럽게 휘었다.

"내 아이로구나."

지금 그녀가 있는 곳은 윤천의 유지를 받고 도윤을 만나기 위해 궁을 빠져나와 몸을 숨겼던 곳이었다.

자신을 만나기 위함이다.

외면하고 버려도 원망할 수 없는 상황에서조차 비설은 운형에게 먼저 찾아왔다.

"네가 날 버리지 않았구나."

위험한 일을 마주해도 운형의 앞에는 언제나 비설이 있었다. 그가 어떤 길을 가도 비설이 함께했었기에 여기까지 올 수 있었다.

도윤의 수에 빠져 귀한 비설을 너무 험하게 대해 버렸다.

"아직 늦지 않았다."

다시 시작할 것이다.

이제라도 아끼고 보듬어서 처음부터 새롭게 시작할 것이다.

어느 때보다도 어려운 시기였지만, 비설만 곁에 있다면, 저 아이가 제 곁을 지켜 준다면 운형은 두려운 것이 없었다.

"비설아."

운형의 부름에도 비설은 듣지 못했는지 다른 방향을 보고 있었다.

한 번에 듣지 못해도 상관없다.

이제는 그녀가 그에게 다가오지 않아도 그가 먼저 비설에게 다가가면 그만이었다.

"비…… 컥."

비설을 향해 걸어가던 운형의 입을 누군가가 틀어막았다. 갑작스러운 공격에 소리를 지르려는 순간, 운형의 눈이 커졌다. 등에서 가슴으로 뚫고 나온 검에 붉은 피가 묻어 있었다.

"내 여인에게 이제 넌 필요 없어."

지금까지 알고 있던 목소리와는 전혀 달랐다. 뒤틀리고 음산한 목소리. 지금까지 들어왔던 도윤의 목소리가 아니었다.

'이게 진짜 연도윤이다.'

생각과는 달리 몸에서 힘이 급격히 빠져나갔다.

운형이 몸부림을 치자 입을 틀어막았던 손에 힘을 준 도윤이 주저 없이 몸에 박았던 검을 뺐다.

파랗던 하늘이 하얗게 보이고, 소리를 지르고 싶어도 목소리가 나오지 않았다.

'아직 전하지 못했다.'

비설에게 도윤이 어떤 자인지, 자신이 비설에게 어떤 감정을 가졌는지 알려야 한다.

이대로 죽을 수 없다.

"비……."

힘겹게 도윤에게서 비설로 고개를 돌렸지만, 안타깝게도 목소리가 나오지 않았다.

운형이 있는 힘껏 손을 뻗었지만 애꿎은 흙만 손에 잡힐 뿐, 그녀는 여전히 운형을 보지 않았다.

조금만 더.

비설의 손을 한 번만 더 잡을 수 있다면.

그랬던 바람은 비설을 마주 보기도 전에 눈앞이 완전히 가려지는 것으로 무산되었다.

"이제 내 여인의 인생에서 그만 사라져."

도윤이 덮어 버린 장옷에 가려진 운형이 몸을 움찔거렸다. 몇 번의 경련 후, 운형의 몸이 움직임을 완전히 멈추었다.

운형이 숨을 완전히 거둘 때까지 지켜보던 도윤이 덮어 놓았던 장옷을 다시 집어 들었다.

숨을 거두는 마지막 순간까지 비설을 보는 운형의 눈이 마음에 들지 않는다.

도윤의 발이 반대 방향으로 운형의 얼굴을 돌렸다.

죽는 순간까지 비설을 보다니 과분한 죽음이 아닌가!

"흔적이 남지 않게 치워라."

그녀에게 더는 운형이라는 여지를 주고 싶지 않았다.

기억을 도려낼 수만 있다면 한 조각도 남김없이 비설의 기억에서 잘라 내고 싶었다.

운형을 기다리듯 서 있는 비설을 보던 도윤이 주저 없이 몸을 돌렸다. 이 산에서 그녀 또한 운형을 버리고 내려와야 한다. 그전까지 도윤은 비설을 마주할 생각이 없었다.

❃❃❃

스스로 정리하려 했지만, 비설은 결국 운형을 만나지 못했다.

산에서 내려오는 중간에 분명 피 냄새를 맡았는데, 시신은커녕 사소한 흔적조차 남아 있지 않았다.

"어딜 갔다 와?"

뿔이 잔뜩 난 퉁명스러운 소리에 비설의 눈이 부드럽게 휘었다.

괜찮냐는 형식적인 말도, 다쳤느냐며 걱정하는 시선도 없었다. 마치 어제 봤었던 사람처럼 도윤은 태연했다.

"정리하고 오느라 늦었습니다."

"그 몸으로 무슨 정리를 해?"

"그러게요."

억지로 몸에 밀어 넣었던 진통제의 효과가 끝났는지 걸음을 걷는 것조차도 고통스러웠다.

온몸이 너무나도 힘든데도 마음은 편안했다.

비설의 눈이 도윤의 몸에 나 있는 상처로 향했다. 군데군데 감긴 붕대에서 배어 나오는 피가 상당했다.

"왜 이리 많이 다치셨어요?"

"너보다는 덜 다친 거 같은데?"

매서운 눈이 옷 사이로 보이는 멍과 상처를 노려보았다.

뒤늦게 상처를 깨달은 비설이 손으로 가리려 했지만 워낙 많은지라 그마저도 쉽지 않았다.

결국 상처를 가리기를 포기한 비설이 도윤에게 걸어갔다. 정신이 몽롱했지만, 이번만큼은 그에게 먼저 다가가고 싶었다. 너무 먼 길을 돌아왔다.

"그럴 때는 참고 오는 게 아니라 힘들어 죽겠으니까 나보고 오라고 해야 하는 거야."

몇 걸음 떼기도 전에 따뜻한 온기가 훅 밀려왔다. 도윤의 품에 안긴 비설이 안도의 숨을 내쉬었다.

괜찮다며 버텼음에도 죽을지도 모른다는 두려움에 하루하루가 공포였다. 예전에는 죽어도 상관없다고 생각했지만 이제는 죽고 싶지 않았다.

아직 그녀는 자신의 삶을 제대로 살아 보지 못했다.

"진짜 힘드네요."

"첫정이라고 놓지 못했으니 힘들지. 이제는 가지고 있기만 해 봐."

"어떻게 하실 건데요?"

부드러웠던 눈매가 매섭게 변했다. 비설이 잘못 행동하는 순간 곧바로 움직이겠다는 듯이 그녀를 바라보는 도윤의 시선에는 약간의 자비도 없었다.

"그 자식과 연결되어 있었던 걸 다 없애 버려야지. 그 자식이랑 연결되었던 것들부터 죽이는 거로 시작한다?"

"협박도 참 무시무시하게 하십니다."

"못 믿겠으면 첫정이라며 여지라도 보여 줘 봐. 바로 행동해 줄 테니까."

더는 운형과 연결될 일도 없었지만, 억울한 죽음을 막기 위해서라도 이제 과거는 정리해야 했다.

도윤을 안고 있던 팔에 힘을 준 비설이 품에 얼굴을 묻었다.

운형은 도윤의 광이 위험하다고 했지만, 비설에게 이제는 어떤 모습이어도 상관없었다.

"운정공이랑은…… 아무 일도 없었어요."

비설의 속삭임에 도윤의 입매가 딱딱하게 굳었다.

그녀가 아는 도윤은 그런 일에 관심이 없을 수도 있었지만, 그럼에도 말하고 싶었다.

도윤의 손이 비설의 몸에 나 있는 멍을 감쌌다.

"아무 일도 없는 것치고는 흔적이 너무 많이 남아 있는데?"

"······."

"진짜 마음에 안 드네."

그 말을 끝으로 도윤이 입을 굳게 다물었다. 운형을 어찌 처리
했는지 알려 줄 생각은 절대 없었지만 이미 비설은 알고 있는 듯
했다.

앞으로의 비설이 누릴 삶은 연운형이 아니라 연도윤과 함께할
것이다. 과거의 찌꺼기에 신경 쓸 겨를은 비설은 물론이고 자신에
게도 없었다.

"망할 자식. 많이도 잘라 놓았네."

어깨에 닿지도 않는 머리카락을 보던 도윤이 이를 갈았다. 운
형에게 잘려 짧아진 머리카락은 어색하긴 했지만, 그보다 한계에
다다른 몸이 너무나도 무거워 버티기 힘들었다.

도윤의 품이라면 안전할 것이다.

"폐하. 잠시만······."

"푹 쉬어."

그 순간 힘없이 늘어지는 비설을 안은 도윤이 하얀 목에 얼굴을
묻었다.

이제야 오롯이 비설이 제 손에 들어왔다.

十九章. 꽃잎이 흩날리다

황궁의 후처리는 빠르게 진행되었다.

역모에 연관된 이들은 반성의 여지와 상관없이 구족이 멸문되었고, 그들이 사라진 빈자리에 새로운 인사가 채워졌다.

그들의 부재로 자리를 얻은 이들은 도윤의 은혜에 감사해하는 것도 잠시, 자신의 여식을 후궁의 자리에 올리는 데 혈안이 되었다.

"태의가 아직도 쉬라고 했다고?"

"내상도 있었던 터라 얼마간은 더 쉬라고 하셨어요."

도윤의 속마음은 아랑곳하지 않고 비설이 태의가 했던 말을 그대로 읊었다.

목 끝까지 치밀어 오르는 욕지거리를 참으며 도윤이 억지로 미소를 지었다.

예전에는 알 수 없었던 표정을 과거를 정리한 후 마주하게 되자 비설의 눈에도 조금씩은 보이기 시작했다.

"곧 나아질 거예요. 걱정하지 마세요."

자신의 웅묘는 예전이나 지금이나 눈치라고는 전혀 없었다. 물론 아직 몸 상태가 좋지 않다는 건 인정하지만 해야 할 일이 너무나도 많았다.

황후의 자리는 주인이 있으니 후궁의 자리라도 차지하겠다는 귀족들의 은밀한 움직임이 무척이나 거슬렸다.

그런데 화를 낼 장본인이 너무나도 평온하니 왠지 자신만 억울했다.

"궁녀나 내관이 아무 말도 안 해 줬어?"

"후궁이 될 여인이 이미 정해졌다는 소문이 있던데요?"

태연하게 꺼내는 말에 도윤의 눈이 커졌다.

저 소리를 듣고도 저리 태연하게 반응하는 게 더 이상한 것이 아닌가? 하물며 도윤이 허락하지도 않았는데 이미 후궁이 정해졌다니, 또 자리에 욕심내는 귀족이 입방정을 떤 것이 분명했다.

"그런데 가만히 있었다고?"

이제 잡힌 물고기라는 건가? 아니면 제 자리가 있다는 안도인가?

귀족이 후궁을 들이밀려는 괘씸함보다도 태연한 비설의 반응이 더 신경에 거슬렸다.

비설에게 뭐라 말하려 했던 도윤이 입술을 깨물었다.

운형에게 당한 상처가 심해서 얼마간은 더 조심해야 한다는 신신당부를 들었다.

화를 내면 안 된다.

하지만 짜증은 내도 상관없지 않은가?

"이 경우에는 못해 먹겠다고 도망치거나 화를 내야 하는 거 아닌가?"

"화나셨어요?"

"아니."

화가 나지 않았을 뿐, 짜증은 나 있었다.

지금까지 내내 당하고 휘둘린 게 억울해서 모르는 척 도윤이 하는 대로 말을 돌렸더니만 큰일이라도 날 듯싶었다.

이제야 겨우 역도들을 다 처단하고 새 사람을 앉혔건만, 짜증이 머리끝까지 난 도윤이 후궁을 들이대려는 귀족에게 적의를 드러낸다면, 그 순간 주는 파국이었다.

아주 드물게 도윤을 약 올릴 기회였지만 비설은 바로 포기했다.

그러나 안타깝게도 수긍하고 포기하는 비설과는 다르게 도윤은 화가 나면 바로 행동하는 이였다. 이제야 안정을 찾은 주에 다시 피바람이 몰아치게 할 수는 없다.

"화가 나지만 아직 몸이 나아진 게 아니니까요. 그리고 폐하께서 허락하실 일도 아니었구요."

"……."

"혹시 허락하실 생각이셨나요?"

답하는 대신 도윤이 눈을 좁혔다.

자신의 웅묘는 눈치는 아주 약간, 장난기는 상당히 많이 늘었다.

아직 아프다는 건 알았지만 눈을 빛내는 비설의 모습이 자꾸 도윤의 심술을 건드렸다.

침상에 앉아 있는 비설의 옆으로 도윤이 앉았다.

"흐음."

도윤의 한숨에 비설의 눈이 옅게 꿈틀댔다.

바람과는 달리 비설의 머리카락은 어깨까지도 제대로 오지 못했다. 머리카락이 짧다고 그녀가 곱지 않은 것은 아니었으나 볼 때마다 화가 치미는 것은 어쩔 수 없었다.

역시 놈을 그렇게 쉽게 죽이는 게 아니었다.

"후궁에 신경이 쓰이지 않는 것은 아니지만 폐하께 화를 내실 건 아니잖아요. 그저 농으로 한 거니 화 푸세요."

사람을 놀릴 때는 언제고 다시 눈치를 보며 화를 푸시라며 도윤을 달랬다.

저리 곱게 행동하니 자꾸 욕심이 생겼다.

도윤이 뺨을 감싸자 미소를 지은 비설이 도윤의 손을 감쌌다.

"아앗!"

조심스럽게 뺨을 감쌌던 것도 잠시, 도윤이 비설의 뺨을 쭉 꼬집었다. 불시의 공격에 당황한 비설의 눈이 커지자 도윤이 참았던 웃음을 터트렸다.

자신의 품에서 기절하듯 정신을 놓은 비설은 치료를 받을 때를 빼고는 내리 잠만 잤었다. 운형에 당했던 일이 다 낫지 않은 상처처럼 악몽으로 하루에도 몇 번이나 비설을 괴롭혔다.

"이제 좀 나아진 것 같네."

재미있다는 도윤과는 달리 비설은 말없이 그를 노려볼 뿐이었다.

뺨을 쭉 당긴 도윤의 손을 쳐 낸 비설이 머리끝까지 이불을 뒤집어썼다.

삐쳤다.

고작 뺨 한 번 꼬집은 거로 삐쳐도 단단히 삐쳤다.

"침상이 좁단 말입니다!"

"안 좁아."

"아직 상처가 다 낫지 않아서 아프니 이만 가시란 말입니다! 쉬어야 한다고 하지 않았습니까?"

비설이 뒤집어쓴 이불 안으로 도윤이 파고들었다.

비설이 아프다며 발버둥을 쳤지만, 내내 참느라 도윤도 한계였다. 발버둥을 치면서 맞닿은 보드라운 몸도 좋았고, 얼굴을 묻은 등에서 나는 약초 섞인 체향도 미치도록 좋았다.

떨어져 있었던 시간만큼이나 억눌러 왔던 욕망이 스멀스멀 제 모습을 드러냈다.

"나도 아파."

밀어내려던 비설이 도윤의 한마디에 움직임을 멈추었다. 멈췄던 것도 잠시, 몸을 돌린 비설이 도윤의 뺨을 감쌌다.

"어디 다치셨습니까? 혹 어깨 상처가 덧난 것은 아닙니까?"

가라며 밀어낼 때는 언제고, 괜찮으시냐며 놀란 얼굴로 먼저 다가왔다. 숨기지를 못하는 성격만큼이나 표정 또한 솔직하니 더더욱 곁에 두고 싶었다.

도윤이 아픈 듯 눈을 내리자 놀란 비설이 한층 더 가까이 다가왔다.

"폐하!"

"아. 엄청 아파."

"태의라도……."

"마음이 너무 아파."

"……."

"진짜 아픈데."

정적이 둘 사이에 흘렀다.

걱정하던 비설의 얼굴에 확 열이 치솟았다.

뺨을 쪽 잡아당긴 것도 모자라서 이제는 사기를 치려 하는가!

화가 난 비설이 몸을 일으키려 하자 먼저 눈치챈 도윤이 그녀를 품에 가두었다.

"이거 놓으십시오!"

"진짜 마음이 아프다니까."

"전혀 아프지 않은 얼굴로 그러시면 통하지도 않습니다! 하물 며 무엇이 또 그리 아프셔서 사람을 이리 약 올리시는 것입니까? 폐하께서 안 일어나시면 제가 일어나겠습니다!"

당장에라도 침상을 박차고 나가려는 비설을 도윤이 힘을 주어 안았다.

이제야 제 품에 들어왔거늘 어디를 가려고 하는가. 하물며 이 미 맞닿아 있는 피부 때문에 내내 참았던 열기가 그를 완전히 집 어삼킨 후였다.

"고집쟁이 웅묘 같으니. 나한테만 잔인하고 말이지."

"폐하께서 자꾸 놀리시니 더 그러는 것이 아닙니까?"

"어차피 황후에 오를 거면서 자꾸 미루려고만 하고 말이지."

"……."

"차라리 거짓말이라도 잘하지. 넌 얼굴에 다 보여."

꿀 먹은 벙어리처럼 도윤의 눈치를 보던 비설이 말문을 닫았 다.

비설은 황후가 되겠다는 말은 좀처럼 하지 못하고 있었다. 막 중한 자리이니, 고민하는 것도 이해가 되었지만 저 느린 웅묘가 원하는 대로 움직여 주었다가는 조만간 도윤이 말라 죽을 것이다.

"사기당한 기분이야."

"그게 아니라……."

"나만 안달이 난 것 같고 말이지."

"아직 부족한 점이 많…… 흐웃."

핑계만 대는 비설이 얄미운 도윤이 그녀의 몸 위로 올라탔다. 둘의 몸을 덮고 있던 이불이 바닥에 떨어졌지만, 다시 주울 생각은 들지 않았다.

상처받았다는 듯이 매달렸던 도윤의 눈빛이 완전히 바뀌자 비설이 숨을 삼켰다.

"저기 폐하…… 하아."

자리옷을 파고드는 손이 허리를 어루만졌다.

언제 건드렸는지 자리옷을 단단하게 묶었던 옷고름이 힘없이 풀려 있었다.

이마에 닿았던 입술이 점점 아래로 내려와 뜨거운 숨을 내쉬는 입술을 덮었다.

"아직…… 대낮이고……."

"잘 보이겠네."

"태의가…… 조심하라며…… 흐웃."

"넌 그대로 있어. 내가 움직이면 되니까."

어떻게든 말리려 했지만 이미 눈이 뒤집힌 도윤에게 비설의 하소연은 들리지 않았다.

안 된다며 속삭였지만, 도윤은 이미 저가 입었던 옷을 모두 벗어 던진 후였다.

몸에 닿는 열기가 따뜻하다 못해 뜨거웠다.

"난 오늘은 확답을 들을 생각이거든."

저 미친 자가 제대로 꼭지가 열렸다.

뒤늦게 상황 파악을 한 비설이 말리려 했지만 이미 도윤은 발동이 걸린 후였다.

비설의 입술에 도윤의 손가락이 닿았다. 물기와 열기에 젖어 촉촉한 입술을 그리듯 움직이던 손가락이 입을 파고들었다.

매끄러운 치열에 손끝이 닿은 것도 찰나, 입안의 여린 살을 애무하듯 손가락이 움직였다.

"흐읏."

비설의 입술에 묻어 나오는 타액을 도윤이 하나도 남김없이 빨아들이고 삼켰다. 당과보다도 달금하고 어느 꽃보다도 향기로웠다.

"빨아 봐."

"제가 어찌……."

"괜찮아."

도윤의 손가락이 말캉한 혀에 닿자 부끄러워하면서도 그의 손가락을 휘감았다. 손가락에서는 느껴지는 맛은 없었지만 왠지 모르게 입안에서 그의 향이 느껴지는 기분이었다.

입안을 헤치는 손가락만으로도 정신이 몽롱해졌지만, 곧이어 더운 입술이 쇄골에 닿았다. 반쯤 몸에 걸치고 있던 옷을 도윤이 벗겨 냈다.

"누가…… 들어오기라도 하면……."

"짐이 있는데?"

자신감 넘치는 말이 왠지 모르게 얄밉게 들리는 건 기분 탓일지도 모르겠다. 이럴 때만 짐이고, 이럴 때만 황제였다. 눈을 좁히며 흘겨봤지만 정작 당사자는 자기 혼자 허허실실이었다.

아무리 그래도 이런 대낮에 이러는 건 아닌 거 같다. 다가오는 도윤을 비설이 붙잡았다.

"폐……하. 그러니까…….''

"내가 움직이면 된다니까.''

안 된다며 고개를 저으려는 비설을 막은 도윤이 가는 팔을 잡아 자신에게로 끌었다.

도윤의 힘에 끌려 그의 위에 앉게 된 비설이 화들짝 놀라 몸을 빼려 했다. 단단히 솟은 분신이 앉아 있는 몸으로 느껴지자 비설의 얼굴이 붉어졌다.

"이 상태인데 자꾸 밀어낼 거야?''

"그게…… 그게 말입니다.''

"만져 봐.''

무슨 소리를 하는 건가?

도윤의 말에 놀란 비설이 큰 눈을 연신 깜박였지만, 정작 당사자는 너무나도 태연했다. 안 된다며 고개를 저으려는 순간, 그녀의 손을 붙잡은 도윤이 제 분신 쪽으로 잡아당겼다.

"아!''

몇 번이나 제 몸에 각인하듯 흔적을 남겼던 분신이었지만 이렇게 손으로 잡기는 또 처음이었다. 몸을 떨고 피한 것도 잠시, 이내 그녀의 손이 귀두에 닿았다. 부끄럽기는 하지만 피하고 싶지 않았다.

얼굴이 터질 듯이 붉어진 비설이 귀두에서 내려와 기둥으로 감 쌌다.

"어떠세요?''

"……어떠냐고?"

아무것도 모른다는 눈으로 물어보는 그녀의 행동에 도윤의 미간이 떨렸다. 이렇게 버티는 것만으로도 그는 죽을 맛이었다. 조심스러우면서도 싫지는 않은지 기둥을 훑던 손이 귀두를 감싸는 순간 도윤이 비설을 제 품으로 이끌었다.

"죽을 거 같아."

"폐하! 흐읏."

"날 진짜 죽이려고."

"그게 아니라…… 흐읏."

적나라하게 느껴지는 그의 존재에 비설이 옅게 몸을 떨었다. 아직 채 벗지 못한 솜털이 눈을 가득 채우자 도윤은 저도 모르게 도톰한 귓불을 한 번에 삼켰다.

비설이 토해 내는 숨이 얼굴을 간질였다. 몇 번이고 안았음에도 허기는 채워지기는커녕 그를 더욱 흔들어 댔다. 빠졌던 분신이 꿰뚫듯이 안을 깊게 파고들자 비설이 입술을 깨물었다.

"자제 안 될 것 같은데."

인내가 길었던 만큼 자극은 더욱 강렬했다.

도윤의 속삭임에 비설의 눈이 그를 응시했다.

열기에 젖은 눈이 마주하면 할수록 그를 미치게 했다. 어깨를 감싸고 쇄골을 어루만졌던 손이 풍만한 가슴을 한 손에 움켜쥐었다. 과실을 삼키듯 유실을 빨아들이자 비설이 고개를 뒤로 젖혔다.

"하아."

몸의 열기를 토해 내듯 비설의 숨이 가빠지고 손에서 느껴지는 심장의 박동이 빨라졌다.

312

과실을 빨아들이듯 유실을 잘게 깨물고 삼켰다. 손길에 닿은 피부가 점점 붉어질수록 그녀의 몸에서 나는 체향이 더욱 친해졌다.

힘을 주어 가슴을 감싸자 작고 가는 손이 도윤의 어깨를 잡았다. 등을 받치고 있던 손바닥이 척추를 타고 내려와 매끄러운 엉덩이를 감쌌다.

비설에게 사내는 자신뿐이었다.

그의 손에 의해서만 열기에 젖은 신음을 토해 냈고, 그의 품에서만 흐트러진 모습으로 제 욕망을 숨기지 않았다.

"꽃이 폈네."

그가 지나갈 때마다 새하얀 피부가 붉게 물들며 흔적을 남겼다. 한지에 붉은 꽃을 그리는 것처럼 이를 세워 어깨를 깨무니 더 짙은 꽃이 피어올랐다.

운형이 만들어 놓은 멍에도, 아직 남아 있는 상처에도 도윤의 입술이 닿았고 손길이 지나갔다.

온몸을 채우는 감각에 눈앞이 흐릿해지고 촉촉해졌다. 앉아 있어서인지 들어오는 그의 분신이 어느 때보다도 버겁게 느껴졌다.

거친 행위가 거듭 이어지고, 멈추지 않을 것 같던 그의 움직임이 멈추었다.

"큭."

"하아."

온몸을 가득 채우는 그의 존재를 느끼며, 비설이 그의 몸에 자신을 기댔다.

밀착된 몸에서 느껴지는 온기가 너무나도 따뜻했다. 가쁜 숨을 거듭 토해 내는 비설의 입술에 도윤이 입술을 맞추었다.

그를 전부 받아들이느라 지친 비설의 가는 목에 얼굴을 묻고 숨을 깊게 들이마시니 그녀 특유의 달콤한 체향이 훅 밀려왔다.

이제야 나아진 그녀를 위해서는 참아야 했다.

"미안."

무슨 소리냐는 듯이 비설이 힘겹게 얼굴을 들었다. 동시에 아직 그녀의 몸에 남아 있던 그의 분신이 점점 더 노골적으로 느껴졌다. 손가락 하나 까딱할 힘도 없었지만, 그의 손길에 다시 열기는 퍼져 나갔다.

지친 비설을 눕힌 도윤이 그녀의 얼굴에 있는 땀과 눈물을 전부 빨아들였다.

온몸을 가득 채우는 그의 존재에 비설이 고통스러운 신음을 흘렸다. 두 번째로 연이어 받아들이는 것임에도 그는 조금 버거웠다.

"역시 무리였나?"

비설의 반응에 도윤의 눈이 파르르 떨렸다.

한 치의 틈도 없이 그를 붙잡는 그녀의 존재가 미쳐 버릴 정도로 유혹적이었다.

당장에라도 움직여서 그녀와 자신을 한계까지 몰아넣고 싶었지만, 그러기에는 평소와는 다른 표정이 마음에 걸렸다.

"괜, 괜찮아요."

"흐음."

"……정말 괜찮아요."

그가 마음껏 제 모습을 드러내는 건 그녀와 함께 있을 때뿐이었다.

그를 좀 더 느끼고 싶다.

살아남았다는 안도와 이제는 그의 연모를 마음껏 받아도 된다는 확신을 얻고 싶었다.

"저한테 주세요."

애써 참고 있던 인내는 그 순간 완전히 무너졌다. 주저하며 참았던 욕망이 터지자 움직임은 거칠어졌다.

배려라고는 없는 움직임에 비설이 참았던 신음을 한꺼번에 터트렸다.

세상이 전부 도윤으로 채워졌다.

그가 토해 내는 거친 숨이 얼굴에 닿았다. 빠져나갔던 그가 다시 밀고 들어올 때마다 알싸하게 퍼지는 고통만큼이나 쾌락도 함께 채워졌다.

"흐읏."

그녀가 할 수 있는 최선이라고는 도윤의 어깨를 붙잡고 몸을 기대는 것뿐이었다.

온몸에 가득 채워지는 열기를 버리듯이 숨을 몰아 내쉬고 새 숨을 들이마셨지만 부질없는 반항이었다.

쌓이고 쌓였던 열기가 절정에 이르고, 서로의 숨이 엉켜 누구의 것인지도 알 수 없게 되는 순간, 비설의 몸에 도윤이 몸을 완전히 묻었다.

아래로부터 느껴지는 이질감을 느끼며 비설이 참았던 숨을 토해 냈다.

"하아."

무슨 소리를 어떻게 냈는지 기억조차 나지 않았다.

침상에 힘없이 늘어진 비설의 눈에 맺혀 있던 눈물이 얼굴을 타고 흘러내렸다.

315

맑은 눈물이 바닥에 떨어지기 직전 도윤의 입술이 흐르는 눈물 위로 닿았다.

"맛있어."

그의 목소리가 들렸지만 대꾸할 힘도 없었다.

남은 힘이라고는 전혀 없는 비설과는 달리 아직 여력이 있는지 그가 연신 비설의 몸에 입술을 맞추었다.

"가만히 있어."

낮게 속삭이는 목소리가 간지러운지 비설의 입꼬리가 올라갔다. 그녀의 입술 끝에 다시 입술을 맞춘 도윤이 그녀의 몸을 어루만졌다.

쉬시라는 말을 꺼내려던 그녀가 허벅지 안쪽을 어루만지는 손길에 숨을 삼켰다.

"이만…… 쉬셔야…….."

"내가 움직일게."

"폐하."

"아직 허기가 가시지 않았거든."

보드라운 가슴을 이를 세워 긁어내리자 지쳐 있던 몸에 힘이 다시 들어갔다.

잠시나마 옅게 느껴졌던 그의 존재가 다시 다가왔다. 언제 그랬느냐는 듯이 밀착하며 다가오는 기세에 비설이 다시 열락에 빠져들었다.

무리하면 안 된다는 태의의 목소리가 들렸지만, 애초에 연도윤이라는 사내가 누군가의 말을 들을 이가 아니었다.

밖에서 뭐라 한다는 비설의 소리도 종종 들려왔다. 그때마다

316

대화의 끝은 다르게 변하더니, 더는 누구도 나오시라는 말조차 꺼내지 않았다.

"진짜 저한테 대답 듣기 전까지 안 나가실 거예요?"

침상에 나른하게 누워 있던 도윤이 비설의 물음에 감았던 눈을 떴다.

무슨 사내가 저리도 눈웃음을 잘 치는지, 바로 전까지 울컥 올라왔던 것이 또 눈 녹듯이 사라졌다.

전생에 이 사내와 어떻게 엮였는지 알 길은 없었지만 무척이나 그 인연이 질겨서 평생 도망가지 못할 것 같은 불안한 예감이 들었다.

"대답해 주게?"

도윤이 불길하리만큼 환하게 웃었다.

그와 함께 있는 게 싫은 건 아니었다. 하지만 내일이면 벌써 일주일째가 된다. 조례든 뭐든 나오셔야 한다는 목소리가 종종 들렸건만, 무엇이 그리도 태평한지 혼자만 느긋했다.

"대답해 주어도 안 나가실 거 같은데요."

"며칠 전보다는 눈치도 많이 나아졌네. 좀 더 있을까?"

"안절부절못하는 내시감의 소리는 안 들리시죠?"

"그랬어?"

전혀 놀라지 않는 얼굴로 놀란 척을 해 대니 늘어나는 것은 한숨뿐이었다.

왠지 얄미워서 도윤의 등을 꾹 꼬집으니 도윤이 미간을 살짝 구겼다.

"자꾸 이러면 자극된다고 했잖아."

자극이라는 말에 비설이 화들짝 뒤로 물러났다.

움직이면서 보이는 붉은 꽃물에 도윤이 불만족스러운 듯 미간을 좁혔다.

운형이 만든 상처는 아직 남아 있는데 제가 남겼던 잇자국은 벌써 희미해졌다.

"저 힘들어요!"

절대 안 된다는 듯이 비설이 날을 바짝 세웠다.

어차피 다가가면 거부하지도 않을 거면서 제 웅묘는 부질없는 거부부터 해 댔다.

손가락 까닥할 힘조차 없다는 비설을 씻기고 같이 잠들었던 것이 좀 전이었다.

밝은 침소에서 얇은 이불로만 몸을 가린 모습이 자꾸 시선을 끌었다.

"어차피 나한테 엮인 거 그냥 받아들이지 그래?"

잠깐이나마 잊었던 주제가 다시 나오자 비설의 말문이 막혔다.

피할 수 없다는 건 알았지만, 자리의 부담감은 쉽게 가시지 않았다.

이 상태로 도윤의 곁에 머물 수 없다는 건 알았지만 그래도 몸이 나은 후에 생각해도 될 문제이지 않은가?

비겁할 수 있었지만 시간이 좀 더 있었으면 했다.

"저 느린 성격하고는."

몸을 일으킨 도윤이 비설에게 가까이 다가갔다. 갑자기 그가 다가오자 놀란 비설이 피하려 했지만 그보다도 도윤이 먼저 비설의 허리를 잡아챘다.

안긴 채로 가슴골에 도윤이 얼굴을 묻으니 거듭 안겨 예민해진 몸에 다시 열기가 훅 차올랐다.

"내 황후로 있으려면 검을 놓지도 못할 거고, 그렇다고 궁에 처박혀서 온종일 여인의 도리나 귀족 부인들과 다과만 즐기며 살 수도 없을 거고, 내가 바쁘면 언제든지 일을 부탁할 테니 누리기보다는 못해 먹겠다는 생각부터 들게 될걸. 물론 네가 도망치고 싶다고 해도 보내 주지도 않겠지만 말이야."

비설이 무엇을 걱정하는지 알고 있다는 것처럼 품에 얼굴을 묻은 도윤이 내내 걱정하는 말을 꺼냈다.

그의 말을 듣던 비설이 조심스럽게 머리카락을 어루만졌다.

"내 형식적인 아버지라는 사람은 부인인 어머니를 존중하기보다는 그 앞에서 제가 품은 여인을 자랑하기에 바쁜 사람이었어서 말이지. 난 그 꼴을 볼 생각은 없어."

"폐하."

"사람을 연모하고 아끼는 건 한 명이면 충분해. 다른 사람을 볼 정도로 여유롭지도 않고 말이지."

종종 속마음을 보일 때마다 그나마 잡고 있었던 주저조차 단숨에 사라지게 했다. 그럼에도 잔걱정은 아직도 그녀를 괴롭혔지만, 비설은 남아 있는 걱정을 잠시 내려놓기로 했다.

하지만 벌써부터 마음을 말해 주고 싶지는 않다.

그에게 당한 것이 얼마나 많은데 이렇게 쉽게 답해 주고 싶지 않았다.

"흐으음."

비설의 표정이 달라졌지만, 말하지 않는 비설을 보며 도윤의 눈이 좁아졌다.

저런 점이 참 재미있었다. 동시에 성격 급한 그의 초조에 불을 더 지폈다. 여기서 더 몰아붙이면 답을 들을 수 있겠지만 그렇게 들어 봤자 자신의 웅묘는 내내 잔걱정만 할 것이 분명했다.

"죽림에라도 갔다 올까?"

"네?"

비설의 다리에 머리를 기댄 도윤이 편한 숨을 내쉬었다. 이렇게 시간을 보내기는 처음이었는데, 생각보다도 편안했다.

코를 묻고 숨을 들이마시면 달큰한 향이 코를 간질이니 모처럼의 평화가 즐겁기까지 했다.

"이헌을 놀리는 일이 재미나긴 하거든."

이제 자신 좀 그만 부르라며 돌아갔었던 헌의 모습이 아직도 눈에 선했다.

가지 않는 게 좋겠다는 말을 하려 했지만 이미 도윤은 결심이 선 듯싶었다.

"갈 때 남장하고 가."

"왜요?"

"다른 놈이 보는 게 싫거든."

누가 황제의 여인에게 시선을 준단 말인가. 그렇게 말해 봤자 이미 말을 꺼낸 당사자는 마음을 굳힌 후였다.

저 제멋대로인 사내와 맞춰 살아가려면 생각한 것 이상으로 힘들 것이다.

그렇다 해도 선택한 사람은 자신이었으니, 그 또한 결국은 그녀의 몫이었다.

＊＊＊

붉은 대례복에 곳곳의 치장이 어색했다.

비설의 손가락이 면경에 닿았다. 면경에 비치는 모습이 새롭다 못해 낯설었다. 손으로 만지면 화장이라도 지워질까 걱정되어 차마 얼굴을 만질 엄두조차 내지 못했다.

"혹 치장이 마음에 들지 않으십니까?"

비설의 표정에 긴장한 궁녀가 조심스럽게 물었다.

머리가 짧아서 치장하는 데 어려움이 있었으나 워낙 태가 고운 여인이라 치장을 하면 할수록 시선을 뗄 수 없을 정도로 아름다움을 발했다.

기대한 것보다도 훨씬 결과가 잘 나왔다며 좋아하고 있었건만, 정작 당사자인 비설이 굳어 있으니 저절로 긴장되었다.

"아니다. 마음에 든다."

"편하게 말씀해 주셔도 됩니다. 지금이라도 다시 만지면 되니……."

"치장은 너무나도 곱구나. 다만 어색한 건 어쩔 수 없는 것 같다."

길지 않은 삶이었지만 여인의 옷보다는 사내의 옷으로 자신을 가리며 살아왔다. 그런 그녀에게 화려한 대례복이나 짙은 화장은 받아들이기에 아직 어색했다.

즉위식이 바로 앞이었건만 아직도 실감이 나지 않았다.

그녀의 속마음을 연도윤이 안다면 징하다며 놀릴 것이 뻔했으나 그렇다고 마음을 속일 수도 없었다.

"황후마마. 이만 출발하시지요."

상궁의 말에 비설이 몸을 일으켰다.

길게 늘어뜨린 옷자락 때문에 한 걸음을 떼기도 쉽지 않았다. 그녀의 수발상궁인 박 상궁이 팔을 붙잡자 나머지 궁녀들이 대례복의 치맛자락과 소매를 붙잡았다.

마음은 성큼성큼 걸어가고 싶은데 한 걸음 옮기기가 너무나도 힘들었다.

"소인들이 잡고 있으니 너무 걱정하지 마십시오."

"내 여인의 옷에 적응이 안 되어서 그런 것 같다."

"대례복은 무겁기도 하고 워낙 길어서 선대의 황후마마께서도 힘들어하셨습니다. 마마께서만 그런 것이 아니니 너무 마음에 두지 마십시오."

궁을 나오자마자 보이는 커다란 가마에 비설이 숨을 삼켰다.

항상 걸어 다녔던 황궁을 가마를 타고 이동하려니 어색했다. 아직은 낯선 일투성이였지만 그럼에도 불구하고 심장이 뛰었다.

양옆으로 서 있던 귀족들이 비설의 가마를 발견하자마자 몸을 숙였다.

"왜 이리 늦게 와?"

귀족들의 인사를 받으며 긴 계단을 오른 비설을 맞이한 도윤의 첫인사였다.

원래 저런 사람인 줄은 알았지만 이 상황에서도 전혀 떨리지 않는지 불쑥 짜증이었다.

"햇볕이 강해서 말라 죽는 줄 알았다."

"그런 것치고는 말짱하신데요."

"안 오길래 도망간 줄 알고 끌고 오려 했다."

"진짜 그러셨으면 이곳이 난리가 났겠네요."

즉위식을 치르려는 황후를 황제가 직접 끌고 왔다 하면 두고두고 대신들의 입에 오르내릴 것이 분명했다.

정상에서 멀리 떨어진 사내와 사는 일은 쉽지 않겠지만 그래도 이렇게 마주하니 심장이 떨리고 안심이 되었다.

"옷도 길고, 준비도 할 게 많아서 그래요."

당연한 것을 태연히 말하자 도윤이 소리 없이 한숨을 내쉬었다.

자신과는 너무나도 다른 여인이었다. 꾀를 부리지도 않았고, 수를 쓰면 미련하리만큼 당하면서도 이겨 내려 했다.

아무리 생각해도 그가 그녀에게 빠질 이유가 없었다.

'내 팔자지.'

잠시라도 눈에서 벗어나면 안도가 되기보다는 더 불안했다. 제멋대로 치미는 광기도 비설이 곁에 있으면 잠잠해지니 이런 삶도 나쁘지 않았다.

"내 코가 꿰인 거지, 뭐."

"네?"

"곱다는 거다. 벗겨 버리고 싶을 만큼."

경악할 말에 말문이 막힌 비설이 입을 벌렸지만, 도윤은 진심이었다.

꿰여도 단단히 꿰였다.

즉위식이고 뭐고 저 대례복 안의 보드라운 살에 얼굴부터 묻고 싶었다.

"곱다는 말까지만 알아들을래요."

"그 뒤가 더 중요한데?"

"폐하. 황후마마."

보다 못한 내시감이 둘을 향해 속삭였다. 그제야 대화를 멈춘 둘이 일렬로 서 있는 귀족을 향해 몸을 돌렸다.

내관이 내미는 잔의 술을 비우고, 상궁이 이끄는 대로 도윤의 앞에 몸을 숙였다. 도윤이 씌워 주는 황후의 관을 받은 비설이 긴장하듯 숨을 몰아쉬었다.

"고생길로 들어선 걸 축하한다."

진짜 축하인지 저주인지 모르는 말을 해 주며 도윤이 웃었다. 마치 처음 만났었던 그때와 같은 얼굴로 건네는 말을 들으며 비설이 입꼬리를 올렸다.

"고생을 혼자 하지는 않을 테니까요."

생각지 못한 역공에 도윤이 재미있다는 듯이 웃음을 터트렸다.

도윤이 손을 내밀자 비설이 그 손을 주저 없이 잡았다.

❉❉❉

주에도 여름이 찾아왔다.

제 손으로 해도 되건만, 일이 되지 않는다며 비설이 머무는 한경궁으로 찾아온 도윤이 그녀를 품에 안은 채 뒤에서 부채질을 해 주고 있었다.

도윤의 손이 옮겨 갈 때마다 시원한 바람이 얼굴을 스치고 갔지만, 솔직히 편하다며 즐기기에는 도윤의 팔이 너무나도 아파 보였다.

"제가 해도 돼요."

비설의 만류에도 도윤이 입꼬리를 올렸다. 저리 미소 짓는 게 불안했다.

"날이 꽤 덥네."

귓가에 들리는 속삭임에 비설이 입술을 깨물었다.

날도 더운데 왜 일부러 여기까지 와서 비설의 몸에 찰싹 붙어 있는지 알 수 없었다. 부채의 바람이 아무리 시원해도 사람끼리 몸을 밀착하고 있는데 더위가 가실 리가 없었다.

"차라리 제 뒤에 안 붙어 계시면 덜 더우실 텐데요."

"그건 싫고."

청개구리도 저런 청개구리가 없었다.

하물며 세상 편한 도윤과는 다르게 비설은 배워야 할 것도 많았고, 해야 할 숙제는 전보다도 많았다.

호위 시절, 배울 때보다 몇 배는 어렵고 까다로운 숙제를 간신히 해 놓아도, 확인하는 과정에서 조금이라도 실수가 있으면 처음부터 다시 시작하기 일쑤였다.

"폐하. 더워요."

"부채질해 주고 있잖아."

"차라리 떨어져 계시면 덜 더울 거 같아요."

"황후야. 심심하다."

"저는 바빠요."

심심하다며 노래를 불러도 집무실에는 도윤이 해야 할 일이 산더미처럼 쌓여 있을 것이다. 자신은 쌓여 있는 서책만 봐도 머리가 아파 왔건만, 자신보다 배는 일이 많은 그는 너무나도 평온했다.

"폐하께서도 바쁘시잖아요."

"응. 바빠."

"그런데 왜 여기에 계시냐고요."

"심심하다니까."

"심심한데 왜 옷 속은 파고드세요!"

대화의 끝은 언제나 이 꼴이었다.

옷을 단단히 여며도 도윤의 손에서는 너무나도 힘없이 풀어졌다. 하지 말라며 도망가려 했지만, 이미 그에게 허리를 붙잡힌 뒤였다.

밀어내는 손조차 붙잡은 도윤이 헝클어진 비단옷 사이를 파고들었다. 이를 세워 귓불을 깨물자 열기가 훅 밀려왔다.

"폐하!"

"더우니까 벗자."

이 상태면 더 더워질 거 같습니다만.

그 말을 꺼내기도 전에 고름이 풀린 옷이 몸을 타고 흘러내렸다. 흔적처럼 남겨져 있는 꽃물을 보는 도윤의 눈이 부드럽게 휘었다. 어깨에 남아 있는 희미한 멍에 입술을 묻자 비설이 뜨거운 한숨을 내쉬었다.

"박 상궁이…… 하아."

"박 상궁이 뭐?"

"폐하께 그만 좀 무시라고…… 흐읏."

가슴을 감싸고 희롱하는 손길에 비설이 진저리를 쳤다.

말이 끝나자마자 지난밤 그가 물어 남은 잇자국에 말캉한 혀가 닿았다. 과일도 아니고 하도 물어 대니 타락으로 만져도 피부에 남은 자국이 가라앉지 않았다.

"시중을 드는 어린 항아가 폐하께서 저에게 손을 드시는 줄 안다구요."

도윤이 이끄는 대로 자리에 누운 비설이 억울한 듯 뾰족하게 내뱉었다.

비설의 힐난에 허리를 어루만지며 쇄골을 빨아들이던 도윤이 눈을 좁혔다. 그가 흔적을 남겨도 비설이 버텨 내니 자제는 생각도 하지 않은 것이다.

"흠. 좀 많기는 하네."

"잘 가라앉지 않는다구요."

"아파?"

가슴에 나 있는 검붉은 잇자국을 도윤의 손가락이 쓸었다. 아무리 그래도 비설에게 손을 들었다고 오해를 받다니 그건 마음에 들지 않았다.

이제라도 자제를 하라니, 제 품에 나긋하게 안기는 여체가 주는 쾌락이 미치도록 좋은 것을 어쩌란 말인가?

"아프지는 않지만 그래도 옷에 닿으면 좀 따가워요."

"안 입고 있으면 되겠네. 전처럼 일주일만 같이 있을까?"

그런 무시무시한 소리를 아무렇지도 않게 말하냐며 눈을 치켜 뜨는 순간, 그녀에게 그가 자신을 묻었다.

묵직하게 들어오는 존재에 시작은 고통이었고, 이후에는 알싸한 쾌락이었다.

"하아."

깨문 입술 사이로 새어 나오는 신음 소리가 그를 더욱 미치게 했다. 무게를 실어 그녀에게 더 깊게 묻으니 쥐어짜듯 참으려 했던 신음이 좀 더 커졌다.

"소리 내."

이런 상황에서도 주변을 의식하는 비설이 마음에 들지 않는다. 그와 함께 있을 때의 그녀는 자신만 생각하고 그만 봐야 했다.

촉촉하게 젖은 눈에 맺혀 있던 눈물이 길게 흘러내렸다. 그럴 수 없다며 고개를 저으려는 순간, 도윤의 움직임이 좀 더 거칠어 졌다.

숨과 섞인 신음이 토해지듯 터져 나왔다. 생각보다도 큰 신음에 놀란 비설의 눈이 커졌지만, 그 신음에 아슬아슬하게 참고 있던 인내의 끈은 완전히 풀어졌다.

더위보다도 더 뜨거운 열기가 방을 가득 채웠다.

"하앗."

연이은 움직임이 한계로 몰아갔다. 마주 잡은 손이 거친 움직임에 같이 흔들렸다.

한계로 몰아붙이던 행동의 절정에서 도윤이 그녀에게 자신을 묻었다. 이제는 셀 수도 없을 만큼 많이 그녀를 품에 안았지만 허기는 좀처럼 가라앉지 않았다.

그녀만이 줄 수 있는 허기와 만족이었기에 더더욱 더 가까이 두고 싶었다.

"사흘만 이대로 있자."

"……안 돼요."

"……."

"스승님이 내어 주신 숙제가 너무 많아요. 이번에도 못 하면…… 하아."

"못 한 걸로 혼을 내시겠다면 들어와 보든지."

황제인 그가 황후와 있겠다는데 누가 들어오겠는가?

안 된다며 고개를 젓는 비설의 입술을 입맞춤으로 막으며 도윤이 그녀의 몸에 자신을 다시 새겼다.

❄❄❄

"이게 뭐지?"

나신의 비설을 안고 있던 도윤이 흐트러져 있는 그녀의 비단옷에서 처음 보는 노리개를 집어 들었다.

　황후를 상징하는 자색 옥으로 조각된 토끼 노리개는 장신구에는 관심도 없는 도윤이 봐도 정교했다.

　"박 상궁이 몸에 지니고 다니라면서 달아 주더라고요. 진짜 토끼처럼 생겼죠?"

　"토끼가 무슨 의미인지는 알아?"

　"네?"

　토끼면 토끼지 또 무슨 의미가 있나?

　전혀 모르겠다는 비설의 표정에 도윤의 눈이 반짝였다. 최근 눈치가 늘어 놀리기가 어려운 비설에게 드디어 틈이 보였다.

　도망가지 못하게 비설의 허리를 단단히 감싼 도윤이 비설의 어깨에 턱을 기댔다. 그에게 몸을 기대고 있는 비설의 몸이 보드라웠다.

　"다산이거든."

　"네?"

　"토끼가 다산의 상징이잖아. 잘은 모르지만 서문에서는 혼인하는 여인에게 토끼 문양이 새겨져 있는 장신구를 주는 게 관습이었을걸. 주에서도 그러는지는 몰랐네."

　도윤의 말이 이어질수록 비설의 얼굴이 다른 의미로 붉어졌다. 그저 토끼가 살아 있는 것처럼 정교하고 귀여워서 달고 다녔던 것이었다.

　그런데 다산이라니. 그녀의 노리개를 본 궁녀들과 상궁들이 얼마나 속으로 웃어 댔겠는가?

　"남우세스럽게…… 박 상궁은 무슨 생각으로 저런 것을!"

"무슨 생각이겠어. 어서 아이부터 낳으라는 거지!"

비설이 아무 말도 하지 않자 도윤이 고개를 돌려 그녀의 얼굴을 보았다. 이제는 붉어진 것을 떠나 창백해진 비설을 보며 도윤이 웃음을 참았다.

전혀 모르는 것도 아니면서 부끄러워하는 모습이라니, 저러니 더 약 올리고 싶은 것이 아닌가!

"낳으면 되잖아."

"아…… 그, 그렇지만요. 아니! 그래도 그건 폐하와 제가 할 일이죠. 무슨…… 저런 노리개를 달아 주면서까지 무슨…… ."

"그들이 할 일이잖아. 후계가 없는 황제는 불안하니까 더 그러는 것일 수도 있고."

"누가 감히 그런 망극한 생각을…… 흐읏."

잇자국이 남은 가슴에 도윤의 손이 닿자 여운이 남은 몸이 옅게 떨렸다.

깊은 연모만큼이나 도윤의 아낌없는 총애를 받고 있었지만, 그래도 아이는 아직 생각해 보지 않았다.

황후의 자리이고, 그녀 또한 어머니가 될 날이 오겠지만 그래도 즉위한 지 얼마나 되었다고 벌써 이러는 것인지 얼굴의 화끈거림이 쉽게 가시지 않았다.

"입맞춤하다가 입술 데겠다."

"박 상궁에게 단단히 말해야겠습니다! 무슨…… 아직 걱정할 상황은 아니지 않습니…… 폐하!"

하소연은 들은 척도 안 하고 몸에 흔적만 남기려는 도윤을 향해 비설이 뾰족하게 쳐다봤다.

그녀의 서슬 퍼런 시선에 도윤이 더 다가가는 대신 한숨을 내쉬었다.

"아이가 있어도 괜찮을 것 같은데."

"이제 즉위한 지 몇 달도 되지 않았는걸요."

"몸을 섞기 시작한 건 그 전…… 아얏!"

거침없이 나오는 말에 비설이 도윤을 퍽 때렸다.

고운 비단옷에 치장을 했어도 웅묘의 주먹은 예전이나 지금이나 무척이나 아팠다.

품에 갇혀 있는 여체가 미치도록 유혹적이었지만, 이대로 밀어붙였다가는 이번에는 저 주먹이 팔이 아니라 얼굴로 향할 것이다.

더 다가오는 대신 비설의 몸에 자신을 맡긴 도윤이 나른한 숨을 내쉬었다.

"널 닮으면 아이는 곱겠네."

"외양은 폐하를 닮아도 좋지만, 성격은 절 닮았으면 좋겠어요."

"왜?"

"폐하는 미치셨잖아요."

정상에서 혼자 저 멀리 떨어져 있으면서도 자기 혼자만 그 심각한 상황을 몰랐다.

툭하면 잇자국이 나도록 물지를 않나, 제가 하고 싶은 일이 있으면 상대방은 생각도 않으며 밀어붙이지를 않나, 사람의 말을 툭하면 반대로 알아들은 척을 하지 않나!

떠올릴수록 아이가 닮지 않았으면 하는 일만 늘어 갔다.

도윤이 나쁘다는 것은 아니었지만, 적어도 그와 자신의 아이들은 다른 사람과 비교적 무난한 대화를 했으면 했다.

"넌 네 가군에게 미쳤다는 말을 하면 어쩌자는 거냐?"

"사실은 사실이니까요."

주저도 없이 나오는 말에 도윤이 미간을 좁힌 것도 잠시, 곰곰이 생각하던 도윤이 얼굴을 찌푸렸다.

고운 비설의 얼굴로 자신의 똑같은 말투를 쓴다.

"생각보다 좀 징그러운 것 같다."

아이의 생각을 하다 보니 치밀었던 욕망이 사그라졌다. 그래도 비설의 몸은 떨어지기 힘든 유혹이었기에 그녀의 품에 안긴 도윤이 보드라운 피부를 연신 어루만졌다.

혼란이 더 좋은 도윤이었지만 비설과 함께 있는 평온은 그에게도 나쁘지 않았다.

"깨물지만 마세요."

비설과 있어도 그다지 평온은 아닌 듯싶다.

잊고 있었던 사실에 도윤이 피식 실소를 터트렸다. 종종 정사를 나누지 않아도 비설의 손이나 목에 잇자국을 남기는 것은 여전했다.

처음에는 비설의 흔적에 당황하던 상궁도 이제는 도리어 잇자국이 없으면 도윤과 무슨 문제라도 있는지 걱정할 지경에 이르렀다.

비설의 말을 들었는지 안 들었는지 입술을 묻고 있던 어깨를 잘근 깨물었다.

"깨물라는 거 아니었어?"

흘겨보는 시선에 도윤이 아무것도 모른다는 눈으로 능청을 떨었다. 다른 건 몰라도 그와 그녀의 아이는 성격만큼은 도윤이 아니라 자신을 닮아야 한다.

"이번에 비서령으로 들어온 여인은 봤어?"

"아직 만나지는 못했어요."

"내일 입궁할 거야. 만나 봐. 재미있을 거야."

여인에게도 관직의 기회를 주겠다는 선언에 귀족들은 발칵 뒤집혔지만, 반란을 제압하면서 귀족들 위에 철저히 서게 된 도윤에게 이를 드러낼 이는 아무도 없었다.

새로 들이는 이는 가문이라는 틀만 있을 뿐, 동생과 혼자 버텨왔던 여인이었다. 그래도 기회를 줄 정도로 영특했다.

"제가 만났다고 하면 또 한 소리씩 하겠네요."

"매혹적인 황후님에게 빠져든 황제가 국정을 혼란스럽게 한다고 하겠지."

"더더욱 후궁을 받아들이라는 간언을 드리겠네요."

"싫으면 미리 막을까?"

"아니요. 그러지 마세요."

도윤은 신경조차 쓰지 않는 일에 휘둘리고 싶지 않았다.

몸을 돌린 비설이 도윤의 뺨을 감쌌다. 곁에는 마음을 준 여인이 같이 있었고, 막연하게 생각했던 계획은 하나씩 현실로 진행되었다.

"인생은 참 재미있어."

힘들어 죽을 것 같으면서도 또 어느 순간 이 정도만 살아도 괜찮다는 생각이 들었다.

모든 일이 예상대로 되는 것은 아니었지만 그렇기에 매 순간이 긴장의 연속이었다.

"좀 더 고생하자."

도윤의 속삭임에 미소를 지은 비설이 그의 이마에 입술을 맞췄다.

"폐하. 나라의 기강을 위해서는 후계를 공고히 하시어 기반을 다지셔야 합니다. 속히 후궁을 들이시어 흔들렸던 나라의 기강을 다지시옵소서."

"폐하. 역도의 무리가 모두 죄의 대가를 치렀다고 하지만 언제 또 역모가 일어날지는 아무도 모르는 일이옵니다. 귀족들의 여식을 후궁으로 들이시어 굳건한 주를 만들어 주시옵소서."

대전 안에서 들리는 귀족들의 말에 비설의 눈이 좁아졌다. 긴 소매로 가리고 있던 손은 핏줄이 도드라지도록 단단히 쥐여 있었다.

이제 겨우 비설이 황후로 올라온 지 반년이 지났을 뿐이었다. 가문이 없는 그녀가 황후 자리에 올랐으니, 비어 있는 후궁의 자리만큼은 절대 놓치지 않겠다는 욕심이 보였다.

"자리를 옮기시는 것이 어떠시겠습니까?"

뒤에서 들리는 목소리에 비설이 고개를 돌렸다.

이제는 그녀를 호위하게 된 채현이 웃음을 억지로 참는 기색으로 묻고 있었다.

이제는 황후이니 약을 올릴 수는 없고, 그녀의 성격이 어떤지는 알기에 묻고 있는 것이었다.

"황후로 있으니 폐하와 성격이 닮아 가는 것 같다."

"네?"

채현의 물음을 넘기며 비설이 크게 숨을 몰아쉬었다.

황후에게 후계가 생기기 전에 후궁을 들인다면, 그리하여 도윤의 총애가 후궁에게로 넘어가고 그 후궁이 용종을 품게 된다면,

그렇게 권세를 잡을 생각을 하는 귀족들의 목소리가 계속 귓가에 맴돌았다.

"박 상궁."

"예. 황후마마."

"여기서는 참아야겠지?"

"폐하의 총애를 아낌없이 받으시는 황후마마를 시샘하는 무리일 뿐입니다. 너무 마음에 담지 마시지요. 폐하께서 후궁은 마음에 없으시다는 말씀을 하시지 않으셨습니까?"

도윤에게 그 말을 듣기는 들었다. 그것도 지겨우리만큼 듣고 또 들었다.

두 번 말하는 것을 싫어하는 도윤이 그렇게 말했다는 것은 그만큼 저들이 했던 말을 또 하고 또 했다는 말밖에 되지 않았다.

두둔해 줄 가문이 없는 황후 따위 총애가 사라지는 대로 없앨 궁리나 하고 있을 것이었다.

"누가 멋대로 죽어 준다고 했는가!"

"황후마마?"

비설의 변화를 바로 옆에서 보던 채현이 입술을 깨물었다. 남장하고 검을 휘두르지만 않을 뿐, 오랜 시간 무인으로 지낸 황후였다.

지금은 자신의 자리에 최선을 다하겠다며 참았지만, 본디 그녀는 참기보다는 확실하게 갚아 주던 이였다. 괜찮다며 참은 것도 세 번이 넘었으니 슬슬 터질 때가 되었다.

"그리 참으시다가는 화병 나십니다."

"호위님께서는 황후마마께 무슨 말씀을 하시는 것입니까? 황후마마. 한경궁에 다과 자리를 준비하겠습니다. 따뜻한 차라도 드시면 기분이 한결 나아지실 것입니다."

"내 기분이 나아진다고 저들이 하던 짓을 안 하겠느냐?"

생각할수록 화가 났다.

사람을 그래도 자리에 앉혀 놓았다면 최소한 1년은 지켜봐야 하는 것이 아닌가?

무엇이 저리 급해서 마음에도 없다는 도윤을 계속 건들고 또 건든단 말인가?

저러다가 도윤이 마음이라도 바꾼다면…….

'내가 어떤 마음을 먹고 올라온 자리인데!'

황후의 자리에 욕심은 없다.

하지만 연도윤의 부인 자리만큼은 누구에게도 양보할 수 없다.

"고하라."

"황후마마."

"듣지 못한 것이냐? 말씀을 올리라 했다."

화가 머리끝까지 난 황후를 보던 박 상궁이 채현을 흘겨보았다. 그러자 채현은 억울하다는 표정으로 고개만 저었다.

"폐하. 황후마마께서 드셨습니다."

후궁을 들이라던 목소리가 그 순간 완전히 멈추었다.

문이 열리고 가장 먼저 보이는 도윤을 향해 몸을 숙인 비설이 마음을 다잡았다.

"완전히 밟아 버리시지요. 황후마마."

재미있어 죽을 것 같은 표정으로 채현이 비설에게 속삭였다.

그가 굳이 그런 말을 하지 않아도 비설 또한 이번에는 그냥 넘어갈 생각은 없었다.

황후의 권력이 무엇인지는 모르지만 적어도 자신의 존재 따위 신경도 안 쓰는 저들에게 후궁은 쉽지 않다는 것 정도는 보여 줄 것이다.

"송구하옵니다. 폐하. 대전 밖에서 듣고 있자니 신첩 드릴 말씀 이 있어서 이리 오게 되었습니다."

"음. 할 말이 있으면 해야지."

너무나도 지겹고 무료하던 찰나에 나타난 비설의 존재에 도윤 이 눈을 빛냈다.

제대로 화가 났다.

눈물까지는 나지 않았지만, 눈가가 촉촉해진 것이, 그저 달래 는 정도로 넘길 수 없게 되었다.

'그러게 내 적당히 말하라고 하지 않았나.'

그동안 잘 참고 있었건만, 결국 이렇게 될 일이었다.

"황후께서 하실 말씀이 있다 하니 그대들은 경청하라."

도윤의 허락에 비설이 숨을 길게 내쉬었다.

곱지 않은 시선으로 그녀를 보는 귀족을 보며 비설이 고개를 세 웠다.

"우선 나라를 걱정하시는 그대들의 노고에 내 부족하지만 감사 드린다는 말씀은 드리고 싶었소. 하지만 후궁을 논하기 전에 우선 은 그대들이나 나나 증명을 해 보여야 하지 않겠소?"

"무슨 말씀을 하시는 것인지요? 황후마마."

"내가 황후의 자리에 오른 지 이제 겨우 반년이고, 그대들의 절 반 이상은 반년 전 역모로 공석에 된 자리에 오른 이들이라고 알 고 있소. 그렇다면 그대들이나 나나 폐하와 나라에 온 힘을 다해 야 하지 않겠소? 내 그대들에게 어떤 말도 꺼내지 않았는데 어찌 하여 날 황후로 추대해 놓고 신뢰를 보이지 않는 것이오? 혹 내가 가문의 비호를 받을 수 없는 여인이라 언제든지 폐위시킬 수 있으리라 생각한 것은 아니오?"

"어찌 그런 말씀을 하시는 것입니까?"

"소인들은 억울하옵니다. 황후마마."

좀 전까지 후궁을 받아들이셔야 한다며 목소리를 높이던 귀족들이 다급히 말을 바꾸었다.

비호할 가문은 없지만 도윤의 절대적인 총애를 받는 황후였다.

내명부를 담당할 뿐, 절대 국정을 논하는 대전에 나설 수 없는 황후가 대전으로 스스로 들어와 귀족들에게 잘잘못을 말하고 있었건만, 정작 그녀를 말려야 할 도윤은 상황을 지켜보기만 할 뿐 나서지 않고 있었다.

"그대들은 내명부의 일을 논하기 전에 백성들에게 무엇이 가장 급한지부터 생각하고 말씀을 드리는 것이 맞지 않겠소? 백성의 목소리를 듣고 폐하께 전하는 것이 그대들의 존재 이유일 터, 폐하의 후계를 걱정해야 할 사람은 그대들이 아니라 황후인 내가 할 일이오."

"황후마마. 소인들이 폐하께 말씀드린 것은……."

"폐하께서 허락하시어 후궁을 들게 된다면 내 기꺼이 받아들일 것이나 입궁한 그들을 보며 내 그대들이 나에게 보인 적의가 떠오르지 않을 거라는 기대는 하지 않는 것이 좋을 것이오."

"황후마마!"

"나는 나를 지켜 줄 가문이 없고, 무인으로 시작했기에 자비보다는 대가를 먼저 받아 내던 사람이오. 나는 속이 옹졸하여 참지를 못하니 그대들에게 받은 모욕으로 남은 앙금이 죄 없는 그대들의 여식에게 가지 않게 하길 바라오."

쏟아 내듯 터트리고 나니 너무나도 서러웠다.

죄를 짓지도 않았는데 벌써 죄인이 되어 버린 불쾌한 기분이 화를 내도 사라지지 않았다.

입술을 깨문 채 주변을 보던 비설이 도윤을 향해 몸을 숙였다.

홧김에 저질렀지만 그를 마주 볼 자신이 없다.

"신첩. 오늘의 잘못에 대한 처벌은 달게 받겠습니다."

전혀 잘못하지 않았다는 눈빛으로 잘못했다는 말을 하고 있었다.

울 것 같은 비설에게는 미안했지만, 그 모습조차 도윤에게는 귀여울 뿐이었다.

"황후는 궁에 돌아가 있어라. 이후의 일은 짐이 알아서 하겠다."

도윤을 보던 비설이 대전을 빠져나갔다.

비설이 사라진 대전에서 권좌에 몸을 맡기고 있던 도윤이 몸을 일으켰다.

"짐이 황후는 참 잘 얻었지. 경들은 어찌 생각하는가?"

"폐하. 아무리 그러셔도 대전에 황후마마께서 들어오시는 것은 법도에…… ."

"법도가 썩었다면 바꿔야지. 그리고 황후가 말을 잘못한 것이라도 있는가?"

도윤의 반문에 꿀 먹은 벙어리처럼 귀족들이 말문을 닫았다.

대답도 제대로 못 할 거면서 왜 저지르고 보는지 도윤의 머리로는 전혀 이해가 되지 않았다.

비설은 경고를 던졌지만, 도윤도 도윤대로 이 상황을 마무리 지어야 했다.

"황후에게 내명부의 법도로 압박할 수 있다면 후궁의 이야기를 꺼내라. 그럴 자신이 없다면 황후의 말대로 해야 할 터, 그대들은 언행을 조심해야 할 것 같구나."

그만하라고 몇 번을 경고를 해도 듣지도 않던 이들의 입이 비설의 돌직구에 막혀 버리니 치밀었던 짜증이 살짝 가라앉았다.

"오늘 여기까지만 하겠다. 모두 물러나라."

귀족은 신경조차 쓰이지 않았지만, 몸을 돌리면서 보였던 비설의 표정이 아직도 눈에 선했다.

몸을 숙이는 이들을 무시하며 도윤이 대전 밖으로 걸음을 옮겼다.

❋❋❋

"폐하."

인사를 하던 박 상궁을 막은 도윤이 정자에 앉아 있는 비설의 등을 물끄러미 바라보았다. 똑 부러지게 말은 잘했어도 사람의 마음이 말처럼 쉽게 정리되는 것은 아니었다.

유난히도 작은 체구에 머리에 쓰고 있는 황후의 관이 너무나도 무겁게 보였다.

"모두 물러나라."

고개를 숙인 내관과 궁녀가 모두 사라진 후, 도윤이 비설의 앞에 섰다.

눈물을 흘리지는 않았지만 눈가에 그렁그렁 맺힌 눈물이 곧 떨어질 것처럼 위태로웠다.

말을 건네는 대신 비설의 앞에 한쪽 무릎을 꿇은 도윤이 주먹을 쥐고 있던 손을 붙잡았다. 평소와는 다른 떨림이 마주 잡은 손에서 느껴졌다.

"이제 못 물린다?"

생각지도 못한 대답에 비설이 피식 실소를 터트렸다.

황후의 관이 무겁다는 생각은 들지 않았다. 하지만 이런 감정 싸움을 계속할 생각에 마음이 무거워지는 건 어쩔 수 없었다.

"후궁을 받아들인다는 말씀만 해 보세요. 물리고 못 물리고 다 떠나서 도망칠 거예요."

"도망치게 둘 것 같아?"

웃음기가 남아 있는 답이었지만, 비설을 보는 도윤의 눈에는 작은 떨림조차 없었다. 비설이 도망치려 한다면 도윤은 그녀의 다리를 찔러서라도 황궁에 주저앉힐 터였다.

도윤의 연모를 부정하지 않지만 이미 나 버린 화가 가라앉지 않았다.

"말 같지도 않은 말은 듣지 마. 개가 짖는 소리까지 다 신경 쓰면 병나."

도윤의 위로 아닌 위로에 비설이 입술을 깨물었다. 서운하고 화가 나고…… 그러다 보니 화가 더욱 치밀었다.

"아니 도와줄 생각은 안 하고 제 목에 칼을 꽂을 생각만 하고 있잖아요. 그리고 후궁이요? 후궁을 들여서 후계를 얻으라고요? 황후 즉위식에서부터 다른 생각을 하고 있었다는 거잖아요."

제대로 화가 났는지 도윤조차 보지 않은 채 비설이 내내 머릿속에 맴돌던 생각을 한꺼번에 터트렸다.

울음을 터트리며 자책을 할 줄 알았던 것과는 달리 귀족들에 이를 가는 비설에 도윤이 말을 건넸다.

"호위였으면."

"그 입 닥치라고 검을 휘둘러 댔겠죠."

기다렸다는 듯이 나오는 말에 도윤이 참았던 웃음을 터트렸다.

잡은 손에 얼굴을 묻은 도윤이 눈을 감았다.

"죄송해요."

한참 동안 분을 삼키던 비설이 도윤을 보며 미안한 듯 눈을 내렸다.

그녀 덕분에 도윤 혼자서 감당하던 일을 나눌 수 있게 되었다.

안정된 삶을 전혀 생각하지 않던 도윤에게 비설은 다른 길도 있다며 보여 준 여인이었다.

"내가 혼내 줄게."

생각하지 못한 말에 비설이 웃음을 터트렸다.

어린아이도 아니고 지금도 힘든 그에게 짐이 될 수는 없다. 순간의 분노에 저질렀지만 남은 것은 찜찜한 기분뿐이었다.

이제는 그렇게 하지 않을 터, 그녀의 방종은 도윤에게 피해가 될 수 있었다.

"제가 해야 할 일인걸요. 이제는 그러지 않을 거예요."

"음. 종종 나서 주는 게 난 편한데……."

"황후가 폐하의 권위에 맞서려 한다는 오해를 살 수 있어요. 조심할게요."

"신경 쓸 필요 없어."

몸을 일으킨 도윤이 비설의 옆으로 자리를 옮겼다. 도윤이 옆으로 오자 이번에는 비설이 그의 손을 감쌌다.

자신은 버겁고 무겁다고 느끼는 삶을 도윤은 십여 년을 넘게 버텨 냈다.

그녀가 아무리 노력한들 도윤처럼은 될 수 없겠지만 그래도 지금보다 더 노력할 것이다.

"그런 일은 없겠지만 혹 또 이러면 몰래 죽여 버려. 모르는 척해 줄게."

"무시무시한 말을 정말 아무것도 아닌 것처럼 하시네요."

말은 그리했지만 기분이 풀렸는지 한결 나아진 표정으로 비설이 도윤을 보았다.

이제야 좀 원래대로 돌아온 그녀와는 달리 도윤의 얼굴은 좀 전보다도 굳어 있었다.

그렇게 도와주지 않아도 황후의 의무를 다하겠다며 무리하는 비설이 내내 마음에 걸렸었다. 이제는 괜찮다고 하지만 운형에게 겪었던 일은 좋지 않은 기억이 되어 잠든 비설을 괴롭혔었다.

자신이 가진 것을 넘치도록 줘도 모자라건만, 겨우 제 손으로 앉혀 놓은 것들이 비설에게 적의를 드러냈다.

'한 번 더 정리를 해야겠군.'

얼마 뒤, 후궁을 들이셔야 한다며 선두에 섰던 가문의 귀족들이 황병의 군수품을 빼돌렸다는 죄명으로 목이 베이고 옷을 벗었다.

연루된 자들은 연신 억울하다며 소리를 외쳤지만, 정작 그 말을 들어야 할 도윤은 관심조차 주지 않았다.

총애하는 황후를 건들면 목숨이 위험할 수 있다는 이야기가 귀족들 사이에서 퍼져 나가고, 후궁의 문제로 벌 떼처럼 일어섰던 귀족이 언제 그랬느냐는 듯이 몸을 숙였다.

"일부러 그러신 거죠?"

비설의 물음에 도윤은 언제나 그렇듯 모르쇠로 일관했다.

그녀가 감당해야만 하는 일도 분명 있지만, 굳이 감당할 필요 없는 일에까지 무리할 이유는 없었다.

그녀를 지켜 줄 가문 따위 필요 없다. 제 작은 웅묘에게는 제가 가진 것을 기꺼이 내어 주고 지켜 주면 될 일이다.

내명부에 갇혀 있던 자신의 어머니 같은 일은 비설에게는 없을 것이다.

필요하다면 얼마든지 그녀를 제 앞에 내세울 터, 그녀는 자신이 포기한 만큼 더 많은 것을 얻게 할 것이다.

❄ ❄ ❄

검을 들지만 않았을 뿐, 여전히 황궁에서의 삶은 치열한 대립과 보이지 않는 전쟁 중이었다.

때로는 내어 주고, 또는 전부를 가져오면서 나라는 굳건해지고 도윤의 힘은 더욱 견고해졌다.

황제가 절대적인 권력을 가지게 되자 귀족들은 또다시 외척에 욕심을 냈지만, 흐르는 시간만큼이나 황궁의 삶에 적응해 가는 황후는 호락호락하지 않았다.

"이미 코 꿰였잖아. 도망갈 생각 자체를 하지 마."

종종 버거운 비설이 도망간다는 말을 꺼내서 그런지 잊을 만하면 도윤은 비설에게 엄두조차 내지 말라며 엄포를 놓았다.

"그럴 때는 힘들어도 같이 가자고 달래 주셔야죠."

"아. 그런가?"

"그렇게 겁을 주시는데 누가 힘든 일을 하려고 하겠어요?"

듣고 보니 틀린 말은 아니었다.

도윤이 손을 뻗자 비설이 붙잡았다. 날이 좋다며 비설을 끌고 밖으로 나왔다. 이제는 머리카락도 전처럼 길어져 위로 올린 머리에 꽂힌 장식이 전보다도 화려해졌고, 비단옷도 무척이나 잘 어울렸다.

"내가 겁을 줘도 넌 무서워하지도 않잖아."

"도망만 안 가면 폐하께서는 잘해 주시거든요."

"그래?"

"그러니까 좀 보이지 않는 곳을 깨무세요. 이제 다른 상궁들이 놀리는 소리를 외면하는 것도 힘들다고요."

낮게 터져 나오는 도윤의 웃음소리가 듣기 좋았다.

손등에 남아 있는 잇자국을 보여 준 비설이 전혀 듣지 않는 도윤을 보며 고개를 저었다.

이제는 하지 말라는 말 대신 적당히 하라는 말로 바꿔 보려 했지만, 애초에 비설이 요구하는 것은 도윤에게는 양보할 수 없는 것뿐이었다.

깨물수록 달금한 향이 나는 몸을 포기할 수도 없었고, 그가 남긴 흔적이 사라지는 것도 보고 싶지 않았다.

"너무 어려운 부탁이라 안 들을래."

"이러니 도망간다는 말부터 나오는 거라구요."

"그러니……."

족쇄로 묶어야 한다는 말을 꺼내려던 도윤이 말문을 닫았다.

말은 저렇게 해도 그의 곁에는 늘 비설이 함께했다.

힘들게 붙잡았던 과거를 보상받듯 이제는 도윤이 먼저 가지 않아도 비설이 먼저 그에게 다가왔다.

"내 고우신 황후님."

함께 길을 걷던 도윤이 몸을 돌려 부르자 비설이 눈을 동그랗게 떴다.

비설은 그를 따라가기에는 멀었다고는 하지만 이미 비설은 그의 곁에서 같은 곳을 보고 있었다.

"저와 힘들어도 같이 가시겠습니까?"

언제나 삶은 힘들고 고되었다.

그럼에도 이 삶을 선택한 것을 후회하지는 않는다.

이 사내를 선택한 사람은 바로 자신이었다. 도윤의 삶이 고되다면 비설 또한 얼마든지 그의 삶에 함께할 것이다.

"이미 같이 가고 있어요."

부드럽게 휜 눈을 비설이 마주했다.

손을 내밀면 잡아 주고, 다가가면 품에 안아 주었다.

혼자서 버텨 내고 참았던 삶에 도윤이 들어오자마자 새로운 세상이 열렸다.

평생을 함께하고자 약조한 사내를 안으며 비설이 환한 미소를 지었다.

完

외전 一. 호랑

도윤은 하기 싫어했지만, 대신들은 꼭 해야 하는 사냥 의례가 또 시작되었다.

무슨 수를 써서라도 의례를 하지 않으려 발버둥을 쳤지만, 이미 도윤의 성향을 아는 귀족들에게 그의 반항은 무의미했다.

하실 일이 있으시면 가서 하시라는 강압에 끌려가듯 사냥터로 온 도윤은 사냥을 하는 대신 황후를 잡았다.

"황후마마."

얼굴이 붉게 달아오른 비설이 고개를 숙이는 내시감을 향해 미간을 좁혔다.

세상 무서울 것도, 가릴 것도 없는 도윤과는 달리 자신은 참 주변의 시선이 부끄럽다 못해 무서웠다.

두꺼운 장옷으로 몸을 가렸지만 왠지 흔적이 보이는 것 같다.

"폐하께서 오수에 드셨으니 잠시 바람이라도 쐬고 오겠다."

불안한 듯 뒤를 흘끔거리는 비설을 향해 미소를 지었다.

비설이 황후가 되고 나서부터 약간이지만 도윤은 달라졌다.

뜻을 알 수 없는 화법이나 상대를 흔들어서 원하는 것을 얻어내는 방식은 그대로였으나, 몇 날 며칠이고 황궁을 비우거나 불안할 정도로 아슬아슬하게 일을 벌이던 그가 더 이상 황궁을 비우지 않는 것은 물론, 황후에게 의견을 묻고 행동하는 것으로 바뀌었다.

일분일초도 눈을 떼는 게 불안했던 과거에 비하면 내관들이나 내시감은 상당히 편해졌다.

그 대신 황후가 황제에게 잡혀 있는 일이 훨씬 더 많아졌지만.

"다녀오시지요."

내시감의 인사를 받으며 밖으로 나온 비설이 편안한 숨을 내쉬었다.

호위였을 때는 도윤에게 휩쓸려 제대로 보지 못했었다.

그래서 조금이라도 나와서 바람이라도 쐬고 싶었건만, 나가 봤자 나무뿐이지 않느냐며 자기랑 놀자고 붙잡는 도윤 때문에, 이곳에 온 지 사흘째에야 밖을 나와 볼 수 있었다.

"하아암."

모처럼 나왔는데 무거운 눈꺼풀이 자꾸 내려앉았다.

심심하다며, 달금하다느니 여러 말로 하루에도 몇 번이고 달려드는 그 때문에 잠을 거의 자지 못했다. 까무러치듯 잠들었다는 도윤의 항변이 있었지만 이상할 정도로 잠을 자고 또 자도 너무나도 졸렸다.

"자면 안 돼."

밀려오는 졸음을 떨쳐 내듯 비설이 고개를 저었다.

모처럼 황궁 밖 나들이였고, 하물며 혼자 보내는 시간이었다. 도윤이 찾으면 돌아가야 할 터. 그때까지는 전에도 제대로 보지 못한 숲을 더 돌아다닐 생각이었다.

"예전에는 산만 돌아다녔었는데."

떠오르는 생각에 비설의 입가에 미소가 감돌았다.

한때는 모든 것이 싫어 말문을 닫은 채 숨어 지냈었다. 몸을 숨기고 은둔 생활을 했지만 얼마 가지 못해 도윤에게 다시 잡혀 버렸다.

"내 팔자지."

그렇게 밀어내도 눈 하나 깜빡하지 않으니, 밀어내고 외면하는 일은 무의미했다.

결국 그의 손을 잡고 나와 이렇게 황후가 되었지만, 종종 산에서 조용히 머물던 일이 문득문득 떠오를 때가 있었다.

지금 황궁이 불편하지는 않지만 황후가 된 이후로 이런 산책을 할 기회가 거의 없었다.

한참을 숲을 거닐던 비설이 바위에 앉았다.

얼굴을 간질이는 시원한 바람에 그녀의 입가에 밝은 미소가 생겨났다.

"졸려."

돌아가면 도윤에게 잘 시간은 좀 생각해 주고 다가오라는 말을 해야겠다.

조용하고 시원하니 다시 졸음이 몰려왔다. 쏟아지는 졸음을 참으며 비설이 자리에서 일어났다.

숨을 깊게 들이마신 비설이 다시 걸음을 옮겼다.

숲을 걸으면서 지었던 편안한 미소는 어느새 어색하게 바뀌었다.

"혼자 좋은 공기 마시면서 다니더니 그렇게 좋았나 봐? 아주 얼굴이 폈네?"

딱 봐도 짜증이 나 있는 도윤을 보며 비설이 소리 없이 한숨을 내쉬었다. 기껏 해 봤자 1시간밖에 안 되었건만 무엇이 그리도 화가 났는지 마주 보는 시선에 심술이 묻어 나왔다.

"나만 두고 몰래 나가서 엄청 재미있었나 보네."

"그런 게 어디 있어요? 폐하께서 주무셔서 잠깐 갔다 온 거예요."

"흥."

그녀가 사라진 사이, 방문한 대신들과 이야기까지 끝냈다는 것까지 들었건만, 정작 당사자인 그는 뽀로통해져서 비설의 앞에서 콧방귀만 뀌었다.

말도 안 하고 혼자 나갔다는 사실에 삐쳤다는 건 알았지만 왠지 없던 심술까지 돌았다.

"어린아이처럼 굴지 마시구요."

"도둑고양이처럼 나갈 건 없잖아."

"말씀드렸잖아요. 주무셔서 잠깐 나갔다 온 거예요."

도윤을 달래듯 다가가니 단단한 팔이 손목을 잡고 자신에게로 당겼다.

도윤의 몸 위에 비설이 올라타는 자세가 되자 익숙하지만 뜨거운 숨결에 목에 닿았다.

"내 웅묘야. 의례고 뭐고 사냥은 왜 하겠다고 저러는지 모르겠다."

"그러면 내년부터는 없애세요."

"저놈들이? 없애자고 하자마자 나라의 법도니 대신들과의 약속이니 할 거다."

"그건 그렇지만요."

의미 없는 살생을 싫어하는 도윤에게 사냥은 그저 쓸모없는 유희로 보였을 것이다.

하지만 바람처럼 의례를 없애는 일이 쉽지 않다는 것을 알기에 비설이 다른 말을 꺼내는 대신 도윤을 달래듯 머리카락을 어루만졌다.

비설의 손길에 얼굴을 맡긴 도윤이 나른한 숨을 내쉬었다.

"내 손에는 이미 귀한 웅묘가 있는데 말이야."

"이상한 말 하지 마시구요."

잊을락 하면 나오는 저 '웅묘'라는 단어가 계속 거슬린다.

자신은 웅묘와 전혀 닮지 않았다. 그런데 매번 자신을 웅묘라하는 도윤 때문에 이제 내관은 물론이고, 어린 항아까지 그녀가 황제에게 웅묘로 불리고 있다는 것을 알고 있었다.

"전 웅묘와 전혀 안 닮았다구요."

"그럴 리가 없는데."

"고집부리지 마시구요."

아무리 그래도 이제는 주의 황후였다. 조금은 황후로서 대우를 해 줬으면 했지만 자신의 황제는 그녀의 사소한 바람 따위 귓등으로도 안 듣는 고집쟁이였다.

"밖에 나가니 좋아?"

그녀의 요구 따위 사뿐하게 무시하며 도윤이 비설의 목에 입술을 묻었다. 피로가 풀리지 않는 몸에 따뜻한 열기가 더 몰아치자 긴장하던 몸이 나른해졌다. 힘드니 그만 다가오시라는 말을 하려다가도 그의 온기에 자신도 모르게 풀어졌다.

좀 더 저 온기에 몸을 맡기고 싶었다.

"다음에는 같이 나가."

도윤의 몸에 자신을 묻었던 비설이 언제 그랬느냐는 듯이 그에게서 떨어졌다. 잠시 미간을 굳히고 고민하던 비설이 조심스럽게 말을 꺼냈다.

"저도 제 시간이 좀 필요해요. 폐하."

"……왜?"

"해야 할 일이 끝나면 폐하께서 오셔서 놓아주시지를 않잖아요. 저도 혼자 생각할 시간이나 쉴 시간은 있어야 한다구요."

달아오르던 분위기가 순식간에 무섭게 변했다. 큰마음을 먹고 꺼낸 말이었지만 도윤의 달라지는 분위기에 비설이 마른침을 삼켰다.

왠지 잘못 건드린 것 같다.

"그게요……. 그러니까…… 아니에요."

"벌을 줘야겠는데?"

"네?"

고작 의견 하나 꺼냈다고 벌이라니 이건 좀 아니지 않은가? 억울하다. 적당히 그저 넘기려고 했는데 너무나도 억울했다.

심각하게 고민하는 비설과는 다르게 도윤이 웃겨 죽겠다는 듯이 입꼬리를 올렸다.

'속았다.'

그제야 심각하게 고민하던 비설의 입술을 툭 튀어나왔다. 언제나 이런 식으로 놀리고 약 올리고 혼자 즐거워했다.

"저 갈래요."

"왜? 아직 안 혼냈어."

"혼자만의 시간이 필요하다구요."

"누가 준대?"

도망가려는 비설을 도윤이 붙잡았다. 아등바등 벗어나려고 몸부림을 쳤지만 도윤의 손에서 벗어나기란 쉽지 않았다.

도망가려는 그녀와 잡으려는 도윤 사이에 실랑이가 일어났다.

풀어진 비단옷 사이로 보이는 뽀얀 피부에 도윤이 입술을 묻었다.

"왜 웃으세요?"

"내 황후님이 귀여워서."

"놀리지 마시구요."

"진짜라니까."

아직 그녀와 해야 할 일이 너무나도 많았다. 여인이 관직에 오른 지 겨우 1년도 되지 않았다. 이제는 조세를 건드리고, 귀족들이 농민에게서 받아 내는 곡물의 비율도 건드려야 한다.

자신이 황제로 있는 동안 가진 자와의 싸움은 계속될 것이다. 하지만 그 전에 이 옹묘와 함께 있다고 손가락질할 사람은 아무도 없었다.

그저 빠르게 흘러가는 시간이 너무나도 아쉬웠다.

"답답하면 몰래 도망갈래?"

"……기방은 싫은데요."

"설마 내가 가겠어?"

부정하는 도윤의 눈이 빛났다. 부부로 산 지 1년이 안 되었지만, 저 수작을 모를 리가 없다. 뻔한 수작이면서도 이상하게 화가 났다.

오랜만에 오셨다며 달려들 기녀들을 떠올리니 화가 났고, 그녀들과 수작질을 할 도윤이 생각나니 부글부글 끓는 게 아니라 화가 났다.

"가지 마세요."

"글쎄?"

"차라리 나가지 마시라구요!"

"그래? 나가지 말지. 뭐."

걸렸다.

도윤의 입꼬리가 만족스럽게 올라갔다. 도윤의 표정을 마주하는 순간 비설의 얼굴에 남아 있던 핏기조차 완전히 사라졌다.

그에게서 자꾸 도망가려 하기에 던진 떡밥에 비설이 기다렸다는 듯이 달려들었다.

나가지 말라고 말리니 이제는 나가고 싶어도 나가기가 싫어졌다.

"나빠요!"

비설이 투덜대든 말든 도윤의 손이 부지런히 옷고름을 풀었다.

다른 여인들에게는 전혀 느껴지지 않는 욕망이 그녀에게는 항상 활발하게 느껴지는 것을 어찌하겠는가! 그러니 더더욱 제 곁에서 놓을 수 없었다.

"네 앞에서 절제할 필요가 없잖아?"

가벼운 말이었지만 그 안에 담긴 의미는 그렇지 않았다.

언제나 제멋대로 행동하는 도윤이었지만, 그의 본심을 보는 사람은 극히 드물었다. 그런 도윤이 편안하게 제 속마음을 다 꺼내는 사람이 비설이었다.

오죽하면 도윤의 속내를 듣기 위해 비설을 떠보는 귀족들도 적지 않았다. 하지만 본심을 보이지 않는 도윤만큼이나 비설 또한 도윤의 의중이나 자신의 마음을 꺼내지 않았다.

그러니 마음 편하게 제 속마음을 꺼낼 수 있다.

"조금만 괴롭힐 테니까 같이 나가자."

도윤의 속삭임에 비설이 미소를 지었다.

혼자만의 시간도 필요했지만, 같이 있을 때 안심이 되고 행복해지는 건 사실이었다.

다가오는 도윤의 이마에 입술을 맞추며 비설이 그를 안았다.

"궁인들이……."

"궁인들이 뭐?"

치장한 비설도 고왔지만 가장 고울 때는 역시 그의 품 안에 나신으로 있을 때였다. 고운 얼굴만큼이나 몸 또한 곱고 보드라우니 몇 번이고 안고 또 안아도 질리기보다는 그를 더욱 매혹시켰다.

반쯤 누운 비설의 귓불을 삼킨 도윤이 붉게 달아오른 입술을 거듭 머금었다. 그의 입맞춤에 입술이 젖어 들었다.

"흐읏."

"말을 해 줘야 내가 알지."

"폐하께서 의례는 안 지키시고 황후만 잡는다며…… 흐읏."

유실을 비트는 촉감에 비설이 눈을 질끈 감았다. 그마저도 허기를 달랠 수 없었는지 희롱하지 않은 다른 가슴에 더운 입술이 닿았다.

다른 여인에게서는 전혀 느껴지지 않는 것이 그녀에게서만 미친 듯이 느껴지는데 어쩌겠는가? 하물며 그가 제 마음껏 움직여도 비설은 전부 받아 내니 더욱 그녀에게 집착할 수밖에 없었다.

"쓸데없는 혈향보다는 네 체향이 좋거든."

말이 끝나기가 무섭게 보드라운 가슴을 살짝 깨물었다. 아무리 잘 익은 과일을 깨물어도 이런 맛은 나지 않았다. 하물며 빨아들이고 깨물 때마다 비설에게서 나오는 신음은 그에게 너무나도 듣기 좋은 음색이었다.

유실을 애무하던 손길이 편편한 배를 지나 허벅지 사이의 수풀을 파고들었다.

거침없이 들어간 손가락이 수풀을 헤치고 멍울을 잡고 희롱하였다. 그의 손가락이 자극을 줄 때마다 젖은 여성에서 질척한 소리가 울렸다.

"사냥 후에 지르는 환호성보다는 네 몸의 소리가 훨씬 듣기 좋고 말이지."

"폐하…… 좀."

노골적으로 들리는 음담패설에 비설의 얼굴이 빨갛게 달아올랐다. 하지 말라면 하지 않으면 좋으련만 비설의 낮은 목소리에 도윤의 눈이 빛났다.

그녀를 완전히 눕힌 도윤이 아래로 내려다보았다. 역시 쓸데없는 사냥보다는 비설을 잡고 있는 게 몇 배나 더 즐겁고, 흥분되었다.

"난 하나만 잡으면 될 거 같아."

"폐하. 그게…… 흐읏."

손가락이 빠져나가자마자 뻐근한 감각이 온몸으로 밀려왔다. 언제나 처음은 쉽지 않았지만, 그 이후로는 끝을 알 수 없는 쾌락이었다.

깊게 박힌 분신이 빠져나가는 것도 찰나, 다시 깊게 여성을 채웠다. 무게를 세워 다가오는 그를 느끼며 비설이 고개를 뒤로 젖혔다.

깊게 숨을 내쉬어도 열기는 조금도 가라앉지 않았다. 도윤이 전부를 보여 주는 만큼 비설도 제 모습을 아낌없이 보였다.

그에게 처음 여인이 되었고, 그녀의 삶에 마지막까지도 함께할 사람이 그였다.

"흐응."

색에 젖은 신음에 도윤의 기세가 더욱 거칠어졌다. 그의 이마에 맺혀 있던 땀이 흔들리는 가슴 위에 톡 떨어졌지만, 느낄 겨를조차 없었다.

들어오고 빠져나가던 기세가 한계까지 다다르고 비설이 몸을 잘게 떠는 것과 동시에 그에게서 낮은 숨이 터져 나왔다.

"하웃."

땀에 젖은 비설의 가슴골에 도윤이 얼굴을 묻고 숨을 들이마셨다. 가슴에서 느껴지는 도윤의 숨결이 너무나도 좋았다.

가는 손가락이 도윤의 머리카락을 헤쳤다. 비설의 손길을 느끼며 도윤이 나른한 숨을 내쉬었다.

의례는 지겨웠지만, 정무를 잠시 미뤄 놓은 채 그녀를 마음껏 안을 수 있다는 건 너무나도 좋았다. 어루만져 주는 손길에 몸을 맡기며 도윤이 편안히 잠들었다.

❋❋❋

낮에 걸었던 숲에 비설이 서 있었다. 이미 한 번은 와 본 곳이라 그런지 낯설지 않았다.

"같이 안 오셨나?"

분명 같이 나오자 했던 도윤이 어디에도 보이지 않았다. 도윤을 찾던 비설이 하는 수 없이 혼자 길을 걸었다.

"후우."

긴 숨을 몰아쉬자 한결 속이 편해졌다. 내내 몸이 무거웠던 것과는 달리 지금은 발걸음도 가벼웠다.

한참을 편하게 숲을 걸어가던 비설이 가까운 곳에서 들리는 소리의 방향으로 걸어갔다.

"와!"

어미와 떨어졌는지 새끼 범 두 마리가 몸을 웅크리고 있었다. 어찌나 귀여운지 범이라는 것조차도 잊어버린 채 비설이 몸을 굽히고 내려다보았다.

도윤은 어린아이냐며 놀릴 수 있었지만 정말 너무나도 작고 고왔다.

감히 만져도 되는 것일까? 이러다가 어미라도 온다면 큰 화를 입을 것이었다.

"그래도 잠시만……."

털은 어찌나 부드럽고 매끄러워 보이는지 절로 손이 갔다. 주저한 것도 잠시, 비설이 범의 털에 조심스럽게 손을 가져갔다.

"와아."

녹아들 것처럼 털이 보드랍고 따듯했다. 그러다 보니 어느새 비설은 하얀 발을 만지고, 귀여운 귀도 감싸고 있었다. 꼬리까지 만지자 새끼 범이 으르렁댔지만 잠시뿐이었다.

그렇게 조금만 만진다는 것이 점점 더 길어지고, 나중에는 손을 뗄 수 없었다.

그때 잠들어 있던 범이 눈을 뜨고 비설과 눈을 마주쳤다.

"아…… 아앗!"

손을 빼려 했지만 그보다도 먼저 잠에서 깬 범 두 마리가 비설의 손을 힘껏 물었다.

길고 날카로운 이빨이 비설의 피부를 찢고 붉은 피를 냈다. 너무나도 아픈 나머지 놀란 비설이 팔을 빼려 했지만 범 또한 버티며 놓아주지 않았다.

"아!"

잠들어 있던 비설이 눈을 떴다. 자신도 모르게 범에게 물린 손을 보았다.

상처 하나도 없이 온전한 모습 그대로였지만, 조금 전에 물린 것처럼 통증이 있었다. 눈을 깜빡이며 상처를 보던 비설이 벌떡 자리에서 일어났다.

"왜 일어나?"

좀 전까지 보드라운 살결과 체온을 느끼며 잠들었던 도윤이 미간을 찌푸렸다. 품으로 오라며 손을 뻗었지만 비설이 안기는 대신 도윤을 붙잡았다.

"폐하! 폐하!"

밤에는 좀처럼 깨우지 않는 비설이 그를 흔들자 도윤이 실눈을 떴다. 기분 좋게 그녀를 안고 따뜻하게 잠들었건만, 그녀가 빠져나가면서 밀려오는 한기가 마음에 들지 않았다.

도윤의 상태와는 상관없이 비설이 눈을 빛냈다.

"폐하. 저 잠시 나갔다 올게요."

이건 또 무슨 소리인가? 도윤이 눈을 좁혔지만 이미 마음을 먹은 비설은 침상에서 내려가고 있었다.

'꿈인가?'

고민하던 도윤이 확인하듯 비설의 옆자리를 만졌다.

차갑다.

꿈은 아니다.

"이 시간에 도대체 어디를 갔다 온다는 거야?"

"꿈을 꿨는데 너무 생생해서요. 가 보려구요."

"이 시간에? 내일 가."

"해 뜨기 전에 가야…… 폐하, 놓으시라구요."

비설의 허리를 붙잡고 놓지 않는 도윤을 밀어내며 비설이 부지런히 옷을 입었다. 언제 또 옷을 가져왔는지 남장을 한 비설이 검까지 챙겨 들었다.

도대체 무슨 꿈을 꿨는데 저러는 것인가? 나른하게 푹 잠을 자도 모자랄 판에 이 시간에 어디를 자꾸 간다는 것인가?

그렇다고 혼자 보내자니 침상이 차가운 것도 마음에 들지 않았고 그녀가 없는 건 더더욱 마음에 들지 않았다.

"같이 가."

"저 혼자……."

"그 순간 황후가 사라졌다고 병사부터 풀어 버린다!"

훌렁 갔다 오려 했던 비설의 몸이 그 자리서 굳었다. 꿈이 너무나도 생생하여 확인 한번 해 보려 했다가 주변이 완전히 뒤집어질 판이었다.

피곤한 듯 머리를 긁적이며 일어난 도윤이 길게 하품을 했다.

고집을 부리는 사람이 비설만 아니었다면 듣지도 않았을 테지만.

누굴 탓하겠는가?

제 부인이었다.

***

“저런…….”

꿈에서 보았던 자리로 온 비설이 눈을 내렸다.

범은 아니었지만 새끼 늑대였다. 두 마리였던 것과는 달리 한 마리가 죽은 어미의 옆에서 몸을 웅크리고 떨고 있었다.

어미의 몸에 박혀 있는 화살을 보던 비설이 입술을 깨물었다. 의례였지만, 사냥으로 죽은 동물을 마주하니 기분이 좋지 않았다.

“아!”

비설의 온기를 느꼈는지 웅크리고 있던 새끼가 그녀의 손에 몸을 비볐다. 새끼 또한 화살을 완전히 피하지는 못했는지 한쪽 발에 피가 흐르고 있었다.

“가여워라.”

비설의 눈가에 그렁그렁 눈물이 맺혔다. 새끼 늑대의 모습에서 과거의 자신이 보였다.

예전에 비설도 엉망인 비현의 시신 곁에서 무섭게 밤을 보냈었다. 죽은 오라버니가 다시 돌아올 수 없다는 것을 알면서도 비현 외에는 의지할 사람이 없었다.

“너무 이입하지 마. 넌 적어도 사람이고, 애는 미물이라고.”

도윤의 시큰둥한 말에도 비설은 이미 새끼 늑대에게 푹 빠져 있었다. 하물며 제대로 먹지도 못했는지 연신 비설의 손가락을 핥아 대며 끙끙대고 있었다.

살려야 했다.

"폐하, 데려가야겠어요."

"개를?"

"늑대예요!"

"앵기는 게 개인데."

비설과는 다르게 도윤은 손을 파고드는 늑대가 마음에 들지 않았다.

어미가 죽은 건 불쌍했지만, 어쩔 수 없는 부분인데, 새끼 주제에 비설에게 찰싹 붙어 떨어지지 않았다.

깊게 잠들었던 잠을 깨운 원흉인 것도 모자라 제 부인에게 붙어서 떨어지지 않는 미물이라니, 극을 찍는 심술에 심보가 다시 틀어졌다.

"야생에서 살아야지."

"이렇게 두면 위험해요. 다쳤다구요. 폐하!"

"하는 짓을 보니까 누구에게 붙어서라도 잘 살겠는…….."

"폐하!"

비설이 눈을 흘기자 도윤이 한숨을 내쉬었다.

검을 들 때는 세상 무서울 것이 없는 황후이면서 어찌 저린 작은 새끼에게는 마음이 약하단 말인가! 하물며 지금이나 새끼일 뿐, 늑대는 늑대였다.

안 된다고 막아 봤자 이미 비설은 늑대를 품에 안은 후였다.

"빨리 가서 치료…… 아앗!"

비설이 고통에 짧게 소리친 것보다도 도윤의 눈이 더 빨리 꿈틀거렸다. 사람의 상황에는 상관없이 비설을 깨문 새끼 늑대가 언제 그랬느냐는 듯이 깨문 곳을 혀로 할짝거렸다.

비설을 깨물고 상처 입힐 수 있는 사람은 자신뿐이다. 어디 미물 따위가, 그것도 솜털도 제대로 벗지 못한 늑대 따위가 누구를 물고 핥고 있다는 말인가!

"버려."

"다쳤어요."

"손 타면 야생으로 못 돌아가."

단호한 도윤을 보며 비설이 늑대를 안은 팔에 힘을 주었다.

이대로 두면 죽을 것이 분명한데 가여운 새끼를 버리고 갈 수 없다. 하물며 도윤의 말이라도 알아들은 것처럼 제 품을 파고드는 늑대의 떨림이 느껴졌다.

"폐하, 제발요."

"다 커서 데리고 있을 것도 아니잖아."

"제가 아니면 여기 산지기에게 부탁해도 되잖아요. 이대로는 죽어요."

"……."

"제발요. 제가 더 잘 할게요."

안 하던 부탁에 저리 애교까지 부리면 어쩌자는 것인가? 하물며 더 잘하겠다는 말이 머릿속에 계속 울렸다.

그를 방심하게 해서 허락을 받으려는 수작이다.

문제는 그것을 알면서도.

"약조했다?"

결국 낚이는 사람은 도윤이었다.

「ꕥ ꕥ ꕥ」

"다리를 크게 다치지 않았으니 곧 나아질 것입니다."

해가 뜨기도 전에 불려온 산지기가 꺼내는 말에 비설의 얼굴에 화색이 돌았다.

약초가 묻은 붕대를 다리에 돌돌 감고 있는 늑대가 비설의 말을 알아들었는지 연신 그녀의 손에 몸을 비볐다.

"손을 타면 되돌려 보내기도 어려우니 소인들이 알아서 하겠습 니다."

산지기의 말에 비설의 얼굴이 급격하게 어두워졌다.

산에서 데리고 온 늑대이니 나중을 생각해서라도 산지기에게 맡기는 것이 맞았다. 문제는 맞다는 것을 알면서도 마음이 그러하 지 않으니 문제였다.

그녀에게 맹목적으로 안기는 새끼 늑대를 보니 자꾸 마음이 약 해지고 곁에 두고 싶었다.

"그러면 다 나을 때까지만 이곳에 머무를 수 있는가? 내 신경이 쓰여서 그렇다."

황후의 명령이니 어찌 거부할 수 있겠는가? 하물며 황제가 총 애하여 곁에서 떨어뜨려 놓지 않는 황후였으니 자칫 실수라도 하 면 목숨을 잃을 수도 있었다.

"그리하겠습니다. 그리고 황후마마. 실은……."

"무엇인가?"

"이 새끼 늑대가 실은 수컷이옵니다."

"그게 무슨 상관인가?"

비설의 반응에 산지기가 식은땀을 흘렸다. 태연한 황후와는 달리 황제는 말을 꺼내기도 무서울 정도로 불편한 기색을 보였다.

다친 것만 치료하는 대로 몰래 내보내라는 황명을 받았지만, 도저히 황후의 앞에서 티를 낼 수는 없었다.

늑대를 데리고 떠나는 것이 황제의 심기를 건드리지 않는 유일한 방법이라는 걸 아는데도, 그러자니 애교를 부리는 늑대를 안은 채 좋아하는 황후의 깊은 관심 또한 마음에 걸렸다.

"그럼 이만 데리고 가겠습니다."

산지기의 말에 비설이 아쉬운 듯 제 품의 늑대를 보았다. 보들보들한 털이 너무나도 좋아 좀 더 품에 안아 보고 싶었지만 그렇다고 산지기의 말을 외면할 수는 없었다.

"이만 가자."

비설이 품에 내려놓자 싫다는 듯이 늑대가 그녀를 향해 걸어왔다. 다리도 다쳐서 제대로 걷지도 못하면서도 떨어지지 않으려는 늑대를 보며 비설이 눈을 내렸다.

마음이 흔들린 것도 찰나, 마음을 굳게 먹은 비설이 늑대를 어루만졌다.

"상처를 치료해야 잘 달리지."

낑낑거리며 가지 않으려던 늑대가 비설을 보며 고개를 올렸다. 기분 탓일 수도 있었지만 늑대의 눈이 촉촉해 보였다.

하지만 그녀가 할 수 있는 일이 아니었다.

"그럼 부탁한다."

비설의 말이 끝나자 가까이 다가온 산지기가 떨어지지 않으려는 늑대를 안아 들고 나갔다. 칭얼대는 소리가 들렸지만 애써 마음을 다잡았다.

늑대가 나가자마자 대기하던 궁녀가 주변을 다시 정리했다.

"깨끗한데 청소를 또 할 필요가 있느냐? 하지 않아도 된다."

"그래도 늑대 털이……."

"오물도 아니고 털이 좀 빠진 것 가지고 번거롭게 그리하지 않아도 된다."

거슬릴 정도로 털이 빠진 것도 아니었고, 시중을 드는 것만으로도 힘든 궁녀들을 더 번거롭게 하고 싶지 않았다. 그때 자리에 일어나려던 비설이 머리가 아픈지 이마를 붙잡았다.

"황후마마. 잠시 오수라도 드심이 어떠하신지요?"

"황궁에서 가져온 문서도 제대로 확인하지 못했다. 오늘은 좀 봐야지."

"최근 자주 어지럽다고 하지 않으셨습니까? 태의를 모셔 와도 싫다 하시니 소인들 걱정이 이만저만이 아니옵니다. 잠깐이라도 진맥을 받으시지요."

"잠을 자지 못해 그런 것인데 무슨 진맥까지 하느냐. 그럴 필요 없다."

비설이 단호하게 거절하니 고집을 부릴 수도 없었다.

잠깐 바람이라도 쐬고 오면 나아질 터, 비설이 자리에서 일어나 밖으로 나갔다.

✳✳✳

대신들과의 대화가 길어지는 것인지 밤이 늦도록 도윤이 오지 않자 비설이 홀로 몰래 밖으로 나왔다.

"여기 있었구나."

놀라서 몸을 숙이는 산지기의 입단속을 시킨 비설이 새끼 늑대가 있는 방에 조용히 들어갔다.

손을 타면 안 된다고 했지만, 비설은 새끼 늑대의 상태가 걱정이 되어 찾아올 수밖에 없었다.

들어가 보니 아직 어려서인지 짚 속에 몸을 반쯤 묻은 채 누워 있었다. 이내 늑대는 비설의 기척을 느꼈는지 고개를 빼꼼 내밀었다.

낑낑 소리를 내며 비설에게 다가간 늑대가 요령 좋게 몸을 타고 올라갔다.

"다른 사람에게도 이리 다가가야지. 왜 으르렁거리는 것이냐?"

산지기의 말로는 밥을 주거나 치료를 해 주러 갈 때마다 털을 세우고 바짝 경계한다고 했었다. 사람의 기척이 완전히 사라진 다음에나 밥을 먹으니 치료를 하는 것도 쉽지 않다고 했었다.

"잘 먹고 치료도 받아야 빨리 돌아가지 않겠느냐?"

다리만 나으면 야생으로 되돌려 보내도 충분히 살 수 있을 것이라는 말에 다행이라고 생각하면서도 왜 그리 아쉬운지 알 수 없었다.

까맣게 타들어 가는 비설의 속을 아는지 모르는지 꼬리까지 흔들며 늑대가 제 몸을 비설에게 비볐다.

배까지 보이며 눕는 늑대의 애교에 비설이 자신도 모르게 웃음을 터트렸다.

"잘 지내서 다행이다."

남은 먹이와 물이 보이자 비설이 늑대를 품에 안고는 그 옆에 자리를 잡았다. 손수 먹이를 먹여 주고 물그릇을 가져다주니 언제 이를 세웠느냐는 듯이 허겁지겁 배를 채웠다.

하루 종일 머리가 아프고 속도 좋지 않은데, 늑대의 애교를 보니 또 언제 그랬느냐는 듯이 몸과 마음이 편해졌다.

다시 졸음이 몰려오자 비설이 새끼 늑대를 품에 안은 채 눈을 감았다.

"얼씨구."

왜 좋은 침상은 놔두고 여기서 잠을 자며, 손을 타면 안 된다는 늑대는 왜 꼭 껴안고 있는가?

하물며 사람의 손을 거부하면서 이를 드러낸다는 늑대는 누구를 놀리기라도 하는지 비설의 무릎 위에서 얌전히 잠들어 있었다.

"아! 폐하."

도윤의 기척에 잠들어 있던 비설이 눈을 떴다. 잠이 완전히 가시지 않는지 비설이 눈을 비비며 고개를 저었다.

"지금 저 밖이 발칵 뒤집히기 직전이야."

"네? 왜요?"

"황후께서 말도 없이 사라지셨거든. 박 상궁 숨이 꼴딱꼴딱 넘어가던데?"

"아!"

놀란 비설이 몸을 움직이자 무릎에 잠들어 있던 늑대가 데굴데굴 굴러떨어졌다. 성질을 내려던 늑대가 비설을 발견하고는 언제 그랬느냐는 듯이 다시 무릎 위를 올라왔다.

제 자리인 것처럼 앉는 늑대를 도윤이 말없이 바라보았다.

"폐하. 왜 그러세요?"

비설이 꼭 소유인 것처럼 비비고 할짝이고 깨물었다. 자신이 해도 모자랄 판에 어디서 이제 갓 태어난 새끼 주제에 누구의 소유권을 주장하는가!

비설이 더 잘한다 했으니 이 시간에는, 아니 이 시간이 아니어도 자신과 있어야 하건만 쥐방울처럼 작은놈이 감히 황제의 여인을 가지려 했다.

"저놈 가죽을 벗겨 버리려고."

섬뜩한 말에 자신도 모르게 비설이 늑대를 품에 안았다. 눈이 뒤집히면 곧바로 행동하는 도윤이었으니 새끼고 뭐고 수가 틀리면 행동으로 저지를 것이다.

비설만의 생각이 아닌지 품에 안긴 늑대 또한 도윤을 보며 바들바들 떨고 있었다.

"폐하만 보면 애가 떨어요."

"잡아먹을 거 같은가 보지."

비설에게 다가간 도윤이 옆에 털썩 주저앉았다. 도윤의 불편한 기색을 보던 비설이 조심스럽게 그의 손을 붙잡았다. 불쾌하기는 했어도 비설에게 화가 난 것은 아닌지 그녀의 손을 도윤이 붙잡았다.

"솔직히 욕심을 좀 내기는 했어요."

"욕심?"

도윤을 보던 비설이 눈을 내렸다. 혼자 속앓이만 했었던 고민이었다.

그에게까지 부담을 주고 싶지 않았지만, 이렇게 단둘이 있으니 속마음이 자꾸 나왔다.

"전 솔직히 태몽인 줄 알았거든요."

"태몽?"

"그 자리에 가서 아무 일도 없으면 태몽일 거라고 생각했어요. 그런데 아니었나 봐요."

아이는 하늘의 뜻도 있어야 하는 것을 알면서도 몸과 마음이 편해지니 욕심이 생겼다. 하물며 그녀는 도윤에게 도움이 될 기반도, 힘도 없으니 후계라도 빨리 낳아 단단한 기반이라도 만들어 주고 싶었다.

"흐음."

비설의 말을 듣는지 안 듣는지 도윤의 시선이 무릎에 몸을 말고 있는 늑대에 향했다.

"남의 여인에게 안겨 있네. 나쁜 녀석 같으니."

"폐하."

"이리 줘."

"혹시……."

"안 죽여."

주저하던 비설이 품에 있던 늑대를 도윤에게 건넸다. 벌벌 떨었던 것과는 달리 늑대는 도윤의 품에서도 얌전했다. 늑대의 털을 어루만지던 도윤이 비설의 무릎에 머리를 기댔다.

엉망인 곳에 누워 버린 도윤에 당황한 것도 잠시, 비설의 손이 도윤의 머리카락을 어루만졌다. 잘한다는 약조를 지키듯 평소보다도 다정한 손길에 도윤이 나른한 숨을 내쉬었다.

"이건 뭐 내 부인을 두고 소유권을 주장하는 것도 아니고 말이지."

"무슨 말씀을 그렇게 하세요?"

"이 콩알만 한 놈에게 널 뺏긴 게 싫단 말이지."

"제가 폐하의 부인이 아니면 무슨 의미가 있겠어요? 폐하를 다른 누구와도 비교하거나 순서를 잡거나 하지 않아요. 저한테 최우선은 폐하이신걸요."

무조건 아니라며 부정하는 말보다는 훨씬 더 마음에 드는 말이었다. 얌전히 그의 배에 몸을 말고 앉은 늑대를 어루만지며 도윤이 입꼬리를 올렸다.

　생각보다 늑대의 털은 보드라웠지만, 역시 그에게는 비설의 손길이 가장 좋았다.

　"달이 맑으네."

　"달이 보여요?"

　"저쪽 창문에서 보이잖아."

　도윤의 손가락을 따라 비설의 눈이 옮겨 갔다. 그의 말대로 작은 창문으로 달이 보였다.

　"요즘에는 너무 조용해."

　"그래서 싫으세요?"

　비설의 말에 달을 보던 도윤이 고민하듯 말이 없었다.

　반란을 무너뜨리고 비설을 황후로 세우자 혼란으로 가득했던 도윤의 삶이 너무나도 평온해졌다.

　그에게도 이런 평화는 처음이었다.

　달라진 것이라고는 여인을 곁에 들였을 뿐이었다.

　여전히 귀족들은 도윤의 힘을 노렸고, 도윤은 그들이 누리고 있는 혜택을 탐냈다.

　가진 자와 가진 자의 싸움은 여전했지만 예전과는 분명히 달랐다.

　"네가 있어서 싫지는 않아."

　비설의 입가에 고운 미소가 생겼다.

　저 미소를 보는 것만으로도 지금의 삶은 그다지 나쁘지 않다.

　"아이는 너무 불안해하지 마."

"그래도 좀 욕심은 나는걸요."

하루하루를 버텨 내느라 힘들었던 과거와는 다르게 몸과 마음이 너무나도 편안했다. 아직 부족한 점이 더 많았지만 그럼에도 그와 함께하는 삶이 과분할 정도였다.

그때 도윤의 몸에 올라타 있던 늑대가 갸르릉거리며 몸을 뒤척거렸다. 워낙 조용했던 방이라 늑대의 소리는 더 크게 들렸다.

"야. 너 낄 데 아니야."

가르치듯 말하는 도윤을 보며 비설이 터지려는 웃음을 참았다. 도윤의 진심을 완전히 알 수는 없었지만, 그녀 또한 처음 겪는 이 평화가 너무나도 소중했다.

"황제 폐하! 황후마마!"

멀리서 내관과 궁녀들이 부르는 소리가 들려왔다. 소리에 귀를 기울이던 비설이 다시 눈을 감은 도윤을 향해 물었다.

"부르는데요?"

"황후에 이어 황제까지 없어졌으니까 난리 났겠지."

"나가야 되지 않을까요?"

"귀찮아. 이대로 좀 있자."

보내지 않겠다는 듯이 도윤이 비설의 손을 붙잡았다. 비설 또한 이 기분을 조금은 더 누리고 싶었다.

그새 잠이 든 듯 고른 숨을 내쉬는 도윤을 보던 비설이 그의 이마에 입술을 살짝 맞췄다.

"유혹은 이따 해."

크르릉.

무르익었던 분위기가 늑대 울음소리로 박살이 났다. 나른하게 눈을 감았던 도윤의 미간이 꿈틀거렸다.

"버리자."

"아직 다 안 나았어요."

"버려. 강하게 키워야 해."

둘의 투닥거림은 궁녀와 내관이 올 때까지 계속되었다.

✻✻✻

"어머."

궁녀들의 작은 웃음소리가 들리자 비설이 속으로 진땀을 흘렸다. 혹시나 싶어 비설이 방향을 돌리자 옆을 쫄랑쫄랑 걸어가던 늑대가 방향을 돌렸다.

다리가 다 낫자마자 늑대는 산지기에게서 빠져나와 비설이 머무는 곳까지 제 발로 찾아왔다.

기다리고 있었다며 꼬리를 흔드는 늑대를 보며 비설은 실소를 터트렸다.

"늑대가 아니라 개인가 보다."

자신을 보며 꼬리를 흔드는 늑대를 보며 비설이 어이없다는 듯이 말하자, 박 상궁이 입술을 깨물며 웃음을 참았다.

짧은 다리로 비설을 쫓아다니느라 힘들었는지 늑대가 헥헥거리자 비설이 품에 안았다.

"거기 가서는 얌전히 있어야 한다. 폐하께서 자꾸 버린다는 무서운 말씀을 하신단 말이다."

비설의 진지한 말에 박 상궁이 다시 웃음을 참았다.

최근 황제와 황후 간에 이루어지는 대화의 결말은 늑대를 버리라는 말과 그러면 안 된다는 말이었다. 반은 농담이었지만 언제

진담이 될지 모르기에 비설은 내내 초조했다.

"황후마마."

"폐하께서는 안에 계시는가?"

"기다리고 계십니다. 늑대는 소인에게 주시지요."

내시감의 말에 품에 안은 늑대를 건네려는 순간, 으르렁거리며 늑대가 내시감을 향해 이를 드러냈다.

놀란 비설이 다시 품으로 늑대를 데리고 오며 미간을 좁혔다.

"그러면 안 돼!"

낮지만 짧은 명령에 늑대가 놀란 눈으로 비설을 보았다. 잠시 후, 화를 내지 말라는 듯이 비설의 품을 늑대가 파고들었다.

덩치도 작은 늑대가 낑낑거리며 애교를 부리는 모습이 무척이나 귀여웠지만 정작 늑대를 보는 비설의 눈은 어두웠다.

"또 버리라고 하시겠다."

비설은 심각했지만, 박 상궁은 물론이고 내시감조차 웃음을 참느라 고역이었다. 내려놓고 가려 해도 싫다며 떼를 쓰는 늑대의 행동에 하는 수 없이 품에 안고 들어갔다.

"버려."

문이 닫히기도 전에 들려오는 말에 비설이 소리 없이 숨을 삼켰다.

서둘러 품에서 늑대를 내려놓으니 좀 전과는 다르게 얌전히 내려왔다.

"다 나았잖아. 버려."

도윤의 말이 끝나기가 무섭게 늑대가 도도도 달려와 비설의 몸에 붙었다. 비설과 시간을 보내려던 도윤의 심사가 다시 꼬였다.

"영악하기는…… 너 이리 와."

374

"폐하."

"내 부인은 우선 그대로 있고, 너 그 옆에 붙어 있는 게 기분 나쁘단 말이지. 안 오면 진짜 버려 버린다."

도윤의 말에 언제 그랬느냐는 듯이 늑대가 한걸음에 다가왔다.

사람과 대화가 가능한 것도 아닐 텐데, 도윤의 말을 찰떡같이 알아듣는 늑대를 비설이 신기한 듯 바라보았다.

다른 이에게는 이를 세우며 경계를 해도 비설에게는 애교를 부렸고, 도윤에게는 절대적인 복종을 했다. 어리기는 해도 말도 알아듣고 무척이나 똑똑했다.

그사이 도윤의 옆에 앉은 늑대가 몸을 발라당 뒤집었다.

"아무리 봐도 개야."

말하지 않아도 이제는 도윤의 옆에 비설이 앉았다. 늑대에게서 떨어져 있는 비설을 보니 그나마 치밀던 심술이 가라앉았다.

도윤이 말할 때까지 얌전히 기다리는 그녀에게 그가 보고 있던 문서를 내밀었다.

도윤이 내민 문서에는 여인의 이름과 어떤 사람인지 길게 쓰여 있었다.

"서쪽의 호부에서 오는 관리네요."

"여관리를 좀 더 넣어 볼 생각이라 받을까 하는데 말이지. 호부인 게 문제네."

사도와 연운형의 세력이 사라진 후, 두각을 드러내는 곳이었다. 조사한 것으로는 연운형의 잔재를 모아 힘을 키운다고 했으나 증좌가 없기에 두고 있었다.

그런 곳에서 기다렸다는 듯이 도윤의 입맛에 맞는 관리를 보낸다 하니 왠지 모르게 마음이 불편해졌다.

"우선은 들여놓을 테니 네가 만나 봐."

"제가 잘못 볼 수도 있잖아요."

"지켜 주는 가문이 없는 황후님의 눈썰미가 매섭다는 사실을 아는 건 황제인 나 하나면 되지."

아낌없는 연모를 주는 대신 도윤은 종종 비설을 미끼 삼아 원하는 목적을 달성했다.

도윤의 꾀에 넘어간 이들은 황제를 설득할 목적으로 비설에게 먼저 다가갔고, 비설은 자신이 보고 느낀 대로 도윤에게 말해 주었다.

그리하여 때로는 적의의 방향이 도윤보다도 비설에게 더 향했지만, 황후로서 그녀가 감당해야 할 일이었다.

손에 들고 있는 문서를 비설이 다시 내려 보았다. 어떤 여인인지는 알 수 없었지만 호부라면 조심해야 할 터였다.

"아얏!"

비설이 저에게 시선을 주지 않자 다가온 늑대가 손을 힘껏 물었다.

비설의 반응이 재미있었는지 작은 꼬리가 끊임없이 흔들렸다. 붉은 혀를 내밀며 비설을 보고 있는 얼굴에 장난기가 가득했다.

너무나도 활발한 늑대와는 달리 비설은 식은땀을 흘리며 도윤을 향해 눈을 돌렸다.

늑대를 보는 도윤의 눈을 보는 순간, 비설의 눈이 자신의 손을 향했다.

늑대의 이빨이 박힌 피부에서 피가 또르르 나는 순간 평화는 끝났다.

"문을 열어라!"

도윤의 명령에 닫혀 있던 문이 열렸다. 문이 열리자마자 도윤이 늑대와 눈을 마주쳤다.

"너 나가."

　잠시 비설의 눈치를 보던 늑대가 도윤의 말을 알아들었는지 종종걸음으로 밖을 나갔다. 진짜 사람의 말을 알아듣는 것인지 아니면 도윤이 그냥 무서워서인지는 알 수 없었지만 보면 볼수록 신기했다.

"진짜 폐하의 말씀을 알아듣나 봐요."

　상처를 보기 위해 다가온 도윤을 향해 비설이 상기된 목소리로 말했다. 늑대 따위가 알아듣든지 말든지 비설의 상처를 보던 도윤이 이맛살을 찌푸렸다.

"내 피에 늑대 피라도 섞여 있나 보지."

　농담 같은 핀잔에 비설이 웃음을 터트렸다. 그냥 넘겨도 상관없는 말조차도 도윤은 넘기지 않았다. 비설은 가볍게 넘길 수 있는 사소한 일인데도 그와 함께하니 혼자서 버텨 냈을 때와는 사뭇 다르게 느껴졌다.

"왜?"

"이런 게 부부인가 싶어서요."

"음."

"왜, 왜요?"

"내 부인은 정상이라서."

"무슨 대답이 그래요?"

　웃음을 터트리는 비설을 도윤이 물끄러미 보았다.

　앞에서 깔짝대는 늑대도 관심 없고, 수많이 쌓여 있는 일도 그냥 일일 뿐이다. 그에게 타인의 감정을 이해하고 받아들이는 것은 귀찮고 따분한 일이었다.

그럼에도 제 곁에 있는 여인이 보여 주는 반응은 제법 탐이 났다.

피부에 맺혀 있는 피를 도윤이 할짝 핥았다.

"아얏!"

"상처 덧나."

"치료하고 올게…… 폐하!"

상처가 덧난다면서 왜 도윤이 상처를 빨아 대는지 알 수 없었다. 대낮임에도 불구하고 노골적인 촉감에 비설의 얼굴이 붉게 달아올랐다.

"이게 무슨 치료예요!"

"개한테 물렸잖아."

"늑대……라구요!"

상처에 닿았던 입술이 손목에 닿고 허리를 붙잡았던 손이 부지런히 옷고름을 풀었다. 옷이 미끄러지면서 보이는 쇄골에도 도윤의 입술이 닿았다.

요즘 대화의 끝은 늑대를 버리라는 것이 아니면 이런 식이었다.

"이러려고 부르신 거죠?"

흘겨보는 비설을 향해 도윤이 부드럽게 눈을 휘었다.

가장 귀하고 아끼는 것을 그 무엇과도 나눌 생각 따위 전혀 없다.

작게 투덜대는 입술이야 막으면 그만. 부끄러워하는 비설을 품으로 이끌었다.

378

황궁으로 돌아왔지만 몸 상태는 나아지지 않았다.

피로는 한층 더 늘었고, 아무리 잠을 자도 눈꺼풀은 계속 무거웠다.

"호랑아."

어떻게든 버리려는 도윤을 막아 가며 데리고 온 늑대를 비설은 '호랑'이라 이름 붙였다.

황궁에 온 이후에도 눈치 좋은 호랑은 다른 사람의 손길은 철저히 거부했지만 비설과 도윤의 손만 허락했다.

"황후마마. 소인들도 같이……."

"잠깐 바람을 쐬는 것인데 무엇을 그리 수선스럽게 따라나선단 말이냐? 호랑과 갔다 올 테니 여기 있어라."

박 상궁을 만류하고 비설이 궁을 나왔다. 여전히 작았지만, 상처는 완전히 나은 호랑은 비설의 주변을 부지런히 맴돌며 따랐다.

"폐하께서 늦어지시나 보다."

몸을 숙여 손가락을 내미니 언제나처럼 호랑이 그녀의 손가락을 잘끈 깨물었다. 황궁에 오기 전에 비설을 상처 입히고 쫓겨났었던 기억 때문인지 이를 세우지 않고 살짝 깨무는 터라 상처는 나지 않았다.

"하아암."

차가운 바람을 맞고 있어도 졸음은 계속 밀려왔다. 두통은 어느 정도 가라앉았다 했더니 이제는 소화도 잘 안 되고 식욕도 거의 없었다.

박 상궁은 태의를 부르자 했지만, 심하지 않았기에 비설은 다음에 받겠다며 밀어냈다.

그저 몸이 좋지 않은 것뿐이다. 곧 나아질 일에 수선을 떨고 싶지 않았다.

"이리 와."

적당한 곳에 자리를 잡은 비설이 손을 벌리자 기다렸다는 듯이 호랑이 안겼다. 따뜻한 털을 천천히 어루만져 주자 호랑이 기분 좋은 소리를 냈다.

"네가 따뜻해서 더 졸린 것 같구나."

낮고 차분한 말을 귀담아듣던 호랑이 비설의 품을 파고들었다. 쌀쌀한 밤바람조차 호랑을 품에 안고 있으니 추위는 느껴지지도 않았다.

나른하고 피곤하니 졸음이 몰려왔다. 돌아가야 했지만, 무거운 발이 떨어지지 않았다.

몸을 웅크린 비설이 곧바로 잠이 들었다.

❄❄❄

늑대가 우는 소리를 따라 황궁을 걸어간 도윤이 앞에 보이는 모습에 실소를 터트렸다.

"이런 쓸모 하나 있네."

도윤의 목소리에 비설의 품에 갇혀 있다시피 하던 호랑이 빼꼼 얼굴을 드러냈다. 그런 호랑은 관심도 없다는 듯이 도윤이 비설의 앞에 몸을 숙였다.

예전에는 그의 작은 기척에도 잠에서 깨던 비설이 지금은 까무러친 듯 깊게 잠들어 있었다.

"내 황후님은 황궁이 답답한 건지, 아니면 노숙이 편한 건지."

손짓하자 눈치 좋은 호랑이 비설의 품에서 빠져나왔다. 호랑이 빠져나오면서 비틀거리는 비설을 도윤이 지탱했다.

머리를 올리고 있던 장신구를 몇 개 빼내자 물결이 치듯 긴 머리카락이 어깨를 타고 흘러내렸다. 부드러운 머리카락을 만지니 손 안에서 미끄러지듯 빠져나갔다.

그제야 잠이 깬 비설이 무안한 듯 도윤을 향해 눈을 내렸다.

"자꾸 졸려요."

"나랑 자야지."

"음. 폐하께서 괴롭히시니까 그런가 봐요. 자도 자도 졸려요."

잠결에 몽롱한 상황이면서도 비설의 몸에서는 달금한 향이 훅 밀려왔다. 따라온 내관만 아니면 하얀 피부에 얼굴을 묻고 이를 세우고 싶은 것을 간신히 억누른 도윤이 옆에 앉아 있는 호랑을 보며 눈을 흘겼다.

"너 저거 주워 오고 나서 나한테 신경도 안 써. 잘 하겠다고 그렇게 약조하더니만 거짓말이었네."

"그건 아니고…… 몸이 좋지 않아서 그런지 자꾸 피곤해요."

잠기운이 남아 있는 비설이 피곤한 눈을 비볐다. 그녀를 보던 도윤이 손을 들자 뒤에 대기하던 내관과 궁녀가 뒤로 물러났다.

그들이 사라진 다음에나 옆으로 온 도윤이 비설을 품에 안아 들었다.

다가든 체온이 익숙한 듯 비설이 도윤의 품을 파고들었다.

"너 전보다 살결이 더 보드라워진 거 같다."

"네?"

"잠도 많이 늘고 말이지."

"그건 호랑이나 폐하께 신경을 써서 그런 거구요."

"아이 가진 거 같은데?"

정적이 둘 사이에 무겁게 내려앉았다.

도윤의 눈을 보던 비설이 고민하듯 미간을 모았다. 잠시 후, 그럴 리가 없다는 듯이 비설이 고개를 저었다.

"말도 안 돼요. 태몽도 아니었고, 아닐 거예요."

"내기할래?"

내기라는 말에 비설의 눈이 반짝 빛냈다.

아무리 그래도 자신의 몸에서 일어나는 변화조차 모를 리가 없다. 이번 내기를 잘 이용하면 도윤의 허락을 받지 못했던 일을 할 수 있게 될지도 모른다.

"저 그러면 혼자 황궁 밖에 나갔다 올게요!"

"누구 마음대로?"

"내기잖아요! 이기면 들어주셔야죠."

"……."

"딱 일주일만, 아니면 사흘만이라도요. 내기하자고 하신 건 폐하잖아요."

내기라는 단어가 나온 후부터 비설의 눈이 과할 정도로 빛났다. 하물며 혼자 밖으로 나가겠다니, 이 험한 세상에 어딜 혼자 나가겠다는 것인가? 세상의 절반은 사내였고, 사내는 전부 다 짐승이었다.

저 세상 물정 모르는 웅묘가 나가면 맛있는 먹잇감을 발견한 짐승들이 달려들 것이 뻔했다.

검을 내려놨어도 비설은 여전히 무인으로의 능력이 출중했고, 오랫동안 혼자서 잘 이겨 내고 살아왔다지만, 도윤에게는 철저히

382

과거와 지금은 다른 일이었다.

"음."

"전 다른 내기는 안 할 거라구요."

어림도 없다는 말에 결국 도윤이 비설의 제안을 받아들였다.

"그럼 내가 이기면 일주일은 나와 있기. 대신들이 뭐라 하든 내 관들이 뭐라 하든 쓸데없는 이야기는 안 하기."

"좋아요!"

언제 졸렸느냐는 듯이 비설의 눈이 초롱초롱 빛났다. 생기가 훅 느껴지는 그녀의 이마에 입술을 맞추니 간지러운 듯 작게 웃음을 터트렸다.

"제가 이길 거예요."

아이를 바라기는 했지만 이번만큼은 확신이 있었다.

자신 있는 비설을 보며 도윤이 의뭉스러운 미소를 지었다.

❋ ❋ ❋

"폐하. 경하드리옵니다."

"경하드리옵니다!"

간절했던 아이를 가졌건만, 두 사람의 표정은 극과 극이었다.

의기양양한 도윤과는 달리 비설은 미간을 빡 찌푸린 채 태의를 노려보고 있었다.

"황후마마. 어찌……."

"아, 아니다. 그저 실감이 나지 않아서 그렇다."

마음에도 없는 말을 꺼내느라 비설이 식은땀을 흘렸다. 그토록 기다린 아이가 생겼지만, 마냥 기뻐할 수 없었다.

"이제부터는 좋은 것만 보시고, 좋은 일만 생각하시도록 마음을 다스리십시오. 하루에 세 번 탕약을 올릴 것이니 꼭 챙겨 드셔야 합니다."

"알겠다."

억울하다.

제 몸인데 어찌 자신보다 도윤이 더 잘 알고 있단 말인가! 이건 무언가 단단히 잘못되었다.

"왜 제 몸인데 폐하가 더 아세요?"

"살결이 더 부드러워졌다니까."

생각할수록 억울하다.

제 몸이고, 제 안에 생긴 아이였다.

아이의 존재는 너무나도 놀랍고 감사한 일이었지만, 그녀가 아니라 도윤이 먼저 알아차린 것이 받아들이기 어려웠다.

"폐하가 미치셔서 먼저 아시나 봐요."

"내가 미쳐서 알아차린 게 아니지. 네가 둔해서 모른 거잖아."

"저 안 둔해요!"

"웅묘잖아."

종종 있던 황제와 황후의 대화가 요상하게 흘러가자 태의가 말 없이 고개를 숙였다. 황제와 저런 식으로 대화를 하는 사람은 황후뿐이었다.

뭣도 모르는 사람이 저리 말을 걸었다가는 알아차리기 전에 목에 떨어질 터, 그 사실을 아는지 모르는지 비설이 도윤에게 억울하다며 목소리를 높였다.

"내가 이긴 거다?"

"……."

"일주일이네?"

부글부글 속이 끓었다.

왜 매번, 언제나 자신만 당한단 말인가!

이번만큼은 도저히 그냥 넘어갈 수 없었다.

"모두 나가거라. 누워야겠다."

"음?"

"신첩 몸이 오슬오슬하고 열이 나는 것을 보니 아무래도 감모에 걸린 것 같습니다! 이만 누울 것이니 송구하오나 나가 주십시오!"

"너 약속과 다르다?"

어영부영 도윤이 쫓겨나고 태의가 나왔다.

문이 굳게 닫히고 박 상궁의 만류와 눕겠다는 비설의 목소리가 겹쳐 들렸다. 굳게 닫힌 문 앞에서 도윤이 어이없다는 듯이 헛웃음을 터트렸다.

화를 낼 줄은 알았지만 저 정도로 격할 줄은 생각도 못 했다.

더 황당한 것은 이렇게 쫓겨났는데도 화가 나기보다는 웃음부터 난다는 것이었다.

"이제야 내 웅묘가 한숨 돌리겠구나. 잘했다."

"황공하옵니다. 폐하."

"뭐 적당히 누워 있다가 일어나겠지. 집무실로 돌아가겠다."

비설이 떼를 쓴다 한들 일주일이 사라지는 것도 아니었고, 적당히 기분이 풀린 후에 대화를 하면 될 터였다.

하지만 그 이후에도 굳게 닫힌 문은 열리지 않았다.

화를 내도 억지를 부려도 들리지 않는다는 것처럼 비설이 고집을 부렸다.

그리고 열흘 후.

"황후가 아프시니 짐도 아프다."

도윤이 누웠다.

누가 부부가 아니랄까 봐 하는 짓이 똑같았다. 대신들조차 이를 어찌하느냐며 발을 동동 구르자 결국 최측근으로 있던 박 상궁과 내시감이 나섰다.

거짓말로 의심은 되었지만 막상 또 아프다고 하니 걱정이 되었다. 혹 진짜 아픈데도 참고 있었던 것은 아닐까?

"많이 안 좋으신 것이냐?"

"태의께서도 당분간은 쉬셔야 한다고 했답니다. 들어가 보시지요."

"박 상궁."

"네. 황후마마."

"거짓말인 티가 너무 나네."

비설의 말에 박 상궁이 자신도 모르게 손으로 입을 막았다. 한숨을 내쉰 비설이 애써 마음을 다잡았다.

억울한 건 억울하고 아이는 아이였다.

좋은 것만 보고 생각해야 할 터, 의미 없는 신경전을 오래할 필요가 없었다.

"폐하. 들어가겠습니다."

문이 열리고 안으로 들어간 비설이 눈만 내놓은 채 이불을 뒤집어쓴 도윤의 옆에 앉았다.

전혀 아프지 않은 얼굴로 도윤이 비설을 바라보았다.

"아파."

386

"안 아프신 거 다 알아요."

"……아파."

"……."

"진짜 아픈데."

무거운 분위기에 미간을 좁히고 있던 비설의 얼굴에 순간 핏기가 완전히 빠졌다. 창백해진 비설이 한달음에 도윤에게 다가왔다.

거짓말인 줄 알았더니만 진짜 아픈 것이었다.

"아프시면 신첩이 아니라 태의를 부르셨어야지요! 왜 이리 누워만 계셨단 말입니까? 당장 태의를 부르겠습니다!"

"아니 그 정도는 아니고……."

"도대체 어디가 그렇게 아프신 것입니까? 태의를 불러오겠습니다! 어디가 아프신 것입니까?"

비설의 손이 이마에 닿고 목에 닿았다. 오랜만에 닿는 손길이 너무나도 따뜻했다. 저 품에 얼굴을 묻고 체향를 듬뿍 들이마시고 싶었다.

"힘드시겠지만 말씀해 보십시오. 어디가 안 좋으신 것입니까?"

"마음."

"……."

굳어 있는 비설을 도윤이 품에 안았다. 열흘 만에 느껴 보는 그녀의 살결이 너무나도 포근했다.

숨을 깊게 들이마시는 도윤의 얼굴에 화색이 돌았다. 그런 도윤과는 달리 비설의 미간은 점점 딱딱하게 굳어 결국에는 눈을 매섭게 치켜뜨는 지경에 이르렀다.

"폐하!"

"나 죽어 가, 황후야."

"사람을 속일 게 따로 있죠!"

"그 시기에 태의가 조심해야 한다고 했어."

발버둥을 치며 빠져나오려던 비설의 몸이 그 순간 굳었다. 당황한 비설을 품에 가둔 도윤이 하얀 이마에 입술을 맞추었다.

"언제나 이런 식으로 대충 넘어가려 하시고!"

"이번에는 내가 아니라 네가 삐친 거야."

가감 없이 나오는 진실에 비설이 한숨을 내쉬었다. 누구 탓을 해 보려 해도 이번 일의 시작은 비설이었다.

아이를 가지면 감정의 기복이 커진다는 말 때문인지 괜히 눈물이 울컥 나왔다.

"폐하와 같은 곳을 보려 해도 항상 폐하가 저보다 몇 걸음은 앞에 있어요."

얌전히 나오는 속마음에 도윤이 실소를 삼켰다. 제 아이를 가진 웅묘는 예전이나 지금이나 그를 무척이나 즐겁게 했다.

"내가 능력이 좋거든."

"……그건 알고 있다구요."

"그래서 기다리고 있잖아."

도윤의 품에 갇혀 있던 비설이 고개를 들었다. 눈에 맺혀 있는 눈물을 도윤이 빨아들였다.

어두운 기색이라고는 전혀 남아 있지 않은 얼굴을 도윤이 어루만졌다.

"다른 녀석은 아무리 기다려 줘도 반도 못 따라오거든. 그런데 넌 조금만 기다려 주면 바로 옆까지 오거든."

"……."

"그러니 내 곁에서 황후도 잘 해내고 있는 거고 말이지."

사람의 약을 바짝 올릴 때는 언제고, 또 이제는 과거에 서운했던 것까지 완전히 없앨 기세로 달콤한 말을 속삭였다.

조금 전까지 부글부글 끓었던 서운함이 눈 녹듯이 사라졌다.

따로 말하는 대신 비설이 도윤의 품에 얼굴을 묻었다. 비설의 정수리에 턱을 기댄 도윤이 기분 좋은 숨을 내쉬었다.

또 언제 그랬느냐는 듯이 얌전히 안겨 있는 비설을 달래듯 도윤이 등을 어루만졌다.

✻✻✻

시간이 흐르고 편편했던 비설의 배가 불러 왔다.

생각보다도 크게 부른 배에 태의는 조심스럽게 쌍생일지도 모른다는 말을 꺼냈다. 총애하는 황후가 아이를 가지자 후궁을 들여야 한다는 여론은 다시 조용해졌다.

"후우."

이마에 맺힌 땀을 닦아 내며 비설이 힘든 숨을 내쉬었다.

도윤의 아이가 무럭무럭 자라는 것은 좋았지만, 역시나 아이를 가지는 일은 쉽지 않았다. 손발이 부었고, 몸이 무거워서인지 걷는 일조차도 쉽지 않았다.

"산책 중이야?"

익숙한 목소리에 비설이 고개를 들었다. 언제 올라가 있었는지 담에서 도윤이 그녀를 내려다보고 있었다. 이제는 그가 갑자기 나타나도 놀랍지 않았다.

"어떻게 오셨어요?"

"내 고운 황후님이 언제나 이곳을 지나다니신다는 이야기를 들어서 말이야."

도윤의 말에 비설이 미소 지었다. 몸이 힘들더라도 움직여 줘야 용종에 좋다고 하였다. 하루가 다르게 자신이 품은 아기의 움직임이 생생하게 느껴졌다.

좋은 어머니가 될지는 알 수 없었지만, 그래도 최선을 다하고 싶었다.

"전 담으로 못 올라가요."

"내가 데리고 오면 되지."

무슨 소리냐는 말이 나오기도 전에 비설을 번쩍 안은 도윤이 다시 담으로 올랐다. 도윤의 다리에 앉은 비설이 부끄러운 듯이 얼굴을 붉혔다.

"무거워요."

"무거우면 담까지 올라오지도 못했다."

비설을 편하게 앉힌 도윤이 그녀를 단단히 붙잡았다. 도윤의 단단함에 담에서 떨어질지도 모른다는 두려움은 비설에게서 사라져 있었다. 내려가겠다는 말을 하는 대신 비설이 도윤의 허리에 팔을 감았다.

"오늘따라 유난히 더 배가 부른 걸로 보이네."

쌍생이라고 듣기는 했지만 막상 배가 부른 것을 보니 왠지 모르게 심술이 치밀었다.

아이가 있었으면 좋겠다고는 했지만 가뜩이나 체구도 가는 비설에게 두 마리나 붙어서 더 힘들게 하고 있는 듯했다.

비설은 괜찮다고 했지만, 그녀가 우선인 도윤에게 위험이 큰 쌍생은 목에 걸린 가시처럼 불안했다.

"똑같은걸요. 태의도 맥이 잘 잡힌다고 했고, 아주 건강하다고 들었어요.”

“음.”

“폐하.”

눈을 반짝이는 비설의 모습에 훅 생기가 밀려왔다.

아이를 가진 후, 비설은 제 감정을 더욱 잘 드러냈다. 잘 숨기지도 못했지만, 비설은 도윤에게 단 한 가지도 숨기지 않았다.

“태의에게 물어보니 황자로만 나올 수도 있고, 황녀로만 나올 수도 있대요. 둘 다 나올 수도 있구요. 폐하께서는 어땠으면 싶으세요?”

수줍게 속삭이는 목소리가 듣기 좋았다. 비설의 어깨에 얼굴을 기대고 숨을 마시니 좋은 체향이 한꺼번에 밀려왔다.

사내든 여인이든 그녀가 주는 아이라면 상관없다.

“성별이 중요한 게 아니라 누구 성격을 닮느냐 같은데?”

“……그건 포기해야 할 거 같아요.”

비설의 힘없는 말에 도윤이 웃음을 터트렸다. 처음에는 순한 아이라며 좋아했던 것도 잠시, 심한 입덧이 끝나고 나니 기다렸다는 듯이 이어지는 태동에 비설이 고개를 저었었다.

자신을 닮아야 한다며 달님에게도 빌고 빌었지만 불길한 상상은 절대 빗나가지 않았다.

“뭐 너와 내 자식이니까 잘 클 거야.”

간단하게 정해 버리는 대답에 비설이 수긍하듯 고개를 끄덕였다.

누구를 닮았든, 어떤 성별이든 상관없다.

귀한 도윤의 아이였고, 그녀의 아이였다. 건강한 모습으로 나와 제 삶을 마음껏 누릴 수 있다면 비설은 더는 바랄 것이 없었다.

"계속 안고 계시기 힘들 거예요. 담 아래로 내려 주세요."

"음. 너무 못 안아서 힘들어."

같은 말이 다른 의미로 쓰여 도윤에게서 나오자 비설의 얼굴이 붉어졌다. 다급히 주변을 살피던 비설이 도윤을 향해 이맛살을 찌푸렸다.

"누가 들으면 어쩌려고 그러세요! 그리고 이 상황에서 그럼 어떻게 안겨요!"

"태의가 조심하면 된다던데…… 나 자세도 알아 왔어."

"그걸 왜 알아 오셨어요! 절대 안 되니까 위험한 생각은 하지도 마세요."

단호하게 자르는 비설을 보며 도윤이 한숨을 내쉬었다.

하지만 비설을 안지는 못해도, 곁에 있는 것만으로도 도윤의 세상은 평온했다. 실제로는 미치도록 안고 싶었지만, 이 단호하리만큼 잔인한 여인은 절대 안 된다며 몸을 사렸다.

"이제 진짜 얼마 안 남았어요!"

"아! 낳으면 바로 안을 수 있어?"

"아니요. 낳고서 몇 달은 더 지나야 가능하다고 들었어요."

지독한 정적이 둘 사이에 내려앉았다.

일부러 저러는 것일지도 모른다. 그의 목숨을 쥐락펴락할 생각인지 당과를 줄 것처럼 속삭인 말이 도윤의 뒤통수를 쳤다.

"차라리 내가 지금 알려 줄게! 내가 조심하고, 네가 조심하면 된다고 했어!"

"차라리 해가 실은 서쪽에서 뜬다는 거짓말을 믿을래요. 폐하께서 언제부터 조심하셨다고 그래요!"

소리를 쫓아 걸어오던 내시감이 황제와 황후를 발견하고는 뒷걸음질로 사라졌다. 황제와 황후가 말씨름을 시작하면 한쪽이 밀릴 때까지 절대 멈추지 않는다는 것을 모두 알고 있었다.

말씨름의 승자는 대부분 황제였지만, 최근 용종을 잉태한 황후도 만만치 않았다.

태평성대.

평온한 시기에 나라를 위해 귀족과 치열하게 대립하는 황제였지만, 모순되게도 도윤이 가장 많이 싸우며 대립하는 상대는 아끼는 황후였다.

외전 二. 담담

"이번에 만든 대나무잎차가 아주 잘되어 가져와 보았습니다. 드셔 보시지요. 서하야. 황후마마께 차를 올리거라."

문원의 말이 끝나자마자 옆에 앉아 있던 어린 여자아이가 능숙한 손길로 찻주전자에 찻잎을 넣고 차를 우렸다. 좋은 차향이 퍼지고, 준비된 찻잔에 우려진 차를 따랐다.

찻잔에 담긴 차를 박 상궁의 앞에 내려놓자 기미상궁이 박 상궁의 옆으로 다가왔다.

"명현공 부인께서 가져오신 것을 기미까지 할 것이 있느냐? 가져오거라."

"황후마마. 그래도……."

"기미를 하시는 게 어떠하신지요? 소인이나 소인의 여식은 걸릴 것은 없습니다만 혹시 하는 일이 생길지도 몰라서 드리는 말씀입니다."

문원이 박 상궁에게 시선을 주자 고개를 숙인 기미상궁이 확인을 한 후 비설에게 올렸다.

받아 든 차를 한 모금 마신 비설의 입가에 편안한 미소가 생겼다.

"죽림에서 보낸 차를 마시고 나면 속이 편안하니 염치없게도 매번 이렇게 받게 된다. 부인에게는 항상 고맙다."

"소인이야 황후마마의 은덕으로 편하게 살고 있지 않습니까? 마마께서 소인께 많은 것을 주시니 이런 소소한 것밖에 드리지는 못하는 것이 죄송할 뿐입니다."

"죄송할 게 있는가? 서하야. 가까이 와 보거라."

서하가 고민하듯 문원을 바라보았다. 문원의 허락에 서하가 조심스럽게 비설의 옆으로 다가갔다. 아직 어리기는 했지만 서하의 모습에서 문원의 모습이 보였다.

조금만 더 자라면 어미를 닮아 고운 여인으로 클 것이었다.

"서하는 무척이나 얌전하구나."

부러움이 묻어 나오는 비설의 말에 문원이 눈을 내렸다.

이제는 사라진 나라였지만 헌이나 문원이나 주나라가 아닌 서문에서 태어난 이였다.

이방인으로 배척받을 수도 있는 상황이었지만 도윤이나 비설이 벗이라며 아낌없이 곁을 내어 주니 둘은 물론이고, 둘의 자식 또한 정당한 대우를 받았다.

"이리 얌전하고 단정하니 부인의 마음이 든든하겠구나."

본심이 자꾸 드러나는 말에 문원이 나오려는 웃음을 인내로 삼켰다. 최근 비설의 고민이 쌍생으로 태어난 남매라는 것을 모르는 사람은 거의 없었다.

"그 나이 대의 아이들은 활달한 만큼 사고도 많이 친답니다. 서하도 그때는 어찌나 사고를 쳤는지 저도 그렇지만 공께서도 많이 힘들어하셨지요."

"어머니!"

놀란 서하가 문원을 말리자 비설이 낮게 웃음을 터트렸다. 웃음도 잠시, 둘의 모습에 비설이 다시 한숨을 내쉬었다.

"그래도 서하는 새처럼 날겠다며 궁 지붕에 몸을 날리지는 않았잖은가?"

"……."

저 말에 차마 아이들이 커 가는 과정이라는 말은 죽어도 할 수 없었다. 절대 도윤의 성격만 닮으면 안 된다고 했었던 비설의 바람이 아직도 머릿속에 생생했다.

하물며 새가 되겠다며 도윤의 두 아이가 궁의 꼭대기에서 부웅 몸을 날린 순간을 문원은 비설의 곁에서 직접 목격도 했었다.

그때 헌과 도윤이 아니었다면 큰일이 났을 터, 화가 난 도윤에게 두 아이가 화가 단단히 난 일은 두고두고 황궁에서 꺼내어지는 이야기였다.

"종종 꺼내는 말투에서조차 폐하가 보이니 이제는 그냥 그러려니 하네. 하지만……."

"무엇이십니까?"

"가끔은 내가 아이가 둘인지 셋인지 진지하게 고민이 들 때가 있다네."

너무나도 진지한 비설에게는 미안했지만 웃음을 참기 힘들었다. 자신만 그러한 것은 아닌지 고개를 돌린 박 상궁이 최선을 다해 입을 틀어막는 게 보였다.

"명현공은 진중하시니 부인은 그래도 걱정이 덜한 것 같다."

"그건 또 아니랍니다. 황후마마."

"음?"

문원의 말에 비설이 미간을 좁힌 것도 잠시, 참았던 웃음을 터 트렸다. 문원과 이야기를 하던 중 비설이 서하의 작은 머리를 쓰 다듬었다.

"나중에 황자나 황녀가 잘못된 행동을 하려 한다면 서하가 매 섭게 가르쳐 줘야 한단다."

"황후마마. 어찌……."

갑자기 지목당한 서하가 얼굴을 붉혔다. 어렸을 때 처음 만났 던 황후는 고운 외모만큼이나 목소리도 듣기 좋았다. 처음에는 선 녀님인 줄 알고 문원에게 호들갑을 떨었던 일은 아직도 서하의 얼 굴을 붉히게 했다.

수많은 귀족의 여식이 황후의 눈에 들었으면 하여 호시탐탐 기 회를 노렸지만, 비설은 잊지 않고 서하를 곁에 두었다.

"명현공과 부인을 닮아 유하나 서하에게 많은 의지가 된단다. 앞으로도 잘 부탁한다."

과할 정도로 귀한 말에 서하의 얼굴이 붉게 달아올랐다.

부끄러워하는 서하의 머리를 어루만지며 비설이 문원에게 미소 를 짓자 그녀 또한 감사의 의미로 고개를 숙였다.

"화, 황후마마!"

평화의 끝을 알리듯 다급한 걸음으로 달려온 상궁의 목소리가 들렸다.

불길하다.

문이 열리고 몸을 숙인 상궁이 꺼낸 말에 비설이 머리를 붙잡았다.

"황후마마."

도윤의 집무실 앞에 어린 사내아이와 여자아이가 양팔을 든 채로 무릎을 꿇고 앉아 있었다. 눈가에 그렁그렁 맺힌 눈물이 당장에라도 떨어질 것처럼 가득했다.

사내아이나 여자아이나 사람들의 시선을 끌 정도로 귀엽고 고왔지만, 안타깝게도 비설은 아이들을 마음 편히 볼 수 없었다.

"어마마마!"

"어마마마!"

입은 옷만 아니면 같은 아이라 오해할 정도로 똑같은 아이들이 비설을 보자마자 한걸음에 달려왔다. 비설의 긴 치맛자락을 붙잡은 아이들이 세상 서러운 듯 울음을 터트렸다.

도윤의 집무실 앞이니 누구에게 사고를 쳤는지는 물어보지 않아도 뻔했고, 이제 물어봐야 할 일은 하나였다.

"이번에는 무슨 일을 저질렀느냐?"

비설의 물음에 울음을 터트린 아이들이 꿀 먹은 벙어리처럼 입을 다물었다.

사람의 느낌은 쉽게 변하지 않는다. 아이의 반응에 안쓰럽기보다는 불길함이 더 밀려왔다.

처음 사내아이와 여자아이가 태어났을 때는 쌍을 맞춘 것 같아 기분이 좋았었다.

비설과 도윤의 외모만 가져온 것같이 곱고 귀여운 아이들은 안

399

타깝게도 도윤의 성격을 그대로 가져와 버렸다.

"그게…….."

"폐하께 직접 여쭤봐야 하는 것이냐?"

"예담이가 황제가 되고 싶다고 했어요!"

"야! 연해담!"

첫째이자 아들인 해담이 결국 먼저 토해 냈다. 해담의 답에 비설이 둘째이자 딸인 예담을 바라보자 지지 않겠다는 듯이 예담이 말을 이었다

"해담이만 기회가 있는 건 아니잖아요!"

"너 나보고 오라버니라고 부르라 했지!"

"나하고 얼마 차이도 안 나면서 무슨 오라버니야!"

"그만!"

비설의 외침에 해담과 예담 모두 입을 다물었다.

머리가 지끈거리는 것을 떠나 아프기까지 했다.

이제 네 살인 아이들은 또래와는 너무나도 다르게 말도 빠르고 생각하는 것도 빨랐지만, 그만큼 골치가 아팠다.

고작 저 정도 일로 손을 들게 하지는 않았을 것이다.

자신을 다잡으며 비설이 침착하게 예담에게 물었다.

"그래서 예담이는 어찌했느냐?"

"아바마마께 선위를 해 달라고 말씀드렸습니다."

머리에서 종이 울렸다.

아이를 가졌을 때도 이 정도로 두통이 일지는 않았다. 내관과 궁녀는 웃음을 참느라 고역이었지만, 막상 당사자인 비설은 너무나도 똑똑하다 못해 무시무시한 아이들 때문에 한숨부터 흘러나왔다.

400

새가 되겠다며 궁의 지붕에서 몸을 날리는 것으로도 모자라 이제는 아버지를 끌어내고 황제가 되고 싶다는 선언을 했단다.

"하아."

자신의 어릴 적에도 이랬을까?

아니다. 자신은 비현을 쫓아다녔을 뿐, 이러지 않았다.

도윤이다. 아무리 생각해도 두 아이들은 도윤을 닮았다.

"선위의 뜻은 알고서 말한 것이냐?"

"황제의 자리를 물려주는 것이라 들었습니다!"

또 읽은 건 있는지 해담이 비설의 물음에 냉큼 대답했다. 대답의 기회를 놓쳐서 억울한지 예담이 해담을 째려보았다.

차라리 아이가 하나였다면, 도윤의 성격과 머리를 닮아도 괜찮지 않았을까?

아이가 둘이어서 두 배로 힘든 것이 아니라 이건 네 배 그 이상으로 고생이었다.

"마저 손 들고 있거라."

"어마마마!"

"어마마마가 내리라고 할 때까지 절대 내리면 안 된다! 알겠느냐!"

그대로 넘길 일이 있었고, 넘기면 안 되는 일이 있었다.

아무리 아이들이 똑똑해도 아직은 어렸다. 그런데 선위의 뜻만 보고 입을 놀리다니 그냥 넘길 수 없었다.

"폐하. 들어가겠습니다."

용서해 달라는 듯이 아이들이 비설을 보았지만, 그녀는 꿈쩍도 하지 않았다.

내관에게 둘을 잘 지켜보라는 명령을 내린 비설이 집무실 안으로 들어갔다.

어두운 표정으로 서 있는 비설을 보자마자 도윤이 미소를 지었다.

"우리 아이들이지만 대단하지 않아?"

이 상황에서 웃는 도윤을 보며 비설이 고개를 저었다. 자신은 한숨이 나올 정도로 심각한데 뭐가 그렇게도 즐거워서 저리 웃는단 말인가!

하물며 아이들에게 벌을 세워 놓고는 아무것도 모르는 표정으로 저러고 있다니 드는 생각은 하나뿐이었다.

"아이가 셋이에요."

비설의 하소연에 도윤이 결국 크게 웃음을 터트렸다. 도윤이 가까이 오라며 손짓하자 비설이 다가가 그 옆에 앉았다. 도윤을 보는 것도 잠시 비설이 다시 한숨을 내쉬었다.

자신의 아이들이니 저 정도는 약과라고 생각은 하지만 비설에게는 충분히 머리 아플 일이었다.

"자! 아 해 봐."

뜬금없는 말에 비설이 눈을 좁힌 것도 잠시, 입을 열었다.

도윤은 책상 위에 올려놓았던 작은 함에 있던 당과를 꺼내 비설의 입에 넣어 주었다. 입 안에 가득 밀려드는 달금한 맛과 향에 비설의 눈이 동그랗게 변했다.

"내 고운 황후님. 그러다가 병나겠다."

당과는 무척이나 맛있지만 그렇다고 걱정이 사라지는 것은 아니었다.

권좌를 원하는 것도 모자라 선위라니. 제대로 뜻을 모르고 꺼낸 말이겠지만 한편으로는 멀지 않은 미래에 일어날지도 모르는 일이었다.

권좌는 하나였고, 해담이나 예담이나 같은 나이에, 행동이나 능력 또한 비슷했다.

약간이나마 차이가 있으면 선택하는 데 어려움이 없었을 것이나 안타깝게도 비설의 눈에는 둘 다 위아래를 가리기 힘들었다.

"저러다가 나중에 진짜 싸우면 어떡하시려고 그러세요?"

"음. 생각보다 둘 다 똑똑하니까. 손해 볼 짓은 절대 안 할걸. 알아서 잘 선택할 거야."

다른 사람도 아닌 도윤이 저렇게 말하니 그래도 조금은 안심이 되었다.

욕심일 수도 있겠지만 그래도 비설은 자신의 귀한 아이들이 서로 싸우며 피를 흘리는 모습을 보고 싶지 않았다.

문원의 아이들처럼 얌전하거나 진중하지는 않았지만 그럼에도 그녀에게는 귀하고 고운 아이들이었다.

"그렇겠죠?"

"그런데 황제는 해담이가 될 거야."

생각하지 못한 도윤의 선언에 비설의 눈이 커졌다. 잠시 고민하듯 말없이 생각하던 비설의 안색이 더욱 어두워졌다.

도윤의 말에 분명 다른 뜻이 있을 것이었지만, 그럼에도 마음 한구석에서는 떠올리고 싶지 않았던 가설이 자꾸 떠올랐다.

"해담이가 사내라서 권좌를 내어 줄 생각하시는 건가요?"

비설은 마음에 담고 혼자 속을 끓이는 대신 조심스럽게 물음을 던졌다. 오해받기 딱 좋은 말이었지만 비설은 애초에 그런 오해를 만들지 않았다.

셀 수도 없을 만큼 많은 오해와 유혹이 있었지만, 조심스러운 성격과 행동 덕분에 도윤은 마음껏 그가 생각했던 일을 할 수 있었다.

"가까이 와."

도윤의 말에 비설이 주저 없이 그의 품에 안겼다. 깊게 숨을 들이마시자 언제나 그를 안정시키는 체향이 코끝을 간질였다.

비단옷을 젖히고 목에 입술을 묻으니 변함없는 살결이 녹아들 듯 부드러웠다.

"지난번에 지붕에서 몸을 날릴 때 해담이는 아주 찰나였지만 고민은 했거든."

전혀 생각하지 못했던 대답에 비설이 웃음을 터트렸다. 듣기 좋은 소리에 귀를 기울이며 도윤이 말을 이었다.

"예담이는 정말 조금도 고민하지 않고 뛰어내리는 걸 보면 황제보다는 장군이 나을걸. 그것도 아주 골 때리는 장군이 될 거야."

"왠지 또 머리가 상당히 아파 오는 말인데요."

"저들의 인생이잖아. 알아서 잘 살겠지. 나만 잘 살면 돼."

말은 저렇게 해도 도윤이 해담과 예담을 비설 다음으로 아낀다는 것은 알고 있었다.

저의 인생이라며 자르기는 했지만 비설이 아는 도윤이라면 누구보다도 자신의 자식들이 원하는 삶을 살 수 있게 만들어 줄 이였다.

"저는요?"

"나랑 같이 잘 살고 있잖아."

옷을 파고드는 손을 붙잡은 비설이 눈을 좁혔다.

이미 반쯤 풀어진 옷 사이로 보이는 피부에 얼굴을 묻은 도윤이 더운 숨을 몰아쉬었다.

평소처럼 그가 주는 열기에 몸을 맡기고 싶었지만, 아직 도윤과 비설에게는 해야 할 일이 있었다.

"아이들 팔부터 내려 줘야죠."

"아! 그렇네. 그 전에."

"네?"

"찾았어."

"무엇을…… 아!"

아버지로서의 그리움까지는 아니더라도 도윤은 친아버지인 이호의 흔적을 찾으려 했다.

제 삶의 전부를 아들인 도윤의 기반을 만들어 주는 데 쏟고는 홀연히 사라졌다. 생의 끝을 선제가 아닌 이호의 곁에서 마무리하고자 했었던 서우의 바람은 그가 작은 흔적도 남기지 않아 이룰 수 없었다.

"같이 가 보자."

공식적으로 드러낼 수는 없었지만, 보러 가는 도윤을 말릴 수 있는 사람은 아무도 없었다. 정확한 상황은 알지 못했지만 도윤이 가면 비설도 당연히 갈 것이었다.

"음. 이제 저 꼬맹이들을 잘 수습해야지. 들어오게 하라."

문이 열리자마자 도도도도 달려온 해담과 예담이 비설의 등 뒤에 붙어 도윤을 보았다.

저지른 죄가 있다는 것을 아는지 평소 같았으면 나무의 열매처럼 붙었을 아이들이 도윤에게 오지 못하고 있었다.

"이 아비에겐 안 오려는 것이냐?"

도윤의 말이 끝나자마자 기다렸다는 듯이 도윤의 옆으로 아이들이 붙었다. 해담을 옆에 앉히고, 예담을 무릎에 앉힌 도윤이 아이의 머리를 쓸어 주었다.

"예담아. 선위는 말이다."

"……."

"해담이나 예담이가 이 아비의 목을 똑 베어 버리고 황제의 자리에 앉는 거란다."

정적이 흘렀다.

언제부터 선위가 저리 무시무시한 뜻이 되어 있었던가? 아무리 영특한 아이였어도 네 살짜리 아이들에게 할 말은 아니었다.

기가 막혀 말도 나오지 않았건만 정작 말을 꺼낸 도윤은 연신 싱글벙글이었다.

"황제가 되고 싶은 예담이가 이 아비의 목을 베겠구나."

"싫어요!"

다시 맺힌 눈물이 떨어지는지도 모른 채 예담이 도윤의 용포를 붙잡았다. 도윤의 앞으로 달려온 해담의 눈에도 이미 눈물이 가득했다.

"아바마마! 안 할 겁니다! 절대 안 할 것입니다!"

"아바마마는 오래오래 사셔야 합니다! 소자가 예담이를 막을 것입니다!"

평온했던 집무실이 어느새 두 아이의 통곡 소리로 가득 채워졌다. 얼마나 서럽게 우는지 당황하는 비설은 보지도 않은 채 아이들은 도윤에게 안긴 채 떨어지려 하지 않았다.

"안 됩니다! 아바마마. 흐어엉."

"돌아가시면 안 됩니다! 흐어엉."

406

터지려는 웃음을 참으며 도윤이 비설을 보았다. 가볍게 해결되지 않았느냐는 시선에 비설이 벌어진 입을 수습할 생각조차 하지 못했다.

다른 것은 몰라도 하나는 자신 있게 말할 수 있다.

이곳에서 정상은 자신뿐인 듯싶다고.

✳✳✳

해담과 예담을 내관에게 맡기고 비설과 같이 간 곳은 자세히 보면 알지 못할 정도로 낮게 봉분을 쌓은 무덤이었다. 그마저도 주변에 심어져 있는 잡초가 너무나도 무성한 나머지 제대로 보이지도 않았다.

"이런 곳에서 죽었네."

아버지의 묘 앞에서도 도윤은 태연했다.

이호가 제 목숨을 걸고 만들어 준 영남의 병력은 무척이나 치밀하고 탄탄하여 도윤에게 너무나도 유용했다.

자신이 쌓아 올린 기반을 전부 포기하면서까지 숨어 버린 이호를 도윤은 이해할 수 없었다.

"데리고 가야겠다."

옆으로 다가온 비설의 이마에 입술을 맞추었다.

이호와 서우의 희생으로 자신은 제가 원하는 전부를 이루었고, 기대조차 하지 않았던 부인과 아이까지 얻게 되었다.

죽은 후의 보답이 무슨 소용이 있겠느냐마는 적어도 평생을 끔찍한 선제와 살면서 버텨 낸 서우와 보답받지 못할 연모를 평생 품고 산 이호에 대한 최소한의 효도이자 그가 할 수 있는 마지막

예의가 될 것이다.

"좀 심란하시죠?"

"내가? 그럴 리가 없잖아."

과할 정도로 타인을 배려하고 아끼는 착한 비설과는 다르게 자신은 그렇게 감정적이지도 않았고 다른 이의 상황에 이입하는 사람도 아니었다.

비설을 안은 팔에 힘을 주며 도윤이 이호의 무덤을 보았다.

데려갈 생각이었지만, 여전히 그저 무덤은 무덤으로 보일 뿐이었다.

"난 그렇게 감정적으로 움직이는 사람은 아니잖아."

도윤이 유일하게 타인의 감정에 이입하는 사람은 두 아이도 아닌, 곁을 지키는 비설이었다. 그리고 그의 삶에 최우선은 아이들보다도 비설이었다. 그녀가 곁에 있었기에 그의 아이들도 생기고, 도윤의 상황 또한 평온했다.

하지만 마음 약한 비설에게 전부를 보일 필요는 없다.

"그런데 왜 데리고 가시는데요?"

"그저 어머니와 이 사람 덕분에 내가 황제가 되었으니까. 솔직히 특이하기는 하잖아. 선제를 두고 일을 저지를 정도로 대담하기도 했고 말이지."

"나라를 위해서는 옳은 선택이셨죠."

"덕분에 딱 맞는 황후도 만났고 말이지."

자신은 운이 좋았다.

남들은 쉽게 얻지 못했을 완벽한 삶을 그는 이루어 냈다.

자신 있게 웃는 도윤과는 달리 딱 맞는 황후라는 말에 비설이 눈을 좁혔다.

"그때 복숭아를 먹으면 안 되는 거였어요."

굴러 들어온 복이라며 복숭아를 먹으라던 도윤의 목소리가 기억났다.

그때부터 단단히 그에게 잡혀 버렸다. 이제는 없던 일이라며 무르고 싶어도 그와 함께한 일이 너무나도 많았다.

이제는 그녀의 삶에 도윤이 없는 것은 생각조차 할 수 없었다.

"복숭아는 그 뒤에도 먹었는데."

"……."

"그다음에도 먹었고."

"……."

"그 이후에 복숭아라며 잡……."

위험하리만큼 앞서 나가는 도윤의 입을 비설이 막았다. 아무튼 좀 잊어버려도 될 일은 죽어도 잊지 않았다.

도윤이야 자신이 선택한 가군이니 그렇다 치더라도 해담과 예담은 이런 점만큼은 절대 안 닮았으면 했다.

"그래도 이제는 도망간다는 말을 안 하네?"

"이제 와서 무슨…… 제가 어디를 간다고 그러세요."

눈을 흘기며 꺼내는 말조차도 반짝반짝 빛나니 눈을 뗄 수 없었다. 생기가 가득 찬 입술을 향해 도윤이 고개를 숙였다.

"폐하! 황후마마!"

입술이 닿기 직전 들려오는 내관의 목소리에 도윤의 얼굴이 멈추었다. 내관이 왔다며 몸을 돌리려는 비설의 허리를 도윤의 팔이 감았다.

"하던 거 마저 하고 듣자."

"내관이!"

"황자마마와 황녀마마께서…… 두 분께서 납치를 당하셨습니다."

비설에게 다가가던 도윤의 움직임이 다시 멈추었다.

무언가가 어감이 맞지 않았다.

도윤이 눈을 좁히자 비설의 미간도 좁혀졌다.

"둘이 나간 게 아니고?"

믿기지 않은 상황이었지만, 납치는 납치였다.

❋❋❋

좋은 것을 보여 준다는 내관을 따라나선 것뿐이었건만, 결과적으로는 꽁꽁 묶여 어디인지 모를 곳에 갇혀 있었다.

하나도 보이지 않았던 방 안이 시간이 흐를수록 조금씩 눈에 들어오자 해담이 몸을 비틀거렸다.

"야! 연예담. 손 빠지냐?"

"기다려 봐."

이제 겨우 네 살이었지만, 말투나 행동은 그렇게 보이지 않았다.

태어날 때부터 해담과 예담은 특별했다. 아이는 그저 아이라며 넘길 수 있었지만, 종종 또래의 아이들과 너무 다른 모습을 보일 때면 내관이나 궁녀들은 당황한 표정을 감출 수 없었다.

"어마마마께서 많이 걱정하시겠다."

"아바마마는 그다지 걱정 안 하실 거야."

"그러다가 어마마마께 크게 혼나시겠지."

해담과 예담이 소리 없이 웃음을 터트렸다.

다른 이들이 둘의 반응에 경직되거나 두려워해도 그들의 어머니인 비설은 변함없이 해담과 예담을 감싸 주었다.

무서울 것이라고는 전혀 없는 해담과 예담조차도 범접할 수 없는 도윤을 오롯이 받아 주는 사람 또한 비설이었다.

"아바마마가 위험해지면 스스로 빠져나와야 한다고 했어!"

비설이 들었다면 애들에게 무슨 소리를 했느냐고 할 터였지만, 지금은 둘밖에 없었다.

"뺐다!"

손을 뺀 예담이 해담의 밧줄을 풀었다. 두꺼운 밧줄을 푸는 건 어려운 일이었지만 차근차근 해 보니 금세 해담 또한 밧줄을 풀었다.

"어떻게 빠져나갈 거야?"

어린아이 둘을 잡아 놓아서인지 문은 잠겨 있지 않았다. 살짝 열어 보니 운이 좋게도 지키는 사람조차 반쯤 졸고 있었다.

몸을 숙여 빠져나간 해담과 예담이 사람들을 피해 몸을 숨겼다.

호기롭게 저지르기는 했지만 이 많은 사람을 피해 빠져나갈 방법이 없었다.

"산속에 있는 곳인가 봐."

해담의 말에 예담이 코웃음을 쳤다.

"아바마마와 어마마마와 이곳으로 왔잖아!"

목소리가 커지는 예담의 입을 해담이 막았다. 그사이 둘이 숨은 틈 앞을 여러 사내가 스쳐 지나갔다.

아무리 남다르게 뛰어나다 해도 아이는 아이였다. 사내들의 검이 허리춤에서 빛나자 예담이 몸을 떨었다.

411

"나 무서워."

예담이 몸을 떨자 해담이 동생의 손을 붙잡았다.

도윤과 비설이 없으니 예담은 해담이 지켜야 한다. 태어난 순간은 차이가 없었지만 그래도 해담은 예담의 오라버니였다.

"불을 지를까?"

네 살 아이에게서 나올 수 없는 말에 예담의 눈이 커졌다. 무슨 소리냐며 물을 수 있었지만 이미 해담은 결심을 굳힌 후였다.

"불을 지르면 아바마마나 어마마마께서 금방 보실 수 있을 거야! 불이 나면 당황할 거니까 우리를 찾지도 않을 거라고!"

"어서 하자!"

찰나라도 고민하던 해담이 결정해 버리니 주저라고는 조금도 없는 예담이야 당연히 통과였다.

꼬맹이들이 힘을 모아 벽에 걸려 있던 횃불을 빼내 곳곳에 불을 붙였다. 붙은 불이 순식간에 타오르고 이윽고 비명이 터져 나왔다.

"폐하! 저기에 불이!"

내관이 가리키는 방향으로 눈을 돌린 비설과 도윤의 얼굴이 창백해졌다. 멀지 않은 곳에서 길게 늘어진 검은 연기가 한눈에 봐도 심상치 않았다.

"황자마마와 황녀마마이신 듯합니다! 저리 영특하시어 신호를 보내시는 것 같습니다!"

"이런 망할!"

좀처럼 나오지 않는 도윤의 욕지거리가 들려오자 내관이 몸을 움찔거렸다. 그토록 찾던 황자와 황녀의 위치를 알게 되었건만,

도윤은 물론이고 비설조차 말문이 막혔다.

이제 병사들만 보내서 둘을 찾기만 하면 될 터였다.

"황후마마."

"사람을 모아라. 불을 꺼야 한다!"

"네?"

비설의 말에 이해를 못 한 상궁이 고개를 갸웃했다. 비설에게 다시 물으려는 찰나 도윤이 비설을 보았다.

"황후는 따르라. 무엇하느냐! 불부터 끄지 않고!"

도윤의 불호령에 그제야 주변이 부산스럽게 움직였다.

점점 굵게 퍼지는 연기를 보며 도윤이 입술을 깨물었다.

비가 오지 않아 산이 말라 있었다. 하물며 이 아래로는 크고 작은 마을이 연달아 다섯 곳이 넘었다.

저 불이 커진다면, 피해는 도윤이 생각한 것 이상으로 끔찍하게 진행될 것이었다.

도윤의 생각을 읽었는지 그를 따라가는 비설의 입매가 딱딱하게 굳어 있었다.

✻✻✻

"쫓아라!"

불이 생각보다도 몸집을 키우자 일을 저지른 해담과 예담은 생전 처음 놀라고 무서워졌다. 하물며 불을 끄기를 포기한 사내들은 해담과 예담을 잡기 위해 움직였다.

사내들의 서슬 퍼런 검을 보는 순간, 자신들이 또래보다도 특출 나다는 것과 똑똑하다는 것은 아무 소용이 없다는 것을 깨달았다.

"아얏!"

해담의 손을 붙잡고 달려가던 예담이 돌부리에 넘어졌다. 예담의 까진 무릎에서 붉은 피가 흘러내렸지만, 해담의 눈에는 가까이 다가오는 사내들만이 보였다.

"일어나!"

"아파!"

급한 마음에 예담의 손을 붙잡았지만 이미 두려움과 통증에 눈물이 터진 예담은 해담을 보며 울음을 터트릴 뿐이었다.

예담의 울음에 같이 울음을 터트린 해담이 동생의 앞을 막아섰다.

"어서 가!"

할 수 있는 방법이 이것밖에 없었다.

둘 다 도망갈 수 없다면 동생이라도 먼저 보내야 했다.

불을 보고 곧 사람들이 올 것이다. 그때까지만 버티면 된다.

"어서 가라고!"

"못 가! 안 가!"

하루가 멀다 하고 싸우는 사이였어도 남매는 남매였다. 여기서 해담을 버리고 갈 수 없다.

밀어내는 해담의 허리에 예담이 팔을 감았다.

"저기 있다!"

바로 앞까지 온 사내를 보며 해담과 예담이 몸을 떨었다.

"눈을 감아라!"

그때 비설의 목소리가 들리자 두 아이가 눈을 질끈 감았다.

짧은 비명과 함께 묵직한 것이 바닥에 쓰러지는 소리가 들렸

414

다. 실눈을 뜨니 해담의 앞에 비설이, 다른 방향에 도윤이 서 있었다.

그들을 향해 달려오던 이들은 둘의 앞에 쓰러진 채 움직이지 않았다.

"어마마마!"

비설에게 다가온 아이들이 그녀의 치맛자락에 얼굴을 묻은 채 울음을 터트렸다. 하지만 도윤이나 비설이나 지금은 아이들에게 온전히 신경을 쓸 겨를이 없었다.

"아이들을 데리고 내려가."

"폐하."

"불이 퍼진다."

도윤의 말에 비설의 눈이 바로 앞까지 다가온 불로 향했다. 마른 풀을 재료 삼아 불길은 점점 더 매서워졌다. 불을 보던 비설이 해담과 예담을 안았다.

"다시 올게요."

도윤 혼자 이곳에 둘 생각은 없다. 서우와 이호는 평생을 떨어져서 지냈다 하더라도 비설은 도윤 없는 삶은 생각조차 하기 싫었다.

아이를 안은 비설이 다급히 발을 박찼다.

마음이 급했지만, 우선순위라는 것이 있었다. 뒤에서 느껴지는 열기가 뜨거웠지만 비설은 단 한 번도 뒤를 돌아보지 않았다.

✻✻✻

모두가 나선 덕분에 산불은 가라앉았다. 황제가 선두에서 불에 맞서니 따른 이들 또한 목숨을 걸고 불을 막았다.

도윤의 몸에 생긴 상처를 보는 비설이 이맛살을 찌푸렸다. 민가의 사람들까지 전부 나선 덕분에 피해는 적었지만, 화마가 휩쓴 산은 회복되려면 오랜 시간이 필요할 듯싶었다.

"무슨 생각이었느냐!"

화재를 가라앉히느라 고생한 백성과 내관들을 칭찬한 도윤이 해담과 예담을 불러 세웠다.

혼을 내기는 했지만 이처럼 화를 낸 적은 없었기에 놀란 둘이 도와 달라는 듯이 비설을 바라보았다.

평소였다면 도윤을 달랬을 비설이 지금만큼은 그 자리에 선 채 둘을 보고만 있을 뿐이었다.

"곧 추수할 시기가 되었거늘! 산불이 마을까지 덮쳤으면 어쩔 것이었느냐! 너희들의 일신을 지키고자 수많은 이를 죽일 셈이었더냐!"

"잘못했습니다."

"예담이는 잘못이 없습니다. 소자가 그리한 것입니다."

도윤의 호통에 예담이 고개를 숙이자 해담이 앞서 입을 열었다.

도윤의 호통이 너무나도 무서웠지만, 예담은 잘못이 없었다. 하물며 도윤의 말이 틀린 것도 아니었기에 변명조차 할 수 없었다.

살기 위해서 저지른 일이었지만, 그 후유증은 너무나도 컸다.

"사람도 사람이지만, 저 산에 사는 미물과 타 버린 산을 회복하는 시간은 네가 생각하는 것보다도 훨씬 오래 걸릴 것이다. 어찌 황족인 자가 그리 경솔하게 행동하고 일을 저지르는 것이냐? 네가 사고를 친 일에 어찌하여 죄 없는 백성들이 그 책임을 감당해야 한다는 것이냐!"

궁 지붕에서 떨어졌을 때도 도윤은 저렇게까지 화를 내지 않았다. 잘못했다는 것을 알면서도 왠지 모르게 밀려오는 서러움에 눈물이 뚝뚝 떨어졌다.

"네가 다른 이보다 가진 것이 많다면 그 책임을 잊지 마라. 행동으로 나서는 것은 나쁘지 않으나 그 대가가 더 크다면 다른 선택을 찾아야 할 때도 있단다. 알겠느냐?"

"명심하겠습니다."

바닥에 눈물이 뚝뚝 떨어졌다. 아이들을 보던 도윤이 소리 없이 한숨을 내쉬었다.

울음을 터트리지도 못하는 해담과 예담을 보던 도윤이 한쪽 무릎을 꿇었다. 엄하게 혼낸 후, 이어지는 행동에 아이들이 달려들었다.

"아바마마!"

"잘못했습니다!"

어찌나 서럽게 우는지 아이들의 통곡이 주변에 울렸다.

아이들을 달래던 도윤이 무안한 듯 비설을 보며 눈을 내렸다. 도윤의 손길에 감정이 복받친 아이들이 용포를 붙잡은 채 얼굴을 묻었다.

"내시감."

"황후마마."

"사람들을 물리는 게 좋겠다."

비설의 명령에 고개를 숙인 내시감이 내관을 불러 모았다. 자지러지듯 울음을 터트리는 아이들과 난감한 도윤을 향해 비설이 다가왔다.

❀❀❀

도윤의 품에서 서럽게 울던 아이들은 비설의 품에서 기절하듯 잠들었다.

"아. 힘들다."

비설의 어깨에 턱을 기대며 도윤이 뒤에서 그녀를 껴안았다. 등에서 느껴지는 도윤의 체온을 느끼며 비설이 몸을 맡겼다.

오늘 하루가 너무나도 길었다. 고생한 이들에게 상을 내리고, 후처리를 끝낸 후 황궁으로 출발할 때는 이미 땅거미가 짙게 내려앉아 있었다.

"고생 많으셨어요."

"음."

"아이들을 혼내는 일, 그것도 쉬운 일은 아니잖아요."

"내가 아이를 잘 알지는 못하지만 저런 네 살은 없거든."

몸을 기댄 비설의 체향을 맡으며 도윤이 편안한 숨을 몰아 내쉬었다. 한꺼번에 몰려드는 피로에 몸이 천근만근이었지만, 아이들을 보는 비설을 두고 잘 수는 없었다.

비설을 품에 안은 채 잠든 아이들을 물끄러미 바라보았다.

"차라리 다른 아이들과 똑같은 네 살이라면 이런 걱정도 안 하지."

네 살이었지만 해담과 예담이 하는 행동은 일고여덟 살 아이의 수준이었다. 도윤을 닮아서인지 아니면 하늘의 뜻인지는 알 수 없지만 그와 그녀의 아이는 많이 달랐다.

"지금 잘 잡아야 해. 정도를 지키며 사는 일이 생각보다 어렵거든."

"폐하를 닮았나 보네요."

"난 나 살아 보겠다고 불을 지르진 않았어."

죽이기는 했지만.

뒤이어 나올 말을 도윤은 삼켰다. 굳이 제 품에 안긴 귀한 옹묘에게 좋지 않은 말을 꺼낼 필요가 없다. 그를 더 많이 닮은 아이들이라면 제가 하나씩 가르치면 그만이었다.

비설은 지금처럼 그의 곁에서, 아이들의 어머니이자 그의 부인으로 있어 주는 것만으로도 충분했다.

"내가 혼내도 네가 있으니까 괜찮아. 내가 검이면 넌 방패거든."

"그게 무슨 소리예요?"

도윤만으로도 질릴 상황에서 자신이 낳은 아이들까지 도윤과 똑같다는 사실을 마주하는 것으로 질려서 도망갔을 수도 있다. 그러나 이런 상황에서조차 비설은 받아들이고 감싸 안았다.

그녀가 받아 주기에 도윤이나 아이들이 제 마음껏 자신을 드러낼 수 있다.

"너와 내 아이들은 유난스럽기는 하지만 잘 클 거야. 아버지와 어머니가 뛰어나거든."

능청스러운 대답에 비설이 작게 웃음을 터트렸다. 비설을 안은 채로 그녀의 손을 지분거렸다.

충동적으로 제 품에 가둔 여인은 어느새 그의 전부가 되었다.

옆으로 다가온 도윤이 비설의 손목에 입술을 맞추었다.

"오늘 있었던 일에 대한 벌로 아이들에게 숙제를 줬거든?"

"네?"

"일주일 정도 숙연궁에 가 있자. 다 끝내기 전까지는 오지 말라고 했어."

저지른 일이 워낙 크니 이번만큼은 도윤의 말을 잘 들을 것이다.

아이가 생긴 이후로 단둘의 시간을 보내는 일이 너무나도 힘들었다. 그러나 보니 매번 해담과 예담에게 빼앗기는 게 왠지 모르게 억울했다.

"점점 아이가 셋인 기분이 들어요."

"음. 그럼 난 믿음직스러운 큰 아이겠네."

태연한 대답에 결국 웃음이 나왔다.

자신의 가군은 제가 가진 능력만큼이나 자신의 감정을 숨기지 않았다.

시간이 흘러도 변하지 않는 그의 연모에 여전히 설렜다.

연모라는 감정을 몰랐던 과거를 보상받듯 도윤은 비설에게 제 감정을 보이기를 주저하지 않았다.

"마음대로 하세요."

생각보다도 쉽게 나온 허락에 도윤이 입꼬리를 올렸다.

황궁으로 돌아가는 길이 너무나도 길게 느껴졌지만 곧 있을 포상에 절로 기분이 좋아졌다.

환한 미소를 지은 비설의 입술에 도윤이 짧게 입술을 맞추었다.

"진짜 셋째는 널 닮았으면 좋겠어."

"그게 뭐 쉬운가요?"

"두 녀석이 제정신이 아니니까 이번에는 제대로 태어날 거야. 그럼 딱 균형이 맞지 않겠어?"

무척이나 이상한 말이었지만, 너무나도 논리적인 말에 비설이

고민하듯 미간을 모았다. 별것도 아닌 일에 진지해지는 비설의 모습에 도윤이 웃음을 터트렸다

그녀와 있으면 단 한 순간도 지루하지 않았다.

"내 고우신 황후님."

유혹하듯이 속삭이는 말에 비설이 얼굴을 붉혔다.

세상 누구도 그에게서 저 여인을 데려갈 수 없었다.

곱고 귀한 자신만의 여인에게 도윤이 다시 입술을 맞추었다.

외전 三. 휴식

대전에 도윤을 중심으로 양옆으로 선 대신들이 몸을 숙였다. 흐트러짐 없이 서 있는 이들의 분위기는 어느 때보다도 무거웠다.

"폐하. 주는 어느 때보다도 나라의 기반이 굳건해져, 대륙에 그 위상을 높이고 있습니다. 이런 때야말로 후궁을 들이셔서 더욱 기반을 다지셔야 하지 않겠습니까?"

"폐하. 주와 우호를 원하는 나라들이 혼인으로 동맹을 맺기를 바라고 있습니다. 기회를 주시어 나라의 위상을 세워 주시옵소서."

귀족들의 간언에 분위기가 무겁게 내려앉았다. 상황을 지켜보던 여관리가 앞으로 나오며 몸을 숙였다.

"혼인 동맹이나 후궁을 들이는 것보다도 최근 지속되는 동쪽의 지방의 가뭄부터 해결해야 하지 않겠습니까?"

"동쪽의 가뭄은 곧 해결될 것이오. 그보다도 최근 호금의 움직임이 심상치 않으니 서둘러 혼인 동맹으로 그들을 억눌러야……."

이야기는 지지부진하게 계속 이어졌다. 그러자 도윤이 피곤한 듯 권좌에 몸을 맡겼다. 참 눈치도 없이 잘도 떠들어 댔다. 나라가 안정되고, 안팎으로 평온해졌지만, 귀족의 욕심은 예전이나 지금이나 차이가 없었다.

"아바마마. 대신들이 왜 저러는 것입니까?"

꼬리에 꼬리를 물고 이어지던 말싸움이 해담의 물음과 동시에 멈추었다. 권좌에 앉은 도윤의 무릎 위에 앉아 있던 해담이 고개를 갸웃했다.

머리 아프다며 도망가는 예담과는 달리 해담은 종종 도윤의 무릎에 앉아 대전에서 일어나는 일을 전부 지켜보았다. 대전에서 말이 나와도 나서지 않았고, 어린아이가 무엇을 알겠느냐는 생각 때문인지 대신들은 해담을 그다지 신경 쓰지 않았다.

"저렇게 토론을 하면서 나라가 발전하는 거란다."

해담의 머리카락을 어루만져 주던 도윤이 입꼬리를 올렸다. 반은 알아듣고, 반은 이해하지도 못하면서도 자리를 지키는 해담이 기특하고 귀여웠다. 도윤의 손길에 환한 미소를 지은 해담이 다시 대신들을 향해 고개를 돌렸다.

"나라를 위한 일인데 어찌하여 아바마마께 후궁을 들이라는 말을 올리십니까? 아바마마에게는 어마마마가 계시지 않습니까?"

"황자마마. 어찌……."

"서담이가 태어난 지 이제 한 달이 되었습니다. 어찌하여 대신들은 어마마마께 상처가 될 일을 아바마마께 권하시는 것이옵니까?"

"해담이가 봐도 참으로 너무하지 않느냐?"

구구절절 옳은 말이라 도윤이 터지려는 웃음을 참았다. 자신의 자식들은 어찌나 잘 크고 있는지 꺼내는 말 한 마디, 한 마디가 옳은 말뿐이었다.

자신이 해야 할 말을 대신 해 주니 목에 걸린 가시가 단번에 빠지는 기분이었다.

"부인의 수로 황제의 권위를 드러내는 것은 아닌데 말이다."

"폐, 폐하!"

"그리고 가뭄이라니, 황제와 대신들이 제일 먼저 생각해야 하는 사람은 백성들이 아닙니까? 가여운 사람을 외면하다니 너무나도 박합니다. 소자 그렇게 배우지 않았습니다."

터지려는 웃음을 참느라 도윤은 죽을 맛이었다.

행여 오늘 일이 비설의 귀에 들어갈까 걱정했건만, 그런 걱정조차 사치였다. 해담의 이야기를 들으면 서운한 것보다도 웃음이 나올 터, 대전에 해담을 데려온 보람이 있었다. 아이의 돌직구에 당황한 대신들이 말을 잇지 못하자 도윤이 해담을 안았다.

"황제이나 아버지와 가군의 도리부터 해야겠지. 오늘은 여기까지 하겠다."

"폐하! 하지만!"

"그럼 황자의 말에 반박을 해 보거라."

"……."

구구절절 맞는 소리니 반박할 말조차 떠오르지 않았다. 서로 눈치를 보는 귀족을 보던 도윤이 고개를 저었다.

나름 고심하여 자리에 앉혀 놓았건만 여전히 도윤의 마음에는 많이 부족한 이들이었다.

"짐은 아직 후궁을 맞이할 생각이 없으니 동쪽의 가뭄을 해결할 방책부터 가져와라. 가져오지 못하겠다면 최소한 어린 황자의 말에 제대로 된 반박이라도 해야 할 것이다."

말을 끝낸 도윤이 해담을 안은 채 내려왔다. 고개조차 들지 못하는 귀족을 보는 도윤의 입가에서 미소가 떠나질 않았다.

❋❋❋

배냇저고리를 입은 아이가 비설을 보며 방긋방긋 미소를 지었다. 무엇이 그리도 신기한지 아기의 눈은 안고 있는 비설에게서 떨어지지 않았다.

"어찌나 순하신지 황녀마마는 황후마마의 성격을 닮으신 것 같습니다."

"그건 커 봐야 알겠지."

"손도 안 타시고, 잘 울지도 않으시지 않습니까? 두 마마님 때를 생각하면 확실히 다릅니다."

"그런가?"

비설의 손이 아이의 볼을 어루만지자 아이가 다시 방긋 미소를 지었다. 아이의 미소에 비설 또한 어느새 같이 미소를 짓고 있었다.

"무엇이 그리도 좋아 방긋 웃으십니까?"

비설의 목소리에 귀를 기울이던 아이의 눈이 곱게 휘었다. 아이를 달래던 비설이 옆에 앉아 있는 박 상궁을 보았다.

"지난번에 내가 지시한 것은 해 놓았는가?"

"오늘 동쪽으로 떠날 것이라 하셨습니다."

내명부에 넘치도록 쌓여 있는 물품은 이 상황에서 필요하지 않았다. 전부를 쓸 수는 없지만, 가뭄으로 힘들어하는 백성들에게 보내면 많은 도움이 될 것이었다.

박 상궁은 여유를 두고 보내자고 했지만, 그러기에는 들려오는 상황이 좋지 않았다.

"보낼 수 있는 물품은 전부 보내거라. 큰 도움까진 아니어도 당장의 급한 불은 끌 수 있을 것이니. 어서 비가 내려야 할 텐데 말이다."

"곧 비가 내릴 것이라는 태사령의 말씀이 있었다고 합니다. 너무 심려치 마시옵소서."

예전에는 신경 쓰지 않았던 일들이 황후가 되자 사소한 일조차도 크게 다가왔다. 부족함이 없이 사는 삶이었지만, 이 삶의 근간이 백성이라는 것을 알기에 책임은 더욱 무거웠다.

"그나저나 서쪽의 호부에서 이번에 동쪽에 줄 물자를 싣고 도성으로 온다고 합니다. 물자를 바치는 대신 무슨 요구를 하게 될지 그게 더 걱정입니다."

호부의 호중천에게는 아들과 딸이 하나 있다는 이야기가 있었다. 무슨 말을 꺼낼지 뻔했지만 비설은 입 밖으로 꺼내지 않았다.

황후에 앉은 그녀가 배운 가장 큰 교훈은 언제나 입조심해야 한다는 것이었다.

"황후마마. 황자마마와……."

"어마마마!"

상궁의 말이 끝나기도 전에 문이 열리며 예담이 비설의 곁으로 쪼르르 다가왔다. 예담을 따라 쪼르르 달려오던 해담은 갑자기 몸을 움찔거리고는 비설에게서 조금 떨어진 곳에서 무릎을 꿇고 앉았다.

얼마 전 문원의 아들인 유하의 조용하고 듬직한 모습을 해담이 본 이후부터 그러고 있었다. 유하에 비하면 한참이나 어린 해담이 그를 따라 하려는 모습에 비설이 웃음을 삼켰다.

"해담이가 안 오니 이 어미가 서운하구나."

비설의 말이 끝나기가 무섭게 해담이 곁으로 쪼르르 달려왔다. 어른스러워 보이고 싶어도 아직은 어리광이 더 심한 나이였다. 해담과 예담이 오자 아이의 눈이 다시 곱게 휘었다.

"어마마마! 서담이가 웃습니다!"

"어마마마. 저희 때도 서담이처럼 이렇게 조용했습니까?"

예담의 물음에 비설이 식은땀을 흘렸다. 해담을 안으면 예담이 울음을 터트렸고, 그래서 예담을 안으면 해담이 신경질을 부렸었다.

박 상궁이나 유모 상궁이 도와주려 했지만 손을 타는 것조차 싫어하니, 결국 그녀의 사정을 듣고 온 도윤이 도와준 다음에나 전투 같은 울음은 끝이 났다.

"해담이나 예담이도 귀여웠지."

차마 거짓말을 할 수 없었던 비설이 사실을 말하자 아이들 입가에 미소가 가득했다. 해담과 예담과 함께 서담을 보는 중, 얌전했던 아이가 하품을 하며 칭얼거렸다.

몸을 뒤척이며 신경질을 부리는 서담을 안으며 비설이 두 아이들을 바라보았다.

"서담이가 자고 싶은 것 같구나. 나중에 다시 와야겠구나."

"네! 어마마마! 다시 오겠습니다!"

예담의 손을 붙잡은 해담이 처음 왔을 때와 똑같은 모습으로 문을 열었다. 그러자 안으로 들어오려는 도윤과 두 아이들이 만났다.

"아바마마!"

"서담이가 잔대요!"

"음. 아바마마도 조금만 있다가 나와야겠구나. 먼저 나가 보거라."

재잘재잘 새가 지저귀는 소리처럼 아이가 도윤을 보며 한마디씩 거들었다. 아이들의 머리카락을 어루만진 도윤이 안으로 들어왔다. 자신을 보며 미소 짓는 비설을 보던 도윤이 옆에 앉았다.

"전쟁터네."

언제 졸렸냐는 듯이 서담이 도윤을 보며 다시 방긋 웃었다.

비설과 그의 셋째 아이는 조용한 만큼 너무나도 잘 웃었다.

"이리 고운 여인이 자꾸 웃으면 곤란하단다."

비설에게서 서담을 안아 든 도윤이 미간을 좁히며 근엄하게 말했다. 무슨 소리냐는 듯이 눈을 굴리던 서담이 손에 잡힌 도윤의 손가락을 힘껏 붙잡았다.

"아이는 참 미묘해."

"보면 볼수록 신기해요."

"하지만 널 위해서는 그다지 아닌 거 같아."

찡그리며 꺼내는 말에 비설이 작게 웃음을 터트렸다. 해담과 예담 때는 초산에 쌍생이어서 힘들었고, 서담 때는 진통이 길어져서 고생을 했다. 다행히 서담과 비설 모두 건강했지만, 밀려오는 걱정에 도윤이 속앓이를 했었다.

"그렇게 제가 걱정이 되면 위험하지 않을 때 다가오세요."

웃음기가 남아 있는 얼굴로 말을 꺼내자마자 비설이 다시 터지는 웃음을 삼키기 위해 입술을 깨물었다. 답을 하지는 않았지만

429

노골적으로 표정에 싫은 티가 났다.

저기서 더 몰아붙였다가는 저 심술이 어디로 향할지 모른다.

"호부에서 사람이 온다면서요?"

화제를 돌리듯 꺼내는 말에 도윤이 서담을 안은 팔에 힘을 주었다. 운형이 무너진 후, 남아 있던 잔재를 흡수한 호부는 바다를 기반으로 세력을 키운 곳이었다.

활발한 무역과 주변의 세력을 기반으로 무섭도록 성장한 호부는 중앙의 관직을 노리며 기회만을 엿보고 있었다.

"어느 정도 준비가 끝난 것 같으니 슬슬 움직이겠지."

"다시 어려워지겠어요."

"황후가 어서 공식적으로 나서 줘야 내가 편한데 말이지."

후궁 이야기가 나올 때마다 공식적으로 불쾌한 의사를 내보이는 비설 때문에 한동안 말조차 꺼내지 못했었다. 비설이 아이를 가지면서 움직이지를 못하자 기다렸다는 듯이 귀족들이 움직임을 시작했다.

"폐하께서 알아서 잘 하시면서 또 왜 앓는 소리를 하세요?"

"내 부인이 없어서 재미가 없어."

그새 잠든 서담을 옆에 내려놓은 도윤이 비설의 다리에 머리를 베고 누웠다.

"에고고. 힘들다."

"잠시 주무세요."

"그러고 싶지만 일이 많아서 말이다."

서담을 품에 안고 있어서 그런지 비설에게서 아기 냄새가 나는 것처럼 느껴졌다. 부인으로 아이도 낳고 곁을 지켜 준 황후를 물끄러미 보았다.

"황후야."

눈을 부드럽게 흰 채로 꺼내는 말이 왠지 모르게 음흉하게 들려왔다. 꼭 저런 식으로 말하면서 웃으면 꼭 그녀에게 일이 터졌다.

이번에도 미끼는 자신이다.

"아무래도 손해 보는 혼인……."

"이제 못 물러."

말이 끝나기도 전에 어림도 없다는 듯이 도윤이 말을 잘랐다. 눈을 뜨자 보이는 고운 모습을 보며 도윤이 입꼬리를 올렸다.

"화 조금만 내."

의뭉스러운 대답에 불안함은 더 심해졌지만 언제나 그렇듯 도윤은 더 말해 주는 대신 피곤한 듯 눈을 감았다.

하루 이틀도 아니었기에 그를 몰아붙이는 대신 비설은 도윤의 손을 붙잡았다.

❋❋❋

마차가 멈추고, 중년 남자가 내렸다. 그 뒤를 이어 젊은 사내와 여인이 내렸다. 서쪽과는 전혀 다른 복잡한 도성의 모습에 여인의 눈이 연신 주변을 두리번거렸다.

"오라버니! 제 말대로잖아요! 도성은 완전히 다르다니까요."

여인과는 달리 도성을 보는 사내의 눈은 차가웠다. 확실히 거친 바닷바람과는 달랐다. 따뜻하면서도 순한 바람이 사내가 지금까지 맞아 온 바람과는 사뭇 달랐다.

권력을 위해서였지만, 역시 그는 황궁이 마음에 들지 않았다.

"소연이는 자중해라. 혹여 보는 눈이 있을 수 있으니 조심하도록 하고."

서쪽 호부의 가주인 중천의 말에 소연이 몸을 움찔거렸다. 소
연을 보던 중천이 부가주이자 아들인 소준을 보았다.

한눈에 봐도 마음에 안 드는 기색이 역력했다.

하지만 서쪽의 바다에서 평생을 썩을 생각은 없었다. 운정공
연운형이 무너지면서 남은 잔재를 흡수한 덕분에 기회는 생각보
다도 빨리 왔다.

"마차에서 말한 대로 폐하의 앞에서는 신중 또 신중해야 할 것
이다."

소연이 제대로만 행동한다면 소준과 자신이 할 일은 생각보다
도 수월해질 것이다.

바다의 빛에 검붉어진 피부만큼이나 매서운 기색의 아들이었
다. 황제라면 자신의 아들과 자신에게 마음을 열게 될 것이다.

연도윤이 주는 기회를 잡아 지금의 자리에서 더 올라갈 것이
다.

"소준이 또한 폐하의 앞에서 처신을 잘 하거라. 여유로워 보이
지만 그만큼 매섭고 자비가 없는 분이다. 잘못 행동하여 눈 밖에
나는 일은 없어야 할 것이다."

"그리하겠습니다."

대답은 바로 했지만 소준에게 권력에 대한 미련은 없었다.

그저 소문이 자자한 연도윤을 직접 제 눈으로 보고 싶었을 뿐이
었다.

"기회가 많은 곳이면 이용해야지요."

세력을 넓혀 감에 따라 도윤의 눈을 피하기가 어려워졌다. 만
약 연도윤이 소문과는 다른 사내라면, 중천이 말한 기회를 소준은

다르게 이용하게 될 것이다.

"들어가자."

중천을 따라 들어가며 소준이 거대한 황궁을 천천히 훑었다.

＊＊＊

비설이 오랜만에 궁 밖을 나왔다.

한 달을 내내 안에만 있었던 터라 내심 답답했었다. 밝은 햇빛에 시원한 바람이 불자 기분이 한결 나아졌다.

홀로 황궁을 걷는 비설의 눈에 호랑과 노는 아이들이 보였다. 이제는 새끼의 모습이 완전히 사라진 커다란 늑대가 해담과 예담의 사이를 오고 갔다.

"호랑아."

비설이 부르는 소리는 작았지만 호랑에게는 또렷하게 전달됐다. 귀를 쫑긋거리던 호랑이 비설을 발견하자마자 한달음에 다가왔다. 몸을 숙이자마자 안겨 오는 호랑의 등을 비설이 어루만졌다.

"잘 지냈느냐?"

강아지처럼 비설의 입술을 호랑이 할짝거리자 간지러운지 낮은 웃음이 나왔다. 비설의 손이 귀와 머리에 닿을 때마다 호랑이 기분 좋은 소리를 냈다.

"어마마마! 이제 제가 호랑보다 커요!"

뒤따라온 예담이 호랑의 등에 손을 얹은 채 비설에게 재잘재잘거렸다. 예담의 손길에도 저를 거두어 준 비설이 최우선이었는지 호랑이 비설에게 찰싹 붙어 있었다.

"호랑이가 요즘 황궁 밖으로 잘 나가요!"

"황궁에 있어도 호랑이는 늑대이지 않느냐? 나가는 것을 뭐라 하면 안 된단다."

궁 밖에 비설과 오랜만에 나와서 그런지 연신 아이들이 재잘재잘거렸다.

아이들의 질문에 답을 해 주며 이야기를 나누던 비설이 어느 순간 아무것도 없는 공간을 향해 눈을 돌렸다.

"어마마마?"

잠시 후, 그녀의 품에 있던 호랑조차 느꼈는지 이를 드러냈다.

나무가 울창하던 공간이 흔들리며 모습을 드러낸 사내가 몸을 숙였다.

"송구하옵니다. 황후마마. 소인 호부의 부가주 호소준이라고 합니다."

고개를 숙인 소준은 보지 못했지만, 호부라는 말에 비설의 눈이 옅게 떨렸다. 최근 세력을 키워 도윤의 권위에 도전하려는 곳이라고 들었다.

사람을 첫인상으로 판단하면 안 되는 것이었지만, 들은 소문이 좋지 않으니 자꾸 경계를 하게 되었다.

"무슨 일로 여기까지 오게 되었는가?"

"소인, 실은 길을 잃었습니다. 조용히 내관을 찾는다는 것이 황후마마께 심려를 끼쳐 드리게 되었습니다."

경계를 하던 비설이 길을 잃었다는 말에 굳었던 표정을 풀었다. 괜히 초면에 상대를 오해한 듯싶었다.

"황궁이 넓으니 길을 잘못 들었을 것이다. 하지만 이곳은 폐하 외에는 사내가 들어올 수 없는 곳이니 속히 나가는 것이 좋을 것

같다. 박 상궁."

"예. 마마."

"사람을 붙여 안내를 해 드리거라."

말을 끝낸 비설이 소준을 보며 미소를 지었다. 소준이 그런 비설을 물끄러미 바라보았다. 알 수 없는 행동에 이상함을 느낀 비설이 미간을 좁히자 그제야 몸을 움찔거린 그가 그녀를 향해 몸을 숙였다.

"황후마마의 은덕에 감사드리옵니다."

몸을 일으킨 그가 다시 비설을 본 것도 잠시 내관을 따라 밖으로 나갔다. 그가 사라질 때까지 지켜보던 비설이 호랑을 보았다.

"사람이 들은 것과 직접 보는 것은 또 다르구나."

"어마마마. 무슨 말씀이세요?"

"아니다. 그저 지나가듯이 한 말이란다."

호부의 가주가 어떤 사람인지는 알 수 없었지만 그저 권세를 탐하기 위해 온 것으로는 보이지 않았다.

도윤의 사람이라면 천군만마가 되겠지만, 만약 적으로 돌아선다면 쉽지 않을 사내였다.

그러나 당장 단정 지을 수 없는 것이니 나중에 도윤을 만나면 그때 이야기를 꺼내도 늦지 않았다. 앞으로 무슨 일이 일어날지 알 수는 없었지만 벌써부터 몸을 사릴 필요는 없었다.

"어마마마. 물고기 보러 가요!"

해담의 말에 비설이 미소를 지었다. 비설의 양손을 아이들이 붙잡자 호랑이 안내하듯 선두에 섰다. 호랑을 따라 비설이 아이들과 걸음을 옮겼다.

✳✳✳

아이들과 사라지는 비설을 소준의 눈이 끝까지 살폈다.

많은 여인을 보았지만, 저런 여인은 처음이었다. 아이를 셋이나 낳은 여인으로 보이지 않았다.

미색도 미색이었지만 그녀가 가진 분위기가 소준을 흔들었다.

조용하고 부드러웠지만 쉽게 다가갈 수 없는 단호함이 느껴졌다. 자존심이 없는 여인은 없었지만 비설에게서는 특히 사내의 욕심을 불러일으키는 분위기가 있었다.

'황제가 왜 후궁을 안 들이는지 알 것 같다.'

자신이었어도 다른 여인은 눈에 들어오지도 않았을 것이다. 안으면 안을수록 만족보다 허기를 더 느낄 것이다. 만족스럽게 안아도 그녀의 분위기에 다시 매혹되어 안을 것이니 곁에 두며 아끼고 연모할 여인이었다.

'이렇게 기회는 만들어지나 봅니다.'

지루했던 황궁에 흥미가 생겼다.

황후. 황제의 여인이었지만 소준에게 그런 것은 문제가 되지 않았다. 사람의 마음은 변하기 마련이었고 상황은 어떻게든 만들면 그만이었다.

'해볼 만하다.'

대전에서 본 연도윤은 여유로운 미소로 제 이빨을 거침없이 드러내는 이였다.

황제를 꺾는 일은 쉽지 않으나 황후를 제 손에 넣는 일은 쉬운 일이었다. 황후의 자리에서만 끌어낼 수 있다면 이후의 일은 그가 원하는 대로 될 것이다.

"부가주님."

황후가 보낸 궁인이 사라지자마자 황궁에서 길이 엇갈렸었던 시종이 다급히 다가왔다.

"어디에 계셨습니까? 가주님께서 급히 찾으시어……."

"소연이의 용건은 끝났다더냐?"

"기껍게 하시겠다며 판을 만들어 달라는 말씀을 하셨습니다."

사내를 보는 눈은 확실한 소연이 연도윤을 보고 외면할 리가 없었다. 소연이 기꺼워했다면 소준 또한 최선을 다해 볼 생각이었다.

"황궁이 재미있어지겠구나."

오랜만에 투지가 불타올랐다.

아이와 함께 있는 황후의 모습이 눈앞에 아른거렸다.

그녀가 그의 아이들과 그렇게 있다면.

"승부를 걸어 볼 만하겠다."

상상만으로도 쾌감이 밀려왔다.

❊❊❊

"그대가 가져온 재물과 물건이 동쪽의 가뭄에 큰 도움이 될 것 같다."

"황공하옵니다. 폐하. 이 모든 것이 폐하의 은덕이십니다."

도윤이 건넨 술을 양손으로 받아 든 중천이 단숨에 잔을 비웠다. 기회는 오는 순간 잡아야 한다. 동쪽의 가뭄이 길어지는 상황에서 자신의 공은 더욱 도드라질 것이다.

비록 그렇게 되기까지 엄청난 희생과 노력이 필요했지만 그 대

437

가는 더욱 크게 얻게 될 것이다.

"최근 누군가가 동쪽으로 들어가는 강의 곳곳을 일부러 막아 놓았다는 보고가 있더군. 가뭄에 수로까지 막혀 피해가 더 크게 된 모양이야."

빈 잔을 붙잡고 있던 중천의 손이 떨렸다. 하지만 찰나 자신을 원래대로 되돌린 중천이 도윤의 빈 잔에 술을 채웠다.

"속히 범인이 밝혀져야 할 텐데 말입니다."

"그래도 그대 덕분에 시간을 벌었다. 고맙다."

도윤의 말에 표정을 가리듯 중천이 몸을 숙였다.

중천을 보던 도윤이 술잔을 들며 얼굴을 가렸다. 너무나도 노골적으로 저가 원하는 것을 요구하는 중천을 보며 도윤이 이맛살을 찌푸렸다.

바친 것이 있으니 요구하는 것 또한 당연했지만 거슬리는 것을 그냥 넘기기는 쉽지 않았다.

아쉬운 사람은 도윤이고, 받아야 할 사람 또한 도윤이니 싫어도 먼저 꺼내야 했다.

하지만 모가 난 성격이 단번에 상황을 타협하고 하라는 대로 할 리가 없었다.

"그나저나 짐은 그대의 부탁을 들어주기가 어려운데 이를 어찌 해야 하나?"

"총애를 하시라는 것이 아닙니다. 그저 자리만 채우게 해 주십시오."

"그건 그대의 여식에게는 너무나도 가혹한 처사가 아닌가?"

수많은 도전 속에서도 제 자리를 지켜왔던 황제답게 받아 줄듯 말을 꺼내면서 가장 중요한 허락은 바로 떨어지지 않았다.

숨기는 패를 더 보이라는 듯한 행동에 중천이 마른 입술을 삼켰다.

자신부터 다잡아야 한다. 여기서 가장 중요한 일은 소연을 후궁으로 들이는 것이었다.

"바다에서 사는 것들은 천하다며 손가락질을 당하기가 일쑤입니다. 소인들에게 필요한 것은 황궁의 비호고 저희를 지켜 줄 방패입니다."

"손가락질을 당한다고 하기에는 과하게 강하지 않은가?"

"자리만 내어 주시지요. 폐하."

"흐음."

잔을 내려놓은 도윤이 셈을 하듯 무릎을 톡톡 두드렸다. 고민하듯 중천을 보던 도윤이 빙긋 미소를 지었다.

"그냥 자리를 주기에는 다른 이들의 눈치가 보이지."

"폐하."

"후궁을 뽑는 간택령을 내리겠다. 그 자리에 누가 앉게 될지는 차차 정하면 되겠지."

완벽한 허락은 아니었지만 충분했다. 얼마 뒤 후궁을 뽑겠다는 간택령이 내려졌다.

***

도윤의 간택령에 나라가 술렁댔다. 다시 오지 않을 기회에 사주단자부터 보내자는 움직임이 곳곳에서 생겨났다.

"그래 봤자 내 자리지."

흥분하며 대화를 하는 여인들을 보며 소연이 코웃음을 쳤다.

이미 중천과 도윤의 거래가 끝났다는 이야기를 들었다. 대화가 잘 되었다는 것만으로 만족할 수 없었지만 우선 가장 어려운 능선을 넘었다.

"아가씨. 이만 돌아가셔야……."

"이 넓은 황궁에서 나에게 뭐라 할 사람이 누가 있겠느냐? 좀 더 둘러보자."

시종의 만류에도 소연이 걸음을 멈추지 않았다. 지난번에는 중천과 소준의 눈치를 보느라 제대로 다니지도 못했다. 모처럼 황궁에 들어왔으니 이번 기회에 자신이 머물게 될 궁을 하나씩 살펴보는 것도 좋을 듯싶었다.

"아!"

주변을 둘러보며 걷던 소연이 비설과 도윤을 발견하고는 걸음을 멈추었다. 무슨 이야기였는지 도윤을 보던 비설의 입가에 연신 미소가 가득하였다. 한참 같이 걷더니만 비설이 걸음을 멈추었다.

놀리듯이 비설의 앞에 서 있던 도윤이 그녀의 손목을 붙잡았다. 잡은 손목에 도윤이 입술을 맞추었다.

눈을 흘기면서도 도윤을 보며 비설이 달콤한 미소를 지어 보였다.

"애를 셋이나 낳은 여인이 뭐가 그리 좋다고 오라버니는 그러시는지 모르겠네."

소준은 절대 황후만큼은 자신의 것이니 건들지 말라고 했다.

아이까지 낳은 여인의 무엇이 그리도 마음에 들었는지는 알 수 없었지만 거래는 거래였다.

겨우 후궁으로 들어갈 생각으로 중천을 따라 황궁에 들어온 것이 아니었다.

"황후마마께 인사드립니다."

도윤이 사라지고 돌아가는 비설의 앞을 소연이 막아섰다. 그녀의 인사에 비설이 미간을 좁혔다. 아직 이름을 듣진 못했지만 자신의 앞을 막은 여인이 누구인지는 알았다.

"소녀는 호소연이라고 합니다. 무례를 무릅쓰고 인사를 하게 되었습니다."

"이야기는 들었다. 입궁한 것이냐?"

"아버지를 따라 잠시 황궁에 들어왔습니다."

소연의 미소가 불쾌하게 느껴지는 것은 기분 탓일지도 모른다. 연이어 제 존재를 알리는 호부의 존재가 비설에게는 불안하게 다가왔다.

하지만 이를 드러낼 수도 없는 일, 애써 미소를 지으며 비설이 소연에게 다가왔다.

"황궁은 제대로 보았느냐?"

"어찌나 고운 꽃들이 많은지……. 그중에도 가장 으뜸은 황후마마셨습니다."

"과한 말이구나."

"화무십일홍이라는 말이 있지 않습니까? 황궁의 많은 꽃을 보니 그러한 기분이 들었습니다."

많은 꽃들 중 가장 으뜸은 황후이지만 화무십일홍처럼 도윤의 총애도 사라질 거라는 도발이었다.

오랜만에 있는 일에 비설의 말문이 막혔다. 예전이었다면 겉으로 분노를 드러냈을 것이나 그러기에는 황후의 자리를 지키면서 그녀 또한 겪은 일이 너무나도 많았다.

"그렇게 말하던 이들은 나보다 먼저 죽거나 사라졌었단다."

비설의 말에 소연이 입을 다물었다.

당황할 줄 알았던 황후는 너무나도 태연했다. 어떻게 말을 던져야 할지 고민하는 소연의 앞으로 비설이 다가왔다.

눈을 굴리는 소연에게 어림도 없다는 듯이 비설이 그녀의 어깨를 부드럽게 감쌌다.

"네가 얼마나 많은 욕심을, 바람을 가지고 있는지는 알 수 없으나 잊지 말거라. 난 황자와 황녀를 낳았단다."

"황후마마."

"화무십일홍이라. 폐하의 총애가 사라질 수도 있음이겠지. 하지만!"

어깨를 감싼 손에 힘이 들어가자 소연의 몸이 파르르 떨었다. 당장에라도 쓰러질 것처럼 연약해 보이던 황후의 악력에 몸이 떨리고 땀이 흘렀다.

"내 아이들을 지키기 위해서라도 너의 출발이 그리 쉽지는 않을 것이다."

"그리 단정 지으실 수는 없을 것입니다."

"그래? 날 끌어내고 네가 자리에 오르기는 쉽지 않을 것이니 나와 함께 내명부를 지키는 일도 쉽지 않을 것이다. 난 욕심이 아주 많거든."

말을 끝낸 비설이 볼 것도 없다는 듯이 몸을 돌렸다.

주저 없이 사라지는 그녀를 보며 소연이 분노에 몸을 떨었다. 제 자리에 취하여 상황 판단을 하지 못하는 게 분명했다. 나중에는 제 자식을 살려 달라며 몸을 숙이게 될 것이다.

분노에 몸을 떠는 소연의 눈에 독기가 가득했다.

❅ ❅ ❅

돌아가던 비설이 결국 걸음을 멈추었다.

잊을 만하면 저리 이를 드러내며 욕심을 보이는 이들이 늘었다. 워낙 자주 있는 일이라 화가 나지는 않았다. 다만 오늘은 이상하리만큼 피곤했다.

"죄송합니다."

멀리서 들리는 목소리에 비설이 고개를 돌렸다. 같이 황궁에 들어왔는지 지난번에 봤었던 소준이 비설에게 다가왔다.

그의 등장에 비설이 흐트러진 자신을 가다듬었다.

"또 길을 잃었는가?"

담담하게 나오는 농 아닌 농에 소준이 고개를 숙였다. 역시 다른 여인들과는 분위기부터 너무나도 다른 여인이었다. 소연의 말에 흔들리면서도 내색하기보다는 스스로 추스르려 했다.

저 여인이 가진 힘을 알기에 욕심은 더욱 커졌다.

"제 동생의 일은 사과드립니다."

가라앉았던 비설의 분위기가 다시 흔들렸다. 소준을 보며 말이 없던 비설이 오랜 정적 끝에 한숨을 내쉬었다.

"그대에게 할 말은 아니지만 가진 권력이 큰 만큼 그 책임이 참 무겁긴 하군."

조금도 주지 않던 여지가 지금 비설에게서 얼핏 보인 기분이었다. 언제나 긴장하며 기다려 온 기회를 소준이 물었다.

"황후마마께서 혼자 감당하시기에는 너무 무거운 짐이 아니옵니까? 때로는 폐하와도 나누시어 마음의 책임을 조금은 덜어내시지요."

443

"지금도 짐이 많으신 폐하이신데 어찌 나까지 고되신 그분께 누를 끼칠 수 있는가?"

"새장 속의 새가 되실 필요는 없지 않습니까?"

아슬아슬하게 유지하던 비설의 표정이 다시 흔들렸다. 제 속을 소준이 꿰뚫어 본 것처럼 좀처럼 말을 잇지 못했다.

비설을 보던 소준이 몸을 일으켜 거리를 좁혔다.

가까이서 보는 그녀는 처음 만났었던 그날보다도 더욱 그를 흔들었다.

미모로는 자신을 따라올 사람이 없다며 자신하는 소연에게는 미안한 말이었지만 누구도 비설을 따라올 사람은 없었다.

"실은 오늘은 황후마마를 뵙기 위해 무례를 무릅쓰고 오게 되었습니다."

"무슨 말인가?"

"소인 황후마마를 새장에서 나오실 수 있게 해 드릴 수 있습니다."

좀 전보다도 무거운 정적이 흘렀다. 비설의 흔들리던 눈이 감기고 긴 숨을 천천히 몰아 내쉬었다. 제 모습을 감추지 못할 정도로 흔들리던 여인은 이윽고 감았던 눈을 뜨면서 원래의 차분한 모습으로 돌아왔다.

"호의는 고맙다."

"황후마마!"

"내 선택이다! 그것을 타인이, 그것도 이제 겨우 두 번 본 사내에게 흔들려 내려놓을 정도로 난 무책임한 사람이 아니다."

"……."

"걱정해 준 것은 고마우나 나를 위해서라면 새장에서 날 꺼내

444

주는 것이 아니라 그대의 동생이 무모한 생각을 하지 않도록 잡아
주는 것이 좋겠다. 돌아가라."

단호한 말에 더는 말을 꺼낼 수 없었다.

소준이 몸을 일으켜서 나갈 때까지 비설은 그를 향해 시선조차
주지 않았다.

하지만 잠시 후, 흔들리듯 몸을 비틀거리던 비설이 손으로 눈
을 가렸다.

❄❄❄

"호부의 움직임이 심상치 않습니다. 호중천은 물론이고 아들과
딸이 모두 제멋대로 움직이니 생각한 것보다도 빠르게 일이 진행
되고 있습니다."

"흐음."

비서령으로 처음 관직을 얻었던 여인은 제 능력을 인정받아 어
사중승의 자리에 올라가 있었다. 최근 도성으로 올라온 중천이 세
를 넓히자 걱정이 된 듯 늦은 밤 도윤의 집무실을 방문했다.

"어떻게든 조치를 취해야 합니다."

"아직은 잡을 만한 여지가 없지."

"폐하. 소인은 비록 폐하에 비해 많은 것이 부족하지만 폐하께
서 알고 계시면서 가만히 움직이지 않으실 때는 목적이 있으시다
는 것 정도는 압니다."

"오! 많이 늘었네?"

실은 황후마마께서 알려 주셨습니다만.

목에서 치미는 말을 어사중승이 참았다. 이런 도윤을 비설은

445

가군으로 어찌 모시고 사는지 궁금하기까지 했다.

모시는 주군으로도 충분히 힘든 도윤에게서 원하는 것을 얻어 내기는 쉽지 않았다. 그렇다고 호부를 이대로 두기에는 거침없이 세력을 넓히는 그의 존재는 충분히 위협적이었다.

"어디까지 날뛸지는 모르지만 우선은 움직이게 둬라."

"그리고 재상께서 이만 자리에서 내려와 좀 쉬시고 싶다 고……."

"안 돼."

약간의 주저라고는 없는 답에 어사중승이 소리 없이 한숨을 내 쉬었다. 이번에야말로 자리에서 물러나 편안한 마무리를 하겠다 며 호언장담을 했지만 보아하니 도윤은 그럴 생각이 조금도 없었 다.

쓸모가 있다면 적이라도 절대 버리지 않을 사내가 바로 그였 다.

최근 황후를 얻고 아이를 가지면서 유해졌다는 소문이 돌고 있 었지만 그건 소문일 뿐이었다.

'차라리 폐하께서 제정신으로 돌아왔다는 말을 믿는 게 낫겠 군.'

의형제이자 도윤의 가장 최측근으로 지키고 있는 명현공께 도 윤이 어떠한지 물었더니만 코웃음을 치며 대화를 할 가치조차 없 다는 듯이 행동했었다.

"흐음. 이를 어찌한다."

앞의 그녀는 신경조차 쓰지 않는지 도윤이 제 무릎을 손가락으 로 톡톡 두드리며 생각에 잠겼다. 일부러 내버려 두고 있었지만, 거슬리는 것은 또 거슬렸다. 하물며 지금 도윤의 신경을 가장 거슬리게 하는 것은 무서울 것이 없다는 듯이 나대는 중천이나 소연이 아니었다.

"내 나름 좋은 아버지, 좋은 가군으로만 있어 보이려 했는데 말이다."

도윤의 말에 어사중승이 식은땀을 흘렸다. 몇몇 이들은 황제가 평화에 자신을 놓아 제 목 앞까지 오는 독을 느끼지 못한다고 했지만, 저 모습을 보며 그런 생각은 들지 않았다.

"황후마마의 궁에 드는 궁녀와 호중천의 여식이 왕래를 한다고 합니다."

"그쪽은 황후가 알아서 하겠지. 놔두어라."

귀한 황후라며 아끼고 총애한다고 했지만, 도윤은 울타리가 되기보다는 황후가 알아서 하게 두는 편이었다.

"평화가 길기는 길었지."

혼잣말을 하는 도윤의 눈이 반짝반짝 빛났다.

폭풍이 몰아칠 터, 어사중승이 아무리 미리 움직이시라 간언을 드려도 마음을 굳힌 도윤은 호중천을 그대로 둘 생각이었다.

대화가 끝나고 어사중승이 물러간 후, 곧이어 호중천의 여식인 소연이 뵙기를 청한다며 찾아왔다. 늦은 밤에 중천 없이 찾아온 소연을 보며 도윤이 입꼬리를 올렸다.

"아직 퇴궁하지 않은 것이냐?"

"실은 오라버니와 아버지께서는 퇴궁하셨습니다. 소녀, 폐하께 드릴 것이 있어 찾아오게 되었습니다."

전혀 죄송하지 않은 얼굴로 소연이 겁 없이 도윤에게 다가왔다. 다가오라는 말도 없이 거리를 좁히는 소연을 도윤은 화를 내는 대신 재미있다는 듯이 보았다.

도윤의 바로 앞까지 다가온 소윤이 그의 손에 자신의 손을 포갰다.

"이건 좀 곤란하단다. 아이야."

"소녀는 폐하의 것입니다."

"그런 말을 함부로 하는 것도 아니고 말이지."

밀어내는 말에도 움츠러들기는커녕 더 가까이 도윤에게 다가왔다. 부인이 있고, 황자가 있었지만 황제는 황제였다. 그의 말 한 마디에 모든 것이 이루어졌고, 그의 행동 하나에 사람의 목숨은 아무렇지도 않게 사라질 수도, 구제를 받을 수도 있었다.

그런 황제의 부인인 황후라면.

그녀는 고작 내명부만 다스릴 생각으로 도윤에게 접근한 것이 아니었다.

"폐하. 소녀는 어렵지 않습니다."

"그래?"

"그저 손만 내밀어 주신다면 소녀는 얼마든지 전부 할 수 있어요."

손을 내밀기도 전에 달려드는 소연을 보며 도윤이 미소를 지었다. 제 몸에 닿는 소연의 손을 잡은 그가 주저 없이 떼어 냈다.

"그렇게 쉽게 주기에는 짐은 욕심이 아주 많구나."

"폐, 폐하."

"네가 겨우 후궁 따위에 흔들려서 왔다는 건 누구도 믿지 않을 것이란다."

떼어 낸 소연의 손을 도윤이 붙잡았다. 연모인지 협박인지 알 수 없었지만, 도윤과 눈을 마주하는 것만으로도 소연의 심장이 떨렸다.

"난 쉽게 무언가를 내주는 이가 아니라서 말이다."

"그렇다면 소녀가 어찌해야 여지를 주실 것입니까?"

"네가 행동을 해야지."

"……."

"네 스스로 하는 일에 난 아무런 제재도 하지 않을 거란다."

소연의 눈에 욕심이 스며드는 것을 보며 도윤의 눈이 부드럽게 휘었다.

언제나 그렇듯 자신은 그저 기다릴 뿐이었다.

광기로 눈을 빛내는 소연의 손목에 도윤이 입술을 맞추었다.

❊ ❊ ❊

황후가 다른 사내와 통정을 하고 있다는 소문이 퍼졌다. 통정을 하는 사내가 누구인지는 나오지 않았으나 황제의 독점적인 총애를 받던 황후인지라 그 소문은 더 큰 파장을 만들어 냈다.

황후에게 노한 황제가 궁에 발길을 끊자, 기회라고 생각한 이들이 더더욱 간택령에 자신의 여식을 들이댔다.

"그래 봤자 내 자리였어. 멍청한 것들."

면경에 비친 얼굴을 보며 소연이 입꼬리를 올렸다. 간택령은 빠르게 진행되었고, 결국 남은 사람은 소연이었다.

간택령 사이에 황후를 제거하려 했지만 생각보다도 황후는 쉬운 사람이 아니었다. 눈엣가시 같은 황후 때문에 소연이 받게 된 직위는 비였다.

'곧 황후가 되겠지만.'

면경에 비치는 소연의 눈에 광기가 스몄다. 소준을 생각해서 통정하는 사내가 누구인지는 밝히지 못했지만, 소문을 퍼트리는 건 어렵지 않았다. 황후전의 궁녀를 포섭해 놓았고, 이제 마지막만 잘 정리하면 끝날 일이었다.

"비마마."

문을 열고 들어온 상궁이 소연을 향해 몸을 숙였다. 황후의 궁에 있는 이들 중 제일 먼저 포섭해 놓은 이였다.

무릎을 꿇은 상궁에게는 시선조차 주지 않은 채 소연이 면경을 보고 또 보았다.

첩지를 받기 전에 도윤과 비설에게 인사를 하는 날이었다. 가장 고운 모습으로 흠잡을 수 없는 최고의 상태에서 비설을 끌어내고 소연은 황후가 될 것이다.

"네가 황후와 내가 마실 차를 준비한다지?"

"예. 마마."

"내 차에 이걸 타거라."

상궁을 향해 소연이 가지고 있던 것을 던졌다. 독한 향이 훅 나는 주머니를 보던 상궁이 놀란 듯 소연을 보았다.

"황후마마가 아니라 비마마의 차에 타라는 말씀이십니까?"

당황한 상궁을 보며 소연이 입꼬리를 올렸다. 떠는 상궁의 앞에 몸을 숙인 소연이 눈을 마주했다. 상궁의 손에 소연이 던졌던 찻잔을 잡게 했다.

"네가 다칠 일은 없을 것이다."

"하, 하지만 비마마."

"내가 다칠 일도 없을 것이고."

"……."

"내가 황후가 된다면 누가 내 곁을 지킬 것 같니?"

소연의 속삭임에 상궁이 넘어갔다. 부들부들 떨면서도 상궁이 손에 든 것을 품에 넣었다. 결심한 상궁을 보던 소연이 다른 주머니를 그녀의 앞에 보였다.

"이 독은 일시적으로만 쓰일 것이다. 난 이 해독제를 먹을 것이고 며칠 정신을 잃었다가 깨어나겠지. 그리고 넌 황후마마께서 시킨 것이라는 말만 해 주면 된다. 나머지는 내가 지시한 이들이 정리할 것이야."

소연의 말에 그리하겠다는 듯이 몸을 숙인 상궁이 뒷걸음질로 방을 나갔다. 혼자 남은 방에서 소연이 자리에 앉았다.

제 자리에 도취된 황후를 밀어내는 일은 어렵지 않다. 비록 줄줄이 낳은 아이들이 문제였지만, 자신이 후사를 가지면 호부가 직접 나설 것이니 제가 낳은 아이들이 도윤의 뒤를 잇게 될 것이다.

"폐위된 늙은 황후야 오라버니에게 주면 그만이고 말이지."

제 오라버니에게는 조금은 미안했지만, 어떤 방법으로도 폐위만 시키면 된다고 했었다.

버림받은 황후를 취하든 말든 그녀가 신경 쓸 일은 아니었다.

결국 스스로 해결해야 할 일. 오늘 있을 일이 너무나도 즐거울 듯싶었다.

❊❊❊

"비는 가까이 오라."

도윤의 명령에 소연이 곁으로 다가왔다. 황후인 비설보다도 더 가까운 위치의 자리에 소연이 터지려는 웃음을 간신히 참았다.

황후가 황제에게 버림을 받았다는 이야기가 사실인 듯 도윤은

451

단 한 번도 황후를 향해 시선을 주지 않았다.

도윤에게는 진심을 다할 것이다. 그가 그녀에게 줄 아이를 기대하며 자신이 줄 수 있는 전부를 내어 줄 것이다.

"감사합니다. 폐하."

"음. 아직 다 끝나지 않았단다."

도윤의 말에 무슨 소리냐는 듯이 고개를 갸웃했던 소연이 뜻을 깨닫고는 미소를 지었다. 아직 끝나지 않았다. 아직 눈엣가시 같은 황후가 남아 있었다.

"황제폐하. 황후마마. 신첩. 최선을 다하겠습니다."

"그리해야 할 것이다."

연신 미소를 짓고 있는 도윤과는 다르게 비설의 안색은 딱딱하게 굳어 있었다. 그녀를 보던 소연이 조소를 감추지 않은 채 도윤을 향해 거리를 좁혔다. 황후에 대한 배신감이 생각한 것보다도 컸는지 다가오는 소연을 도윤은 막지 않았다.

둘을 심란한 표정으로 보던 비설이 눈을 질끈 감았다. 이윽고 눈을 뜬 비설이 손을 들자 상궁들이 부산하게 움직이며 차를 가져왔다.

"신첩. 새로 들어온 비와 폐하를 위해 차를 준비했습니다."

비설이 준비한 차를 내려놓은 상궁이 소연을 향해 눈짓했다. 상궁의 시선을 받은 소연이 자신의 앞에 놓인 차를 바라보았다.

독이 든 차가 겁나기는 했지만, 이번 고비를 넘겨야 황후의 자리가 자신에게로 온다.

황후가 직접 하사한 차를 먹고 중독된다. 이야기를 맞춘 대로 상궁은 황후의 짓이라며 고할 것이고, 총애를 잃은 황후는 제대로 대응하지도 못한 채 폐위될 것이다.

"감사히 마시겠습니다. 황후마마."

"잠시 기다리게. 박 상궁. 내 차와 비의 차를 바꾸어라."

"네?"

생각하지 못한 말에 주변은 물론이고 소연조차 말을 잇지 못했다. 소연을 조용히 응시하던 비설이 도윤을 향해 몸을 숙였다.

"비가 처음으로 폐하의 사람이 된 날이니 신첩이 부족하지만 비에게 차를 내릴까 합니다. 어떠하신지요?"

"황후마마. 어찌……."

"황후의 마음 씀씀이가 무척이나 자비롭구나. 그리하라."

지금까지 소연이 마주했던 도윤의 눈빛과 완전히 달랐다. 화가 난 것 같기도 하고 재미있어 죽겠다는 듯한 시선이기도 했다. 황후가 갓 자리에 오른 비에게 자신의 차를 내리는 것은 큰 호의를 베푸는 일이었지만, 이 경우에는 곤란했다.

이제 독이 든 차만 마시면 끝이었다. 그런데 생각하지 못한 일이 일어나고 있었다.

"폐하."

"비는 어찌하여 그리 당황하는 것인가? 황후가 준비한 차가 아닌가?"

도윤의 물음에 차마 답을 하지도 못한 채 소연이 머리를 굴렸다.

해독제를 먹은 자신은 괜찮지만 황후는 장담할 수 없다.

비를 독살하려 했던 황후가 제 꾀에 넘어갔다고 우길 수도 있었지만, 그러자니 차를 먼저 내린 사람이 황후였다.

"신첩이 어찌 하늘 같으신 황후마마의 차를 받을 수 있겠습니까. 이렇게 차를 내려 주신 것만으로도 너무나도 감사하여 몸을 들 수 없사옵니다. 명령을 거두어 주십시오."

"비. 내가 내리는 차일세."

비설의 말에 반항조차 하지 못한 채 소연이 얼쩡거렸다. 그사이 박 상궁이 비설의 차를 소연에게, 소연에게 간 차를 비설의 앞에 내려놓았다.

당황하며 불안해하는 소연을 보며 비설이 자신의 앞에 놓인 차를 들었다.

"내 직접 신경 써서 준비한 차다. 비는 너무 걱정하지 않아도 된다."

몸이 떨리고 식은땀이 흘렀지만 마시지 말라는 말은 나오지 않았다.

어찌 되었든 저 차를 마셔서 황후가 죽으면 끝나는 일이 아닌가? 일을 수습하는 것은 쉽지 않을 것이나 못할 것도 아니었다.

황후만 죽으면!

저 여인만 죽게 된다면!

"진짜 마시면 곤란해."

잔을 들고 있던 손목을 어느새 다가온 도윤이 붙잡았다. 소연을 볼 때와는 전혀 다른 눈이었다. 걱정과 초조로 흐트러진 눈이 비설의 손에 있던 잔을 빼앗았다.

"상관도 없으시잖아요."

"삐쳤네."

"화가 나요."

"그건 좀 심각하게 곤란한데. 진짜 죽으면 저것을 황후로 들여야 하잖아."

소연이 자리에 있어도 도윤의 말은 거침이 없었다. 마치 그녀

454

가 없는 것처럼 도윤은 단호한 표정의 비설만을 바라볼 뿐이었다.

"저 아이랑 내가 나신으로 뒹구는 건 상상조차 안 되거든."

노골적인 말에 주변은 물론이고 소연조차 입이 벌어졌다. 하얗게 질린 소연을 향해 도윤이 눈웃음을 지었다.

"내 황후 자리가 쉽지 않지."

"둘이서 저를 속인 것입니까?"

"짐은 분명 네 마음껏 움직여도 상관없다고 했다. 네 행동이 짐에게 이득이 된다면 그걸 거부할 이유가 없지."

"……."

"덕분에 잘 놀았다. 끌어내라."

비설이 마시려 했던 독차를 보기도 싫다는 듯이 버린 도윤이 비설의 손을 붙잡았다. 뒤늦게 상황을 깨달은 소연이 발버둥을 치며 소리쳤지만 도윤의 관심은 이미 그녀에게서 사라진 후였다.

도윤의 간택령이 호부를 드러내기 위한 속임수였다는 것을 알기 전에 상황은 끝나 있었다.

황제가 자신을 속였다며 중천이 고함을 쳤지만, 권력에서 밀려난 그를 신경 쓰는 사람은 아무도 없었다.

❀❀❀

"황후마마께서 몸이 좋지 않다 하시어……."

"얼씨구?"

문이 굳게 닫힌 침소를 보며 도윤이 눈을 꿈틀댔다. 조금만 화를 내라고 했더니만 작정하고 화를 내고 있었다. 몸이 좋지 않으니 다음에 오시라며 문을 잠가 버리는 황후가 어디 있는가!

원하는 대로 호부를 잡았고, 특히나 비설에게 수작질을 하던 놈은 확실하게 제거했으니 걱정은 없었지만 비설이 화가 나면 그건 그거대로 문제였다.

'뭐 새장 속의 새?'

가라앉았던 짜증이 다시 치밀었다.

어디 감히 제 여인에게 수작질이란 말인가! 보는 눈은 있어 가지고 모든 것을 전부 이해한다는 듯이 다가오던 꼬락서니가 떠오를 때마다 울컥 치밀었다.

숨이 끊어질 때까지 소준은 도윤을 저주하는 말을 토해 냈지만 그에게 중요한 것은 저주가 아니라 비설에게 다시 다가갈 여지 자체를 없애 버리는 것이었다.

"황후야. 문 좀 열어 봐."

"……."

"어쩔 수 없이 가까이 둔 거라니까."

소연이 도윤에게 어떻게 다가왔는지 들었을 테니 화가 났을 것이고, 소연을 잡기 위한 자리에서도 그녀를 비설보다 더 가까이 뒀으니 저런 반응도 이해가 되긴 했다.

문제는 이해는 이해고, 보고 싶거나 안고 싶을 때 가까이 가지 못하니 짜증이 치밀었다.

"문 부수고 들어간다?"

"부숴 보시지요. 이번에야말로 담을 넘어서 도망가 버릴 것입니다!"

"나랑 아이들을 두고 어디를 가려 해?"

"황후의 자리를 줄 테니 마음껏 해 보라고 하셨다지요? 아무리 그래도 신첩은 마음을 추스를 시간이 필요합니다! 그러니 돌아가시란 말입니다!"

문으로 가려져 있을 뿐이지 둘이 대화하는 것은 똑같았다. 그 사실을 이야기해 봤자 들을 비설도 아니었고, 도윤은 더더욱 아니었다.

또 우스운 것이 얼마든지 문을 열고 들어갈 수 있음에도 도윤은 비설이 도망간다는 말에 문을 잡지도 못했다. 몇 년이 지나도 투닥거리는 것은 여전했다.

저 상황에 후궁을 들인다니, 귀족들과는 다르게 지척에서 모시는 내관과 궁녀들은 어림도 없다는 것을 알고 있었다.

"문을 진짜 부숴 버릴까?"

진심으로 고민했지만, 이번의 경우에는 비설이 화를 내도 어쩔 수 없었다. 하물며 그 계집이 그렇게 적극적으로 다가올지 누가 알았겠는가? 적당히 상대를 하기는 했지만 도윤도 나름 진땀을 흘렸었다.

"적당히 화를 내라니까 무섭게도 화를 내네."

하는 수 없이 도윤이 몸을 돌렸다.

한 사흘만 조용히 넘기면 문을 열 것이니 그때 들어가서 미안하다고 속삭이면 풀어질 것이었다.

그러나 도윤의 안일한 생각과는 다르게 문은 2주가 되도록 열리지 않았다.

❋❋❋

며칠 내내 만든 옷의 마무리를 끝낸 비설이 피곤한 숨을 몰아쉬었다.

처음에는 바늘에 실을 꿰는 것도 어려웠었건만 어느새 어렵지 않게 옷을 만들 수 있게 되었다.

"박 상궁."

"예. 황후마마."

"어느 정도 마무리는 되었는가?"

"이제 거의 끝나 갑니다. 마마."

날씨가 추워지면 황궁에서는 옷을 지어 가난한 백성들에게 나누어 주는 관습이 있었다. 황후인 그녀도 예외는 아니었던지라 벌써 몇 년째 같은 시기에 옷을 만들고 있었다.

"밤이 늦었으니 오늘은 이만하시지요."

"그래야겠다."

어깨도 아프고 목도 피곤했다. 비설이 몸을 일으키자 궁녀와 상궁이 주변을 정리해서 밖으로 나갔다. 자리에서 일어나 굳은 몸을 푼 비설이 복잡한 눈으로 닫힌 문을 바라보았다.

벌써 2주일째였다. 처음에는 문을 부수겠다며 1시진이 멀다 하고 오던 도윤이 이젠 하루에 한 번도 오지 않게 되었다.

"화가 많이 나셨나?"

그녀가 먼저 시작했으니 도윤에게 뭐라고 할 수는 없었지만, 또 막상 그가 오지 않으니 걱정이 되었다. 그렇다고 그녀가 먼저 가자니 이번에 도윤이 소연에게 했다는 행동이 자꾸 떠올랐다.

자신은 그래도 소준이라는 사내에게 거리를 둔 채 여지를 주었건만 도윤은 다가오는 소연을 피하지도 않았고, 하물며 품으로 이끌었다는 말까지 있었다.

"후우."

무겁게 가라앉는 기분을 바꾸려 비설이 닫혀 있던 창을 열었다.

458

"아얏!"

놀란 토끼 눈처럼 동그랗게 뜬 비설과는 다르게 밖에 있던 도윤의 눈은 부드럽게 휘었다.

"왜 거기 계세요?"

"한 번은 문을 열 줄 알았거든."

못 말린다는 듯이 비설이 고개를 저었다. 도윤을 걱정한 자신이 왠지 바보 같았다. 자신을 탓해 봤자 무엇하겠는가? 이렇게 마주하는 것만으로도 비설은 여전히 심장이 떨리고 열기가 차올랐다.

도윤이 손을 내밀자 비설이 모르는 척 붙잡았다. 창을 통해 마주 보고 있었지만, 거리는 느껴지지 않았다.

"마음 많이 상했어?"

"폐하께서 얼마 전에 그러셨잖아요. 화 조금만 내라고 말이죠. 그게 생각나서 참은 건데…… 그런데…….."

"그런데?"

차분했던 비설의 얼굴이 붉게 달아올랐다. 그때의 일이 생생한지 비설의 호흡이 흐트러졌다.

"그 나쁜 년이 늙은 황후라고 하지를 않나! 차기 황후는 저이니 줄을 서라는 말을 했다고 하지를 않나! 폐하께 자기는 폐하의 것이라며 몸으로 밀어붙었다면서요!"

"나 그래도 선은 안 넘었어."

"몸으로 들이댔다고 했어요!"

"그런데 눕혀지지는 않았어."

"……."

"진짜라니까."

터지려는 웃음을 도윤이 입술을 깨무는 것으로 참아 냈다. 여기서 웃어 버리면 반쯤 풀린 비설의 기분이 다시 나빠질 수 있었다.

더는 집무실서 밤새도록 일하는 것도 싫었고, 독수공방은 더더욱 끔찍했다.

"황후야. 나 추워."

"……생각해 보니까 화 덜 풀린 거 같아요."

"힘들어."

"……."

"나 이러다가 몸져누울 것 같아."

"얼렁뚱땅 넘어가려 하시지 마시구요."

"침소가 좁아요. 황후님."

어리광 아닌 어리광에 결국 비설이 웃음을 터트렸다. 그가 이렇게 나서면 비설은 더는 막을 수 없었다. 도윤에게서 손을 뺀 비설이 몸을 일으켰다.

"문 열 테니 들어오세요."

"이대로 들어가면 되지."

무슨 소리냐는 반문을 하기도 전에 도윤이 능숙하게 창문으로 들어왔다. 의기양양한 도윤을 보며 비설이 고개를 설레설레 저었다.

들어오자 도윤이 비설을 뒤에서 껴안았다.

"일부러 노리신 거죠?"

"응."

주저 없이 나오는 긍정의 대답에 비설이 소리 없이 한숨을 내쉬었다. 한숨을 내쉬었어도 오랜만에 다가오는 그의 체온이 너무나도 포근했다. 도윤의 팔을 비설이 붙잡자 다른 팔이 비설의 허리를 감쌌다.

"내 황후께서는 내 장단을 가장 잘 맞춰 주시거든."

"그래도 이번에는 좀 힘들었어요."

"이번에 써먹어서 다시 써먹을 일은 없어. 그리고…… 나름 자기 마음대로 좋다고 달려드는 게 피곤해서 다시 할 생각은 없어."

간택령은 없다는 말에 그래도 마음이 편해졌다. 아무리 주변에서 좋은 말을 해 줘도 도윤이 직접 말해 줘야 안심이 되었다.

나중의 삶이 어찌 될지는 알 수 없었지만, 지금이나 앞으로도 비설은 누구와도 도윤을 나누고 싶은 생각 따위 전혀 없었다.

"그리고 말했잖아. 네가 아닌 다른 여인과 나신으로 뒹굴 생각 따위 안 든다니까."

"폐하!"

분노에 붉게 달아올랐던 얼굴이 다른 의미로 터질 듯이 붉어지자 도윤이 웃음을 터트렸다.

비설의 어깨에 턱을 기낸 도윤이 무거운 숨을 내쉬었다.

"머리 쓰고 몸 버리니 힘들다. 황후야."

"아무 일도 없으셨다면서요."

"아니야. 곰곰이 생각해 보니 난 더럽혀졌어."

넉살 좋은 하소연에 화를 낼 수도 없었다. 내내 떨어져 있는 것이 싫었는지 도윤은 비설에게서 떨어지지 않았다. 다가오는 도윤이 싫은 것은 아니지만 너무 쉽게 받아 주는 기분이 들었다.

"이상한 소리 하지 마시구요."

"나 좀 씻겨 줘."

답을 하지도 않는데도 기다렸다는 듯이 도윤이 다가왔다. 넉

461

살 좋게 다가오니 싫다는 거부조차 하기 애매해졌다. 이 사내를 욕심내는 것도 자신, 원하는 것도 자신이었다.

"다음에 절대 안 봐 드릴 거예요."

"응."

부드럽게 휜 눈매가 여인보다도 더 고왔다. 미소 속에 감춰져 있던 맹수가 제 모습을 드러내며 다가오자 비설이 두 팔 벌려 그를 맞이했다.

❋❋❋

발걸음 소리를 내며 해담과 예담이 황후궁으로 들어섰다. 몸을 숙이는 궁녀를 지나 긴 복도를 지나자 박 상궁이 둘을 발견하고는 몸을 숙였다.

"어마마마는 안에 계셔?"

"폐하와 함께 계십니다."

"들어가도 돼?"

말이 끝나기가 무섭게 문이 열리고, 박 상궁의 말을 듣기도 전에 해담과 예담이 안으로 쪼르르 들어갔다. 비설에게 안기듯이 달려오던 아이들이 그녀의 무릎을 베고 도윤이 잠들어 있자 달려오던 걸음을 멈추었다.

"아바마마께서 주무십니까?"

"좀 전에 잠드셨다."

좀처럼 도윤이 잠든 모습을 보지 못했던 아이들이 신기한 듯 잠든 도윤을 보았다. 숨소리라도 크게 낼라 손으로 입까지 막은 채 도윤을 보던 아이들이 비설을 보며 작은 목소리로 속삭였다.

"이따가 다시 오겠습니다!"

말만 조용했을 뿐, 밖으로 나가는 아이들의 발걸음은 크다 못해 바닥이 울렸다. 다시 문이 닫히고 조용하다 못해 고요한 방에서 비설이 도윤에게 먼저 말을 꺼냈다.

"깨셨죠?"

"아니. 자는 중이야."

차분한 대답에 비설이 도윤의 손을 붙잡았다. 자고 있다는 말과는 달리 비설의 손을 도윤이 힘껏 붙잡았다.

비설의 손등을 도윤의 손가락이 느릿하게 어루만졌다.

무슨 생각을 하는지 알기보다는 더 모를 때가 많은 도윤이었지만 그럼에도 비설의 삶에서 그가 있었기에 여기까지 버티면서 살아올 수 있었다.

그에게 받은 것에 비하면 비설은 해 준 것이 너무나도 없었다.

"가군."

낯선 부름에 눈을 감고 있던 도윤이 비설을 바라보았다. 자신이 꺼내 놓고도 부끄러운지 어느 때보다도 그녀의 얼굴은 붉게 달아올라 있었다.

도윤의 시선을 애써 외면하며 비설이 낮게 말했다.

"엄청 부끄럽네요."

"몇 년 만에 처음 불러 주네."

"해 보라고 해서 해 봤는데 너무 어색해서 안 되겠어요."

"음. 적응되면 괜찮을 거야. 곧잘 부르게 해야겠다."

도윤의 고집에 비설이 미간을 좁힌 것도 찰나, 이길 수 없다는 듯이 고개를 저었다. 도윤이 저리 마음먹은 이상 한동안은 가군이라 불러야겠지만, 역시 어색한 것까지는 어쩔 수 없었다.

소소한 일이라도 비설이 꺼내는 말이라면 도윤은 언제든지 받아 주고 함께하려 했다.

닿을 수 없었던 마음을 가졌을 때도, 있을 수 없는 일이라며 도윤을 밀어내고 부정했을 때도 도윤은 기다려 주고 같이 걸어가 주었다.

"쉬세요."

"음."

같은 곳을 보기 위해 욕심을 부렸었지만 이제는 아니었다.

비설이 어느 곳에 있어도 항상 도윤이 같이 있었다. 그는 비설을 통해서 쉬고 있다고 했지만, 도윤이 있기에 비설은 편안하게 제 삶을 누리며 살 수 있었다.

"연모해요. 폐하."

그녀의 곁에서 편안하게 쉬는 도윤의 이마에 비설이 짧게 입맞춤을 하였다.

고백하듯 간질이는 고백에 도윤이 입꼬리를 올렸다.

"이마보다는 입술이 더 좋아."

환한 미소를 지은 비설이 도윤의 입술에 자신의 입술을 맞추었다.

외전 四. 가족

　고급스러운 마차가 멈추고, 곁을 지키며 같이 걷던 호위가 문을 열었다. 문이 열리자마자 머리를 하나로 묶은 예담이 마차에서 날듯이 내려오고, 그 뒤를 이어 해담이 내려왔다.

　곧이어 그 뒤를 이어 비설이 내려왔다.

　"어마마…… 어머니! 여기입니까?"

　박 상궁에게서 잠든 서담을 받아 안은 비설이 예담을 보며 미소를 지었다. 멸문을 당하고, 손의 지문이 사라지도록 죽은 자들의 산소를 만들었다. 운형의 손을 잡고 떠났던 비설 대신 도윤이 관리했었던 곳이었다.

　이제는 허름한 저택을 허물며, 죽은 자들을 위한 사당을 만들었다.

　"조용히 나온 것이니 소란을 피워서도 안 되고, 너희들이 가진 직위를 이용하거나 드러내서도 안 된다. 알겠느냐?"

"알겠습니다! 어마마…… 어머니!"

아직은 적응이 안 되는지 냉큼 대답하면서도 예담은 자꾸 말실
수를 했다.

서담이 크고, 가족과 오라버니의 기일이 되자 비설이 모처럼
황궁 밖으로 나왔다. 도윤도 같이 가고자 했지만, 황궁에 급한 일
이 생긴 터라 그녀와 아이들만 오게 되었다.

"어머니! 일주일은 이곳에서 머무는 것입니까?"

"폐…… 아버지께 허락을 받지 않았느냐? 대신 해담이와 예담
이는 밖을 나갈 때는 꼭 호위와 같이 다녀야 한다. 알겠느냐?"

"명심하겠습니다!"

종종 황궁을 나오기는 했지만 이번처럼 길게 머무는 일은 처음
이라서 그런지 예담은 물론이고 해담의 눈도 반짝반짝 빛났다. 아
이들과 같이 오기는 했지만 도윤 없이 황궁은 나온 건 비설도 오
랜만이었다.

황궁에서의 삶에 불만을 가진 건 아니었지만, 모처럼 나와서
그런지 왠지 모르게 비설도 설렜다.

"부인. 바람이 차니 안으로 드시지요."

"안으로 들어가자."

"서담 아가씨는 소인이……."

"괜찮다. 내가 안고 있겠다."

칭얼거리는 서담을 품에 안은 비설이 손을 내밀었다. 황후의
자리에 있어도 비설은 아이들에게 먼저 손을 내밀고, 다가와 주었
다. 황궁의 법도를 지키기 전에 애정을 받아야 하는 아이들이라며
스스럼없이 감정을 보여 주었기에, 해담과 예담은 딱딱하고 답답
한 황궁에서도 무척이나 밝았다.

서담을 안고 사당에 들어가자, 안으로 들어온 해담과 예담은 주변을 둘러보느라 부산했다.

"박 상궁."

"예. 황후마마."

사당으로 들어오는 문이 닫힌 다음에나 비설이 낮은 목소리로 뒤에 있던 박 상궁을 불렀다. 자신을 부르는 해담을 향해 미소를 지은 비설이 박 상궁에게만 들릴 목소리로 작게 속삭였다.

"이곳에서 귀족들 간의 알력싸움이 공공연하게 있다고 들었다."

"이곳의 유지였던 귀족과 새로 부임해 온 관리가 부딪친다는 소문이 돌았습니다. 공공연히 무력으로 부딪친다는 이야기도 있었습니다."

"흐음."

가족이 묻혀 있는 곳이자 어렸을 때부터 머물던 곳이었다. 그녀에게는 나름의 애정과 기억이 남아 있는 곳이 귀족들의 알력싸움으로 수선스럽다는 이야기는 내심 마음에 걸렸다.

"이곳을 지나야 도성이 나오니 상권이 발달한 만큼 이권 싸움도 심하겠구나."

"들리는 말로는 시전에서 갈등이 가장 심하다고 들었습니다."

박 상궁의 말에 비설의 미간이 딱딱해졌다. 하지만 모처럼의 암행에서 멋대로 행동할 수는 없었다. 비설의 눈이 서로 장난을 치는 해담과 예담을 향했다.

"황자와 황녀의 호위를 좀 늘리는 것이 좋겠다."

"황후마마께서도……."

"내 몸은 내가 지킬 수 있다. 황자와 황녀에게 신경을 쓰도록 해라."

비단옷에 긴 머리카락을 장식으로 꾸며서 올렸어도 비설은 여전히 쉽지 않았다. 종종 도윤의 치세에 반감을 가진 이들이 비설을 노리기는 했지만 호위들이 나서기도 전에 정리하곤 했었다.

"어마마마!"

"이제 어마마마라 불러도 되는 것입니까?"

비설에게 다가온 두 아이가 그녀의 다리에 매달렸다. 두 아이를 보던 비설이 안고 있던 서담을 박 상궁에게 옮겼다.

팔이 자유로워진 비설이 양손을 내밀자 기다렸다는 듯이 두 아이가 그녀의 손을 붙잡았다.

"외할아버지와 외할머니에게 인사를 드리러 가 보자."

손을 잡고 가는 아이들에게서 연일 웃음소리가 들렸다. 두 아이 또래였을 때에 비설은 운형의 손을 붙잡고 피로 엉망이었던 이곳을 나왔었다. 이미 받아들인 과거였고, 어느 정도 정리가 된 일이기는 했지만 또 막상 마주할 때마다 여러 감정이 드는 것까지는 어쩔 수 없었다.

"아이들과 갔다 오겠다."

따라오려는 호위를 향해 말하자 같이 걷던 이들의 걸음이 멈추었다. 서담을 안은 박 상궁만이 비설을 따라가고, 궁인들이 열어 놓은 문으로 들어갔다.

그녀가 엉망으로 만들어 놓았던 가족의 산소는 이제 황궁에서 보낸 이들에 의해 깔끔하게 관리되어 있었다.

새로운 광경에 손을 잡고 있던 예담이 먼저 달려가고, 그런 예담을 보던 해담이 같이 뛰어갔다.

"어마마마. 어찌해야 하는 것입니까?"

"……."

"어마마마!"

치미는 감정을 가라앉힌 비설이 해담을 향해 미소를 지었다. 더는 과거에 마음을 쓸 일은 없었다. 먼저 가 버린 가족이 그립기는 했지만, 이제 그녀도 혼자는 아니었다.

"두 손을 모으고 인사를 드리면 된단다."

"처음 왔는데 알아보실까요?"

"당연하지! 어마마마와 같이 왔잖아!"

"그래도 확인을 해야지! 경솔하게 판단하지 말라고 아바마마에게 배웠잖아!"

해담의 역공에 예담의 말문이 막혔다. 자신의 아이들은 자신만의 강한 성격만큼이나 서로의 성격을 알고 행동했다. 지금은 어렸기에 충돌도 있었지만, 커 가면서 누구보다도 서로를 이해할 사이였다.

"예담이의 말도 맞고, 해담이의 말도 맞구나. 어머니가 잘 이야기할 것이니 해담이와 예담이도 같이 인사를 했으면 하구나."

비설의 말에 언제 목소리를 높였느냐는 듯이 미소를 지은 아이들이 탁 소리를 내며 손을 모았다. 눈까지 꼭 감으며 합장을 하는 아이들을 보던 비설이 같이 손을 모았다.

'이제는 나타나지 않아 주시는 것입니까?'

힘든 일이 있을 때마다 나타났었던 오라버니는 비설이 도윤과 혼인을 하고 아이들 낳으면서 단 한 번도 나타나지 않았다.

이제는 안심하고 나오지 않는 것이라며 생각하면서도 한편으로는 전혀 나타나지 않는 오라버니가 종종 보고 싶었다.

'잘 지내고 있어요.'

답을 들을 수 없다는 것을 알면서도 이곳에 서면 많은 생각이 들었다. 직접 볼 수 있다면 많은 이야기를 하겠지만, 당장 그럴 수 없다는 것을 알고 있었다.

'언제나 오라버니에게는 부탁만 하네요.'

"어마마마! 인사 다 끝났어요!"

'저 지켜 주셨듯이 제 가족도 지켜 주세요.'

"어마마마!"

"연예담! 좀 기다려! 어마마마께서 인사를 다 안 끝내신 거란 말이야!"

급한 대로 해담이 예담의 입을 막았지만 이미 비설은 전부 들은 후였다. 가라앉았던 기분이 아이들의 행동에 눈 녹듯이 사라졌다.

그녀에게는 이제 전부를 생각해 주는 도윤이 있었고, 그녀만을 봐주는 세 아이가 있었다.

그것만으로도 그녀의 삶은 가치가 있었다.

"이제 돌아가자."

비설의 말에 기다렸다는 듯이 다가온 아이들이 그녀의 손을 잡았다.

그녀의 곁을 지켜 주는 아이들을 향해 환한 미소를 지었다.

❋ ❋ ❋

온종일 부산하게 떠들고 다녀서인지 아이들은 일찍 잠들었다.

잠든 아이들을 상궁에게 맡긴 비설이 홀로 밖으로 나왔다. 박 상궁에게 들은 귀족 간의 알력이 어느 정도인지 보고 싶기도 했고, 오랜만에 나온 황궁이었다.

홀로 나간다는 말에 박 상궁을 기함하며 반대했지만, 도윤도 없는 상황에서 그녀의 생각을 반대할 사람은 없었다. 하물며 도윤 없이 홀로 나왔으니 모처럼 혼자만의 시간을 보내고 싶었다.

"주문하시겠습니까?"

이층 객주에 앉자마자 점원이 웃으며 다가왔다. 낯선 경험은 아니었지만, 무척이나 오랜만에 느끼는 자유였다. 도윤과의 삶이 족쇄는 아니었지만, 그는 비설을 홀로 시간을 보내게 하기보다는 자신의 시야에 그녀가 있어야 했다.

'이런 기회도 흔하지 않고 말이지.'

간단히 주문을 끝낸 비설이 밖을 내다보았다. 해가 저물었는데도 불구하고 오가는 사람들이 북적거렸다. 황궁과는 사뭇 다른 모습에 비설의 입가에 미소가 생겼다.

예전에는 익숙했던 일상이 어느새 새롭게 느껴졌다. 생각해 보면 도윤과 혼인하여 황후로 지낸 지도 10년이 다 되어 가고 있었다.

'나도 나이가 들긴 들었구나.'

오랜만에 혼자 있기 때문이었을까? 주마등처럼 예전의 생각이 머릿속을 스쳐 갔다.

아무것도 알지 못한 채 복수를 하겠다며 무작정 황궁에 입궁했었다. 그렇게 도윤과 엮이고 여기까지 오게 되었지만, 솔직히 단한 번도 상상하지 않은 삶이었다.

"음?"

멀지 않은 곳에서 느껴지는 시선에 비설이 아래로 눈을 돌렸다. 고개를 내리자마자 보이는 건 그녀와 비슷한 나이대의 사내였다. 무엇을 보았는지 비설을 뚫어지게 쳐다보는 사내를 보며 비설이 고개를 숙였다.

눈을 마주칠 생각은 없었다. 워낙 황궁에서 지내다 보니 도윤 외의 사내와 눈을 마주치기는 오랜만이었다.

그사이 점원이 가져온 술을 마신 비설이 편안한 숨을 내쉬었다. 너무나도 오랜만의 자유라 그런지 그저 객주에 앉아 있는 것만으로도 즐거웠다.

"이층으로 올라간다. 사람들 전부 아래로 내려!"

"나리. 이미 계신 손님을 어찌 그러겠습니까?"

"언제부터 그렇게 손님을 배려했다고! 어서 안 비워!"

객주가 수선스러워지자 비설이 미간을 잔뜩 찌푸렸다. 모처럼의 자유를 방해받은 것도 그렇지만, 객주 주인을 밀고 들어오는 이들의 막무가내가 눈에 걸렸다.

"저기 죄송하지만 아래로……."

"내가 먼저 앉은 자리인데 왜 양보를 해 줘야 하는 것이냐?"

"호위님. 그래도…… 저들은 최근에 이곳으로 부임을 해 온 관리님의 비호를 받는 이들이란 말입니다. 워낙 질이 좋지 않고, 자비를 두지 않는 이들이니 호위님이 다치실까 걱정이 되어 이럽니다."

사환의 호소에 비설이 올라오는 이들을 보았다. 그들의 실력을 가늠하던 비설이 내려놓았던 잔을 들었다.

명수가 많기는 했지만, 못할 정도는 아니었다. 하물며 계단을 올라오면서도 마음에 들지 않는지 가까이 오는 사람을 밀치고 끌어내면서 저들끼리 웃고 있었다.

황후로서 왔다면 그에 맞춰 행동해야 하지만 지금은 무인으로 홀로 나온 터였다.

"괜찮으니 너는 내려가 있거라."

"저, 저 호위님!"

"넌 뭐야?"

말리는 사환을 밀치며 나타난 사내가 비설을 내려다보았다. 본적이 없는 여인이 한심하다는 눈으로 사내를 보고 있었다. 이 부근에서 본 적이 없는 얼굴에 사내가 머리를 열심히 굴렸지만, 아무리 생각해도 알 수 없었다.

"이번에 도성에서 요양을 하러 내려왔다는 귀족 여인의 호위인가 보군. 나이는 좀 먹었지만 껍데기가 반반하네."

"껍데기가 반반한 정도가 아니라 가지고 놀기 적당한데? 어설픈 년보다도 더 재미있겠어."

"넌 봐줄 테니 우리와 같이 술 한잔하자. 우리가 아니면 널 누구와 놀아 주겠어."

뒤이어 들어온 사내가 저마다 한마디씩 보탰다. 그녀 또한 나이가 들었다는 것을 부정하지는 않지만 저들에게 저런 이야기를 들을 이유 따위 전혀 없었다.

어차피 각오하고 부딪쳤지만 시작부터 나온 나이가 들었다는 말에 기분이 상해 버렸다. 하물며 최근 노골적으로 도윤에게 접근하는 어린 여인들이 처음 꺼내는 말이 '젊은 자신'이었다.

제 나이에 맞춰 사는 것이니 나이가 드는 일에 거부감을 가지거나 하지 않았지만, 마주하는 이들마다 자신은 어리다는 말로 비설을 깎아내리니, 자신이 나이를 먹는 데 무슨 도움이나 주고서 저러나 싶을 정도였다.

도윤은 신경조차 쓸 일이 아니라고 했지만, 비슷한 말을 황궁에서는 물론 밖에서까지 들으니 쌓인 짜증이 극을 찍었다.

473

"넌 아래로 안 내려가도 되니까 우리와…… 으악!"

말이 끝나기도 전에 사내가 정강이를 붙잡았다. 다리에서 밀려오는 고통이 온몸으로 돌기도 전에 비설의 발이 사내의 무릎을 쳤다. 중심을 잃고 쓰러진 사내를 멀뚱히 보는 것도 찰나, 쓰러진 사내 옆에서 음담패설을 터트렸던 사내조차 목을 붙잡고 쓰러졌다.

"무슨…… 막…… 컥!"

"막아!"

말을 꺼내기가 무섭게 검집에 든 검이 여지없이 사내들의 급소를 때렸다. 뒤늦게 반격을 하려 했지만, 검을 뽑기도 전에 비설의 검집이 손목을 때렸다.

위에서 울리는 비명 소리에 사람들이 하나둘 호기심을 드러냈다. 어이없을 정도로 순식간에 올라갔던 사내들이 전부 바닥을 굴렀다.

"한심한 놈들."

제대로 검을 휘둘러 보지도 못하고 끝나 버리자 비설이 한숨을 내쉬었다. 아무리 오기로 덤벼도 도윤에게는 여전히 승기를 잡는 일도 쉽지 않았다.

'언제쯤 내 고운 황후님은 내 목에 검을 대 보려나.'

약 올리는 도윤의 목소리가 떠오르자 비설이 미간을 찌푸렸다.

황궁에서 황후인 그녀와 대련을 하거나 검을 세울 사람이라고는 도윤밖에 없었다. 어떻게든 딱 한 번이라도 기회를 잡아 보려 했지만, 언제나 도윤은 비설의 약만 바짝 올릴 뿐 좀처럼 기회를 주지 않았다.

'폐하의 수준까지는 바라지도 않지만…….'

기대했던 것과는 달리 사내들은 너무나도 약했다. 적당히 상황을 받아 주고 싶어도 너무나도 느리니 하고 싶은 마음조차 사라졌다.

"주제를 알고 행동해라."

뒤늦게 일어난 사내들이 비설을 보며 절뚝절뚝 몸을 일으켰다.

선두의 사내가 조심스럽게 놓친 검을 다시 집으려 했지만, 어림도 없다는 듯이 비설의 검이 손목에 닿았다. 고개를 드니 사내의 앞에 선 비설이 차가운 눈으로 내려다보고 있었다.

약간이나마 남아 있던 의욕이 단숨에 사라졌다. 고개를 푹 숙이며 사내가 몸을 떨었다.

"사, 사, 살려 주십시오. 목숨만…… 목숨만 구해 주시면…….'

"돈 내놓고 가."

"네?"

"이런 소란을 피워 놓고 그냥 도망가려고 했는가? 지금까지 너무 쉬운 이들만 만났나 보군."

"그게…….'

말이 끝나기가 무섭게 서늘한 감각이 목에서 느껴졌다. 검에 닿은 목에서 붉은 피가 흐르는 순간 주저는 사라졌다.

다급한 손짓으로 주머니에서 돈을 꺼내자 다른 사내들도 서둘러 주머니에서 돈을 꺼냈다.

수북하게 놓인 돈을 비설이 탁자에 올려놓았다. 그리고 몸을 숙이고 있는 사내들을 보며 검을 일자로 휘둘렀다.

후드득.

잘린 머리가 바닥에 투둑 떨어졌다. 잘린 머리카락을 수습할 생각조차 못 한 채 사내들이 몸을 떨었다.

"한 놈이라도 내 눈에 다시 띄는 날에는 머리카락으로 끝나지 않을 것이다."

"……."

"꺼져라."

비설의 말이 끝나기가 무섭게 몸을 일으킨 사내들이 구르듯이 계단을 내려갔다. 그들이 사라진 후, 한숨을 내쉰 비설이 고개를 절레절레 저었다.

상황이 정리되자 눈치만 보고 있던 사환이 그녀에게로 다가왔다.

회수한 돈을 적당히 세 개로 나눈 비설이 가장 두둑한 것을 아이에게 내밀었다.

"이 돈으로 객주에 있는 이들에게 술 한 병씩 전부 돌리거라. 민폐를 끼쳤으니 저들의 돈으로 해야지. 그리고 이건 지금 네 품에 넣어 두거라."

두둑한 돈이 제 손에 들어오자 사환의 눈이 커졌다. 사환의 반응에도 상관없이 비설이 아이의 손에 돈을 쥐여 주었다.

"이걸 그대로 들고 갔다가는 아까 그놈들이나 다른 이들에게 해코지를 당할 터, 나밖에 없을 때 어서 넣으렴."

"호, 호위님. 그게……."

"받기 싫은 것이냐?"

"그럴 리가요! 감사합니다!"

두둑한 주머니를 품에 넣은 사환이 연신 고개를 숙였다. 그녀에게 금전은 가지고 온 것만으로도 충분했다. 그저 사람들의 눈따위 상관없이 행패를 부리는 이들의 기세를 꺾기에는 금전을 빼앗는 것이 가장 효과가 컸기에 그랬을 뿐이었다.

"그리고 이건 내가 내는 술값이라며 객주 주인에게 주거라. 객주가 엉망이 되었으니 보답은 해야지."

비설의 말을 차근차근 듣던 사환이 고개를 꾸벅 숙인 채 계단을 다급히 내려갔다. 홀로 남은 객주에서 비설이 비어 있는 잔에 술을 부었다.

혼자만의 시간은 재미있었지만 이상하게도 술이 맛있지는 않았다. 술을 그렇게 따지지는 않았지만 허전한 것까지는 어쩔 수 없었다.

'혼자 술을 마신 적이 거의 없지.'

달빛을 보며 술을 마시려 하면 당연한 듯이 도윤이 다가왔었다. 별다른 말을 하지는 않았지만 그저 술잔을 기울이는 것만으로도 밤은 훌쩍 지나갔었다.

그리고 보면 혼인을 한 이후로 언제나 그와 함께였다. 혼자 시간을 보내는 것도 의미가 있었지만, 또 막상 떨어져 보니 그가 자꾸 생각났다.

"하긴…… 생각이 안 나면 그것도 이상하지."

술잔을 기울이던 비설이 다시 고개를 아래로 돌렸다. 좀 전에 시선이 마주쳤던 사내와 다시 눈이 마주쳤다. 우연인지 의도인지 알 수 없었지만, 자꾸 시선이 부딪치니 신경이 쏠릴 수밖에 없었다.

고개를 좀 더 빼서 보자 사내가 비설을 향해 고개를 숙였다.

좀 전의 그녀와 똑같이 행동하는 사내에 자신도 모르게 웃음을 터트렸다. 사내를 보며 비설이 환한 미소를 지었다.

"호위님."

사환의 목소리에 비설이 고개를 돌렸다. 얼굴이 붉어진 사환이 가져온 것을 비설에게 내밀었다.

"큰돈을 주셨다면서 주인아저씨가 올려 드리라 하셨는데 실은 제가 조금 더 담았어요. 드시고 부족하시면 말씀해 주세요."

"너무 많이 줬구나. 네가 혼나는 게 아닌지 모르겠구나."

"아니에요! 부족하신 게 있으시면 편하게 말씀 주세요."

수북하게 올라와 있는 과일을 보며 비설이 미소를 지었다. 이런 곳에서는 먹기도 힘들고, 보기도 쉽지 않은 과일을 가득 담아 온 사환의 머리카락을 비설이 쓰다듬었다.

"고맙다."

환한 미소를 지은 사환이 부끄러움을 감추듯 계단으로 내려갔다. 사환이 가고 홀로 앉아 있는 곳에서 비설이 조용히 술잔을 기울였다.

❋❋❋

눈을 두 번이나 마주쳤어도 피하거나 모르는 척하고 싶지 않았다.

도리어 한 번만 더 마주쳤으면 하는 바람으로 봤지만, 여인은 달을 보며 술잔을 기울일 뿐 더는 사내에게 시선을 주지 않았다.

비설을 보고 있는 사내의 뒤로 다른 사내가 다가왔다.

"단주."

"그 멍청한 염철훈은 어찌하고 있다던가?"

"제 본거지로 돌아가 화풀이를 하는 듯합니다."

보고에 사내의 입꼬리가 불쾌한 듯 올라갔다.

제 주제도 모르고 행동하니 본전도 못 찾고 도망치듯 쫓겨난 것이 아닌가?

하물며 이곳은 철훈의 뒷배인 관리가 주인이 아니라 오래전부터 유지로 있던 자신의 주군이 주인인 곳이었다.

유지인 귀족의 후광으로 만든 상단의 단주이자 시전의 상권을 쥐고 있는 사내가 박명운이었다.

"저 여인에 대해서 알아 온 건?"

"최근 들어온 귀족 여인을 따라온 호위로 추정하고 있습니다. 소문으로는 국구가 돌아가신 날, 같이 있다가 봉변을 당한 귀족의 여식이 인사를 드리러 왔다는 이야기가 있었습니다."

황후 하나만을 총애하는 황제는 그녀를 위해 멸문되었던 가문을 복원시키고, 큰 사당을 지어 주었다고 한다.

황제에게 독점적인 총애를 받는 황후를 가리켜 요물이라며 비판하는 사람도 있었고, 선녀처럼 곱다는 사람도 있었지만 단주에게 중요한 건 객주의 여인이었다.

어린 티는 전혀 없었지만, 그렇기에 성숙하면서도 단정한 분위기가 시선을 끌었다. 분위기만큼이나 고운 외모는 나이와는 전혀 상관없이 눈을 매혹시켰다.

"단주."

"……."

"명운 단주!"

"아!"

적당히 해야 한다는 것을 알면서도 시선을 놓을 수가 없었다. 실력 또한 흠잡을 데 없이 뛰어나니 다른 여인을 보고도 아무렇지도 않았던 심장이 지금만큼은 달음박질하는 것처럼 뛰었다.

"약지에 가락지를 끼고 있었다."

시선을 마주친 명운을 보며 형식적인 미소를 짓는 순간, 그의 눈에 여인이 낀 가락지가 보였다. 여인이 약지에 가락지를 끼고 있다는 것이 무슨 의미인지 알았지만, 그 사실조차 무시하고 싶을 정도로 여인은 그를 완전히 흔들었다.

"하긴…… 소유하는 사람이 누구인지에 따라 달라지는 것이니 말이다."

"단주."

놀란 사내가 목소리를 높였지만, 명운에게는 들리지 않았다.

쉽지 않은 여인이었지만 결국 여인은 여인이었다. 혼인을 했고, 가군이 있다는 사실 따위 그는 관심조차 없었다.

저 여인을 가지고 싶었다.

오랫동안 이곳을 지배해 온 명운의 탐욕이 여인에게로 향했다. 저 여인이 제 품에서 신음을 터트릴 모습을 생각하는 것만으로도 열기가 차올랐다. 얼굴만큼이나 몸의 태도 고왔으니 몇 번이고 품에 안아도 질리지 않을 것이었다.

"저 여인이 어디에 머무는지 전부 알아 와라."

"단주. 혼인한 여인입니다."

"무슨 상관이냐? 그리고 오늘 일을 그냥 넘길 염철훈도 아니니 놈도 저 여인에 대해 알아보려 할 것이다."

철훈이 움직인다면 명운에게는 기회였다.

결국 힘과 능력을 가진 자가 전부를 가지는 것이었다. 이번 기회에 철훈도 확실히 제거를 하고, 그 혼란 속에서 저 여인도 데려오면 될 것이었다.

처음에는 반항을 하겠지만, 결국 그녀 또한 명운의 앞에 무릎을 꿇게 될 것이다.

아무리 실력이 좋아도 명수에는 답이 없었다.

"다들 준비시켜라. 그리고 이번에 들어왔다는 사내가 누구지?"

"가까이 와라."

허름한 옷을 입은 사내가 명운의 앞에 몸을 숙였다.

볼품은 없었지만, 건장한 체구에 눈빛만큼은 제법 쓸모 있었다. 철훈과의 대립이 점점 세지는 상황에서 쓸모 있는 인력은 언제나 모자랐다.

"검을 좀 쓴다고 했던가?"

"남들 휘두르는 만큼은 휘두릅니다."

넉살 좋게 나오는 말에 명운이 기가 막힌다는 듯이 실소를 터트렸다. 사람을 부리다 보면 별별 사람이 전부 꼬여 들었다.

건방진 대답일 수 있지만, 어차피 명운의 입장에서는 실력만 좋으면 그만이었다.

"너에게 일을 하나 주마. 그걸 얼마나 잘 처리하는지 보고 결정하겠다."

명운의 손가락이 객주에 앉아 있는 비설을 향했다.

명운을 보며 미소를 지었던 사내가 물끄러미 비설을 보았다. 기분 탓일 수 있었지만, 비설을 보는 사내의 눈이 잠시 변한 듯싶었다. 잘못 본 건가 싶어 다시 바라보니 언제 그랬느냐는 듯이 사내의 표정은 원래대로 돌아왔다.

"저 여인에 대해 알아 와라. 누구의 호위인지, 언제 움직이는지 전부 알아 와야 할 것이다."

"그러겠습니다. 단주."

생각보다도 호탕하게 나오는 답에 명운이 입꼬리를 올렸다. 무

슨 자신감인지 알 수 없었지만, 사내의 대답은 무척이나 마음에
들었다.

"그나저나 이름이 뭐지?"

명운의 물음에 사내의 눈이 부드럽게 휘었다. 눈을 가릴 정도
로 짓는 미소에 눈빛이 완전히 가려졌다.

"윤이라고 합니다. 단주."

❋❋❋

명운의 생각보다도 윤은 일을 제대로 했다. 여인이 어디에 머
무는지 병력은 어느 정도 되는지 전부 알아 왔다.

"황후의 시중을 드는 귀족 여인이라고?"

"이름까지는 알 수 없었으나 황후가 직접 보낸 여인이라고 합
니다. 국구가 봉변을 당할 때 여인의 아버지도 같이 있다가 변을
당했다고 합니다. 황궁을 나올 수 없는 황후 대신 오게 되었다고
합니다."

호위인 줄 알았던 여인이 귀족이었다는 건 의외였지만, 달라지
는 건 없었다.

황후의 총애를 받는 여인이라는 게 마음에 걸리기는 해도 어차
피 밖을 나와서는 무슨 일이 어떻게 일어날지 알 수 없는 일이었
다.

약간의 위험은 있지만 그걸 감수하고라도 품에 넣고 싶었다.

"여인의 가문은?"

"멸문된 상태라 있으나 마나 한 상태라고 합니다. 일이 생겨도
그러려니 하지 않겠습니까?"

윤의 말이 명운의 판단을 흔들었다. 윤이 가져온 정보라면 제법 승산이 있었다. 명운이 손을 들자 뒤에 대기하던 이가 가까이 다가왔다.

"철훈도 준비가 끝났다고 했던가?"

"공공연히 그 여인을 제 품에 안겠다며 떠벌리고 다닌다고 합니다."

같잖은 말에 명운이 불쾌한 듯 입꼬리를 올렸다.

제가 가질 여인이었다. 제 손아귀에 넣기만 하면 질리도록 품에 안을 생각이었다. 객주에서의 모습만 생각해도 하부가 아릴 정도였다.

비설을 떠올리던 명운이 느껴지는 시선에 눈을 돌렸다.

"음?"

고개를 숙여 시선을 피하기는 했지만, 분명 윤의 눈빛은 살기를 담고 있었다.

의심스러워 다시 눈을 좁히니 언제 그랬느냐는 듯이 윤이 미소를 짓고 있었다.

'제 놈 주제에 노려본다고 기회를 얻을 수 있을 거라 생각하지 마라.'

명운의 삶은 언제나 도전이었다.

목숨이 위험할 정도로 아슬아슬한 순간도 있었지만 언제나 승자는 그였다.

객주의 그 여인도 가질 것이고, 이번에야말로 철훈의 목을 직접 거둘 것이다.

언제나 그렇듯이 전부를 가지는 건 자신이었다.

※※※

"박 상궁에게서 떨어지면 안 된다!"

비설의 말에 아이들이 박 상궁의 품을 파고들었다. 해담과 예
담은 물론이고 서담까지 박 상궁이 최대한 자신의 품에 그러안았
다. 박 상궁의 주변을 몇 겹의 호위들이 몸으로 막았다.

"황후마마!"

"최대한 나에게서 떨어져라!"

자신을 공격하는 자객의 목을 주저 없이 비설이 베었다. 그때
쉽게 보내는 것이 아니었다. 보복이 있을 거라고는 예상했지만,
병사를 한꺼번에 데리고 와 이런 무모한 짓을 할 거라고는 예상하
지 못했다.

"그 계집을 찾아라!"

"증좌를 남겨서는 안 된다. 살아 있는 모든 이를 죽여라!"

"여기에 있다!"

황후라는 흔적을 전혀 남기지 않았으니 저들은 비설 일행을 그
저 제사를 지내러 온 귀족 여인으로 판단한 듯싶었다. 무모하리만
큼 위험한 전략이었지만, 한편으로는 증거를 없애고, 비설에게 해
코지를 하기에는 최선의 방법이었다.

"마마!"

비설의 목으로 검이 다가오자 상궁이 비명을 질렀다. 하지만
상궁의 비명이 들리기도 전에 비설의 검이 정확히 검을 쳐 내고,
비틀거리는 자객의 목을 베었다. 공격하는 이들의 실력은 걱정하
지 않았으나 역시 문제는 인원이었다.

황궁에서 그녀를 따라온 이들은 수준급의 실력을 가진 이들이

었지만 끝없이 밀려드는 인원에는 속수무책이었다.

"여기 있…… 킥!"

"저 계집을 잡아라!"

익숙한 목소리에 비설의 눈이 소리를 따라 돌아갔다. 이름은 알지 못했지만 분명 그녀가 객주에서 제압했던 상대였다. 비설을 보며 득의양양한 미소를 지은 철훈이 그녀를 향해 손가락질을 했다.

"저년을 죽여라!"

말이 끝내기가 무섭게 철훈이 데려온 이들이 비설에게 달려들었다.

비설의 지위가 무엇이고, 누구인지는 중요하지 않았다. 객주에서의 모욕으로 눈이 먼 이들은 거침없이 그녀에게 달려들 뿐이었다.

죽인 자객의 피로 비설의 옷이 붉게 물들었지만, 검을 멈출 수도 없었다. 하나씩 수를 줄이다 보니 쏟아지듯 밀려오던 자객의 수가 천천히 줄어들었다.

"여기다!"

"전부 없애라!"

어느 정도 상황이 가라앉으려는 무렵, 다른 문이 열리면서 다른 병력이 들어왔다. 이곳에서 그녀가 부를 만한 병력은 없었다. 앞을 막는 사람들을 전부 베며 안으로 들어온 사내는 객주에서 본 다른 사내였다.

저 사내가 여기까지 온 이유는 알 수 없었지만, 왠지 모르게 좋지 않은 기분이 들었다.

사내의 손이 정확히 비설을 가리켰다. 저 사내는 왜 자신을 가리키는가? 상황을 파악하기도 전에 들어온 병력이 비설과 철훈을 향해 달려들었다.

"황자와 황녀를 옮겨야겠다."

"황후마마도 같이!"

"저들이 노리는 건 나 하나다."

혼자라면 얼마든지 몸을 피할 수 있었다. 하지만 아이들과 같이 있다면 비설은 움직일 수 없었다. 호기롭게 달려드는 병사의 심장에 검을 찌른 비설이 옆으로 공격해 오는 자객의 움직임을 피했다.

"아이다! 아이를 노려라!"

비설이 좀처럼 틈을 주지 않자 자객의 눈이 호위들 뒤로 숨어 있는 아이를 향했다. 자객의 관심이 아이를 향하자 비설의 눈에 살기가 맺혔다.

"아아악!"

호위에게 가까이 가려는 자객의 팔을 벤 비설이 곧이어 오는 자객을 향해 검을 휘둘렀다. 서 있는 발끝으로 자객이 흘린 피가 묻어 나오자 예담이 박 상궁의 품을 더 파고들었다.

예담에게 다가가려는 자객에게 검을 휘두르는 찰나 다른 자객이 해담의 앞을 막은 호위의 몸에 검을 꽂았다.

호위가 쓰러지면서 보이는 해담을 향해 자객이 손을 뻗었다.

"안 돼!"

"컥!"

비설의 검이 닿기도 전에 자객의 몸에서 피가 뿜어져 나왔다. 갑작스러운 일에 비설의 눈이 커진 것도 찰나, 비설과 아이의 주변에 몰려 있던 자객의 목과 심장에서 검에 찢어진 듯한 상처가 생겼다.

"아……."

"황후마마. 괜찮으십니까?"

열린 문과 담을 타고 넘어온 흑의들이 상황을 단번에 정리했다. 상황이 불리해지자 철훈은 물론이고 뒤늦게 몰려왔던 명운의 무리까지도 다급히 사라졌다.

순식간에 일어난 일에 비설의 눈이 쓰러진 자객을 향했다.

그녀가 아는 한 이렇게 할 수 있는 사람은 하나뿐이었다.

"폐하께서 오셨는가?"

"아닙니다. 흑의군장님께서 황후마마를 호위하러 간 인원이 너무 적다고 하시며 저희를 보내셨습니다."

도윤이 오지 않았다는 말에 비설의 눈이 다시 자객을 향했다. 마음에 걸리는 건 많았지만 지금은 상황을 모면하게 된 거에 감사했다.

"그대들이 오지 않았다면 크게 위험할 뻔했다. 고맙다."

"이곳은 위험하오니 따로 처소를 준비하겠습니다."

말을 끝낸 흑의가 고개를 숙이고 나가자 비설이 몸을 숙여 아이들을 향해 팔을 벌렸다. 박 상궁의 품에서 떨던 해담과 예담이 한달음에 비설의 품을 파고들었다. 참고 있을 뿐, 당장에라도 울음을 터트리려는 두 아이를 비설이 다독였다.

"다 끝났다. 괜찮다."

"무서웠지만 참았습니다!"

눈물이 그렁그렁 맺힌 채로 해담이 목소리를 높였다. 참았다는 말처럼 품에 안긴 아이의 몸이 바들바들 떨리고 있었다. 이제 괜찮다는 듯이 비설이 거듭 아이를 다독이자 떨림이 천천히 사라졌다.

"어마마마. 아바마마께서 오신 것입니까?"

비설의 옷을 꼭 잡은 채, 예담이 물었다. 도윤이 어떤 검을 쓰는지 어렸을 때부터 봤었던 예담과 해담이었다. 도윤을 보지는 못했지만, 자객이 어떻게 쓰러졌는지 봤기에 저런 물음이 나올 수밖에 없었다.

예담의 물음에 비설이 시체를 물끄러미 보았다. 하지만 곧 미소를 지으며 비설이 고개를 저었다.

"폐하께서는 오지 않으셨다는구나."

비설의 물음에 예담이 고개를 갸웃했지만, 그녀가 아니라고 하니 더 말을 꺼낼 수 없었다.

"황후마마. 처소가 준비되었다고 합니다."

내관의 말에 비설이 몸을 일으켰다. 스치듯 자객의 상처를 보던 비설이 의뭉스러운 눈으로 주변을 훑어보았다. 아무것도 찾지 못한 비설이 소리 없이 숨을 내쉬며 고개를 저었다.

해담과 예담의 손을 붙잡은 채, 비설이 엉망인 처소를 나왔다.

❀❀❀

"아아악!"

고통스러운 비명에 명운과 다른 사내들의 얼굴이 창백해졌다. 상황이 불리해지자 철훈이나 명운 모두 병력을 물렸다. 증거 따위 남기지 않는 일사불란한 행동이었다.

문제는 그들을 쫓는 호위들의 실력이었다. 추적을 따돌리려 했지만 그마저 계속 들어오는 병력에 결국 포위되었다.

"너…… 너!"

검조차 제대로 휘두르지도 못한 채, 사내들이 휘두르는 폭력에 속수무책으로 당하고 있었다.

대들 생각조차 하지 못한 채, 넝마가 되도록 두들겨 맞은 이들 앞에 나타난 사람은 윤이었다.

윤을 향해 명운이 손가락질을 했지만, 그보다도 먼저 흑의를 입은 사내가 명운의 얼굴에 검집을 휘둘렀다.

입안이 찢어진 명운이 부러진 이와 피를 토해 냈지만, 누구도 나서지 못했다.

"그렇게 삿대질을 하면 내 서운하지."

"네놈이!"

"저놈은 객주에서 내 마누라를 희롱했고."

말이 끝나는 것과 동시에 철운의 어깨에서 피가 터져 나왔다. 검을 휘두르지도, 보이지도 않았건만 철운의 양팔에 짙은 검상이 새겨졌다.

검 자체가 보이지 않았다.

모두의 눈이 윤을 향했지만 정작 시선을 받는 그는 태연하다 못해 여유로웠다.

고통스럽게 몸을 비트는 철운을 보던 눈이 명운을 향했다.

"다른 놈은 내 마누라를 제 품에 꿀꺽할 생각만 하고 있었네."

"아아악!"

윤은 그 자리에 있었지만, 명운의 배는 검에 베인 것처럼 피로 물들었다. 비명을 지르며 몸부림을 쳤지만, 보이지 않는 검은 집요하리만큼 죽지 않을 만큼 명운의 몸을 베고 또 베었다.

"차라리 죽여! 죽이란 말이다!"

"어차피 죽일 생각이다. 황후를 죽이려 했으니 죽어야지."

"황……후?"

제 목소리에서 나오는 말이 너무나도 이상했다. 제 몸의 상처에도 상관없이 몸을 일으킨 명운이 실없이 웃고 있는 도윤을 향했다.

조금 전까지 윤은 내 마누라라는 호칭을 썼었다. 황후를 부인이라 말할 수 있는 사람은 하나뿐이었다.

"폐…… 폐하?"

명운의 말에 도윤이 빙긋 미소를 지었다. 폐하라는 말이 나온 순간부터 어설프게 남아 있던 적대적인 분위기는 사라져 있었다. 몸을 바짝 숙인 채 살려 달라는 말만 계속 나왔다.

어쭙잖은 것들이 제 주제도 모르고 왕 노릇을 하고 있었다. 자꾸 소리가 나오는데 거슬려 몰래 내려왔더니만 멍청한 것들이 귀한 비설을 한입에 꿀꺽할 생각만 하고 있었다.

"폐하. 정리를 끝냈습니다. 유지로 자리를 지키던 귀족은 목을 맸고, 파견을 보냈던 관리는 죄를 물어 참수했습니다."

"음. 해가 뜨기 전에 가문도 모두 정리해라."

바쁘게 굴러가던 머리가 멈추었다. 잘못 건드렸다. 그저 작은 가문의 여인이라고 생각했던 판단이 완전히 틀어져 버렸다.

그가 억지로 데려오려 했던 사람이 황후였다면, 하물며 이번 일을 정리하러 온 황제가 직접 나선 거라면 돌이킬 수 없었다.

"이제 이곳만 정리하면 되겠네."

너무나도 가볍게 들리는 정리였지만, 그 내용은 절대 그렇지 않았다.

이미 죽었다고 하는 그의 주군, 그가 말하길 황제는 정도를 모르는 사람이라고 했다. 압도적인 실력만큼이나 자비 또한 없기에 눈밖에 나면 목숨을 잃을 것이라며 조심해야 한다고 했었다.

"……잘못했습니다. 폐하."

정치를 알지 못하는 평민들조차 황제가 황후를 무척이나 총애해서 후궁조차 들이지 않는다는 것은 잘 알고 있었다. 분위기가 완전히 달라 보는 것만으로도 매혹적이었던 그 여인이 황후였다.

그런 황후를 황제의 앞에서 가지고 싶다며 혀를 놀리고 수를 썼으니 죽은 목숨이나 다름없었다.

"죽을죄를 지었습니다. 살려 주십시오. 폐하."

"어쩌겠어. 내 팔자인 것을 말이야."

"컥!"

언제 그랬느냐는 듯이 매달리는 명운을 보며 도윤이 고개를 갸웃했다. 동시에 어설프게 몸을 숙이며 살려 달라 했던 철훈의 목에서 피가 뿜어져 나왔다.

몇 달을 팽팽하게 기 싸움을 하며 대립하던 철훈의 마지막은 너무나도 허무했다.

"아……."

"모처럼 쉽게 해 주려 했는데 네놈들이 멋대로 행동해서 말이다. 하물며 나이가 들었다니…… 어디서 혀를 그따위로 움직여 대서 말이다."

"폐…… 폐…… 컥!"

도윤에게 몇 걸음 다가가기도 전에 명운의 목에서도 똑같이 피가 흘러나왔다.

어떻게든 도윤을 붙잡으려 손을 뻗었지만, 채 닿지도 못하고 몇 번의 발버둥 끝에 숨이 끊어지자 나머지 사람들이 소리를 지르며 도망가려 했다.

"정리해라."

도윤의 말이 끝나기가 무섭게 대기하던 이들이 주저 없이 검을 휘둘렀다. 제가 가진 힘을 이용해서 다른 사람을 압박하던 이들의 끝은 너무나도 간결했다.

그들이 흘리는 피로 인한 비릿한 향과 참상은 끔찍했지만 이미 도윤의 관심은 이들에게서 완전히 사라져 있었다. 어쭙잖은 이들의 대립이 도성은 물론이고 황궁에까지 퍼져서 영향을 주는 터라 정리하러 왔을 뿐이었다.

'어디서 저들 주제에 나이가 들고, 가지고 놀기 좋고를 주절거리고 있어.'

최근 도윤에게 기회를 달라며 떠들어 댄 계집의 망발에 비설은 예민하게 반응했다.

하지만 나이가 들어도 비설은 비설이었다. 시간이 흐르면서 점점 성숙해지는 분위기가 도윤을 더욱 흔들어 댔건만, 애먼 것들이 저 생긴 것은 보지도 않고 그녀의 나이만을 걸고넘어지니 괜찮다며 넘겼다가도, 어느 순간 면경을 보며 무거운 한숨을 내쉬었었다.

그녀의 반응에 신경이 쓰여 큰마음을 먹고 홀로 바람을 쐬게 판을 마련했건만, 애먼 것들이 그녀의 곁에 붙어 버렸다.

"꼭 1년에 한두 번은 이렇게 치워 버려야 한다니까."

그녀는 자신이 주변에 어떻게 보이는지 굳이 알 필요가 없었다. 어차피 비설을 소유한 사람은 자신이었고, 놓친 것은 예전 한 번이면 충분했다.

짧게나마 자유를 주었으니 돌아가도 될 것이었다. 뒷정리는 보

492

지도 않은 채, 도윤이 즐거운 마음으로 발을 놀렸다.

❀❀❀

　잠든 해담과 예담의 곁에서 비설이 서담을 다독였다. 어린 딸
은 위의 오라버니와 언니와는 달리 순하고 얌전했지만 잠이 별로
없었다.

　"잠이 오지 않는 것이냐?"

　비설의 물음을 알아듣기라도 한 것처럼 아이가 방긋 잇몸을 드
러내며 미소를 지었다. 아이의 미소에 비설의 얼굴에도 같은 미소
가 생겨났다.

　"고운 아가씨가 되려면 일찍 자야 한단다."

　다독이는 목소리가 들릴 때마다 무엇이 그리도 좋은지 연신 미
소를 지었다. 예전에 자신도 이랬을까?

　과거의 그녀에 대해 말해 줄 사람은 아무도 없었지만 이제는 과
거를 그리워하지 않아도 될 만큼 하루하루가 어떻게 가는지 알 수
없을 정도로 바쁘게 보냈다.

　"그렇게 웃어도 이번만큼은 절대 안 된단다. 이만 자야지. 오라
버니와 언니는 이미 자고 있지 않으냐."

　비설의 말에 투정을 부리듯 칭얼거리던 서담이 곧이어 고른 숨
을 내쉬며 잠들었다. 잠든 서담을 다독이며 비설이 편안한 숨을
내쉬었다. 사람들의 기척이 점점 사라지고 조용해지자, 비설이 안
고 있던 서담이를 내려놓았다.

　"황후마마."

　"잠시 걷다 오겠다."

"소인이……."

"혼자 걷고 싶구나. 걱정하지 말고 자리를 지키거라."

따라오려는 상궁을 말린 비설이 밖으로 나갔다. 새로 잡은 숙소를 걷던 비설이 천천히 주변의 기를 살폈다. 넓은 저택의 담을 걸어가던 비설이 고개를 들었다.

담에 앉아 있는 사내를 보던 비설이 눈을 좁혔다.

"바쁘시다면서요."

"바빴지."

"……."

"너 혼자 황궁 밖에 나가고 싶어 했잖아."

이렇게 지켜보고 있는 거라면 혼자 나가는 의미가 없지 않느냐며 따지고 싶었지만, 그러기에는 오늘 일이 마음에 걸렸다.

이번 일에 도윤이 관여되어 있을 거라 짐작은 하고 있다. 어찌되었든 도윤의 도움을 받았다는 사실을 부정할 수는 없었다.

"밖으로 나간 의미가 없는 거 같아요."

자포자기하듯 꺼내는 말에 도윤이 웃음을 터트렸다. 도윤이 제 옆을 손바닥으로 두드리자 비설이 가뿐하게 담을 올랐다. 비설이 올라오자마자 도윤이 가까이 다가왔다. 넉살 좋게 나오는 행동에 비설이 고개를 저었다.

"폐하께는 단 하나도 이길 수 없어요."

무슨 소리냐는 표정으로 비설의 어깨에 도윤이 턱을 기댔다. 등에서 느껴지는 그의 체온에 몸을 느끼며 비설이 미간을 좁혔다.

도윤이 있어서 좋은 건 좋은 것이고, 약이 오르는 건 오르는 것이었다.

"말로 이길 수도 없죠. 검은 더더욱 안 되죠. 오늘 폐하가 아니

494

셨으면 아이들이 크게 다칠 뻔했어요. 섣부르게 행동하면 안 되는 거였는데…….”

“그건 네 잘못이 아니라 그 멍청한 것들이 한심한 짓을 해 댄 거고.”

“그래도요. 폐하는 너무나도 간단히 해결하시잖아요.”

“흐음.”

“몸이 예전 같지 않은가 봐요. 저도 나이가 있잖아요.”

“그렇게 치면 난 진짜 늙은 건데.”

비설의 하소연을 도윤은 너무나도 대수롭지 않게 받아쳤다. 미간을 잔뜩 찌푸린 채 바라보니 무엇이 그리도 즐거운지 비설을 보며 도윤이 미소를 짓고 있었다. 걱정이 많은 비설과는 달리 언제나 도윤은 자기 혼자 태평했다.

“나중에 폐하께서 더 어린 여인이 좋다면서 후궁을 들이면 어쩌죠?”

“글쎄. 지금 들이라고 강요하는 건 아니지?”

“농담하지 마시구요!”

맞닿아 있는 몸에서 옅은 떨림이 느껴졌다. 생각할 가치조차 없는 일인데도 불구하고 잔걱정이 많은 그의 부인은 또다시 걱정이었다. 비설을 뒤에서 안은 채 손등에 입술을 맞추자 걱정을 하면서도 얼굴을 붉혔다.

“어린 여인의 품에서 안정을 얻을 정도로 내가 정상적이었으면 후궁을 들였어도 열일곱 번은 더 들였겠지. 귀찮게 가문을 멸문시키지는 않았을걸.”

“아…….”

“나같이 미친놈은 한 명으로 충분해. 이 성격을 누가 받아 준다고 이리저리 휘두르고 다니겠어."

그렇게 말하는 것치고는 오만 군데를 다 휘두르고 다닌다는 기분이 잠깐 들기는 했지만, 그럼에도 불구하고 도윤의 위로 같지 않은 위로가 그녀의 불안을 잠식시켰다. 비설이 손을 내밀자 기다렸다는 듯이 도윤이 그녀에게 손을 내밀었다.

"설마 나 늙어서 빨리 죽으면 다른 놈이라도 만날 생각으로 나이 먹지 않았으면 하는 생각을……."

"말도 안 돼요!"

약간의 주저도 없이 나오는 부정에 굳어졌던 도윤의 얼굴에 다시 미소가 생겨났다. 그녀가 아니었다면 혼인을 하여 아이를 낳을 생각조차 하지 않았을 것이다.

예전이나 지금이나 자신의 웅묘는 그에게 주는 영향을 생각조차 하지 않은 채, 혼자 걱정하고 고민했다.

"네가 생각하는 것보다도 넌 나이를 먹지도 않았고, 여전히 고우니 사내놈들이 그렇게 꼬이는 거야."

"이상한 말은 하지 마시구요."

하물며 제 현재 상태에 대해 냉정한 판단을 하는 것도 여전히 어설펐다.

어차피 그녀에게 있을 걱정은 도윤이 해결하면 그만이었다. 하물며 다른 사내들은 쳐다보기만 할 뿐, 가질 수 없는 보드라운 살결을 마음껏 가질 수 있는 사람은 자신뿐이었다.

"혼자 보내 봤자 걱정만 늘어서 오니 내가 널 안 보내는 거야."

"그건 좀 궤변 같아요."

"내가 없으니까 몸이 고생하잖아. 이제 그만 고생하고 내가 하자는 대로 해."

말이나 못하면 중간이나 갔을 것이다. 너무나도 당연하다는 듯이 말하니 화조차 나지 않았다. 저 자신감에 빠져들고 마음을 연 사람은 자신이었다.

혼자 있을 때 느꼈던 허전함이 그와 같이 있는 것만으로도 눈 녹듯이 사라졌다.

연모는 연모고, 또 저리 혼자 세상을 다 가진 표정이 조금, 아니 실은 아주 많이 얄미웠다. 도윤이 비설에 대해 잘 아는 만큼 비설도 도윤의 약점을 잘 알았다.

도윤의 손가락을 잡은 비설이 이를 세워 살짝 깨물었다. 도윤의 미소가 그 순간 완전히 흐트러졌다.

"너……."

"왜요?"

아무것도 모른다는 듯이 꺼내는 물음에 도윤이 미간을 좁혔다. 손가락의 끝을 깨물던 입술이 손바닥을 깨물고 빨아들였다. 손에서 느껴지는 자극에 도윤의 눈이 조금은 사납게 변했다.

"지금 일주일 만에 같이 있는 거 잊은 건 아니지?"

"글쎄요. 하앗!"

말이 끝나기가 무섭게 도윤이 목덜미에 입술을 묻었다. 밀린 비설이 담에서 떨어질 뻔하자 도윤이 비설의 허리에 팔을 감았다.

"내 처소로 가자."

"이러려고…… 이쪽으로 오게 하신 거죠?"

"어차피 그 처소에서는 더 있을 수 없잖아."

한 마디도 절대 지지 않으니 뭐라고 해 봤자 얻는 것도 없었다. 결국 마음대로 하라는 듯이 도윤의 품에 비설이 안겼다.

비설의 허락에 도윤이 그녀의 오금과 팔을 감쌌다. 차가운 밤

바람이 불어온다 생각했던 것도 잠시, 침상에 등이 닿았다. 침상에 몸을 일으키자마자 도윤이 그녀에게로 다가왔다.

도윤의 저 모습을 볼 수 있는 건 자신뿐이었다. 지금도, 앞으로도 저 모습을 볼 사람은 자신뿐이었다. 그를 받아들이듯 비설이 제 품으로 그를 끌어당겼다.

❋ ❋ ❋

밤 산책을 하기 위해 입었던 장옷과 얇은 비단옷이 그의 손길에 벗겨졌다. 나신인 비설을 침상에 눕히자마자 도윤이 입었던 옷을 전부 벗어 던졌다.

"흐응."

열기에 뜨거워진 도윤의 피부가 몸에 닿자 비설이 낮은 신음을 터트렸다. 열기에 촉촉해진 눈으로 도윤을 바라보자 기다렸다는 듯이 그녀의 눈 위에 도윤의 입술이 닿았다.

눈에 작게 맺혀 있던 눈물이 도윤의 입술로 빨려 들어갔다. 눈에 닿았던 입술이 코끝에 짧게 닿고, 곧이어 입술을 덮었다.

"하아."

숨을 내쉬는 입술을 파고들자 말캉한 혀가 밀고 들어오는 그의 혀를 휘감았다.

말캉한 혀를 애무하고 입안의 여린 살을 혀끝으로 자극하자 경쟁하듯 섞인 타액을 빨아들였다. 입안의 타액을 거듭 빨아들이고 삼켜도 갈증은 좀처럼 가라앉지 않았다.

입술에 묻은 타액까지도 한입에 삼킨 도윤이 보드라운 턱을 지나 희미하게 잇자국이 남은 목덜미에 입술을 묻었다.

"하아."

둘밖에 없는 상황에서조차 비설은 신음을 참으려 했다. 결국은 제 품에서 신음을 터트릴 것이면서도 무엇이 그리 부끄러운지 입술을 깨물면서까지 소리를 내지 않으려 했다.

"소리 내."

"그래도…… 흐읏."

참으려는 비설을 자극하듯 도윤이 유실에 입술을 맞추었다. 유륜을 따라 혀가 움직이고, 말캉한 혀에 닿을 때마다 단단해진 유실을 당과를 굴리듯 혀로 애무했다.

등을 감싼 손이 척추를 타고 내려가 보드라운 엉덩이를 움켜잡자 비설이 도윤의 품을 파고들었다.

몸에 자극을 주면 줄수록 비설의 몸에서 나는 체향이 더욱 강해졌다. 가슴골에 얼굴을 묻어 체향을 들이마시자 비설이 반쯤 몸을 일으켰다.

"음?"

갑작스러운 행동에 도윤이 미간을 좁혔지만, 비설이 입꼬리를 올릴 뿐이었다.

도윤을 침상에 눕힌 비설이 그의 몸 위를 타고 앉았다. 비설이 지은 미소는 너무나도 매혹적이었지만, 왠지 모르게 위험하게 느껴졌다.

"조금만 만질게요."

도윤이 이끄는 대로 하면서도 종종 비설은 자신이 먼저 주도하려 할 때가 있었다. 도윤의 어깨를 붙잡았던 손이 점점 아래로 내려왔다. 단단한 가슴 위에 손바닥을 대니 그의 심장이 뛰는 감각이 고스란히 느껴졌다.

가슴을 매만지던 손이 복부를 지나 단단해진 분신을 감쌌다. 뜨거우면서도 단단한 분신을 비설이 조심스럽게 어루만졌다. 귀두를 지나 음낭을 감싼 손이 옅게 떨렸다.

"아직도…… 좀 낯설어요."

"날 죽이려고……."

"이런다고 안 죽어요."

좀처럼 보기 힘든 도윤의 흐트러진 모습에 비설이 좀 더 용기를 냈다.

도윤의 몸 위에서 내려온 비설이 손으로 애무하던 분신을 조심스럽게 입에 물었다. 어지간한 일에는 담담했던 도윤이 비설의 돌발 행동에 파르르 눈을 떨었다.

말캉한 혀가 귀두에 닿고, 애무하듯 음경에 닿았다. 더운 입술이 음낭에 닿자 도윤의 미간이 도드라졌다.

처음 보는 그의 모습에 좀 더 그를 놀리고 싶어졌다. 음낭에 닿았던 입술이 다시 귀두를 감싸는 것과 동시에 도윤이 몸을 일으켰다.

"아직…… 흐읏!"

그의 몸 위에 앉는 것과 동시에 젖은 여성으로 분신이 밀고 들어왔다. 언제나 처음은 아릿했지만 곧 온몸 가득 그가 느껴졌다.

중심을 잃지 않으려 도윤의 어깨를 붙잡자 그녀의 입술을 도윤이 파고들었다.

"날 진짜 죽일 생각인데?"

"죽이려는 게 아니라…… 흐읏."

촉촉해진 여성을 파고들 때마다 여린 살이 분신을 단단히 조였다. 그를 단단히 붙잡고 놓아주지 않는 여린 살을 긁어 올렸다가

내리기를 거듭했다.

게다가 그녀와 떨어져 있었던 며칠 동안 생긴 허기가 그를 더욱 미치게 했다. 지금 느끼는 갈증과 허기를 모두 채워 줄 사람은 오직 그녀뿐이었다.

비설의 허리를 붙잡아 자신에게 밀착한 도윤이 허리를 퉁겼다.

"하웃."

몸에 밀착해 있던 탐스러운 가슴을 도윤이 힘껏 움켜잡았다. 힘을 주어 움켜잡을 때마다 풍만한 가슴이 힘에 밀려 모양을 바꾸었다. 뜨거운 숨을 내쉬는 입술이 목에서 쇄골로 거듭 이어졌다.

"하아."

그의 힘에 휩쓸려 움직이는 비설을 침상에 눕힌 도윤이 깊게 분신을 묻었다. 가득 채우는 그의 존재에 열락은 점점 그녀를 집어삼켰다.

그가 만드는 열기에 숨이 막혔다. 너무나도 거세게 몰아붙이는 그의 힘에 휩쓸리던 비설이 진정을 시키듯 그의 어깨를 붙잡았다.

"조금만…… 폐하…… 조금만…… 천천히."

"……진짜 날 죽이려고."

가라앉은 목소리에서 열기가 느껴졌다. 저런 목소리의 도윤은 자중과는 거리가 멀었다. 물기 젖은 눈으로 바라보는 그녀를 향해 도윤이 입꼬리를 올렸다.

"날 진정시킬 생각이었으면 자극을 하지 말았어야지."

"그건…… 오랜만이니까…… 하읏."

그게 아니라며 설명을 하기도 전에 그녀의 다리를 어깨에 멘 도윤이 분신을 꽂았다. 여유라고는 전혀 없는 그의 움직임에 비설이 가쁜 숨을 연신 토해 냈다.

자중하시라는 말조차 할 수 없을 정도로 거친 움직임이 거듭 이어졌다. 애써 참았던 노력 따위 의미도 없이 비설이 신음을 연신 터트렸다.

"흐읏."

가쁜 숨이 절정을 이르고, 온몸에 갇혀 있던 열락이 한 번에 터지는 순간 서로의 숨이 얽혀 들었다.

낮은 숨을 터트리던 도윤이 그녀의 몸에 묻었던 분신을 빼내자 거친 정사의 흔적이 젖은 여성에서 조금씩 흘러내렸다.

"하아."

지친 숨을 몰아쉬는 비설이 너무나도 고왔다. 도윤을 향해 비설이 힘겹게 미소를 지었다. 그녀의 미소 하나에 도윤의 이성이 다시 흔들렸다.

연도윤에게 유비설은 너무나도 위험했다. 다시 날뛰려는 열기를 억누르며 도윤이 비설을 제 품으로 끌고 왔다.

밤은 길었고, 가쁜 숨을 내쉬는 비설은 너무나도 매혹적이었다.

미소를 짓는 비설의 입술에 도윤이 다시 깊게 입술을 맞추었다.

❈ ❈ ❈

황궁에 조금씩 퍼져 가던 이야기는 도윤이 돌아오는 것과 동시에 언제 그랬느냐는 듯이 사라졌다.

이권 싸움을 벌이던 귀족 가문이 하루아침에 멸문이 되고, 연관된 사람이 관직을 박탈당하고 죗값을 치르자 일을 벌이고자 했

502

던 이들 또한 빠르게 사라졌다.

"이렇게 자주 나오셔도 돼요?"

"그럼 돌아갈까?"

뻔히 제 마음을 알면서도 모르는 척하는 도윤을 향해 비설이 눈을 좁혔다. 1년에 한 번, 도성에서 열리는 축제에 모처럼 단둘이서 황궁을 나왔다.

"와!"

복작거리는 사람을 보던 비설이 도윤을 향해 환하게 미소 지었다. 너무나도 환한 미소에 도윤이 자신도 모르게 넋을 놓고 그녀를 보았다.

항상 곁에 있어도 생각하지 못한 때에 비설은 제 모습을 활짝 보여 주었다.

비설은 도윤에게 이길 수 없다며 하소연을 했지만, 그녀를 부인으로 둔 순간부터 도윤은 그녀에게 이길 생각조차 하지 못했다.

"흐으음."

"왜, 왜요?"

축제를 보던 비설이 옆에서 들리는 소리에 고개를 돌렸다. 축제와 사람들은 상관없이 비설을 바라보는 도윤의 시선에 그녀가 얼굴을 만졌다.

얼굴은 묻은 건 없어 보였건만, 그녀의 시선에도 아랑곳하지 않은 채, 도윤이 그녀를 물끄러미 바라보고 있었다.

"폐, 폐하?"

"어쩌겠어."

"네?"

"이리 고운 황후님을 데리고 사는 내 책임이지."

오만 놈들이 제 품에 넣겠다며 아등바등 비설에게 접근했다. 충분히 죽일 만큼 죽이고, 처리할 만큼 처리를 해도 벌레처럼 그녀의 곁으로 모여들었다.

얼마든지 그녀의 앞에 나타나 봐라. 도윤이 제거하면 그만이었다.

"이상한 말씀 하시지 말고요."

"고운 황후님은 몰라도 돼. 나만 알면 되거든."

대화를 하면 할수록 더더욱 알 수 없는 말이었다. 비설이 더 설명하라고 했지만, 도윤은 그러는 대신 비설의 손을 붙잡고 사람들 사이를 걷기 시작했다.

처음 이곳에 왔을 때의 기억이 다시 떠오르자 비설이 떨리는 숨을 길게 내쉬었다. 도윤이 씌워 준 너울을 쓴 채, 치마를 입고 넘어지지 않으려 전전긍긍했었다.

얼마 되지 않은 기억 같으면서도 생각해 보면 꽤 많은 시간이 지난 과거였다.

"이러고 있으니까 옛날 생각 나요."

"벌써 몇 년이나 지났네."

그때만 해도 도윤에게 끌리기는 했지만, 부부로 이렇게 같이 있게 될 거라고는 생각하지 못했었다.

이제는 같은 곳을 보면서 부부로 함께 있었다. 손을 뻗으면 도윤은 잡아 주었고, 걱정이 있으면 말해 보라며 곁을 지켜 주었다.

혼자서 버텨 냈던 과거와는 달리 이제 그녀의 곁에는 도윤과 아이들이 있었다.

"그때나 지금이나 바뀌지 않은 건 너와 나뿐이네."

도윤의 말에 비설의 눈이 부드럽게 휘었다. 도윤을 붙잡은 손에 힘을 주자 기다렸다는 듯이 그가 자신의 곁으로 비설을 당겼다.

"무너지지는 않지만 너무 겁내지 말고."

장난기 가득 담긴 말에 비설이 눈을 좁혔다. 처음 이곳에 오를 때, 무너지지 않을 걸 알면서도 겁을 냈었던 그녀를 놀리는 말이었다.

벌써 몇 년이나 된 일인데 그 일을 가지고 놀리는가! 하지만 뭐라고 하기에는 도윤의 표정이 너무나도 즐거워 보였다. 심술이 난 것도 잠시, 즐거워하는 도윤을 보니 비설 또한 즐거워졌다.

"그만 놀리세요."

도윤의 손을 붙잡고 돌다리를 올라가자 다리 아래로 뱃사공이 하나둘 배를 몰고 나타났다. 뱃사공이 던지는 과일을 받으러 다리에 하나둘 몰려들었다.

다리의 난간으로 사람들이 몰리든 말든 비설을 끌고 자리를 잡은 도윤이 팔을 쭉 뻗었다. 허우적대는 사람들과는 달리 정확하게 복숭아를 잡은 도윤이 비설에게 내밀었다.

"와……."

도윤에게 복숭아를 받아 든 비설이 눈을 반짝거렸다. 시간이 지나도 비설은 비설이었다. 눈을 빛내며 좋아하는 모습에 도윤은 또다시 시선을 사로잡혔다.

도윤이 준 복숭아를 한 입 깨문 비설이 과즙이 묻은 입술로 미소를 지었다.

"달아요!"

"그래?"

어서 먹어 보라는 듯이 비설이 그에게 한 입 깨문 복숭아를 내밀었다.

비설의 손목을 붙잡은 채 도윤이 그녀가 주는 복숭아를 한 입 베어 물었다. 잘 익은 복숭아를 잡아서 그런지 즙도 많고 무척이나 달았다.

"별로 안 다네."

"네? 안 달아요? 전 달던데."

믿을 수 없다는 듯이 비설이 복숭아를 다시 깨물었다. 복숭아의 과즙이 묻은 입술이 훨씬 더 촉촉해졌다. 미간을 찌푸려 가며 복숭아를 꼭꼭 씹은 비설이 도윤을 보며 고개를 저었다.

"폐하. 복숭아 달아요. 다시 드셔 보세요."

"여기가 더 달 거 같아."

"네. 무슨……."

말이 끝나기도 전에 비설의 입술을 도윤이 삼켰다.

입안을 밀고 들어온 더운 입술이 과즙을 삼키고, 말캉한 혀에서 엉기는 타액을 삼켰다. 그녀의 체향과 섞인 복숭아 향이 입안에 가득 퍼졌다.

"흐읍."

"……여기가 더 달아."

"사, 사람들이…… 그러니까……."

안 된다며 밀어냈지만, 민다고 밀릴 도윤도 아니었다. 도망치려는 비설의 허리를 팔로 감은 도윤이 더욱 몸을 밀착했다.

몇 번이고 엉키는 타액을 빨아들이고 숨을 삼켰다. 몇 번을 삼켜도 똑같이 그를 흔드니 더더욱 비설을 놓아줄 수 없었다.

핏기가 사라져 가는 그녀를 보던 도윤이 입술을 가득 빨아당겼다.

"하아. 하아."

"복숭아가 다네."

"정말!"

눈을 흘겼지만, 정작 저지른 당사자는 너무나도 태연했다. 도윤의 시선이 비설이 들고 있는 복숭아로 다시 향했다.

"복숭아 안 먹어?"

"……."

얍아도 너무 약았다.

연도윤이 저런 사람이라는 것을 알면서도 너무나도 괘씸하고 얍게 느껴졌다.

저 수에 놀아나지 않으리라 다짐을 하면서도 어느 순간 또 그 수에 다시 놀아나고 있었다.

"나 복숭아 먹고 싶은데."

문제는 저 표정과 저 말투와 저 행동에 약해지는 자신이었다.

시무룩해진 그를 보는 순간 굳게 잡았던 마음이 또 한없이 흔들렸다.

"누굴 탓하겠어요. 폐하를 선택한 제 책임이죠."

한숨을 쉬며 꺼내는 말에 도윤이 웃음을 터트렸다. 자신의 웅묘는 처음 봤을 때부터 지금까지 그를 유혹하고 흔들었다. 많은 사람을 만나고 인연을 맺겠지만, 결국 그가 마지막까지 함께할 사람은 그녀뿐이었다.

"연모해."

도윤의 고백에 비설의 얼굴에 홍조가 일었다.

그의 장난에 화를 내다가도, 속삭이는 고백에 또다시 제 감정을 아낌없이 보여 주었다. 그의 고백에 답을 하지는 않았지만, 보여 주는 표정만으로도 충분했다.

도윤을 위해 복숭아를 다시 먹으려는 그녀를 말린 도윤이 붉게 달아오른 입술에 제 입술을 맞추었다.

역시 복숭아보다는 입술이 훨씬 더 달았다.

작가 후기

파멸의 주둥아리.

제멋대로인 도른 자.

흡혈귀도 아닌 주제에 툭하면 물어 대는 놈.

기타 등등 오만 이야기를 다 들었던 도윤과 저러니 웅묘지……
라는 말을 들었던 미련 곰탱이 비설의 이야기가 끝났습니다.

〈꽃눈이 지다〉의 연작으로 시작하기는 했지만 솔직히 도윤의
이야기를 쓰겠다 생각하고 한 것은 아니었습니다. 〈꽃눈이 지다〉
의 헌이나 문원은 묵직하게 중심을 잡는 건 있었지만, 문제는 흔
들고 해결할 만한 사람은 없었거든요. 그런 해결사의 역할로 들어
갔었던 존재가 도윤이었는데, 워낙 제멋대로 날뛰던 놈이다 보니
어찌어찌 연작까지 쓸 수 있게 되었습니다.

외전까지 연재를 끝내고 받게 된 가장 큰 물음 중 하나는……

외전에 나온 늑대 '호랑'은 왜 나왔느냐는 것이었습니다. 일일이 댓글로는 남기기에는 부족한 이유였기에 후기에 살짝 적자면, 그 저 간단한 비설의 애완견(다만 그 성향이 하필이면 도윤과 비슷한 늑대)을 하나 만들고 싶었을 뿐입니다. 어찌 보면 도윤과 비설의 아이들인 해담과 예담의 성향을 보여 준 의미도 되고 말이지요.

워낙 사건 사고가 많은 부부이니 글에 담지 못한 많은 일이 있 겠지만, 일단 〈꽃잎이 흩날리다〉는 이렇게 마무리가 되었습니다. 이제는 솔직히 글쟁이인 제가 담지 않아도 될 듯합니다. 확실한 완결은 여기까지입니다.

글쟁이를 시작하면서부터 인연을 맺은 로맨스화원 작가님들, 언제나 부족한 글에 응원을 주시는 고운 독자님들! 유난히 많은 오타와 비문을 잡아 주시고! 넘치도록 많은 의견을 주시는 분들께 모두 모두 감사드립니다! 그리고 언제나 제 글의 지분을 80% 이 상 가져가시는 꽃신 작가님 사, 사, 사, 사…… 오래갑시다! 제 맘 알지여? 모르시면 지금이라도 다시 공증을…….

그리고 언제나 덤벙대고! 고민하고! 견적 못 잡고! 방황하는 영 혼을 붙잡고 넌 할 수 있다며! 기운과 지식과 능력과 기타 등등 주 시는 정 팀장님! 주 팀장님! 감사드립니다! 덕분에 또 예쁜 글이 나올 수 있었습니다.(물론 두 분이 절 보시는 눈이 어떠실지는 모르 겠습니…….)

로크미디어 출판사에도 진심으로 감사드리며, 앞으로도 잘 부 탁드립니다.

오랜만에 쓰는 작가 후기여서 그런지 너무 두서없게 썼습니다만, 결론은 모두 감사드립니다! 여전히 부족한 게 더 많은 글쟁이이지만 노력하며 다음에는 좀 더 나은 글로 인사드릴 수 있도록 하겠습니다!

　올해도 좋은 일만 가득하시기를 바라며! 재미있게 읽으시고 후기까지 편안하게 읽으셨으면 하는 바람으로 마무리하겠습니다.
　그럼 전 다음 글로 인사드리겠습니다~ 건강하세요!

_무연 드림